Melissa Foster

Verrückt nach Liebe

Die Bradens & Montgomerys

Die Autorin

Melissa Foster ist eine preisgekrönte *New-York-Times-* und *USA-Today*-Bestsellerautorin. Ihre Bücher werden vom *USA-Today-Bücherblog*, vom *Hagerstown Magazin*, von *The Patriot* und vielen anderen Printmedien empfohlen. Melissa hat mehrere Wandgemälde für das *Hospital for Sick Children*, eine Kinderklinik in Washington, D. C., gemalt.

Besuchen Sie Melissa auf ihrer Website oder chatten Sie mit ihr in den sozialen Netzwerken. Sie diskutiert gern mit Lesezirkeln und Bücherclubs über ihre Romane und freut sich über Einladungen. Melissas Bücher sind bei den meisten Online-Buchhändlern als Taschenbuch und E-Book erhältlich.

www.MelissaFoster.com

Melissa Foster

Verrückt nach Liebe

Die Bradens & Montgomerys

LOVE IN BLOOM – HERZEN IM AUFBRUCH

Aus dem Amerikanischen von Janet König

Die Originalausgabe erschien erstmals 2021 unter dem Titel
»Hot For Love« bei World Literary Press, MD, USA.

Deutsche Erstveröffentlichung
2022 bei World Literary Press, MD, USA
© 2021 der Originalausgabe: Melissa Foster
© 2022 der deutschsprachigen Ausgabe: Melissa Foster
Lektorat: Judith Zimmer, Hamburg
Umschlaggestaltung: Elizabeth Mackey Designs

ISBN: 978-1-948868-79-2

Nick Braden und Trixie Jericho sind womöglich das dickköpfigste Paar, über das ich je geschrieben habe. Es hat mir unglaublich viel Freude bereitet, diesen ruppigen Helden mit dem goldenen Herzen und die bissige, liebenswerte Heldin zu begleiten. Die Reise zu ihrem Happy End ist witzig, sexy und wie immer überaus emotional. Ich hoffe, Sie werden die beiden und ihre vielen Tiere so sehr lieben wie ich. Falls dies Ihr erstes Buch aus der Reihe »Love in Bloom – Herzen im Aufbruch« ist: Alle meine Liebesgeschichten können als Teil der jeweiligen Serie oder auch unabhängig voneinander gelesen werden. Also tauchen Sie einfach ein. Viel Spaß beim Lesen!

Um sich über Neuerscheinungen, Aktionen und exklusive Neuigkeiten auf dem Laufenden zu halten, können Sie meinen Newsletter abonnieren und meinem Fanclub auf Facebook beitreten, wo ich täglich mit meinen Lesern chatte.
www.MelissaFoster.com/Newsletter_German
www.Facebook.com/groups/MelissaFosterFans

Die Reihe »Love in Bloom – Herzen im Aufbruch«

Die Bradens & Montgomerys ist nur eine der vielen Serien aus der weitverzweigten Sammlung von Liebesromanen »Love in Bloom – Herzen im Aufbruch«. Jedes Buch kann für sich oder als Teil der jeweiligen Serie gelesen werden. Sie werden den

Figuren aus jeder Geschichte immer wieder begegnen, sodass Sie keine Verlobung, Hochzeit oder Geburt verpassen. Eine vollständige Liste aller Serientitel sowie eine Vorschau auf kommende Veröffentlichungen finden Sie am Ende dieses Buches und unter:
www.MelissaFoster.com/Herzen-im-Aufbruch

Besuchen Sie auch Melissas Seite mit »Reader Goodies«! Dort gibt es – zum Teil auf Deutsch, zumeist aber in englischer Sprache – Serienübersichten, Checklisten, Stammbäume und vieles mehr zum Download:
www.MelissaFoster.com/RG

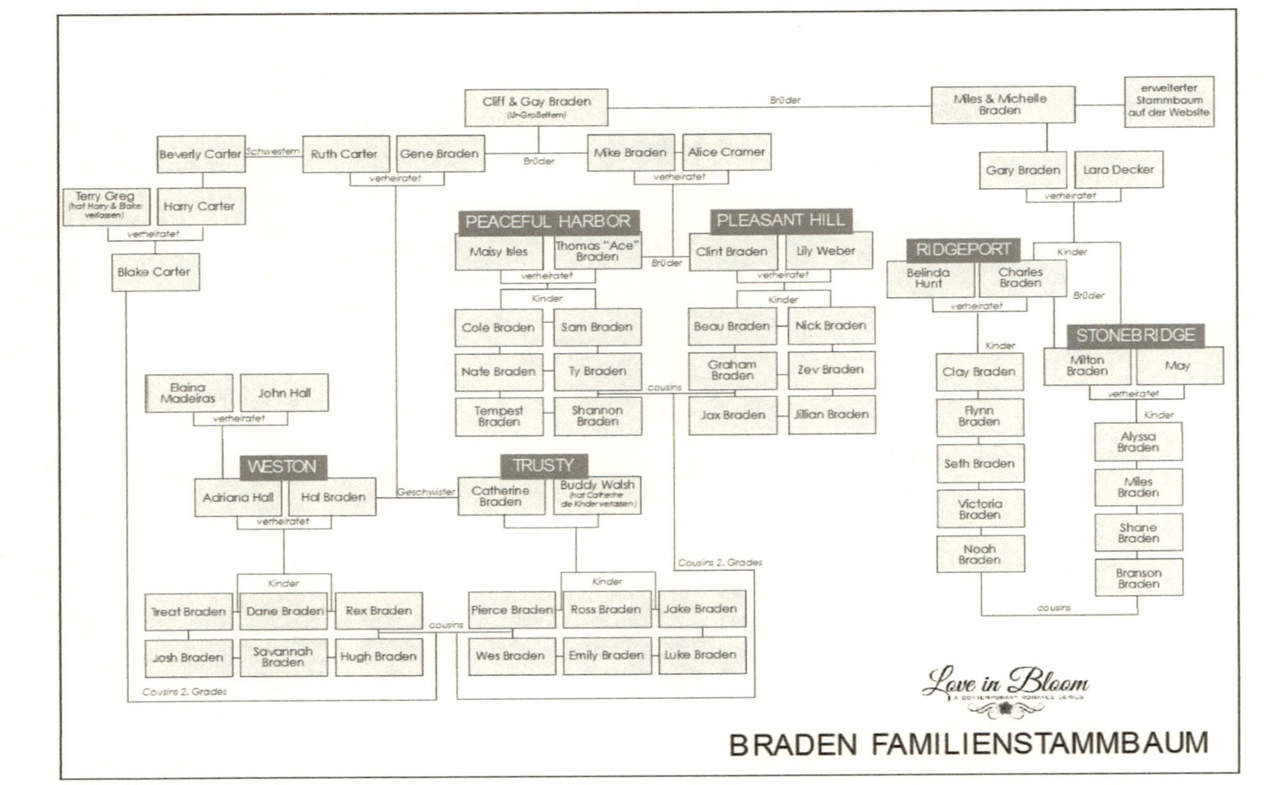
Cliff & Gay Braden (Ur-Großeltern)
Brüder
Miles & Michelle Braden
erweiterter Stammbaum auf der Website
Beverly Carter
Schwestern
Ruth Carter
Gene Braden
Brüder
Mike Braden
Alice Cramer
verheiratet
Gary Braden
Lara Decker
verheiratet
Terry Greg (hat Harry & Blake verlassen)
Harry Carter
verheiratet
Blake Carter
PEACEFUL HARBOR
Maisy Isles
Thomas "Ace" Braden
verheiratet
Brüder
PLEASANT HILL
Clint Braden
Lily Weber
verheiratet
RIDGEPORT
Belinda Hunt
Charles Braden
verheiratet
Brüder
Kinder
Kinder
Kinder
Cole Braden
Sam Braden
Nate Braden
Ty Braden
Tempest Braden
Shannon Braden
Beau Braden
Nick Braden
Graham Braden
Zev Braden
Jax Braden
Jillian Braden
cousins
STONEBRIDGE
Milton Braden
May
verheiratet
Kinder
Clay Braden
Flynn Braden
Seth Braden
Victoria Braden
Noah Braden
Alyssa Braden
Miles Braden
Shane Braden
Branson Braden
cousins
Elaina Madeiras
John Hall
verheiratet
WESTON
Adriana Hall
Hal Braden
Geschwister
TRUSTY
Catherine Braden
Buddy Walsh (hat Catherine die Kinder verlassen)
verheiratet
Kinder
Kinder
Treat Braden
Dane Braden
Rex Braden
Josh Braden
Savannah Braden
Hugh Braden
cousins
Pierce Braden
Ross Braden
Jake Braden
Wes Braden
Emily Braden
Luke Braden
Cousins 2. Grades
Cousins 2. Grades
Love in Bloom
A CONTEMPORARY ROMANCE SERIES
BRADEN FAMILIENSTAMMBAUM

Eins

Nick Braden war schlau genug, sich nicht unnötig in komplizierte Situationen zu manövrieren.

Als renommierter Freestyle-Pferdetrainer und Showreiter konnte er jederzeit willige Rodeo-Häschen abschleppen. Also warum zum Teufel hing er dann in der Kneipe von Justus »JJ« Jericho in Oak Falls herum, wenn er zu Hause in Pleasant Hill nur zum Handy greifen brauchte, um seine Bedürfnisse zu stillen, und zwar ohne mit Nachwirkungen rechnen zu müssen?

Er nahm einen Schluck von seinem Bier, und sein Blick wanderte zu der Antwort auf diese Frage, die in Cowboystiefeln auf der Tanzfläche in Aktion war und mit ihrem hübschen Hintern in den knappen Shorts wackelte. *Willkommen in Oak Falls, Virginia, Heimat von Pferdefarmen, mitternächtlichen Rodeos und des heißesten risikofreudigen, Hotpants tragenden Cowgirls auf Erden, der umwerfenden Trixie Jericho.* Die Gefühle, die seine beste Freundin bei ihm auslöste, gehörten eindeutig in die Kategorie »kompliziert«.

»Hey, Nick, wird das jetzt endlich mal was?«, fragte Shane.

Nick riss sich los, und während das Gejohle von dem mechanischen Bullen im Nebenraum zu ihnen herüberdrang, nahm er die überfüllte Bar und die Band überhaupt erst wahr und merkte, dass er Trixie wieder einmal vollkommen gedankenverloren beobachtet hatte. Jeb und Shane Jericho, zwei von Trixies vier älteren Brüdern, standen an der Bar neben ihm. Ihr Bruder JJ bediente hinter der Theke und Trace weilte mit seiner frisch angetrauten Frau und ihrem Baby zu Hause. Nick schaute seine Freunde an und versuchte, sich in Erinnerung zu rufen, was sie ihn gefragt hatten. Die Jericho-Männer waren – wie er auch – groß, dunkelhaarig, muskulös und an harte körperliche Arbeit gewöhnt. Shane, Trace und Trixie führten die Vieh- und Pferderanch ihrer Familie, und Jeb stellte Möbel her, die er in seinem eigenen Geschäft im Ort verkaufte.

»Sorry«, sagte Nick, »was habt ihr gerade gefragt?«

»Ich verstehe dich so gut, Kumpel.« Jeb deutete mit einer Kinnbewegung in Richtung Band. »Das kann einen schon mal ablenken, wenn Sable in ihren engen Jeans auf der Bühne so zeigt, was sie draufhat, oder? Sie wird einfach immer heißer.«

Sable Montgomery war tagsüber Kfz-Mechanikerin und abends Leadgitarristin und Sängerin der Band Surge. Die groß gewachsene, gut gebaute Brünette war für ihr loses Mundwerk bekannt, mit dem sie ein männliches Ego in Schutt und Asche legen konnte. Nick mochte starke, herausfordernde Frauen, aber Sable war nicht sein Typ, ganz im Gegensatz zu der scharfzüngigen Trixie, die einen weniger schlagfertigen Mann als ihn mit einem einzigen Satz in die Knie zwingen konnte.

»Die Ladies' Night ist doch immer wieder nett«, sagte Shane, während er einer drallen Blondine ein paar Meter weiter eindeutige Blicke zuwarf.

»Stimmt«, meinte Nick lustlos und nahm noch einen Schluck von seinem Bier. Im Ort wurde gern gescherzt, dass die Jericho-Männer mit ihrem Fingerspitzengefühl sowohl wilde Pferde als auch Frauen zähmen konnten. Doch niemand war so dumm, auszusprechen, dass Trixie über die gleichen Fähigkeiten bei den Männern verfügte. Die dunkle Mähne flog ihr ungestüm um die Schultern. Nick krümmte die Finger, so groß war sein Verlangen, sie in diesen Haaren zu vergraben. *Mist.* Er drehte sich herum und lehnte sich an die Theke, bevor seine Kumpel bemerkten, dass er ihre Schwester so voller Begierde anschaute.

»Also gibst du nun ein Angebot für das Pferd ab?«, fragte Shane, während er wieder zu der Blondine sah. »Hoffentlich wird es jetzt was, denn du bist ja in den letzten Wochen zweimal hier gewesen, um es dir anzusehen.«

»Ach ja, das Pferd … Nee, ich kaufe es nicht.« Nick war in der Tat wegen des Pferdes nach Oak Falls gekommen, aber er hatte keine Ahnung, warum er jetzt noch hier war. Denn mit Trixie würde *es* ja auch nichts werden, und zwar nicht nur, weil es eine unausgesprochene Regel zwischen Männern war, sich nicht an die jüngeren Schwestern der Kumpel heranzumachen. Er und Trixie waren seit Jahren befreundet. Sie hatte an den gleichen Wettkämpfen im Laufen, Radfahren und Schwimmen wie Nicks jüngerer Bruder Graham und sein Cousin Ty teilgenommen, seit sie ein Teenager gewesen war. Aber in den letzten Jahren waren sie sehr enge Freunde geworden. Er konnte ein ruppiger Mistkerl sein, und sie war eine der wenigen Frauen, die seine unerbittliche Arbeitsmoral, seine Launen und die Verbundenheit mit seinen Tieren verstand. Sie war eine einzigartige Mischung aus einem klugen, selbstbewussten Cowgirl, einer toughen Abenteurerin und einer süßen, liebevollen Frau.

Letzteres sorgte in letzter Zeit für die meisten Komplikationen in seiner Gefühlswelt.

Sie standen sich mittlerweile so nah, dass er sich immer

wieder dabei ertappte, wie er an sie dachte, wenn sie nicht in der Nähe war. Und das war eindeutig zu oft. Sie sahen sich fünf- oder sechsmal im Jahr, wenn er wegen der Arbeit oder wegen Familienfesten in ihrer Gegend war, oder wenn sie nach Maryland kam, um Pferde abzuholen, Vieh zu liefern, an Wettkämpfen teilzunehmen, oder weil sie einfach mal aus Oak Falls herauskommen wollte. Als Zweitältester von sechs Geschwistern verstand Nick dieses Bedürfnis nur zu gut. Er liebte seine Familie, in der sich alle sehr nahestanden, und er mochte seine idyllische kleine Heimatstadt, aber er wusste auch, wie erdrückend beides sein konnte.

Trixie wohnte bei Nick, wenn sie in Pleasant Hill war, auch wenn sie viel Zeit mit seiner jüngeren Schwester Jillian verbrachte. Jillian war Modedesignerin und eine Nachteule, während Trixie wie alle, die erfolgreich und mit Begeisterung auf einer Ranch arbeiteten, mit der Sonne aufstand. Als Trixie ihn vor vier oder fünf Jahren das erste Mal gefragt hatte, ob sie bei ihm statt bei Jillian übernachten konnte, hatte er ohne Zögern zugesagt, obwohl er sein Alleinsein genoss. Er war von Natur aus ein Beschützer und Trixie gehörte quasi zur Familie. Jemand anderen – noch dazu eine schöne Frau – in seinem Haus um sich zu haben, war gewöhnungsbedürftig gewesen. Aber Trixie war nicht wie manch andere Frauen, die ihre Haare stylten, Ewigkeiten mit ihrem Make-up verbrachten und alberne Gesprächsthemen hatten. Es machte ihr nichts aus, sich die Hände schmutzig zu machen, und sie packte auf der Ranch immer mit an, ohne dass man sie darum bitten musste. Zum Glück hatte sie auch ihren Spaß daran, ihm die Meinung zu sagen und es ihn wissen zu lassen, wenn er etwas falsch machte. Wenn Nick eines nicht ausstehen konnte, dann dass man ihm sagte, was er zu tun hatte. Daher war es in diesen ersten Jahren nicht sehr schwer gewesen, sie in die Kategorie »tabu« einzuordnen.

Zumindest bis vor etwa einem Jahr, als Nick und Jillian einen spontanen Trip nach Colorado unternommen hatten unter dem Vorwand, Graham und Ty an der Ziellinie des Mad Prix begrüßen zu wollen, einem Fünf-Tage-Rennen durch die Berge Colorados zu Wohltätigkeitszwecken. In Wirklichkeit hatten sie nach ihrem ältesten Bruder Beau sehen wollen, der schwere Zeiten durchgemacht hatte. Beau war mit Renovierungsarbeiten im Gasthof Sterling House beschäftigt gewesen, in dem die Preisverleihung stattfand und in dem die Teilnehmer auch untergebracht waren. Trixie hatte ebenfalls an dem Rennen teilgenommen, und die bis spät in die Nacht andauernde Feier hatte für jede Menge Tequila und einen unvergesslichen Abend gesorgt, der ihm seither nicht mehr aus dem Kopf ging.

In ihrem hautengen Minikleid und den unfassbar hohen High Heels hatte sie umwerfend ausgesehen und die Aufmerksamkeit fast aller Singles auf sich gezogen, einschließlich der des großspurigen Arztes Jon Butterscotch, einem Freund von ihnen, der auch bei dem Rennen angetreten war. Jon war Trixie die ganze Zeit auf die Pelle gerückt, und wie ein Wachhund war Nick auf der Hut gewesen, bis sie ihn als ihren Beschützer zur Bar gezerrt hatte. *Ich brauche dich, damit du mich vor irgendwelchen Dummheiten wie Bodyshots oder so bewahrst.* Bei der Vorstellung daran waren erotische Bilder vor seinem geistigen Auge aufgeblitzt, und das hätte ihm eigentlich Warnung genug sein müssen, dass sie in ihm einen Schalter umgelegt hatte. Sie und die anderen Mädels amüsierten sich köstlich. Zwar hatten sie allesamt zu viele Shots intus, aber im Sterling House waren sie zumindest sicher.

Sicher war relativ, denn wie sich herausstellte, war er nicht vor diesem seltsamen Fluch sicher, mit dem Trixie ihn an diesem Abend belegt hatte. Als er sie in jener Nacht zu ihrem Zimmer gebracht hatte, klammerte sie sich an ihn, schmiegte ihre weichen Kurven an seinen muskulösen Körper und fuhr mit den Fingern durch seine Haare, über seine Arme und seine Brust. Sie lachte und redete, als merkte sie gar nicht, was sie da so tat. Ihm dagegen hatte jede ihrer Berührungen lauter glühende Blitze direkt in die Lenden gejagt. Trixie hatte immer wieder versucht, umzudrehen und zurück zur Bar zu gehen, sodass er sie letzten Endes hochgehoben und über den Flur zu ihrem Zimmer getragen hatte. Den Bruchteil einer Sekunde lang hatten sich ihre heißen Blicke getroffen und unglaublich sündhafte Fantasien waren vor Nicks geistigem Auge entstanden. Nie würde er ihren sinnlichen Tonfall vergessen, als sie die Arme um seinen Hals gelegt und gesagt hatte: *Mein Traumprinz … und er gehört mir ganz allein.* Er hatte darüber gelacht, denn nachdem sie ihn überall betatscht hatte und er ihren hinreißenden Körper nun in den Armen hielt, fühlte er sich eher wie ein hungriger Wolf.

Doch in jener Nacht musste etwas noch Gewaltigeres als Begehren von ihm Besitz ergriffen haben.

Als sie in ihrem Zimmer waren, versuchte sie weiter, ihn dazu zu überreden, zurück zur Bar zu gehen. *Ich will mich doch nur ein bisschen amüsieren. Noch ein paar Minuten? Komm schon, Nick, sei kein Spielverderber. Lass uns zusammen noch etwas Spaß haben.* Sie hatte genuschelt und war kaum in der Lage gewesen, sich auf den Beinen zu halten. Sie hatte ihren Spaß bereits gehabt. Mehr als ihm recht gewesen war, doch auch wenn er auf sie aufpasste, so war Trixie doch eine selbstbewusste Frau, und sie ließ sich ebenso wenig etwas von anderen Leuten sagen wie er. Aber unter keinen Umständen würde er sie zurück zur Bar gehen und sie etwas tun lassen, was sie vielleicht bereuen würde. Stattdessen hatte er sie aufs Bett gelegt, ihr die Schuhe ausgezogen, und da sie in ihrem schläfrigen, betrunkenen Zustand weiterhin immer mal wieder versucht hatte, aufzustehen und das Zimmer zu verlassen, hatte er die Nacht auf dem Sessel neben ihrem Bett verbracht und war erst morgens hinausgeschlichen, bevor sie aufgewacht war.

Doch da war der Schaden bereits angerichtet.

Zu sehen, wie seine energische Freundin, die das Leben bei den Hörnern packte und stets die Kontrolle über sich und alles hatte, unvorsichtig geworden war, hatte ihn verändert. Er hatte seine Familie und Freunde beschützt, solange er denken konnte. Aber als er in jener Nacht auf Trixie aufgepasst hatte, hatte er sich anders gefühlt als je zuvor. Und seitdem hatte dieses Gefühl sich in ihm festgesetzt wie der Dunst nach einem Sommerregen. Er konnte nicht mehr an Trixie Jericho denken, ohne sich daran zu erinnern, wie sie sich an ihn geklammert hatte, an die Dringlichkeit ihrer Berührung, ihren süßen Atem und daran, wie perfekt sie sich in seinen Armen angefühlt hatte. Und immerzu hatte er vor Augen, wie entzückend sie im Schlaf gemurmelt und gelächelt hatte. Seit jener Nacht sehnte er sich danach, sie zu sehen, sich um sie zu kümmern, und – schlimmer noch – zu spüren, wie sie die Beine um seinen Hals legte, während er sie mit dem Mund verwöhnte, und um seine Taille, während er sich zwanzig Zentimeter tief in ihr vergrub …

Trixie Jericho war gleichbedeutend mit Komplikationen und sie wusste es nicht einmal.

Am Morgen nach der Preisverleihung hatte er gemerkt, dass ihr nicht klar war, dass er die ganze Nacht über bei ihr am Bett gesessen hatte. Sie hatte sich dafür entschuldigt, so betrunken gewesen zu sein, und sich dafür bedankt, dass er sie zurück zu ihrem Zimmer begleitet hatte. Sie konnte nicht ahnen, wie sehr ihre Bemerkung damals – *Trotz deiner dickköpfigen Überheblichkeit wird dich dein großes Herz eines Tages in Schwierigkeiten bringen* – der Wahrheit entsprach.

Aber er war schlau genug, nicht mit dem Feuer zu spielen. Denn hinter ihrer Fassade aus frechen Sprüchen verbargen sich Träume von einer Hochzeit in Weiß. Nick dagegen tummelte sich nicht auf dem Markt der Heiratswilligen. Und selbst wenn … Trixie kam zwar gern mal aus ihrem Heimatstädtchen heraus, um ihren allzu beschützenden Familienmitgliedern zu entkommen, aber sie war und würde immer Daddys Tochter bleiben, eine Jericho-Rancherin durch und durch und eine treue Einwohnerin von Oak Falls, Virginia. Und Nick würde niemals aus Pleasant Hill, Maryland fortziehen.

Wenn er doch nur das Bedürfnis abschütteln könnte, ihr nah zu sein.

Trixie fragte sich, worüber ihr unfassbar heißer, allzu dickköpfiger und guter Freund Nick Braden und ihre Brüder sich gerade unterhielten. Sie hatte ihre Brüder wirklich lieb, aber auch wenn sie die Träume ihrer Schwester unterstützten, so schwang dabei doch immer ein Hauch Belustigung mit, und Trixie hatte es satt, nicht ernst genommen zu werden. Hatten sie Nick erzählt, dass sie mit Minipferden – die Rasse American Miniature Horses eignete sich besonders gut für Therapiezwecke – ein Geschäft aufziehen wollte? Zumindest konnte sie sicher sein, dass *er* nicht darüber lachen würde. Nick nahm Trixie ernst – und alles, was die Viehwirtschaft betraf. Außerdem war er nicht der Typ, der sich über andere lustig machte. Er war schroff, klug und aufrichtig bis zum Gehtnichtmehr. Zudem liebte er seine Familie ebenso sehr wie sie die ihre, was noch ein Grund dafür war, dass sie ihn für den perfekten Mann hielt. Aber da er sie nicht so sah wie sie ihn, war er zu einem Ideal geworden, mit dem sie alle anderen potenziellen Partner verglich.

Mit wehenden blonden Haaren tanzte ihre Freundin Lindsay zu ihr herüber. »Hey, du brennst mit deinem Blick ja ein Loch in den Rücken dieses muskelbepackten Cowboys.«

Sie und Lindsay waren zusammen aufgewachsen, gemeinsam mit allen anderen in ihrem Alter in Oak Falls. Ihr Heimatort war ein kleines Nest. Wenn sie auf dem Gehweg hinfiel, wusste es bis zum Ende des Tages das ganze Städtchen. Aber Trixie hatte eine Handvoll enger Freunde, von denen sie wusste, dass sie ihre Geheimnisse – zum Beispiel, dass sie seit Ewigkeiten in Nick Braden verknallt war – nicht ausplauderten, und Lindsay stand ganz oben auf dieser Liste.

Trixie schaute verstohlen zu Nick. »Ich bräuchte schon einen Laserblick, um seinen Panzer zu durchdringen.«

»Tu nicht so, als würdest du nicht mal gern bei ihm aufsitzen«, meinte Lindsay scherzend. Nick war nicht nur ein Cowboy mit einem Pick-up. Er fuhr auch ein edles Motorrad und das machte ihn noch heißer.

»Wenn er es denn mal anbieten würde …«

»Vielleicht ist er schauderhaft im Bett.«

Trixie lachte. »Der? Niemals! Ich wette, der strotzt nur so vor Testosteron.«

»Dann hat er dich vielleicht in die Schublade *Kleine Schwester* gesteckt«, sagte Lindsay und wirbelte herum.

»In *die* Schublade hat er mich mit Sicherheit nicht gesteckt.« Nick und sie warfen oft mit flirtenden Bemerkungen um sich, aber immer nur im Spaß. *Zumindest von seiner Seite aus.*

Trixie war in fast jeder Hinsicht unerschrocken, nur nicht in Bezug auf ihre Schwäche für Nick. Mit keinem Mann hatte sie sich je so wohlgefühlt. In allen Situationen kamen sie gut miteinander aus, und wenn sie bei ihm zu Hause war, passte sie in seine Welt, als gehörte sie dorthin. Auf seiner Ranch arbeiteten sie großartig Hand in Hand und seine Tiere liebten sie. Sie wollte ihre Freundschaft nicht ruinieren, insbesondere nicht nach dem einen Mal, bei dem sie *versucht* hatte, ihn dazu zu bringen, sie als Frau zu sehen und nicht nur als fähige Rancherin, die er respektierte und mit der er gern Zeit verbrachte. Denn der Schuss war vollkommen nach hinten losgegangen. Es war in Colorado nach einem Wettkampf passiert, an dem Trixie teilgenommen hatte. Nick war dort gewesen, um seinen Bruder und seinen Cousin zu unterstützen, und sie hatte auf der anschließenden Preisverleihung zu viel getrunken. Sie hatte alle Bedenken über Bord geworfen und war ziemlich heftig flirtend mit ihm auf Tuchfühlung gegangen. Doch so einfühlsam Nick seinen Tieren begegnete – sie war überzeugt, er konnte deren Gedanken lesen –, so blind war er ihren weiblichen Reizen gegenüber. Er war der gute alte, stets mürrische und beschützende Nick geblieben. Nachdem er sie ins Bett getragen und ihr die High Heels ausgezogen hatte, war er wie der perfekte Gentleman gegangen und hatte sie ihren Rausch ausschlafen lassen. Mit einem etwas klareren Kopf am nächsten Morgen hatte sie erleichtert festgestellt, dass er ihre Flirtversuche nicht wahrgenommen hatte, denn sonst wäre es zwischen ihnen vielleicht etwas seltsam geworden. Sie hatten ein paar Scherze über ihren Schwips gemacht, und sein Vorsatz, in

Zukunft jeglichen Alkohol vor ihr zu verstecken, war zu einem Running Gag geworden.

Seitdem hatte sie ein paar Mal bei ihm übernachtet, und er war fortan immer aufgetaucht, wenn Jillian und sie etwas unternahmen, um sie mit Adleraugen im Blick zu behalten, als hätte sie an jenem Abend bewiesen, dass sie einen Babysitter brauchte. Obwohl sie so gut wie nie trank!

Wenn sie ihn in den Clubs sah, bestätigte es das, was sie bereits gewusst hatte. Nick war nicht immer der mürrisch-zurückhaltende Gentleman. Er verfügte in diesen Bars über eine regelrechte Schar von Groupies, die ihn verehrten, als wäre er ein Promi. Außerdem wusste er sich auf der Tanzfläche so zu bewegen, dass alle anderen Männer neben ihm alt aussahen, und er wusste genau, wie er diese Moves zu seinen Gunsten nutzen konnte. *Nur eben nicht bei mir.*

»Ich kapiere immer noch nicht, warum du ihn dir nicht aus dem Kopf schlägst. Du könntest jeden Typen hier haben.« Lindsay beäugte die Männer, die sie beobachteten. »Braden hatte seine Chance. Findest du nicht, dass es an der Zeit wäre, ihn zu vergessen und ein paar anderen Kerlen eine Chance zu geben? Meine Güte, ist ja nicht so, als wärst du auf der Suche nach einem Mann fürs Leben – zum Glück!«

Während Trixie an die große Liebe glaubte, kam das für Lindsay, eine Hochzeitsplanerin und Fotografin, nicht infrage. Sie hatte kein Interesse an langfristigen Beziehungen und hatte auch kein Problem damit, ihre Freundinnen davon abzubringen. Doch auch wenn Trixie im Moment nicht auf einen Ring am Finger aus war, da sie sich auf ihre Unternehmensgründung konzentrieren musste, so sehnte sie sich doch danach, eines Tages all das zu haben, was ihre Eltern hatten. Sie wollte das Märchen: einen Mann, der sich ohne sie das Leben nicht vorstellen konnte, der vor ihr kniete und versprach, ihr die Welt zu Füßen zu legen und ihr alles zu geben, so wie sie ihm alles geben wollte. Sie war sich ziemlich sicher, dass Nick nicht dieser Mann sein würde. Er hatte nie einen Hehl aus der Tatsache gemacht, dass er nicht der Typ für eine Ehe war, aber sie fühlte sich ihm so verbunden, dass sie sich in die Vorstellung von ihnen beiden als Paar verrannt hatte.

Wie lächerlich ist das denn, einen Mann anzuschmachten, der mich gar nicht will?

Vielleicht hatte Lindsay recht und Trixie sollte endlich aufhören, auf einen Mann zu warten, der unerreichbar war. Auch wenn sie überzeugt war, dass Nicks Küsse so heiß wie die Sonne und so brennend wie Whiskey sein würden – egal! Die Küsse eines anderen Mannes konnten doch ebenso heiß und köstlich sein, oder? Sie war nie zurückhaltend gewesen, was ihre Sexualität anging, auch wenn sie sich in ihrer für Tratsch anfälligen Heimatstadt immer etwas gezügelt hatte. Es gab Möglichkeiten, das zu steuern, zum Beispiel als sie mit siebzehn Jahren ihren Freund Austin Andrews, eine wohlüberlegte Wahl, in seine Scheune gezerrt hatte, um endlich ihre Jungfräulichkeit zu verlieren. Austin war klug, heiß und immer vorbereitet. Noch wichtiger war, dass er im Gegensatz zu den meisten anderen Typen, mit denen sie aufgewachsen war, nie über Privates geredet hatte. Sie war sich sicher, dass sie Austin an jenem Abend die eine oder andere Sache beigebracht hatte.

Und in den zehn Jahren, die seitdem vergangen waren, war sie nur noch besser geworden. Nicht, dass sie so viele Männer gehabt hatte, aber es waren nicht viele nötig gewesen, um zu erkennen, dass sie Spaß am Sex hatte und genau wusste, wie sie Lust erleben und bereiten konnte.

Doch mit Nick wollte sie mehr als nur Sex. Sie wollte ihm

unter die Haut gehen und herausfinden, ob sie so perfekt zusammenpassten, wie sie es sich ausmalte. Ob er wirklich der Eine war.

Ich schon wieder.

Gerade als sie im Geiste über sich selbst den Kopf schüttelte, richteten sich auf ihrem Arm die Härchen durch einen Schauer auf, den nur Nick bei ihr auslösen konnte. Sie drehte sich um und sah, dass seine dunklen Augen unter seinem nicht wegzudenkenden Cowboyhut auf sie gerichtet waren. Ihr Puls nahm an Fahrt auf, und ihr hoffnungsvolles Herz ließ sie glauben, dass ein letzter Flirtversuch ja nicht schaden könnte. Vielleicht würde er sogar merken, dass sie mehr zu bieten hatte als die Fähigkeit, eine Ranch zu leiten.

Sie fing an, die Hüften zu schwingen, die Schultern hin- und herzuwiegen und ihre verführerischsten Moves auf die Tanzfläche zu bringen. Nicks Blick verfinsterte sich und wanderte zu den anderen Männern, die sie begafften, während sich sein Brustkorb mit einem tiefen Atemzug hob. *Mein ewiger Beschützer.* Sie stellte ihn sich als Stier vor, der mit den Hufen scharrte, bereit, jeden Moment durch die Menge zu preschen, sie mit seinen Hörnern in die Lüfte zu heben und mit ihr auf seinem Rücken in die Berge davonzulaufen.

Wenn seine aufeinandergepressten Kiefer und die angespannten Muskeln doch nur mit der Wirkung zu tun hätten, die sie auf ihn ausübte, und nicht mit seinem Bedürfnis, sie vor den anderen stierenden Männern zu beschützen.

Als das Lied zu Ende war, fragte Lindsay: »Bist du jetzt mal fertig damit, ihn mit deinem Blick auszuziehen?«

»Hat ja auch nichts gebracht. Du hast recht, Lindsay. Er wird nur schwer zu toppen sein, aber der Mann, den ich brauche, muss die Frau in mir erkennen, und somit ist Nick

Braden raus.«

»Da hast du verdammt noch mal recht. Komm, die Band macht ne Pause.«

»Ich brauche jetzt ein kaltes Bier.« *Und einen heißen Cowboy, der mich sexy findet.*

Als sie zur Bar gingen, unterhielten ihre Brüder sich mit einer Gruppe Frauen, doch Nicks Augen waren weiter nur auf sie gerichtet. Er trat vom Tresen weg. Mit seiner Größe von weit über eins achtzig und seinem muskelbepackten Oberkörper, dem ernsten Blick und den markanten Gesichtszügen sah Nick immer so aus, als wäre er kampfbereit. Die Leute, die bei ihm standen, wichen instinktiv zurück.

»Trix. Lindsay«, begrüßte Nick die beiden schroff. Er hob dabei kaum merklich das Kinn, griff nach Trixies Hand und zog sie an den Tresen heran. Lindsay platzierte er neben ihr, bevor er sich wie ein Bodyguard hinter die zwei stellte. »JJ«, rief er ihren Bruder hinter dem Tresen herbei und deutete auf Trixie und Lindsay.

Wenn sie den Brummbär Braden hinter sich lassen wollte, musste sie ein für alle Mal klarstellen, dass sie keinen Aufpasser brauchte. »Ich kann allein für meine Getränke sorgen, danke.«

Sie lehnte sich über den Tresen und griff sich zwei der Bierflaschen, die JJ in einem Eisfach direkt darunter aufbewahrte, um seine Kunden schnell bedienen zu können. Sie öffnete die Flaschen und rutschte zurück, bis sie wieder auf dem Boden stand und Lindsay ein Bier gab. Nick sah aus, als liefe er über Glasscherben, während er die anderen Männer beäugte, die wahrscheinlich ganz genau zugesehen hatten, wie sie ihren Hintern auf den Tresen gehievt hatte.

Trixie führte die Flasche an ihre Lippen und nahm einen ausgiebigen Schluck. »Ahh«, gab sie theatralisch von sich.

»Welch eine Erleichterung!« Gespielt reumütig fuhr sie fort: »Das war wirklich unhöflich von mir. Ich hole dir auch noch eines, Nick.«

Als sie sich umdrehte, um wieder auf den Tresen zu klettern, legte Nick die Hände um ihre Taille, hielt sie zurück und knurrte ihr quasi ins Ohr: »Wenn du deinen Hintern da noch einmal raufschwingst, trage ich dich eigenhändig und sofort aus dieser Bar raus.«

Lindsay unterdrückte ein Lachen, während Trixie sich herumdrehte. Nick stand direkt vor ihr. Er duftete männlich und wild, und ihre weiblichen Zonen jubilierten.

Gaaanz ruhig, meine Liebe!

Sie erinnerte sich daran, dass sie über ihn hinwegkommen wollte.

Mit ihrem verführerischsten Tonfall – denn es machte Spaß, ihn so zu ärgern – sagte sie: »Aus Erfahrung kann ich sagen, dass ich in dem Fall am Ende dieses Abends sehr enttäuscht wäre, Mr. Miesepeter.«

»Spiel keine Spielchen mit mir, Trixie«, warnte er sie. »Willst du, dass hier jeder Typ denkt, du wärst leicht zu haben?«

Sie trat so nah an ihn heran, dass ihr Körper seinen berührte. »Du kennst mich und weißt genau, dass dem nicht so ist, Nick. Ich bin für niemanden zu haben, wenn ich es nicht will.«

Seine Kiefermuskeln zuckten.

»Hätte ich doch nur meinen Fotoapparat dabei, um *den* Blick festzuhalten«, kommentierte Lindsay scherzend.

»Den handelt sie sich oft ein«, bemerkte Nick, ohne aufzuschauen. »Du bekommst sicher noch andere Gelegenheiten.«

Sable zwängte sich durch die Menge und beäugte sie. Trixies

Bruder Trace war mit Brindle, einer jüngeren Schwester von Sable, verheiratet. Sable konnte es in Sachen Unerschrockenheit mit jedem Mann aufnehmen, und ihr Grinsen in diesem Moment verriet Trixie, dass sie heute Abend in Bestform war.

Sable verschränkte die Arme, baute sich vor ihnen auf und klopfte mit den Fingern auf ihre Arme. »Was ist los, Braden? Du siehst aus, als würdest du Trixie gleich entweder die Kleider vom Leib reißen und sie auf den Tresen hieven oder sie übers Knie legen, um ihr eine Lektion zu erteilen.«

Ein langsames Grinsen breitete sich auf seinem Gesicht aus.

»Beides also?«, fragte Lindsay lachend.

»Ein Mann, der es wagt, die Hand gegen mich zu erheben, wird es nicht überleben«, sagte Trixie. »Es sei denn, es handelt sich um einen Klaps auf meinen Hintern *mit* meiner Erlaubnis.«

»Da hast du verdammt recht«, sagte Sable und klatschte sie ab.

Nick presste die Kiefer aufeinander, während Trixie sich an ihm vorbeischob und Sable Platz am Tresen machte.

»Wenn du weiterhin so redest, Schwesterherz, dann trage ich dich selbst aus dieser Bar heraus«, drohte Jeb.

Trixie verdrehte angesichts der Äußerung ihres ältesten Bruders nur die Augen. Jeb war ebenso wie Shane, der hinter Lindsay stand und sie ebenfalls warnend ansah, ziemlich wortkarg, wenn es um sein eigenes Liebesleben ging. Aber er hatte kein Problem damit, seine Nase in die Angelegenheiten seiner Geschwister zu stecken.

»Wo leben wir denn, in den Fünfzigern?«, fragte Lindsay. »Bin ich froh, dass ich keine Brüder habe.«

»Es ist ja wohl nicht verkehrt, auf Familie und Freunde aufzupassen«, wandte Jeb ein. »Stimmt's, Nick?«

»Absolut«, stimmte Nick zu.

Sable drehte sich mit einem Glas Wasser in der Hand um. »Ich geh mal lieber zurück auf die Bühne.« Genüsslich ließ sie den Blick an Nicks Körper hinabwandern. »Wenn du später mit diesen Lenden ein wenig trainieren willst, melde dich bei mir.«

Eifersucht kroch Trixie über den Rücken, als Sable zurück zur Bühne ging. Nick schüttelte den Kopf, und sein Grinsen ließ die Klauen dieses Gefühls noch tiefer in sie versinken.

Jeb hob eine Augenbraue. »Du und Sable ... habt ihr was miteinander?«

Shane stellte sich zwischen Trixie und Lindsay und legte die Arme um beide. »Pass auf, Kumpel. Sable verspeist die Männer zum Frühstück.«

»Nicht mich«, sagte Nick. »Ich will nicht auf ihrer Speisekarte stehen.«

Trixie fragte sich, ob er ehrlich war. Sie hatte noch nie erlebt, dass Nick log, aber Männer verhielten sich manchmal seltsam, wenn es um Frauen ging. Sie trank ihr Bier aus und versuchte, diesen ungewohnten Anflug von Eifersucht abzuschütteln.

»Hey, mal was anderes. Hat Trix euch schon von ihrer Idee mit den Partyponys erzählt?«, fragte Shane leicht belustigt.

Trixie wich unter seinem Arm weg und stellte wütend die Bierflasche auf den Tresen. »Das sind keine Partyponys, sondern Miniaturpferde.«

»Merk's dir, Bruderherz.« Amüsiert funkelten Jebs dunkle Augen. »Das werden Einhörner mit hübsch gefärbten Mähnen und Schweifen.«

Die Brüder lachten. Die Band fing an zu spielen, und Nicks Gesichtsausdruck wurde noch ernster, als er mithörte, wie Trixies Brüder Witze über ihre Geschäftsidee rissen.

»Ihr seid alles Idioten«, schnauzte Trixie schließlich. »Das sind Therapiepferde.«

Nick sah sie an. »Augenblick mal, wie genau sieht deine Idee denn aus?«

»Warum? Willst du dich auch darüber lustig machen?« Die Reaktion war mies, und den finsteren Blick, den sie hervorrief, hatte sie verdient.

»Ach, komm schon, Trix«, meine Jeb. »Wir wollen dich doch nur ärgern.«

»Ich halte das für eine brillante Idee«, warf Lindsay ein. »Wir tun uns für Einhorn-Fotosessions und Geburtstagsfeiern zusammen.«

»Danke, Lindsay. *Brillant* klingt viel besser als *süß*.«

»Du willst Miniaturpferden Hörner aufsetzen und sie Einhörner nennen«, setzte Shane nach. »Du musst schon zugeben, dass das an sich schon mal witzig ist und eine süße Idee dazu.«

Trixie sah ihn wütend an. »Ich weiß, du meinst es gut, aber wenn ich noch einmal von dir höre, dass meine Idee *süß* ist, dann werde ich deinem hübschen Gesicht ernsthaften Schaden zufügen.«

»Seinem *süßen* Gesicht«, scherzte Jeb, woraufhin Shane lachte und jede Menge andere Witze gemacht wurden, die sich allesamt auf Trixies Geschäftsidee bezogen.

Gerade als sie auf ihre Brüder losgehen wollte, legte ihr Nick eine Hand auf den Rücken und flüsterte ihr leise, aber bestimmt ins Ohr: »Lass uns gehen.«

Sogar in dieser Situation, in der die Bemerkungen ihrer Brüder sie auf die Palme brachten, sorgte seine Berührung für ein prickelndes Verlangen in ihrem verräterischen Körper, sodass ihre Gedanken ins Stolpern gerieten. Shane und Jeb machten noch einen Witz auf Trixies Kosten, woraufhin

Lindsay verbal auf die Jungs losging.

»Tanzfläche. Jetzt!«, murrte Nick und zerrte sie von den anderen weg.

Trixie warf den Kopf zurück. »Geht's noch? Ich bin nicht dein Eigentum.«

»Zwing mich nicht, dich übers Knie zu legen.«

»Das hättest du wohl gern.«

Sie wollte weggehen, doch er zog sie in seine Arme.

»Was soll das, verdammt noch mal, Nick?«

»Mir hat die Art und Weise nicht gefallen, mit der deine Brüder sich über dich lustig gemacht haben.«

Bei diesen Worten wurde sie ihm gegenüber sanftmütiger, und er fing an, diese gefährlichen Lenden zu dem langsamen Countrysong zu schwingen. Aber sie *wollte* ihm gegenüber nicht sanftmütiger werden. Und sie musste aufhören, ihn so toll zu finden!

»Man muss mich nicht beschützen. Ich bin ein großes Mädchen.«

»Was du nicht sagst, Trix. Ich weiß, dass du dich behaupten kannst. Willst du nun ein Geschäft mit Miniaturpferden aufbauen oder nicht?«

»Ja, zum Teufel, und mich wird auch keiner davon abhalten, mein ganzes Herzblut da hineinzustecken. Wenn du also glaubst, es mir ausreden zu können, hast du dich geschnitten.«

»Warum sollte ich das tun? Bin ich so ein Arschloch?«

»Na ja, du bist ein Mann«, scherzte sie.

Verärgerung und noch etwas Intensiveres, das sie nicht deuten konnte, lag in seinem Blick. »Du bist zu klug für diesen Mist, Trixie. Den Unterschied zwischen einem Arschloch und einem Gentleman erkennst du in Sekundenschnelle. Also, denk drüber nach, und wage es nicht, mich in die falsche Schublade zu stecken.«

Manchmal wünschte sie, er würde sie nicht so gut kennen, aber das war einer der Gründe, warum sie sich überhaupt in ihn verguckt hatte. Er *sah* sie. Er erkannte das Potenzial in ihr, das sie in sich spürte. Ihre Brüder taten das auch, das wusste sie, aber Nick hatte nie ihre Gefühle durch fiese Bemerkungen verletzt, auch nicht im Scherz. Als sie das Stunt Riding, diese faszinierende Akrobatik auf dem laufenden Pferd, hatte lernen wollen, waren ihre Brüder bemüht gewesen, sie von der Idee abzubringen. Sie wusste, dass sie es natürlich aus Liebe getan hatten, weil sie verhindern wollten, dass sie sich verletzte. Aber als sie Nick erzählte, dass sie es lernen wollte, hatte er ihr die Gefahren erläutert und es ihr dann beigebracht. Während sich ihr Widerstand legte, spürte sie seine starken Arme um sich und seinen köstlich an sie gedrückten Körper umso stärker.

»Alles in Ordnung?«, fragte er.

Sie versuchte, die Mauer zwischen ihnen wieder aufzubauen, aber es war, als zerbröckelten die Backsteine unter ihren Fingern. »Was soll das, Nick? Warum ist dir meine Idee so wichtig?«

»Ich bin Geschäftsmann und du bist eine verdammt gute Rancherin. Du hast ein besonderes Händchen für Pferde, und wenn du dein ganzes Herzblut in eine Sache steckst, dann wird sie nicht scheitern. Ich würde mir gern anhören, was du vorhast.«

In ihr tobte die Verwirrung und ließ sie nur ein Wort hervorbringen: »Wirklich?«

»Habe ich dich je angelogen?«, fragte er eindringlich.

Soweit sie wusste, hatte er das nicht, aber die Eifersucht meldete sich unaufhaltsam zu Wort. »Vielleicht. Was ist mit dir und Sable?«

Er zog die Augenbrauen zusammen. »Das ist nicht dein Ernst.«

»Todernst.« Ihr Puls wurde schneller.

»Sable ist eine tolle Frau. Aber nicht mein Typ.«

»Du hast also nur einfach so mit ihr geschlafen? Ich habe ihre Bemerkung über deine Lenden gehört.«

»Was? Nein! Wir haben auf der Hochzeit meines Bruders miteinander getanzt. Meine Güte, sie gehört zur Familie.«

Jetzt kam sie sich dumm vor, aber sie musste ihn einfach weiter ausfragen. »Was ist denn dein Typ?«

Er lachte leise. »Trix, willst du über deine Geschäftsidee reden? Willst du sie umsetzen? Oder willst du mich hier ins Kreuzverhör nehmen?«

Ihr Puls raste, als sie überlegte, ob sie das Gespräch weiter in diese Richtung lenken sollte, seine Vorlieben und Abneigungen herausfinden und die Puzzleteile heraussuchen sollte, um sie dann zu der Antwort zusammenzufügen, die sie suchte. Doch was war, wenn die Antworten schmerzhafter waren als das Unwissen? Zu erkennen, dass er sich nicht zu ihr hingezogen fühlte, war eine Sache, aber wollte sie es ihn wirklich sagen hören?

»Trix?« Er wartete noch immer auf seine Antwort.

Sie war einfach nur dumm. Nick war ein Macher, der das verfolgte und sich das nahm, was er wollte, und offensichtlich gehörte sie nicht dazu. Sie war nicht sein Typ. Basta. Die verletzten Gefühle schluckte sie herunter, um sich auf ihr Geschäft zu konzentrieren. »Okay, ich erzähle dir von meiner Idee. Erinnerst du dich, als ich letztes Jahr ein Pony und ein Pferd zu der Familie mit den beiden Mädchen gebracht habe? Das eine hatte Krebs und das andere saß in einem Rollstuhl.

Elsie und Cara? In Echo Beach?«

»Wie könnte ich das vergessen. Über diese Familie hast du ständig geredet. Sie hatten die Mädchen adoptiert, oder?«

»Ja. Sie haben wirklich einiges in mir ausgelöst. Als Elsie das Pony sah, strahlte sie plötzlich. Allein es zu streicheln und ihm nahe zu sein, änderte alles an ihrer Art. Ich konnte ihr Glück sehen, an ihrem Verhalten, ihrem Tonfall. Und als Cara auf dem Pferd saß? Oh, Nick …« Sie seufzte. »Stell dir ein kleines Mädchen vor, das nicht gehen kann, das die Welt plötzlich aus dem Sattel sieht und diese Art von Freiheit zum ersten Mal erlebt.«

»Es kann das ganze Leben verändern.«

»Das hat es. Ihre Mom hat mir erzählt, dass beide mit fehlender Akzeptanz durch Gleichaltrige zu kämpfen hatten, aber die Verbindung zwischen den Mädchen und den Pferden entstand unmittelbar. Eine Stunde später konnte ich ihre neue Energie noch immer spüren, und das Strahlen in ihren Augen war sogar noch heller. Die beiden Mädchen haben so hoffnungsvoll über die Zukunft geredet. Auch das war offensichtlich neu für sie. Als ich dann später an dem Nachmittag abfuhr …«

»Weinte ihre Mom, weil das Pony und das Pferd schon nach dieser kurzen Zeit viel bewirkt hatten.«

»Das weißt du noch«, sagte sie leise.

»Du hattest Tränen in den Augen, als du es mir erzählt hast. Das vergisst man nicht so schnell.«

Ihr hoffnungsvolles Herz wollte sich daran festklammern und alles Mögliche hineininterpretieren, aber sie würde nur mehr darin sehen, als wirklich vorhanden war, daher erzählte sie ihm weiter ihre Geschichte. »Ich habe Kinder und Pferde unzählige Male zusammen erlebt, aber an diesem Tag machte irgendetwas in mir Klick. Da habe ich angefangen, mich mit Reittherapie zu beschäftigen.«

»Das hattest du vor einiger Zeit schon mal erwähnt.«

Wieder hätte sie die Bemerkung gern zu ihren Gunsten ausgelegt, doch sie verbot sich diesen Gedanken. Ein schnelleres Lied wurde nun gespielt, aber sie bewegten sich weiter langsam hin und her. »Jeder Pferdebesitzer weiß, dass die Tiere das Leben der Menschen verändern. Aber als ich anfing zu recherchieren und mehr darüber erfuhr, dass sogar die Bodenarbeit mit Pferden Menschen mit verschiedensten Krankheiten helfen kann, wusste ich, dass ich meine Bestimmung gefunden hatte. In dem Moment hatte ich die Idee zu *Rising Hope*, denn ich will kranken Menschen Hoffnung machen. Ich will mit Miniaturpferden arbeiten, die in Krankenhäusern und Pflegeheimen eingesetzt werden können, und ich werde die Pferde als Einhörner darstellen. Ich möchte Kinderpartys anbieten, weil es bestimmt Spaß macht und weil ich ein Einkommen brauche, während ich die Tiere zu Therapiepferden ausbilde. Vielleicht arbeite ich – wo immer ich mein Geschäft auch aufziehen werde – auch mit Pferden in normaler Größe, um zusätzlich zu der Bodenarbeit auch Reittherapie anzubieten. Buttercup ist dazu bereit.« Buttercup war eine sechsjährige Stute, die sie schon als Fohlen bekommen hatte.

»Sie hat das perfekte Temperament dafür. Und es scheint genau dein Ding zu sein. Du kannst sicher wunderbar mit Kindern umgehen. Jetzt ergibt die Sache mit den Einhörnern auch einen Sinn.«

Er sagte das ohne jegliche Ironie, und dafür war sie ihm dankbar. »Was gibt es Zauberhafteres als Einhörner? Ich glaube, es wird den Kindern und vielleicht sogar einigen Erwachsenen dadurch noch mehr Freude bereiten. Wir brauchen doch alle ein wenig Zauber und Hoffnung in unserem Leben, oder? Ich habe so viele Ideen, Nick, und ich bin mir darüber im Klaren, dass es etwa zwei Jahre dauern wird, bis es richtig läuft. Die Pferde müssen ausgebildet werden und ich muss Kontakte zu Krankenhäusern, Pflegeheimen, Reha-Zentren und anderen Organisationen knüpfen.«

»Zwei Jahre klingt realistisch«, stimmte er zu. »Die Pferde müssen lernen, sich an eine Fülle von Umständen anzupassen: Treppen, Fahrstühle, verschiedenste Umgebungen und Geräusche.«

»Richtig. Ich habe vor, weiter auf unserer Ranch zu arbeiten, und ich habe Ersparnisse. In Meadowside wird in diesem Jahr vielleicht noch ein Kleinbauernhof versteigert, mit dem ich liebäugele.« Meadowside lag neben Oak Falls. »Wenn das nichts wird, dann kommt vielleicht die Farm einer Familie infrage, die ihren Besitz verkleinern will.«

»Wirklich?« Die Überraschung war ihm anzusehen. »Du willst ein Grundstück kaufen?«

»Nur wenn ich einen guten Preis bekomme. Ich habe schon mit Beckett über ein Darlehen gesprochen.« Trixie war mit Beckett Wheeler aufgewachsen, der es in der Finanzwelt weit gebracht hatte und nun als Privatinvestor tätig war.

»Warum arbeitest du nicht von der Ranch deiner Eltern aus und sparst das Geld? Ich bin mir sicher, sie haben genug Platz.«

»Das haben sie, aber du weißt ja, wie meine Brüder sind. Wenn ich das auf dem Besitz meiner Eltern aufziehe, werde ich mir ständig deren Witze anhören und versuchen müssen, ihnen zu beweisen, dass das, was ich mache, wichtig ist. Da habe ich keine Lust drauf, auch wenn ich weiß, dass sie es nicht böse meinen. Ich will das allein durchziehen, Nick, angetrieben von der Vision, die ich habe, und nicht von dem Bedürfnis, irgendjemandem etwas zu beweisen. Ich möchte Licht und Hoffnung in das Leben von Menschen tragen, und zwar mithilfe der Tiere, die ich liebe. Auf Geburtstagsfeiern mit Minipferden aufzutauchen, kommt dir sicher etwas albern vor, aber es ist ein Anfang, während ich die Pferde ausbilde. Und ich weiß, dass ich damit Erfolg haben kann.«

»Es kommt mir überhaupt nicht albern vor. Ich bin von der Reittherapie überzeugt – und deine Brüder auch, egal was sie für blöde Kommentare abgeben. Aber hast du dir die geschäftliche Seite genau angesehen? Kannst du von Anfang an davon leben und auch einen Kredit abzahlen?«

»Ich denke schon. Die Versicherung ist teuer, und ich weiß, dass ich bei Weitem nicht so viel verdienen werde, wie ich es gewohnt bin. Du trainierst Pferde, die bei Filmaufnahmen eingesetzt werden, und bei deinen Shows und Wettkämpfen verdienst du bestimmt einen Haufen Geld. Das hier ist ein vollkommen anderer Bereich und ich bin ein einfaches Mädchen. Ich brauche keinen Luxus.«

Er hob eine Augenbraue. »Einfach bist du nicht.«

»Okay, ich bin eine Nervensäge, aber ich führe ein einfaches Leben.«

»Das kann ich unterschreiben. Hast du überlegt, vielleicht Shows zu machen, um deine Einkünfte zu steigern? Damit könntest du gut was verdienen. Du bist eine großartige Trickreiterin und eine fantastische Trainerin.«

Nick teilte kein Lob aus, wenn er es nicht wirklich meinte. Das war eines der Dinge, die sie an ihm mochte. »Ich habe vom Besten gelernt.«

»Stimmt«, meinte er selbstgefällig.

»Aber ich glaube, ich möchte mich auf die Ausbildung der

Pferde und den Aufbau der Therapiearbeit konzentrieren, anstatt meine Energie in andere Sachen zu stecken, außer natürlich der Ranch meiner Eltern.«

»Das ist sicher sinnvoll. Hast du überlegt, ob du Pferde kaufen willst, die schon für die Therapie ausgebildet sind?«

Er hörte ihr zu, versuchte zu helfen und sie fühlte sich klug und anerkannt. Sie war froh, dass sie nicht versucht hatte, mehr von ihm über seinen Frauentyp herauszufinden. Seine Freundschaft gab ihr so viel, wie nichts anderes es je vermocht hatte, und es wäre dumm, ihn zu bedrängen, wenn doch nie etwas dabei herauskäme.

»Ja, aber sie sind wirklich teuer, und ich möchte meine Pferde von Anfang an selbst ausbilden. Es wird viel Arbeit auf mich zukommen, aber das ist es wert. Hältst du es für einen Fehler?«

»Nein, ich möchte nur sichergehen, dass du an alles gedacht hast.«

»Danke, dass du nicht über mich lachst, Nick.«

»Ich würde nie über dich lachen, nur mit dir.« Er schmunzelte. »Ich habe eine Idee. Mein Kumpel Travis Helms züchtet die besten Minipferde in ganz Maryland und Virginia. Wenn du es mit der Sache ernst meinst und auch keine ausgebildeten Pferde kaufen willst, dann ist er die richtige Anlaufstelle. Und du weißt ja auch, dass meine Cousine Musiktherapeutin ist.« Tempest, die ältere Schwester von Ty, war eine von den sechs Cousins und Cousinen von Nick aus Peaceful Harbor. »Sie kann dir sicher Ratschläge geben, wie du Kontakte zu den Krankenhäusern, Pflegeheimen und vielleicht sogar zu anderen Einrichtungen aufnehmen kannst, die du noch gar nicht in Betracht gezogen hast.«

»An Tempe habe ich noch gar nicht gedacht. Sie hat

bestimmt ein paar gute Tipps.«

»Warum kommst du nicht für ein paar Wochen auf meine Ranch, recherchierst ein wenig, stellst einen richtigen Businessplan auf, kaufst dir deine Pferde. Du willst die Tiere bestimmt mehrmals besuchen und dich mit ihnen vertraut machen, um sicher zu sein, dass sie den richtigen Charakter für die Therapie haben. Mit wie vielen Pferden willst du anfangen?«

»Drei oder vier, denke ich.«

»Dann solltest du vor dem Kauf auch darauf achten, dass sie gut miteinander auskommen. Und du weißt ja, wenn du sie jung kaufst, sind sie es nicht gewohnt, vom Muttertier getrennt zu leben. Du wirst viel Fingerspitzengefühl an den Tag legen müssen. Ich helfe dir dabei, sie einzugewöhnen und sie auszubilden, wenn du möchtest, und dann musst du dich auch nicht mehr mit den wohlgemeinten Frotzeleien deiner Brüder abgeben.«

Es war kaum zu glauben, wie viel er ihr anbot. Wenn es um Pferde ging, war er der kompetenteste Mensch, den sie kannte. In ihrer Familie waren alle Viehzüchter. Zwar ritten ihre Brüder Wildpferde zu, aber sie arbeiteten nicht mit ihnen wie Nick. Er bildete Pferde für Filme aus, die an der Ostküste gedreht wurden, und er tat es mit Feingefühl. Er hatte eine geduldige und freundliche Art von Autorität, die Respekt bewies und auch verlangte. Ebenso verhielt er sich auch den Menschen gegenüber. Sie hatte von ihm so viel über die Arbeit mit Pferden gelernt, dass sein Angebot ihr wie das schönste Geschenk vorkam.

»Meinst du das ernst, Nick?« Fragen und Ideen schwirrten ihr im Kopf umher. Sie hatte die endgültige Entscheidung, sich mit ihrer eigenen Geschäftsidee selbstständig zu machen, immer hinausgeschoben, und jetzt wurde ihr auch klar, warum sie gezögert hatte. Es lag daran, dass ihre Brüder sie nicht ernst genommen hatten, und trotz ihres Selbstvertrauens hatte sie doch genau das zurückgehalten.

»Absolut.«

»Danke!« Die Freude überwältigte sie so, dass sie ihm um den Hals fiel. »Ich habe keine Ahnung, wie ich mich dafür revanchieren soll, aber ich werde Miete zahlen, kochen, die Ställe ausmisten. Ich mache alles, was nötig ist!«

Er lachte. »Nichts ist nötig, Trix. Ich will nur, dass du erfolgreich bist.«

»Mein Gott, ich freue mich so, dass ich gar keinen richtigen Gedanken fassen kann.«

»Ja, du zitterst richtig.« Er hielt sie noch fester. »Wann willst du kommen?«

»Hm … Wann willst du mich haben?« Noch während sie das aussprach, meldete sich eine kleine Stimme in ihrem Kopf: *Er will dich nicht …*

Würde das irgendwann aufhören?

Würde der Schmerz, der damit einherging, weniger werden?

Wie war es nur möglich, gleichzeitig so voller Freude und Schmerz zu sein? Sie kannte die Antwort darauf. Seit Jahren schon hegte sie Gefühle für Nick. Endgültig mit ihnen abzuschließen, würde Zeit benötigen.

»Morgen? Nächstes Wochenende? Wann immer du willst. Du musst es nicht jetzt sofort entscheiden. Schreib mir und lass es mich wissen. Ich fahre gleich nach Hause.«

»Okay, lass mich das Ganze organisieren. Mein Gott, Nick! Ich mache das wirklich! Und dank dir wird es nicht nur möglich, sondern auch noch viel besser, als ich es mir erträumt hatte!« Sie umarmte ihn noch einmal, fester als je zuvor. »Vielen, vielen Dank. Ich werde dich stolz darauf machen, dass du an mich geglaubt hast.«

Als sie von ihm abließ, zog Nick sie wieder an sich und schaute ihr gequält in die Augen.

»Was? Bereust du schon, dass du mir das Angebot gemacht hast?« Mit zugeschnürter Kehle sah sie ihn an. »Willst du es zurücknehmen? Das wäre in Ordnung. Ich verstehe das.«

»Ich halte nichts von Reue.«

»Warum siehst du mich dann so an?« Leise scherzte sie: »Falls du Sorge hast, dass du mich jeden Abend ins Bett bringen musst wie in Colorado … Du kannst ja den Alkohol verstecken.«

Er schüttelte grinsend den Kopf.

»Was macht dir dann zu schaffen? Du machst mich ganz nervös.«

»Hast du in letzter Zeit mal in den Spiegel geguckt? Wir sind vielleicht nur Freunde, aber ich bin trotzdem noch ein Mann.«

In ihrer Begeisterung brauchte sie einen kurzen Moment, um zu begreifen, was all ihr Knuddeln und Umarmen bei ihm angerichtet hatte. Doch jetzt spürte sie seine verlockende Erregung. Verwirrt durch diese neue Erkenntnis konnte sie nur seine zuckenden Kiefermuskeln anstarren, während er etwas Abstand zwischen sie brachte. Um sie herum tanzten Paare, doch sie war so in ihr Gespräch – und jetzt *das hier* – vertieft gewesen, dass sie vollkommen vergessen hatte, dass sie mitten auf der Tanzfläche standen.

Einige Zeit später – ob es zwei oder zehn Minuten waren, konnte sie beim besten Willen nicht sagen – tippte er sich an den Hut und zeigte ihr sein knieerweichendes Lächeln. »Wir sehen uns, Darling.«

Sie war zu benommen, um sich zu regen, und so sah sie ihm

nur hinterher, als er durch die Menge Richtung Ausgang marschierte. *Bilde dir bloß nichts darauf ein!*, ermahnte sie sich gebetsmühlenartig.

<h1 style="text-align:center">Zwei</h1>

Trixie stand voll unter Adrenalin, als sie das Vieh von einer Weide auf die nächste trieb und eine morgendliche Aufgabe nach der anderen erledigte. Die ganze Nacht hatte sie wach gelegen, über Nicks Vorschlag nachgedacht und auch über die Wirkung, die sie auf ihn ausgeübt hatte. Sie würde sein Angebot annehmen und wollte mit ihrer Familie beim Mittagessen darüber reden. Die Ablenkung war wegen dieser anderen Sache nötig. War seine Reaktion nur Zufall gewesen? Oder hatte sie einfach nie bemerkt, was sie in ihm auslöste? Sie hatte geglaubt, die körperliche Arbeit wäre die perfekte Ablenkung, aber ihre Gedanken wanderten immer wieder zu diesem Moment zurück, und seine Stimme geisterte ihr den ganzen Morgen im Kopf herum. *Hast du in letzter Zeit mal in den Spiegel geguckt? Wir sind vielleicht nur Freunde, aber ich bin trotzdem noch ein Mann.*

Während sie vergeblich versuchte, diese Gedanken beiseitezuschieben, trug sie einen Sattel in die Sattelkammer und nahm sich einen Augenblick, um die Bilder an der Wand zu betrachten, die die Vorfahren zeigten, welche vor ihr auf der Ranch gearbeitet hatten. Die Jericho-Ranch war von zwei Generationen weitervererbt worden und war die erste Viehranch in Oak Falls gewesen. Trixie liebte alles an der Arbeit hier, von den strapaziösen Pflichten, dem Duft der Tiere, des Heus und des Leders, bis hin zu der Zusammenarbeit mit Shane, Trace und ihrem Vater. Gemeinsam erledigten sie die täglichen Aufgaben und arbeiteten mit den Pferden, aber Trace und Shane kümmerten sich zusätzlich um die Gerätschaften und Gebäude, beaufsichtigten die Mitarbeiter und stellten die Arbeitspläne auf. Trixie dagegen war für den Kauf und Verkauf von Vieh zuständig und erledigte andere administrative Aufgaben, wie zum Beispiel den Bestand der Vorräte im Auge zu behalten. Die Arthritis ihres Vaters war in den letzten Jahren so schlimm geworden, dass er keine körperlichen Arbeiten mehr übernahm. Er hielt jetzt die Bücher auf dem Laufenden und ging sie monatlich mit Trixie und ihren Brüdern durch. Sie war stets mit einbezogen worden, damit sie jeden Aspekt des Betriebs verstand, und ihre bescheidenen Eltern waren gute Lehrmeister gewesen. Sie fühlte sich bestens darauf vorbereitet, ihren eigenen Betrieb zu führen. Aber am meisten gefiel ihr an der Arbeit auf der Ranch, dass sie damit Teil ihrer Familientradition war.

Die Ironie an der Tatsache, dass sie nun etwas Eigenes brauchte, blieb ihr nicht verborgen. Aber war das so verwunderlich? Ihre Brüder hatten sich einen Ruf als Pferdeflüsterer gemacht. So lange Trixie sich erinnern konnte, ritten die Jungs vor Sonnenaufgang Wildpferde zu. Sogar Jeb und JJ, die nicht mehr auf der Ranch arbeiteten, nahmen noch an ihren vor der Dämmerung stattfindenden Rodeos – auch als Bromance-Sessions bekannt – teil. Obwohl Trixie damit aufgewachsen war, vor oder nach der Schule das Vieh zu treiben, Kälbern auf die Welt zu helfen und Aufgaben auf der Ranch zu übernehmen, waren ihre Brüder in mancher Hinsicht Männer der alten Schule. Ebenso wie sie versucht hatten, ihr das

Trickreiten auszureden, hatten sie ihr nie erlaubt, sich auf ein Wildpferd zu setzen. Sie wollte es auch gar nicht, aber sie mochte es nicht, wenn man ihr sagte, dass sie etwas nicht durfte oder konnte.

Sie verließ die Scheune und blinzelte gegen die blendende Sonne an. Trace kam um das Gebäude herum. »Hey«, sagte sie und ging neben ihm her. »Gehst du zum Mittagessen?« Ein weiterer Vorteil der Arbeit mit ihrer Familie waren die großartigen Mahlzeiten, die ihre Mutter für sie kochte.

»Ja, Shane ist schon da. Heute ist es unglaublich heiß, oder?« Er nahm seinen Hut ab und wischte sich mit dem Unterarm über die Stirn. Er hatte das Grübchen am Kinn und auch die positive Einstellung von ihrer Mutter geerbt. Von ihren Brüdern war er immer der großspurigste gewesen, aber seit seine und Brindles Tochter Emily »Emma« Louise auf der Welt war, strahlte er eine gewisse innere Ruhe aus. »Brindle kommt auch mit Emma Lou vorbei.«

Alle nannten seine Tochter Emma, aber Trace bestand darauf, sie Emma Lou zu nennen, was in Brindles Ohren zu *ländlich* klang. Aber wie Trixie und ihre anderen Geschwister war Trace stolz auf seine ländlichen Wurzeln, die er bis ans Ende seiner Tage verteidigen würde.

»Schön! Ich freu mich auf die zwei.« Trixie liebte ihre Nichte abgöttisch, und sie würde sie vermissen, wenn sie ihren Plan durchzog, ein paar Wochen bei Nick zu bleiben, um ihren eigenen Betrieb auf die Beine zu stellen.

»Ich auch. Heute Morgen hat sie schon wieder geweint, als ich ging. Mensch, wie ich das hasse! Zweimal bin ich zurückgegangen, um sie zu beruhigen, bevor ich endlich loskam.«

»Hab mich schon gefragt, warum du heute so spät dran

warst. Ich dachte, Brindle hätte dir gesagt, dass du nicht zurück-kommen darfst, wenn sie weint. Du solltest wahrscheinlich mal auf deine Frau hören.«

Er warf ihr einen Seitenblick zu, während sie den Hügel hinauf zum Haus ihrer Eltern gingen. »Könntest du einfach so gehen, wenn diese kleine Prinzessin sich die Augen ausweint?«

»Wahrscheinlich nicht.«

»Eben. Das Elternleben ist ganz schön hart.« Seine Stimme klang nun ernster. »Gibt es etwas, das du mir über dich und Nick erzählen möchtest?«

»Bist du ein Hellseher, oder was?«

Er sah sie missmutig an. »Echt jetzt? Es stimmt also? Du hast was mit ihm? Er ist ein toller Typ, Trix, aber er lebt in Maryland. Wie soll das was werden?«

»Was?! Nein, ich habe nichts mit Nick.« *Aber dank dir denke ich jetzt wieder an gestern Abend.* »Wer erzählt so etwas?«

»Niemand. Ich hab nur gehört, ihr beiden seid euch auf der Tanzfläche ganz schön nah gekommen.«

»Shane redet zu viel. Wir haben uns *unterhalten*, und wenn Shane nicht so sehr damit beschäftigt gewesen wäre, Heather Ray abzuchecken, hätte er bemerkt, dass Nick zwei Stunden vor mir gegangen ist.« Heather Ray war eine vollbusige Blondine mit einem eindeutigen Ruf.

»Oh, tut mir leid. Das klang so, als liefe da etwas zwischen euch.«

»Da läuft auch was, aber nicht das, was du denkst.« Sie blieb stehen und stemmte die Hand in die Hüfte. »Aber *wenn* ich was mit ihm oder sonst irgendjemandem hätte, wäre das meine Angelegenheit, nicht deine und auch nicht Shanes.«

»Wir passen nur auf dich auf.«

»Kommst du deshalb manchmal mit, wenn ich dorthin

fahre? Um sicherzustellen, dass da nichts zwischen uns läuft?«

»Nein«, erwiderte er mit einem frechen Grinsen. »Ich komme mit, weil wir alle wissen, dass du nach Maryland fährst, um mit Jilly in den Bars einen drauf zu machen.«

»Ja, und? Was geht dich das an? Außerdem weißt du, dass ich immer bei Nick übernachte. Glaubst du wirklich, dass ich irgendeinen Typen dahin abschleppen würde?« Sie marschierte den Hügel hinauf. »Er spielt sich ebenso als Beschützer auf wie ihr.«

»Du kannst mir nicht erzählen, dass du nicht manchmal erst um zwei Uhr nachts bei Nick wieder auftauchst.«

»Und?«

»Und jeder weiß, dass nach Mitternacht nichts Gutes passiert.«

Sie lachte. »Dein Ernst? Du klingst schon wie Dad. Du bist derjenige, der immer gesagt hat, alles Gute passiert erst nach Mitternacht.«

»Das ist auch so«, meinte er arrogant. »Aber ich will nicht, dass *dir* das passiert.«

»Du bist ein Arsch«, sagte sie, als sie oben auf dem Hügel ankamen. Brindles Auto und Jebs Pick-up standen auf der Auffahrt.

»Was macht Jeb denn hier?«, fragte Trace.

»Keine Ahnung. Er hat vor etwa einer Stunde mit Dad im Garten geredet.«

Sie betraten das großzügig geschnittene, mit sechs Schlafzimmern ausgestattete Farmhaus. Der Anblick der karierten Couchgarnitur, die ihre Kindheit überlebt hatte, und der verblassten Teppiche, die sie und ihre Brüder oft zusammengerollt und beiseitegeschoben hatten, damit sie auf Socken über das Parkett gleiten konnten, hatte etwas Tröstliches für

Trixie. Als sie an der Treppe vorbeigingen, erinnerte sie sich daran, dass sie gelegentlich auf Zehenspitzen mitten in der Nacht hinuntergeschlichen war, um sich mit ihren Freundinnen zu treffen. Normalerweise hatte einer ihrer Brüder sie dabei erwischt und sie nach Hause geschleppt – nicht ohne ihr auf dem gesamten Weg eine Moralpredigt zu halten. So ärgerlich es auch gewesen sein mochte, sie hatte eine großartige Kindheit dort verlebt und hätte um nichts auf der Welt tauschen wollen.

Sie folgten dem Duft frisch gebackener Cookies in die großzügig ausgelegte Küche. Auf dem Tisch standen ein Servierteller mit Sandwiches, der berühmte Makkaroni-Auflauf ihrer Mutter, ein großer gemischter Salat und das übliche selbst gemachte Dressing. Ihr Vater stand beim Kühlschrank, mit Emma auf dem Arm und im Gespräch mit Brindle. Jeb lehnte sich gegen die Arbeitsplatte und aß ein Stück von der Wassermelone, die ihre Mutter gerade neben ihm aufschnitt.

Brindles dunkel geschminkte Augen strahlten, als sie Trace kommen sah. »Da ist ja mein Göttergatte!« Sie sah süß aus in ihren Shorts und dem gerüschten rosafarbenen Top, als sie ihm entgegeneilte und die blonden Haare ihr über die Schultern fielen.

»Hab dich vermisst, Schatz.« Trace gab seiner Frau einen Kuss, nahm ihre Hand und wandte sich seinem Vater zu. »So, alter Herr, du darfst mir meine Kleine geben.«

»Ich hoffe, ihr habt Hunger mitgebracht«, meinte ihre Mutter gut gelaunt. Nancy Jericho hatte eine ebenso süße und positive Ausstrahlung wie ihr Mann Waylon schmallippig und ernst wirken konnte. Ihr kastanienbraunes Haar hatte sie zu einem Pferdeschwanz zurückgebunden, und sie trug eines ihrer schlichten Trägerkleider, in denen sie den ganzen Sommer über anzutreffen war.

»Ich komme um vor Hunger. Danke, dass du meine Lieblingskekse gebacken hast, Mom.« Trixie schnappte sich einen Himbeer-Chocolate-Chip-Cookie von dem Kuchengitter, auf dem sie zum Abkühlen lagen, und biss ab.

»Du meinst *meine* Lieblingskekse.« Jeb nahm ihr den Cookie aus der Hand und steckte ihn sich gleich ganz in den Mund.

»Hey! Dann nehm ich mir eben die alle.« Trixie nahm ein Kuchengitter und trug es zu einer Arbeitsfläche am anderen Ende der Küche.

Brindle und ihre Mutter lachten.

»Das ist mein Mädchen«, sagte ihr Vater. Er war ein kräftiger Mann mit breiter Brust, das kurze Haar stark von Grau durchzogen. Mit einem einzigen Blick aus seinen tief liegenden ernsten Augen konnte er alle seine fünf Kinder zugleich zum Schweigen bringen. »Wie lief's mit Blossom, Trace? Hat sie Schwierigkeiten gemacht?« Blossom war eines ihrer älteren Pferde und sie war gestern nicht gut drauf gewesen.

»Ihr geht's gut. Hatte wohl nur einen schlechten Tag.« Trace setzte sich mit Emma auf dem Arm an den Tisch und gab ihr einen Kuss auf das feine dunkle Haar.

Trixie hörte die Haustür aufgehen und nur Sekunden später ertönte JJs Stimme: »Ich rieche Cookies!« Seine schweren Schritte kamen näher. »Ihr feiert hier irgendwas ohne mich?« Er betrat die Küche und rieb sich freudig die Hände, als er das Essen erblickte. »Scheint, als käme ich gerade rechtzeitig.«

»Ist dein Kühlschrank schon wieder leer?«, neckte ihn Trixie. JJ arbeitete sehr viel, und es war nicht ungewöhnlich, dass er auftauchte, um eine Mahlzeit zu schnorren.

Grinsend nahm er zwei Kekse vom Gitter. »Nee, ich hab neulich eingekauft. Ich war auf dem Weg nach Hause, von …

äh …« Er hob die Augenbrauen und ihre Brüder schmunzelten.

»Dein Ernst? Du bist in einem fremden Bett aufgewacht und fährst anschließend zu Mama und Papa?« Trixie sah zu Trace. »Und ihr macht euch Sorgen um *mich*?«

»Du bist eine Frau«, sagte JJ und gab Emma einen Kuss auf die Stirn.

»Eine starke Frau, die gut allein zurechtkommt und genügend Selbstachtung hat, um nicht so etwas zu tun«, sagte ihre Mutter und hielt JJ ihre Wange hin. »Hallo, mein Schatz. Du weißt, dass ich es nicht mag, wenn ihr Jungs durch die Betten zieht.«

»Keine Sorge, Ma. Ich bin nicht durch die Betten gezogen. Ihr habt mich gut erzogen.« JJ nahm auf einem Stuhl Platz. »Wo steckt Shane?«

»Hier.« Shane betrat genau in dem Moment die Küche. Er trug die Haare kürzer als ihre anderen Brüder, und er war der Einzige von ihnen, dessen Arme Tattoos zierten. »Ich musste gerade noch einen Anruf entgegennehmen.«

»Von Heather?« Trixie hob eine Augenbraue.

»Läuft da irgendwas?«, wollte Brindle wissen, als sie sich zu Trace setzte.

»Das wüsstest du wohl gern.« Shane setzte sich an den Tisch und nahm sich ein Sandwich.

»Ja«, meinte Brindle. »Ich weiß gern genauestens Bescheid.«

»Ich nicht. Bitte behalte die Einzelheiten für dich.« Trixie setzte sich, nahm sich von dem Makkaroni-Auflauf und sah dann zu Shane. »Aber wenn du nicht aufhörst, Gerüchte über mich zu verbreiten, dann werde ich dafür sorgen, dass ein paar sehr eindrückliche über dich die Runde machen.«

Shane warf Trace einen wütenden Blick zu.

»Ihn brauchst du gar nicht anzusehen. Du weißt, dass ich

gestern Abend nicht mit Nick nach Hause gegangen bin«, fauchte Trixie ihn an.

Ihr Vater bedachte Shane mit einem seiner finsteren Blicke, die wie eine Wahrheitsdroge wirkten.

Shane hob die Hände. »Was? Ich habe nur gesagt, dass sie und Nick ziemlich vertraut auf der Tanzfläche ausgesehen haben, und das war ja auch so. Stimmt's, Jeb?«

Jeb sah Trixie entschuldigend an. »Ihr habt zu den schnellen Liedern langsam aneinander getanzt, also ja. Tut mir leid, Trix.«

»Sable hat das Gleiche gesagt.« Brindle schaute zu Trixie. »Aber ich habe zu ihr gesagt, wenn da zwischen dir und Nick was liefe, würde ich es vor allen anderen in Oak Falls wissen. Stimmt's?«

»Natürlich«, sagte Trixie. Brindle und zwei ihrer Schwestern, Amber und Morgyn, standen zusammen mit Lindsay auf Trixies Engste-Freundinnen-Liste. Morgyn war mit Nicks jüngstem Bruder Graham verheiratet. Nicks Schwester Jillian stand auch auf dieser Liste, auch wenn Trixie Jillian ihre Gefühle für Nick nicht anvertraute. Sie wollte nicht, dass ihr Verhältnis darunter litt.

»Ihr wart ziemlich lange auf der Tanzfläche«, meinte JJ und griff nach einem Sandwich.

»Schön für dich und Nick, Kleines«, urteilte ihre Mutter an Trixie gewandt. Sie stellte die Schale mit den Wassermelonenstücken auf den Tisch und setzte sich zu ihnen. »Der junge Mann ist ein richtiger Gentleman.«

Ihre Brüder sahen sich grinsend an.

»Wenn ihr etwas zu sagen habt, Jungs, dann schlage ich vor, ihr sagt es einfach.« Der wissende Blick ihrer Mutter wanderte von einem zum anderen.

Ihre Brüder brachten ihren Gesichtsausdruck unter

Kontrolle und schoben sich etwas zu essen in den Mund.

»Also, ich habe etwas über Nick zu sagen«, verkündete Trixie. »Er hat mir angeboten, mir dabei zu helfen, meine Firma auf die Beine zu stellen. Er kennt einen der besten Züchter von Miniaturpferden, und er hat Beziehungen, die für mich wirklich hilfreich sein könnten. Nick hat mir sogar angeboten, bei der Ausbildung der Pferde zu helfen. Wenn wir die Arbeitspläne mit unseren Mitarbeitern auf der Ranch anpassen können, würde ich gern dieses Wochenende hinfahren und ein paar Wochen dortbleiben.«

»Wow! Das ist ja klasse!«, rief Brindle aus.

»Ja, ich freue mich wirklich darauf«, sagte Trixie, obwohl sie nun nervös wurde, als sie die Anspannung in den Gesichtern ihrer Brüder sah.

»Mir war nicht klar, dass du schon so weit bist, um direkt loszulegen«, sagte JJ.

Shane beugte sich vor. »Wir haben hier in der Gegend auch Händler, die Minipferde verkaufen, und Dad hat dir einen Bereich auf der Ranch angeboten. Warum musst du dafür zu Nick gehen?«

Jeb verschränkte die Arme. »Das sind gute Argumente.«

Ihr Vater verfolgte die Unterhaltung aufmerksam. Ihre Eltern hatten sie immer alles zunächst unter sich regeln lassen, bevor sie sich einmischten. Trixie war davon überzeugt, dass dies einer der Gründe dafür war, dass sie alle eine so starke Persönlichkeit hatten.

»Was springt für Braden bei diesem Deal heraus?«, wollte Shane wissen.

Wut legte sich schwer auf Trixies Brust. »Er hilft mir, weil er meine Fähigkeiten anerkennt, nicht weil er irgendwelche sexuellen Gefälligkeiten erwartet.«

»Lass sie in Ruhe, Shane«, sagte Trace. »Hören wir erst mal zu, was sie zu erzählen hat.«

»Ja, immerhin kennen und vertrauen wir Nick«, warf JJ ein.

Ihr Vater nickte zustimmend.

Verärgert darüber, dass überhaupt irgendetwas anderes als Pläne besprochen wurden, fuhr Trixie fort: »Nick bietet mir den Platz, seine Beziehungen und seine Zeit an, und ich nehme sein Angebot an. Könnt ihr die Pläne so ändern, dass ich ein paar Wochen frei habe, oder nicht? Ich weiß, dass unsere neuen Helfer gern aufstocken würden.«

»Du hast recht, sie haben nach mehr Stunden gefragt«, sagte ihr Vater. »Aber ich würde gern wissen, warum du für das alles abhauen musst.«

Ein winziges Schuldgefühl bahnte sich den Weg durch ihr Herz. »Ich haue nicht ab, Dad. Der Standort meines Unternehmens wird hier sein, wie wir es besprochen haben. Meggie Tipster hat sich für mich nach Zwangsversteigerungen umgesehen, und ich habe Gerüchte gehört, dass die Kincaids ihren Besitz eventuell aufteilen. Mit Beckett habe ich schon wegen eines Darlehens gesprochen.« Sie waren zusammen mit Meggie aufgewachsen, die jetzt als Maklerin arbeitete. »Ich gehe nicht für immer nach Maryland, aber hier kann ich das, was ich will, nicht mit einem guten Gefühl auf die Beine stellen.« Sie sah ihre Brüder an. »Seit Monaten rede ich davon, dass ich das machen will, und ihr findet meine Geschäftsidee immer noch *süß*. Das zieht den Wert dessen ins Lächerliche, was mir wichtig ist.«

»Wir machen nur über diese Partyponys Witze, Trix«, sagte Jeb.

»Ich weiß, aber trotzdem. Ihr habt mein ganzes Leben lang darüber entschieden, was ich kann und was nicht. Ich musste zu

Nick gehen, um das Trickreiten zu lernen, und ich bin verdammt gut darin. Ich hab euch wirklich lieb, und ich weiß, dass ihr mich unterstützen werdet, aber ich kann nicht – nein, ich will nicht versuchen, meine Firma hier aufzubauen, wo ich nicht ernst genommen werde.«

»Mann, Schwesterherz«, sagte Trace. »Du bist ein wesentliches Mitglied unseres Betriebes hier. Nur weil wir herumflachsen, heißt das nicht, dass wir dich nicht ernst nehmen. Wir wissen, wie großartig du bist.«

»Das stimmt. Er schwärmt ständig davon, wie du alles geregelt bekommst«, bestätigte Brindle.

»Klar, aber …«

»Es reicht«, ging ihr Vater dazwischen.

Nervös sah sie zu ihm. »Aber, Dad!«

Mit erhobener Hand brachte er sie zum Schweigen. »Du hast genug erklärt. Wir haben vier gute, loyale Männer großgezogen, und wir haben dich zu einer starken Frau erzogen, die sagt, was sie denkt. Aber irgendwo haben wir eindeutig einen Fehler gemacht, denn unsere Tochter sollte nie das Gefühl haben, dass sie nicht ernst genommen wird. Wir halten dir den Rücken hier frei, während du weg bist, und wenn du zurückkommst, wird hier einiges anders laufen.«

Drei

Wie im Flug verging der Rest von Trixies Woche, in der sie packte, einen detaillierteren Businessplan aufstellte, sich mit ihren Freundinnen traf und Entschuldigungen von ihren Brüdern annahm. Sie schätzte sie sehr, aber sie war sich sicher, dass sie die richtige Entscheidung getroffen hatte. Als sie Nick geschrieben hatte, dass sie gern für ein paar Wochen zu ihm käme, hatte er vorgeschlagen, am besten gleich einen ganzen Monat daraus zu machen, damit sie zu seiner nächsten Pferdeschau kommen konnte, bevor sie wieder nach Hause fuhr. Sie war seit letztem Jahr nicht mehr bei einer seiner Shows gewesen, und sie freute sich darauf, ihn wieder einmal in Aktion zu sehen. In einem Monat hätten sie genügend Zeit, die grundlegenden Dinge für den Alltag mit ihren Minipferden zu trainieren. Sie konnte selbst kaum glauben, dass sie jetzt tatsächlich den endgültigen Schritt wagte und sich auf den Weg machte.

Es war später Nachmittag an diesem Samstag und sie hatte die zweistündige Fahrt zu Nick fast hinter sich. Dutzende Male hatte sie diese Strecke zurückgelegt, aber dieses Mal war es anders. Sie überführte nicht einfach nur Vieh von einem Staat in den anderen oder würde mit Jillian etwas unternehmen. Sie schlug ein neues Kapitel in ihrem Leben auf, und mit jeder Meile, die sie zurücklegte, stieg ihre Vorfreude.

Und ihre Nervosität.

Ihr ging immer noch die letzte Begegnung mit Nick durch den Kopf.

Sie versuchte, sich auf ihre Umgebung zu konzentrieren, anstatt auf die beeindruckende Reaktion, die sie hinter seinem Hosenschlitz gespürt hatte. Pleasant Hill war größer als Oak Falls, aber ebenso bezaubernd, wenn auch etwas vornehmer. Die Stadtmitte war geprägt von hohen Gebäuden und schicken Läden, mit gepflasterten Gehwegen, blühenden Sträuchern und Holzbänken an jeder Ecke. Nick lebte am Rande der Stadt in einer ländlichen Oase, in der es sich etwas mehr wie zu Hause anfühlte.

Trixies Telefon klingelte und sie nahm den Anruf von Lindsay über die Freisprechanlage entgegen. »Hi, Lindsay.«

»Hey!«, ertönten drei Stimmen gleichzeitig, gefolgt von Gekicher. »Ich bin gerade mit Amber und Brindle zusammen«, berichtete Lindsay. »Wir wollten dir Glück wünschen.«

»Danke, Leute«, sagte Trixie. »Was habt ihr heute Abend vor?«

»Wir versuchen, Amber davon zu überzeugen, ihren Buchladen früher zu schließen und mit uns shoppen zu gehen«, sagte Lindsay.

»Aber sie ist damit beschäftigt, Dash Pennington anzuhimmeln«, meldete Brindle sich zu Wort.

»Gar nicht«, widersprach Amber. Sie war eine braunhaarige Schönheit und die zurückhaltendste von Brindles Schwestern.

»Ach, komm schon. Du hast Lindsay gerade richtig beiseite geschubst, um den Bildschirm besser sehen zu können«, meinte Brindle lachend. »Endlich hat mal ein Mann deine

Aufmerksamkeit geweckt! Du *brauchst* ihn, Amber. Jetzt müssen wir ihn nur noch hierher kriegen.«

Amber war Epileptikerin, und obwohl sie die Krankheit dank der Medikamente gut unter Kontrolle hatte, führte sie ein ruhiges, vorhersehbares Leben und traf sich nur selten mit Männern. Sie hatten versucht, das zu ändern und sie zu ermutigen, sich etwas mehr unter Leute zu begeben.

»Hört ihr jetzt bitte mal damit auf?«, flehte Amber, und Trixie erkannte an ihrer zittrigen Stimme, dass sie errötete. Sie errötete so leicht. »Ich *brauche* Dash Pennington nicht.«

Trixie lachte. »Wer ist dieser geheimnisvolle Mann? Warum habe ich noch nie von ihm gehört?«

»Er ist nur ein Football-Spieler, der ein Buch geschrieben hat«, sagte Amber.

»Sein PR-Agent hat Amber wegen einer Autogrammstunde kontaktiert«, erklärte Brindle.

»Du musst diesen Typ mal googeln, Trix«, ereiferte sich Lindsay. »Der ist so heiß!«

»Klar, mache ich nachher sofort. Ich bin froh, dass ihr angerufen habt. Ich könnte etwas Unterstützung dabei gebrauchen, meine Gedanken von dem heißen Typen abzulenken, bei dem ich den nächsten Monat wohnen werde. Ständig muss ich daran denken, was in der Bar passiert ist.« Trixie hatte ihren Freundinnen von Nicks *Reaktion* erzählt, als sie sie am Donnerstagabend zum Essen getroffen hatte.

»Der Zauberstab?«, frotzelte Brindle.

»Der was?«, fragte Amber nach.

»Der Ständer?« Lindsay lachte.

»Der Stoßzahn?«, rief Brindle.

Trixie musste nun auch lachen. »Ihr seid echt keine Hilfe.«

»Ach, jetzt verstehe ich!«, rief Amber.

»Ganz genau, Amber. Trixie strebt nach dem Mega-Orgasmus«, sagte Lindsay und alle prusteten los.

»Gar nicht!«, widersprach Trixie lachend. »Na ja, eigentlich schon, aber ich darf nicht mehr daran denken. Nick hat nicht gesagt, dass er auf mich steht. Er hat nur gesagt, dass er ein Mann ist, und das heißt, Kerle werden von hübschen Frauen angetörnt. Mehr nicht. Er ist einfach nur ein heißer Freund von mir. Habt ihr noch nie einen heißen Freund gehabt, an den ihr ab und zu mal auf andere Art gedacht habt?«

»Doch. Ich hatte göttlichen Sex mit ihm und hab ihn geheiratet«, bestätigte Brindle lachend.

»Ahh, Bettgeschichten von meinem Bruder will ich nicht hören«, sagte Trixie. »Nick erweist mir einen riesigen Gefallen. Ich kann ihn nicht wie eine lächerliche Teenagerin anschmachten.«

»Sie hat recht, Leute«, meinte Amber. »Selbst wenn er angetörnt war … Sie werden miteinander arbeiten und diese Grenze kann sie nicht überschreiten.«

»Doch, kann sie«, widersprach Lindsay.

»Du würdest diese Grenze nie überschreiten, Lindsay«, sagte Amber.

»Ich arbeite ja auch mit Bräuten und Bräutigamen«, erinnerte Lindsay sie. »Wenn ich diese Grenze überschreiten würde, gingen meine Bewertungen in den Keller.«

Alle lachten.

»Ich bin fast da«, sagte Trixie, als sie den Highway verließ. »Warum fällt es mir nur so schwer, unsere Beziehung wieder in die richtige Perspektive zu rücken?«

»Weil du sein hartes bestes Stück an dir gespürt hast«, sagte Lindsay.

»Lindsay!«, schalt Amber sie und wieder lachten alle.

»Ich werde euch vermissen. Ein Monat ist lang«, sagte Trixie.

»Wir schreiben uns und telefonieren, und ich halte dich bei allem, was hier so Tolles passiert, auf dem Laufenden«, versicherte Brindle ihr. »Ich glaube, ich habe eine Lösung für dein Problem mit diesem Kerl und seinem besten Stück.«

»Oh mein Gott«, murmelte Trixie. »Kannst du bitte nicht mehr davon reden? Das macht alles nur noch härter.«

»Ooh, noch härter?«, witzelte Lindsay.

»Ich biege gerade in seine Straße ein. Kommt zum Punkt.«

»Okay, es geht hier um deine Zukunft, Trixie«, sagte Brindle ernst. »Du bekommst die unglaubliche Gelegenheit, deine Geschäftsidee auf die Startbahn zu schicken, ohne von deinen Brüdern beaufsichtigt zu werden, und du kannst es dir nicht leisten, von diesem Cowboy abgelenkt zu werden.«

»Er lenkt sie schon seit Jahren ab«, sagte Lindsay.

»Ich weiß. Deshalb soll sie gleich nach ihrer Ankunft einen Abend mit Jilly planen, und zwar aus dem einzigen Grund, dass sie einen anderen Typen finden muss, der ihre Gedanken auf Trab hält«, sagte Brindle.

»Du willst, dass sie mit anderen Männern schläft?«, fragte Amber. »Der Plan gefällt mir nicht.«

»Mir auch nicht«, stimmte Trixie zu.

»Sie soll nicht mit ihnen schlafen, nur Zeit mit ihnen verbringen«, sagte Brindle. »Es heißt doch, man kommt am besten über einen Mann hinweg, indem man sich unter einen anderen legt, aber Trixie hat nicht mit Nick geschlafen, also braucht sie diese spezielle Erinnerung nicht auszulöschen. Trix, du musst deinen Fantasiespeicher mit neuen Bildern auffüllen.«

»Ich bin mir nicht sicher, ob ich Ratschläge in Sachen Beziehung von einer Frau annehmen würde, die nach Paris abgehauen ist, um den Kerl zu vergessen, den sie liebt, seit sie dreizehn ist«, sagte Lindsay.

»Diese Reise hat bewiesen, dass die Liebe zwischen Trace und Brindle alles überwinden kann«, sagte Amber.

»Womit du absolut recht hast, Schwesterherz«, stimmte Brindle zu.

»Ich glaube, Brindle liegt gar nicht mal so falsch«, sagte Trixie. »Die Fantasien waren so ziemlich das Einzige, worauf ich mich konzentriert habe. Ich sehe mir andere Typen an und tanze mit ihnen, wenn ich unterwegs bin, aber Nick ist der Einzige, an den ich denke, wenn ich … ihr wisst schon.«

»Du hast hoffentlich einen guten Vorrat an Batterien mitgenommen«, scherzte Lindsay.

Trixie lachte, obwohl sie niemals einen Vibrator zu Nick mitnehmen würde. Bei ihrem Glück würde ihn sich einer der Hunde schnappen und mitten im Wohnzimmer fallen lassen. »Ich werde es mal mit Brindles Vorschlag versuchen, aber ich erreiche gleich seine Auffahrt, also mache ich lieber mal Schluss. Hab euch alle lieb, Mädels!«

»Wir dich auch!«, erwiderten sie einstimmig.

»Viel Spaß«, sagte Amber. »Und vergiss nicht: Wahre Liebe schlägt alles. Vielleicht triffst du dort auf deine große Liebe.«

»Oder wirst zumindest flachgelegt«, fügte Lindsay hinzu.

»Such dir einfach einen anderen Kerl, den du anschmachten kannst. Glaub mir, das ist das Beste«, sagte Brindle.

»Okay, danke für eure Ratschläge. Ich lass euch wissen, wie es läuft.«

Nachdem sie das Gespräch beendet hatte, fuhr Trixie die lange Auffahrt von Nick entlang, die von wunderschönen Ahornbäumen und Weiden gesäumt war. Als sein Steinhaus auftauchte, überkam sie eine vertraute Woge behaglicher

Wärme. Nicks Haus war wie er: schroff und überaus männlich. Das Innere bestand aus rustikalem Holz und Stein und war offen gestaltet. Es gab zwei große Schlafzimmer, jeweils an einem Ende des Erdgeschosses, getrennt durch einen großen Wohnraum, einen Essbereich und die Küche. Im oberen Stock waren noch zwei Schlafzimmer und ein Loft. Das Haus war vollunterkellert, und Nick wollte dort eigentlich – wie er früher immer gesagt hatte – eine Männerhöhle samt Billardtisch einrichten. Als er sich bewusst geworden war, dass er Gäste einladen müsste, um Billard spielen zu können, hatte er die Idee wieder aufgegeben. Der hintere Teil des Hauses bestand fast vollständig aus Glas und bot so einen unglaublichen Blick auf sein Grundstück und die dahinterliegenden Berge. Nick konnte es nicht ausstehen, sich eingesperrt zu fühlen, und daher hatten diese Glaswände für Trixie immer Sinn ergeben. An vielen kalten Winterabenden hatte sie ihn dabei ertappt, wie er dort hinausschaute, als sehnte er sich danach, draußen zu sein.

Es war fast sieben Uhr, und sie wusste, dass sie Nick bei den Tieren finden würde. Als sie auf den Stall zufuhr, kam Rowdy, Nicks ein Jahr alter und temperamentvoller Golden-Retriever-/Australian-Shepherd-Mischling, mit wedelndem Schwanz auf ihren Pick-up zugerannt. Sie entdeckte Nick bei dem größeren der beiden cremefarbenen Ställe. Seinen schwarzen Cowboyhut hatte er sich tief ins Gesicht gezogen, und er striegelte gerade Snickers, eine ältere rotbraune Ministute, die er vor einigen Jahren gerettet hatte. Rowdys Mutter Goldie, ein Golden Retriever, lag wenige Meter entfernt im Schatten, gemeinsam mit Nicks geliebtem Pugsly, einem elfjährigen Mops. Pugsly war auf einem Auge blind und murrte ebenso viel wie sein Herrchen. Nick behandelte all seine Tiere, als wären sie seine Kinder, was Trixie sympathisch-witzig für einen Kerl fand, der keine eigene Familie haben wollte. In Anbetracht seiner wenig originellen Namensvorlieben war es wahrscheinlich gut, dass er keine Kinder haben wollte.

Nick drehte sich um, als sie das Auto abstellte, ein Lächeln trat in sein Gesicht und er tippte sich an den Hut.

Meine Güte, sie liebte sein Lächeln. Sie war überzeugt davon, dass er dieses spezielle Lächeln nur ihr zeigte. Es veränderte seine ganzen Gesichtszüge, machte die harten Konturen weicher und stellte etwas Magisches mit seinen Augen an. Diese dunklen Augen blickten sie dann schroff, aber irgendwie auch sanft an, und auf eine vertraute Weise, die *Hallo, Darling! Schön, dich wiederzusehen* sagte. Es unterschied sich sogar von dem Lächeln, das er seiner Familie vorbehielt. Das war noch offener, während das Lächeln, das er ihr schenkte, noch eine Spur Distanz vermittelte.

Seine Stimme flüsterte ihr im Geiste zu. *Ich bin trotzdem noch ein Mann.* War seine Reaktion in der Bar der Grund dafür, dass er auf Distanz blieb?

Sie stellte den Motor ab, gönnte sich einen Moment, um bewundernd zuzusehen, wie er mit selbstbewusstem Gang auf ihren Pick-up zuschritt. Seine kräftigen Schenkel zeichneten sich unter dem abgetragenen Jeansstoff ab und seine Muskeln erhoben sich unter seinem schwarzen T-Shirt. Pugsly tapste auf ihn zu, und er hob seinen kleinen Kumpel mit einer Hand hoch, tätschelte ihn und drückte ihn dann an seinen Oberkörper. Als Nick um ihren Pick-up herumging, fiel der Blick seiner dunklen Augen wieder auf sie und ließ die Schmetterlinge in ihrem Bauch flattern. Seine breiten Schultern schirmten sie von der Sonne ab, als er die Tür öffnete und dieses Lächeln auf den Lippen trug, das ihren Puls zum Rasen brachte.

»Hallo, Darling«, sagte er, als sie ausstieg. »Schön, dass du da bist.«

Mit einem starken Arm zog er sie an sich. Nicht nur sein Haus fühlte sich wie zu Hause an. Sondern auch er. Sie waren wie zwei lang verloren geglaubte Freunde, die ohne große Worte wieder an dem Ort zusammenkamen, der die ganze Zeit für sie reserviert gewesen war.

Einen anderen Mann zum Anschmachten zu suchen, war zwecklos. Niemand konnte ihm das Wasser reichen.

Warum fühlte es sich immer so gut an, wenn Trixie auftauchte? Die ewigen Verspannungen in seinen Muskeln lösten sich bei ihrem Anblick. Sie war der einzige Mensch, der diese sofortige Wirkung auf ihn hatte, doch als er sie umarmte, wurde diese Ruhe von den anderen verwirrenden Gefühlen überlagert, die sie in letzter Zeit bei ihm auslöste.

»Letzte Gelegenheit, dein Angebot zurückzunehmen«, sagte sie, als er sie losließ.

»Das wird nicht passieren, Darling.«

Sie beugte sich vor, um Pugsly zu streicheln, und sofort leckte Pugsly ihr übers Gesicht, wackelte und grummelte freudig.

Ich weiß genau, was du fühlst, Kumpel.

»Hallo, mein kleiner süßer Brummbär. Komm mal her zu mir.« Sie nahm Pugsly und überhäufte seinen weichen Kopf mit Küssen.

Rowdy bellte und wedelte aufgeregt mit dem Schwanz, als sie sich in ihren knappen Shorts und dem für sie typischen kurzärmeligen Hemd, das sie am Bauch zusammengeknotet hatte, hinunterbeugte und Rowdy dieselbe liebevolle Aufmerksamkeit zukommen ließ – und Nick einen herrlichen Blick auf ihren Hintern ermöglichte.

»Kein Grund, eifersüchtig zu sein, Süßer«, sagte sie zu Rowdy. »Du wirst noch jede Menge von mir haben.«

Nick biss die Zähne zusammen. Was hatte er sich dabei gedacht, ihr anzubieten, einen ganzen Monat lang zu bleiben? Bisher hatte Trixie höchstens eine Woche am Stück bei ihm verbracht, und als sie vor zwei Monaten so lange bei ihm gewohnt hatte, war Nick bei ihrer Abfahrt schon am Ende seiner Kräfte gewesen. Er wollte ihr helfen, aber wie zum Teufel sollte er einen Monat mit ihr überstehen?

»Meine Eltern haben uns morgen Abend zum Essen eingeladen. Jax und Jilly kommen auch. Ist das in Ordnung?« Jax und Jillian waren seine jüngeren Zwillingsgeschwister, die beide auch in der Stadt lebten. Graham und seine Frau Morgyn bereisten gerade die Westküste. Beau und Charlotte lebten den Sommer über in Colorado, und den Winter verbrachten sie in Pleasant Hill, während Zev mit seiner Verlobten Carly vor der Küste von Silver Island auf Schatzsuche war.

»Das ist großartig. Ich weiß, wie wichtig dir deine Familie ist. Ich habe einen Pfirsich-Auflauf mitgebracht. Du kannst ihn mit ihnen teilen.«

Er winkte ab. »Von wegen! Die können sich ihren eigenen besorgen.« Niemand machte so einen köstlichen Pfirsich-Auflauf wie Trixie. Wenn sie bei ihm übernachtete, brachte sie ihm immer eine seiner Lieblingsnachspeisen mit, und diese Aufmerksamkeit machte sie in letzter Zeit noch unwiderstehlicher. Aber er würde wetten, *sie* schmeckte so gut, dass es jedes Dessert in den Schatten stellen würde.

»Ich trage deine Taschen hoch, damit du dich einrichten

kannst, während ich Snickers zu Ende striegele, und dann werfen wir ein paar Burger auf den Grill.«

Sie kraulte Pugsly. Rowdy rieb sich winselnd an ihrem Bein, sodass sie auch ihn streichelte.

Meine Güte, nicht einmal seine Hunde konnten genug von ihr bekommen.

Er riss sich von ihr los und ging um ihren Pferdeanhänger herum, um etwas Raum zwischen sie zu bringen. Wahrscheinlich würde er den ganzen nächsten Monat zusehen müssen, dass er auf Distanz blieb, was schade war, denn er verbrachte gern Zeit mit ihr. Doch nachdem er neulich Abend derart Feuer gefangen hatte, musste er jetzt seinen verdammten Körper unter Kontrolle bringen.

»Ich nehme meine Taschen«, sagte sie, als sie ebenfalls um den Pick-up herumging.

»Ein Gentleman kann unmöglich zulassen, dass eine Frau ihr Gepäck selbst trägt. Also, mach auf, Cowgirl.«

Vier

Während Nick Snickers striegelte, stellte er sich vor, wie Trixie ihre Musik aufdrehte, in ihren heißen Shorts herumtanzte und dabei auspackte. Irgendwann im Laufe der Jahre war das zweite große Schlafzimmer das ihre geworden. Nicht dass Nick oft Besuch bekam. Ihm gefiel seine Einsamkeit, und seine einzigen gelegentlichen Übernachtungsgäste waren Familienmitglieder, die oben schliefen. Er hatte nicht viel darüber nachgedacht – bis zu Trixies letztem Besuch, als seine nächtlichen Gedanken sich durch das Haus zu der Frau hinter der Tür geschlichen hatten, die sie immer leicht offen stehen ließ.

Trixie war nie jemand gewesen, der sich hinter irgendetwas versteckte. Wenn sie sich sicher fühlte, war das in allem, was sie tat, zu erkennen, ob sie nun in ihren Schlafshorts und den spärlichen Tops herumlief, sich Essen von seinem Teller stibitzte oder ihn bei jeder Gelegenheit herausforderte. Wenn sie verängstigt, nervös oder unsicher war, glänzten goldene Sprenkel in ihren Augen, und sie richtete sich auf wie ein Grizzlybär, damit nur niemand ihre Angst erkennen konnte. Doch Nick spürte es immer. Oft hatte er sie nicht verängstigt gesehen, doch ein paar Mal hatte er es erlebt. Wie zum Beispiel vor ein paar Jahren, als sie wegen eines Rafting-Wettkampfs bei ihm gewesen war und Jeb nach einem Sturz von einem Wildpferd um vier Uhr morgens bewusstlos war. Als ihr Vater angerufen hatte, hatte sie beim Packen herumgetobt und sich wütend darüber ausgelassen, wie blöd ihre Brüder waren, dass sie immer vor dem Morgengrauen reiten mussten. Er wusste, wie nah sie ihren Brüdern stand, obwohl sie sich über ihre Frotzeleien ärgerte. Und es war schmerzhaft gewesen, mitanzusehen, wie sie versucht hatte, ihre Angst zu verbergen. Er hatte sie schließlich in den Arm genommen. Nachdem sie sich zuerst gewehrt und ihn mit allen möglichen Beleidigungen bedacht hatte, war sie letztendlich in seinen Armen in Tränen ausgebrochen. Er hatte sie gehalten, bis sie keine Tränen mehr vergießen konnte, um sie dann nach Hause zu fahren und bei ihr zu bleiben, bis Jeb das Schlimmste überstanden hatte. Ihr Vertrauen in ihn war einer der Gründe dafür, dass seine schmutzigen Gedanken ihn zu einem Mistkerl machten – und er konnte es nicht ausstehen, sich wie ein Mistkerl zu fühlen.

Er beendete seine Arbeit mit Snickers und die Mini-Stute drückte ihm die Nüstern in den Bauch. Er streichelte sie. »Das ist doch nichts, was man nicht durch ein paar kalte Duschen und ein paar Whiskeys beheben könnte. Stimmt's, mein Mädchen? Ich kann es schaffen, diese Gefühle unter Kontrolle zu bekommen.«

Snickers nickte zustimmend.

Es gab keine besseren Zuhörer als Pferde. Nick hatte seine Liebe zu Pferden entdeckt, als er als Kind mit seiner Familie zu Besuch auf der Ranch von Hal, dem Cousin seines Vaters, gewesen war, der dort in Weston, Colorado, seine sechs Kinder großzog. Hal hatte Nick auf den Rücken seines ersten Pferdes gesetzt, und Nick konnte sich noch immer an das Gefühl erinnern, als er diese Kraft und Schönheit unter sich spürte. Er hatte immer zu seinen älteren Cousins aufgeschaut, insbesondere zu Rex, der jetzt die Ranch gemeinsam mit seinem Vater führte. Nick hatte dort oft die Ferien verbracht, und Hal und Rex hatten ihm beigebracht, wie man eine Ranch leitete. Sie züchteten Niederländische Warmblüter für das Springreiten, und als Nick zehn Jahre alt gewesen war, hatte er schon gewusst, dass er in Hals Fußstapfen treten wollte … auch wenn er später eine etwas andere Richtung einschlug.

Kurz nach diesem ersten Ritt hatte Nick angefangen, in Pleasant Hill Reitunterricht bei Walt Elliott zu nehmen. Walt hatte in Hollywood als Trickreiter gearbeitet, bevor er sich für seinen Ruhestand auf seine Ranch in Maryland zurückgezogen hatte. Nick war schnell süchtig nach dem Reiten und dem Leben mit Pferden geworden. Und als er sieben Jahre alt gewesen war, hatte Walt angefangen, ihm das Trickreiten beizubringen. Mit acht nahm Nick schon an Turnieren teil, die er gewann, und mit zehn half er vor und nach der Schule auf der Ranch. Als Teenager verbrachte Nick die Zeit, die er nicht in der Schule war oder in der er nicht seiner Familie half, auf Walts Ranch. Walt hatte ihn zu dem gefragten Trickreiter und Entertainer herangezogen, der er nun war. Auch wenn Nick nie das Hollywood-Leben gewollt hatte, das Walt so geliebt hatte. Walt hatte sein Grundstück vor etwa sieben Jahren verkleinert und aufgeteilt, um nur noch ein kleines Stück Land, sein Haus und einen Stall zu behalten. Die übrige Fläche, einen Stall und das, was das ursprüngliche Farmhaus gewesen war, hatte er an Nick verkauft. Das Haus und der Stall waren in einem schlechten Zustand gewesen, doch Nick hatte seine Familie zusammengetrommelt, um bei der Renovierung zu helfen. Sein Vater war Ingenieur und Graham hatte sich damals im Studium auf dem Weg zum Ingenieur befunden. Sie hatten Beau überzeugt, lang genug nach Hause zu kommen, bis alles geschafft war, und später hatten sie noch den zweiten kleineren Stall und Nebengebäude gebaut.

Nick lebte das Leben, das er immer gewollt hatte. Er besaß neun Pferde, hatte eine Herde Zwergziegen gerettet und dann hatte er seine Familie noch um eine Hühnerschar erweitert.

Er schnalzte zweimal kurz und schon kam Snickers an seine Seite, um zum Stalltor zu gehen. In letzter Zeit war es schwül gewesen, daher hatte er die Pferde im Stall gelassen, aber da die Sonne nun unterging und es kühler wurde, ließ er sie die Nacht über hinaus auf die Weide.

»Nick! Warte kurz!«

Als er sich umdrehte, sah er Trixie auf sich zurennen, wobei ihr die dunklen Haare über die Schultern wehten und ihre entzückenden Brüste verheißungsvoll hüpften, doch ihr Lächeln war noch viel verführerischer. Wo zum Teufel war der Whiskey, wenn man ihn mal brauchte?

»Hey, Trix«, sagte er, als sie bei ihnen angekommen war und nun Snickers streichelte. »Alles ausgepackt?«

»Fürs Erste reicht's. Ich wollte helfen, die Pferde rauszubringen, und ich wollte mal nach Chewy, Cluck und allen anderen sehen.« Chewy war eine seiner Ziegen, und Cluck war ein altes Huhn, das ihr hinterherrannte, als wäre sie der Rattenfänger von Hameln. »Hallo, Snicky.« Sie legte der Stute die Arme um den Hals und schmiegte die Wange an ihre Mähne. »Ich habe dich vermisst.« Verschwörerisch flüsterte sie: »War Daddy auch gut zu dir? Was sagst du? Er verwöhnt dich nach Strich und Faden?« Sie nahm eine Karotte aus ihrer Gesäßtasche und gab sie Snickers, wobei sie Nick einen siegesgewissen Blick zuwarf. »Aber nicht so sehr wie ich, stimmt's?«

Nick lachte leise und ging in den Stall, während er versuchte, den schmerzhaften Stich in der Brust zu ignorieren, den er verspürte, weil sie seinen Tieren so viel Liebe entgegenbrachte.

Trixie und Snickers folgten ihm hinein und sofort fingen alle Pferde an, zu nicken und zu wiehern. Nick fragte sich, ob diese tiefe, kehlige Begrüßung ihm oder Trixie galt. Er war überzeugt, dass seine Tiere sie ebenso vermisst hatten wie er selbst.

Während er Snickers in ihre Box stellte, begrüßte Trixie die anderen Pferde, unterhielt sich mit ihnen wie mit alten Freunden und versprach jedem etwas Besonderes. »Um Mitternacht reiten wir an deine Lieblingsstelle am Bach und machen ein Picknick, und Lady, wir beide machen die Pfade unsicher. Während ich hier bin, werde ich dich sehr oft reiten …«

Wie wär's, wenn du mir das auch anbieten würdest? Und schon kam er sich wieder wie ein Mistkerl vor. Er presste die Kiefer aufeinander und öffnete noch eine Box, während Trixie Lady aus dem Stall führte.

Nick hatte zu all seinen Pferden eine enge Bindung, aber Lady, eine wunderschöne schwarze Friesenstute, war ein ganz besonderes Tier. Er hatte sie als Jährling kennengelernt, als er für ihre Besitzerin Carol Lancaster das Halftertraining durchgeführt hatte. Ein Jahr später hatte er dann das Satteltraining mit ihr absolviert, und keine acht Monate danach hatte Carol ihre Krebsdiagnose bekommen. Carols Gesundheitszustand hatte sich rapide verschlechtert, und in jener Zeit hatte Nick sich um Lady gekümmert und sie geritten, damit Carol sie in Bewegung sehen konnte. Nach Carols Tod hatte ihr Mann das Pferd Nick geschenkt. Nick hatte angefangen, das Trickreiten mit Lady zu trainieren, und sie hatte es sich angeeignet, als wäre sie dazu bestimmt gewesen. Das war fünf Jahre her und sie waren noch immer ein eingeschworenes Team.

Goldie und Rowdy begleiteten sie, als sie die anderen Pferde nach draußen brachten, was etwas dauerte, da Nick ebenso schlimm wie Trixie war, wenn es um zusätzliche Streicheleinheiten für die Tiere ging. Er füllte die Näpfe der Hunde auf, und als er aus dem Stall kam, stand Trixie am Gatter und streichelte Romeo, ein sechs Jahre altes braunes Morgan Horse.

Trixie ging Nick entgegen. »In Ordnung, Cowboy. Ich bin bereit, um Chewy und die Truppe zu begrüßen.«

Romeo wieherte und Trixie blieb mit einem breiten Lächeln stehen. »Tut mir leid, Nick. Ich brauche noch eine Minute. Ich beeile mich, versprochen.« Sie ging zurück zum Gatter und kletterte hinauf, sodass sie mit Romeo auf Augenhöhe war. Sie streichelte ihn ausgiebig und versprach, in den kommenden Wochen mehr Zeit mit ihm zu verbringen. »Zieh los und spiel mit deinen Freunden.«

Sie schlenderte zu Nick hinüber, während Romeo ihr sehnsuchtsvoll hinterherblickte. *Kannst dich hinten anstellen, Kumpel.* Nick hatte so viele Jahre beobachtet, dass Kerle um Trixies Aufmerksamkeit buhlten, dass er die Spur von verlangenden Blicken, die sie hinter sich zurückließ, nur allzu gut kannte.

Er hob eine Augenbraue. »Und du findest, dass *ich* sie verwöhne?«

»Er vermisst mich eben. Willst du die Boxen ausmisten, bevor wir den Rest machen?«

»Ich kümmere mich nach dem Essen darum.« Gemeinsam

machten sie sich auf den Weg zum Ziegengehege. »Wie haben deine Brüder die Nachricht aufgenommen, dass du hierherkommen wolltest?« Er hatte sich Sorgen gemacht, dass sie ihr zusetzen würden.

»Wie ich es erwartet hatte. Sie haben mich zuerst genervt und gefragt, warum ich hier mit allem anfangen will. Aber am nächsten Tag haben sie sich entschuldigt. Für meinen Vater war es allerdings in Ordnung.«

»Ja, von deinem Vater wusste ich es. Ich habe ihn angerufen, nachdem du mir mitgeteilt hast, dass du kommen würdest.«

»Du hast meinen Vater angerufen?« Wütend zog sie die Augenbrauen zusammen. »Warum das denn?«

»Aus Respekt vor ihm. Um ihn wissen zu lassen, dass ich dafür sorgen werde, dass es dir gut geht.«

»Ich fasse es nicht, dass du das gemacht hast«, sagte sie wütend. »Du bist so schlimm wie meine Brüder.«

»Mhm, ich dachte mir schon, dass du sauer sein würdest.«

»Und trotzdem hast du es gemacht?«

»Klar doch.«

Sie verpasste ihm einen Schlag auf den Arm.

Er lachte. »Tut mir leid, Darling. Ich weiß, dass du dich um dich selbst kümmern kannst, und das weiß dein Vater auch, aber egal wie alt du bist, du wirst immer sein kleines Mädchen bleiben. Ich habe nicht viel Ahnung davon, wie es ist, Vater zu sein, aber wenn Lady einen Monat ohne mich allein losziehen würde, dann würde ich verdammt noch mal wissen wollen, dass sich jemand gut um sie kümmert.«

»Das ist irgendwie süß und irgendwie total daneben. Ich bin kein Pferd.«

Mit einem vorsichtigen Seitenblick betrachtete er sie, wie sie wütend in ihren Cowboystiefeln durchs Gras stapfte und dabei teuflisch sexy aussah. »Nein, das bist du mit Sicherheit nicht.«

»Ich sollte wohl anfangen, mich mit Männern zu umgeben, die keine Cowboys sind, denn ihr treibt mich alle in den Wahnsinn.«

Das Gleiche könnte ich über dich sagen. »Das liegt bestimmt in den Genen, wenn du dich also nicht für die andere Seite entscheidest, wirst du dich damit abfinden müssen.« Trixie mit einem anderen Typen war das Letzte, was er sich vorstellen wollte, also wechselte er das Thema. »Travis nimmt sich morgen Nachmittag Zeit für uns. Ist das für dich in Ordnung?«

»Absolut. Ich freue mich darauf loszulegen.«

Sie hakte sich bei ihm unter und lehnte sich an ihn, als sie den Hügel hinabgingen, was ihn an jene Nacht in Colorado erinnerte. Seine Gedanken schlugen einen verräterischen Weg ein, als ihm durch den Kopf ging, wie gern er mit ihr *loslegen* würde. Oh Mann, und schon wieder wurde er zum Mistkerl. Er presste die Kiefer aufeinander und verdrängte diese Gedanken.

Sie sah ihn mit ihren wunderschönen braunen Augen an. »Danke, dass du mir diese Gelegenheit gibst, Nick.«

»Du weißt, dass ich alles tun würde, um dir zu helfen. Dafür sind Freunde ja da.«

»Du bist ein besserer Freund als die meisten.«

Das würdest du nicht denken, wenn du wüsstest, was in meinem Kopf vorgeht.

Nachdem sie sich um die Tiere gekümmert hatten und Nick alles sauber gemacht hatte, war es schon neun Uhr. Er stand auf der Veranda und grillte Burger, Maiskolben, Kartoffeln und anderes Gemüse. Die meisten Frauen würden meckern, wenn sie den ganzen Abend arbeiten mussten und erst so spät zum Essen kamen. Ach was, für die meisten Kerle, die er kannte, standen die nächste Mahlzeit und Sex ganz oben auf der Prioritätenliste. Doch Trixie hatte seine Gewohnheiten nie so infrage gestellt wie andere. Er beobachtete sie, wie sie mit Pugsly auf dem Schoß neben dem Picknicktisch im Gras saß und zu den Pferden schaute. Goldie und Rowdy rannten spielend um sie herum und holten sich alle paar Minuten Streicheleinheiten und Küsschen bei ihr ab. So sehr Nick sein Alleinsein auch genoss, Trixie machte sein Leben schöner. Die Gründe dafür konnte er gar nicht genau benennen, insbesondere da sie zu viel redete, ihm ständig widersprach und ihn herausforderte. Und obwohl sie zu einer höllischen Ablenkung geworden war und in ihm unmögliche Gedanken heraufbeschwor, die er nicht haben wollte. Aber es war nicht zu leugnen, dass er glücklicher war, wenn sie da war.

Sie setzte Pugsly ab, stand auf und wischte sich das Gras von den Shorts. Die untergehende Sonne umgab sie mit einem Schein, der sie wie ein Engel erstrahlen ließ. Nick lachte in sich hinein. Die aufreizende Verführerin war alles andere als engelhaft.

»Das riecht unglaublich«, sagte sie und kam mit Pugsly im Gefolge zu ihm herüber. Rowdy und Goldie machten sich Richtung Weide davon. »Ich vergesse immer wieder, was für ein guter Koch du bist. Bin ich froh, dass du so ein Miesepeter bist.« Sie stibitzte sich ein Stück Gurke aus dem Salat, den sie gemacht hatten, und steckte es sich in den Mund.

»Was bin ich?«

»Ein Miesepeter. Du kannst schon ganz schön ernst und

mürrisch sein.« Ein verschmitztes Lächeln huschte über ihr Gesicht. »Wenn du freundlicher wärst, hätte wahrscheinlich irgendeine Frau bereits deine Mauern eingerissen und deine Meinung hinsichtlich der Ehe geändert. Dann käme ich nicht in den Genuss all der herrlichen Mahlzeiten, die du zauberst. Also danke ich dir dafür, dass du so ein mürrischer Kerl bist.«

»Das sind nur Burger, Trix.«

»*Nur Burger* sind diese hauchdünnen Scheiben, die wie Fleisch aussehen und die man bei McDonald's bekommt. Du machst diese dicken, saftigen Burger mit Käse und Zwiebeln und den Braden-Spezial-Gewürzen.« Sie zeigte auf die Alufolienpäckchen auf dem Grill. »Und du grillst Tomaten, Paprika und Champignons und all die anderen leckeren Beilagen.«

»Wenn du das sagst.« Es erstaunte ihn immer wieder, wie dankbar sie Dinge zur Kenntnis nahm, die er jeden Tag tat, ohne sich dabei etwas zu denken.

»Das sage ich, und ich weiß, wovon ich rede. Du, Mr. Braden, bist ein toller Fang.«

»Und gerade du, Miss Jericho, weißt genau, dass das nicht wahr ist. Ich bin ein ungeduldiges Arbeitstier und ein Perfektionist, dem die Gesellschaft von Pferden lieber ist als die von Menschen.«

»Vielleicht hast du recht. Du bist nicht für die Ehe geschaffen«, meinte sie frech und schnappte sich seinen Cowboyhut, um ihn sich selbst auf den Kopf zu setzen.

Sie war der einzige Mensch, dem er so einen Mist durchgehen ließ. Und sie sah verdammt süß mit seinem schwarzen Hut aus.

Im Vorbeigehen spähte sie in die Feuerstelle. »Wie ich sehe, hast du kein Feuer gemacht, seit ich das letzte Mal hier war.«

»Du machst das jedes Mal mit mir, wenn du hier bist.«

»Was?«, fragte sie mit unschuldigem Augenaufschlag. »Dich darauf hinweisen, dass du die Dinge genießen sollst, die du hast?«

Er schüttelte den Kopf.

Sie stemmte die Hand in die Hüfte. »Du brauchst keine Gäste, um die Feuerstelle zu nutzen, weißt du? Aber ab und zu mal Freunde und Familie einzuladen, würde dein Zuhause doch heimeliger machen.«

»Mein Zuhause ist heimelig genug«, sagte er, als er die Burger auf zwei Teller legte.

»Komm, wir setzen uns an den Picknicktisch!« Sie trug die Gedecke vom Tisch auf der Veranda zu dem Picknicktisch, stellte die Teller nebeneinander, wie sie es immer tat, und ging noch einmal zurück, um ihre Getränke und den Salat zu holen.

Nick trug die Beilagen und die Gewürze herüber und stellte einen Teller mit einem einfachen Burger für Pugsly ins Gras. Er pfiff kurz, und schon trottete Pugsly herbei, während sie beide Platz nahmen. Trixie saß so nah neben ihm, dass ihre Arme sich berührten. In seiner Gegenwart hatte sie die Bedeutung von persönlichem Distanzbereich noch nie interessiert.

Nie würde er ihr erstes Aufeinandertreffen vergessen. Es war im Mr. B's gewesen, dem Restaurant mit Mikrobrauerei seines Onkels Ace in Peaceful Harbor, wo Graham und seine Cousins nach einem Wettrennen gefeiert hatten. Er war vorbeigekommen, und Trixie hatte dort seinen Cousins Sam und Cole den Two-Step beigebracht. Ziemlich selbstbewusst hatte sie in ihren knappen Shorts und dem über dem Bauchnabel verknoteten karierten Hemd seinen Cousins zugesetzt, weil sie bei diesem Tanz im wahrsten Sinne des Wortes nicht Schritt halten konnten. Mit einem herausfordernden Grinsen hatte sie Nick angesehen. *Zeigst du ihnen, wie es geht, Cowboy? Oder sind der Hut und die Stiefel nur Zierde?* Danach hatte sie wie eine Klette an ihm gehangen, war unglaublich frech zu ihm gewesen, hatte ihm die Pommes vom Teller stibitzt und ihn als menschliches Kissen zum Anlehnen benutzt. Das Witzige war, dass sie überhaupt nicht geflirtet hatte. Sie hatte sich einfach so benommen, als würde sie ihn schon ewig kenne, und auch für ihn hatte es sich so angefühlt.

Als sie sich die Teller beluden, sagte sie: »Erzähl mir, was es Neues gibt.« Sie pickte eine Tomate aus dem Salat, den er auf seinen Teller füllte.

»Okay, mal sehen … Hat Jillian dir erzählt, dass Zev und Carly sich verlobt haben? Sie heiraten an Weihnachten.«

»Nein! Ich habe seit ein paar Wochen nicht mit Jilly geredet. Ich muss sie anrufen und ihr sagen, dass ich hier bin. Das sind ja tolle Nachrichten! Ich freue mich für Zev. Nach all dem, was in seiner Jugend passiert ist, dachte ich, er würde für immer Junggeselle bleiben, so wie du.« Sie legte Tomaten, Champignons und Paprika auf ihren Burger und bedeckte alles ausgiebig mit Ketchup.

»Das dachten wir alle.« Zev hatte sich in seine Kindheitsfreundin Carly Dylan verliebt, als sie Jugendliche waren. Carly war die beste Freundin von Beaus erster großer Liebe Tory Raznick gewesen, und die vier waren unzertrennlich, bis Tory nach Zevs und Carlys erstem Jahr am College bei einem tragischen Autounfall ums Leben gekommen war. Tory war für Nick und seine Geschwister wie eine Schwester gewesen und wie eine Tochter für seine Eltern. Ihr Tod war für alle niederschmetternd gewesen, aber Beau und Zev hatte es gebrochen. Sie hatten sich von der Familie entfernt. Beau hatte sich fern der Heimat in Arbeit vergraben, und Zev hatte mit

Carly Schluss gemacht, das College geschmissen und war nur mit einem Rucksack bepackt in die Welt hinausgezogen. Somit war Nick zurückgeblieben, um die Leere zu füllen, die seine Brüder zurückgelassen hatten, und die trauernde Familie zusammenzuhalten.

In den über zehn Jahren, die seitdem vergangen waren, hatte Beau ein florierendes Bauunternehmen aufgezogen, sich wieder verliebt und Charlotte Sterling geheiratet, die Besitzerin des Sterling House. Zev war ein erfolgreicher Schatzsucher geworden und wieder mit Carly zusammengekommen, während Nick hatte lernen müssen, was geschehen konnte, wenn ein Mann sein Herz riskierte.

Sie legte das obere Stück ihres Brötchens auf den Burger. »Ich kann es immer noch nicht glauben, dass Zev und Carly quasi zufällig wieder zusammengekommen sind.«

Nachdem sie ein Jahrzehnt getrennt gewesen waren, hatten Zev und Carly sich bei der Hochzeit von Beau und Charlotte im Sterling House wieder getroffen – genau an dem Ort, an dem die Preisverleihung für Trixies Rennen stattgefunden hatte.

»Jilly behauptet, der Gasthof übt einen Zauber aus.« Trixie stieß ihn an. »Wenn man bedenkt, dass Charlotte und Beau sich dort kennengelernt haben und Zev und Carly wieder aufeinandergetroffen sind, dann hat sie wohl recht.«

Nick glaubte nicht an einen Zauber, aber irgendwas hatte ihn eindeutig in jener Nacht verändert, als er im Gasthof auf sie aufgepasst hatte. »Es ist schon seltsam, findest du nicht? Zev ist auf der ganzen Welt herumgereist und hat tausende Leute getroffen, aber er hat mir erzählt, dass es keine einzige Frau gegeben hat, bei der er auch nur irgendetwas empfunden hat. Und in dem Augenblick, in dem er Carly wiedersah, hatte er das Gefühl, all die Jahre den Atem angehalten zu haben und nun endlich wieder atmen zu können.«

»Das ist nicht seltsam, Nick. Das ist Schicksal.« Sie biss in ihren Burger, schloss die Augen und stöhnte genüsslich.

Himmelherrgott! Er wandte den Blick ab und begann auch zu essen.

Pugsly hatte alles verputzt und versuchte nun, an Nicks Bein hochzuklettern. Nick hob ihn hoch und nahm ihn auf den Schoß. »Ich glaube nicht ans Schicksal. Ich glaube an harte Arbeit und die Realität. Dinge passieren eben. Manchmal gute und manchmal miese.«

»Wie würdest du es denn nennen, dass du am Dienstagabend bei JJ warst, als meine Brüder mich so geärgert haben?« Mit hochgezogener Augenbraue biss sie noch einmal in ihren Burger.

Er konnte ihr wohl kaum sagen, dass er nicht fähig gewesen war, sich von ihr fernzuhalten. Es war die Hölle. Wenn sie irgendeine Frau gewesen wäre, hätte er sich genommen, was er brauchte, und hätte sie vergessen können. Mit der Gabel stach er in eine Kartoffel, als er sagte: »Zufall.«

»Du bist echt so typisch Mann.«

Was du nicht sagst.

Während sie weiter aßen, erzählte er ihr die restlichen Neuigkeiten aus seiner Familie, und dann trugen sie alles hinein. Trixie machte sich daran, die Reste wegzuräumen, und Nick erledigte den Abwasch. Als mit einem *Ping* eine Nachricht auf seinem Handy einging, zeigte er darauf und fragte: »Könntest du mal schauen, ob das vielleicht von Jax ist? Er hat vorhin versucht, mich zu erreichen.« Jax war ein renommierter Designer von Hochzeitskleidern. Zu seinen Kundinnen zählten Promis und andere reiche Leute. Aber er war unglaublich bodenständig und nahm sich immer Zeit, um mit Leuten aus der Gegend zu arbeiten. Er und Nick waren oft zusammen unterwegs.

Sie stellte einen Behälter mit Resten in den Kühlschrank. »Lass mich raten: Du hast noch immer kein Passwort für dein Handy.«

»Ich habe nichts zu verbergen, Darling. Ich kann das verdammte Ding ohnehin nicht ausstehen.«

Sie nahm das Handy von der Arbeitsfläche, öffnete die Nachricht und verdrehte die Augen. »*Shayna.* Wie ich sehe, sind deine Rodeo-Häschen so stilvoll wie eh und je.«

Er hatte Shayna vor ein paar Jahren auf seiner Pferdeschau kennengelernt. Sie hatten Spaß miteinander gehabt, und wenn sie mal in der Stadt war, meldete sie sich zwecks Neuauflage bei ihm, wobei auf beiden Seiten keine Erwartungen damit einhergingen. Genau das, was ihm gefiel. Aber in den letzten Monaten hatten die Gedanken an Trixie keinen Raum für irgendeine andere Frau gelassen.

»Wovon redest du?« Er trocknete sich die Hände ab und nahm das Telefon, um die Nachricht zu lesen. *Beschäftigt? Lust auf einen Ritt mit einem Cowgirl?* Und ob, aber sie war das falsche Cowgirl. Er legte das Handy auf die Arbeitsfläche zurück und widmete sich wieder dem Abwasch.

Trixie schüttete den übrig gebliebenen Salat in einen Behälter. »Lass dich durch mich nicht von deinem heißen Samstagabend abhalten.«

Sie sagte es in einem frotzelnden Tonfall, aber so unsanft, wie sie den Behälter traktierte, sah es in ihr anders aus. »Lass ich nicht.«

»Warum antwortest du ihr dann nicht?« Sie stellte den Behälter in den Kühlschrank, trug das restliche Geschirr zur Spüle und lehnte sich neben ihn an die Arbeitsfläche.

»Kein Interesse.«

Sie nahm sich ein Handtuch und fing an abzutrocknen. »Nick, du kannst ruhig losziehen und die abschleppen. Ich komm gut allein zurecht.«

»Du weißt genau, dass ich nicht losziehe, wenn du hier bist.« Und in letzter Zeit hatte es ihn auch nur nach Oak Falls gezogen.

»Tja, das ist ziemlich blöd. Wenn ich eines von deinen Groupies wäre und du mich ohne Antwort stehen lassen würdest, wäre ich ganz schön sauer.«

»Dann ist es ja gut, dass du niemals eine von ihnen sein wirst.« Er presste die Backenzähne knirschend aufeinander.

»Im Leben nicht.« Sie griff nach dem nächsten Teller, bevor er ihn auf den Abtropfständer stellen konnte, und ihre Blicke trafen sich. Feuer loderte in ihren Augen, als sie ihm den Teller aus der Hand riss. »Warum bist du eigentlich so?«

»Wie bin ich denn?« Er schrubbte auf dem nächsten Teller herum. »Ein heißblütiger Mann?« Sein Blick wanderte an ihrem Körper hinunter und Hitze jagte in sein bestes Stück. »Du kannst mir nicht sagen, dass du dich nicht auch ab und zu mal amüsierst, Trix. Ich habe gesehen, wie du tanzt.«

»Eine Frau kann doch wohl verführerisch tanzen, ohne irgendeinen x-beliebigen Typen abzuschleppen – wie du ja weißt, da ich immer bei dir übernachte, wenn ich hier bin.«

»Du ziehst x-beliebigen Kerlen also Männer vor, die du kennst?« *Gut zu wissen.*

Sie wurde rot, aber ihr herausfordernder Gesichtsausdruck blieb. Sie war unerschütterlich, aber diese Röte war etwas Neues, und es gefiel ihm verdammt noch mal mehr, als wahrscheinlich gut für ihn war.

»Ich werde mit dir nicht mein Liebesleben erörtern«,

erwiderte sie heftig, stellte den Teller ab und warf das Geschirrtuch auf die Arbeitsfläche.

Er lehnte sich zu ihr hinüber. »Dann frag nicht nach meinem, Darling, denn wie gesagt … Ich habe nichts zu verbergen.«

»Ich habe nicht nach deinem Liebesleben gefragt«, fuhr sie ihn an. »Ich habe gefragt, warum du lieber mit Groupies ausgehst, die mit was weiß ich wem alles schlafen, anstatt eine richtige Beziehung mit einer Frau zu führen, die dich vielleicht tatsächlich glücklich machen könnte.«

Er schnaubte verächtlich. »Wer jemand anderen braucht, um glücklich zu sein, ist ein armes Schwein. Außerdem brauche ich keine Frau, die versucht, jeden Schritt von mir zu kontrollieren.«

»Nicht alle Frauen versuchen, die Männer herumzukommandieren.«

»Schwachsinn. Sieh dich doch mal an.«

Sie verschränkte die Arme und hob das Kinn, wobei ihr herausfordernder Blick die heiße Spannung zwischen ihnen noch verstärkte. »Hast du überhaupt jemals eine richtige Beziehung gehabt? Und damit meine ich eine, die länger andauerte als zehn Minuten im Bett?«

»Keine Ahnung, mit wem du dich so rumtreibst, aber zehn Minuten sind nicht mal genug, um meinen Appetit zu wecken.«

»Sagen alle Männer. Du glaubst, du bist anders als alle anderen, aber ihr seid alle gleich. An einer schnellen Nummer im Heu interessiert und mehr nicht.«

Er trat näher an sie heran, und sie atmete so tief ein, dass ihre Brüste ihn berührten. »Ich muss erst noch die Frau kennenlernen, die mein Interesse im Bett und außerhalb für mehr als ein oder zwei Durchgänge aufrechterhält.«

Sie verdrehte die Augen.

»Für eine Frau, die keine langfristige Beziehung hatte, seit ich sie kenne, bist du ziemlich voreingenommen. Ich habe dich gesehen, wenn du mit Jilly unterwegs bist, und ich glaube, du und ich, wir sind gar nicht so verschieden.«

Sie straffte die Schultern. »Beweise.«

Ständig trieb sie ihn an, reizte ihn, bis das Feuer durch seine Adern loderte, und dieses Mal hielt er sich nicht zurück. »Ich glaube, du suchst nach einem Typen, der dich an einem Tag an der Scheunenwand nimmt und dich am nächsten über den Küchentisch legt. Jemand, der nicht jeder Laune von dir nachgibt, der dir die Tür aufhält und dir auf den Hintern haut, wenn du durchgehst.«

Flammen züngelten in ihren Augen.

»Du hast dich gerade verraten, Darling.« Er wusste, dass er ein gefährliches Spiel spielte, aber er hatte sich zu weit vorgewagt, um einen Rückzieher zu machen. »Gib's zu. Du willst keinen Sicherheit ausstrahlenden Typen, der jeden Abend in deinem Bett liegt, es dir zehn Minuten lang besorgt und dann einen Film anstellt. Du willst einen richtigen Mann, der weiß, wie er deine Fantasien befriedigt.«

Sie funkelte ihn mit bebenden Nasenflügeln an. »Nur zu deiner Information: Ich will Liebe, und zur Liebe gehört Leidenschaft *und* Sicherheit. Ich will dieses verdammte Märchen, und dafür schäme ich mich nicht.«

»Du bist so unfassbar blind, und aus dem Grund wird dir auch irgendein Mistkerl irgendwann richtig wehtun.« *Und das macht mich stinksauer.* »Weißt du, was dir die Liebe bringt, Trix?« Er war sauer, dass Trixie ihn dazu trieb, Dinge zu sagen, die er nicht sagen sollte, und er war noch wütender auf sich selbst, weil er es so weit hatte kommen lassen, aber die Wahrheit war nicht mehr aufzuhalten. »Liebe bringt *Zerstörung*.«

Die Traurigkeit, die in ihren Augen aufstieg, schmerzte ihn.

»Das ist nicht wahr«, beharrte sie. »Liebe *heilt*. Wenn man liebt und so viel für jemanden empfindet, dann unternimmt man alles, damit er sich besser fühlt. Dann vertraut man jemandem so sehr, dass man in guten und in schlechten Zeiten man selbst bleiben und all seine Stimmungen akzeptieren kann. Dann unterstützt man seine Träume und weiß, dass er die eigenen genauso unterstützt. Liebe ist etwas Gutes, Nick. Erst durch sie ergibt alles andere einen Sinn.«

Es hatte mal eine Zeit gegeben, in der er das geglaubt hatte, und er wünschte verdammt noch mal, es wäre wahr, aber er wusste es besser. »Wenn du zugesehen hättest, wie deinen Brüdern das Herz gebrochen wurde und deine Familie auseinandergefallen ist, dann würdest du anders darüber denken. Ich werde jetzt die Ställe ausmisten.« Er nahm sein Handy und stürmte zur Tür hinaus, bevor er noch etwas sagte, das er bereuen würde.

Trixie sah ihm hinterher und fragte sich, was zum Teufel da gerade passiert war. Sie stützte sich an der Arbeitsfläche ab und krallte die Finger um die Kante, um sich angesichts der Gefühle, die durch sie hindurchpeitschten, etwas Halt zu verschaffen. Sie hatte es schon erlebt, dass er vor anderen Leuten loswetterte, wenn er gereizt wurde, aber er hatte diese ganze Wucht nie gegen sie gewandt, und schon gar nicht so unverhohlen ihre Sexualität thematisiert. Klar, über Sex hatten sie schon geredet, aber immer über den von anderen. Offensichtlich hatte sie einen Nerv getroffen und nun hatte sie ein schlechtes Gewissen deswegen. Sie hatte keine so hitzige Diskussion entfachen wollen, aber als sie die Nachricht gesehen hatte, war sie von einer Eifersucht erfasst worden, die ihr gar nicht zustand. Das wiederum hatte eine Wut aufkommen lassen, die sie nicht hatte zurückhalten können. Sie wusste, dass er gelegentlich Frauen abschleppte. Das hatte er vor ihr nie geheim gehalten, aber als sie diese Nachricht gesehen hatte, war es realer geworden, und sie hatte wissen wollen, *warum* er sich solche Art von Frauen suchte.

Sie wollte es noch immer erfahren, aber jetzt wollte sie auch wissen, warum er Liebe mit Zerstörung in Verbindung brachte, und warum er diese Dinge über seine Familie gesagt hatte, wenn er doch eine unglaubliche Familie hatte, in der alle gemeinsam durch dick und dünn gingen.

Es tat ihr weh, ihn so zu sehen. Aber sie war so verwirrt durch die anderen Dinge, die er gesagt hatte und wie er sie gesagt hatte, dass sie nicht darüber nachdenken konnte. Er hatte sie in Bezug auf den Mann, den sie wollte, wirklich durchschaut, und all diese Dinge ausgerechnet aus dem Mund von Nick zu hören, hatte in ihr den Wunsch aufkommen lassen, dass genau *er* dieser Mann sein sollte. Sie wusste, dass es verrückt war, vor allem weil er anscheinend eine verzerrte Sicht von Liebe hatte. Aber der unverhohlene Hunger in seinen Augen, die Gier in seiner Stimme und das sinnliche Begehren, das flirrend zwischen ihnen pulsiert hatte, ließ sie fast glauben, dass er sie mit der gleichen tiefen schmerzhaften Lust begehrte wie sie ihn. Hatte sie sich das nur eingebildet? Deutete sie seine Wut falsch als Leidenschaft?

Ihre Gedanken rasten umher und gingen all die anderen Dinge durch, die er gesagt hatte, vor allem seine Bemerkung, dass sie *nie* eine seiner Frauen sein würde, und da wusste sie, dass sie ihn falsch verstanden hatte.

Er wollte sie *nicht*.

Er benahm sich einfach nur wie der typische Nick, der sich nur ungern in die Ecke treiben ließ, der nie einen Streit anfing, ihn aber immer beendete.

Sie war verwirrt, enttäuscht und ein wenig traurig. Sie starrte zur Tür, wollte ihm hinterherlaufen, wusste aber, dass sie ihm lieber etwas Raum lassen sollte.

Ein tiefer Seufzer kam ihr über die Lippen. Sie nahm seinen Hut ab und drückte ihn fest an ihre Brust, als sie zu ihrem Schlafzimmer ging. Trotz des Schmerzes und der Verwirrung war sie vor allem erfüllt von Sorge um den Mann, den Freund, der ihr so wichtig war, und um die seelischen Qualen, die er aufgrund irgendwelcher verborgener Gefühle litt.

Fünf

Nachdem sie geduscht hatte, zog Trixie sich bequeme Shorts und ein Tanktop an und setzte sich mit ihrem Laptop auf das Bett, um den Businessplan zu überarbeiten, den sie in den Tagen vor ihrer Anreise erstellt hatte. Sie versuchte, nicht über Nick nachzudenken, aber ihr Blick wanderte immer wieder zu seinem Hut, der auf der Kommode lag, und so war es unmöglich, nicht jedes gesagte Wort immer wieder durchzugehen. Sie hatten sich schon öfters gestritten und gegenseitig herausgefordert, aber er war nie aus dem Raum gestürmt. Dies war anders, und es fühlte sich persönlicher an. Nicht nur wegen dem, was er über sie gesagt hatte, sondern auch wegen dem, was er über sich selbst preisgegeben hatte.

Wenn du zugesehen hättest, wie deinen Brüdern das Herz gebrochen wurde und deine Familie auseinandergefallen ist, dann würdest du anders darüber denken.

Sie stand auf, marschierte auf und ab, und versuchte, seine Vergangenheit zu einem vollständigen Bild zusammenzusetzen. Er hatte eindeutig über die Zeit gesprochen, als Beau und Zev von zu Hause weggegangen waren, aber abgesehen von dem Grund, den er für ihren Aufbruch genannt hatte, hatte er sich nie über diese Zeit in seinem Leben geäußert. Wenn seine

Familie Mühe gehabt hatte, diese schwere Zeit gemeinsam durchzustehen, dann hatte sie es nie bemerkt oder davon gehört, auch wenn die Ereignisse sicher alle sehr mitgenommen hatten.

Sie nahm wieder seinen Hut und drückte ihn an ihre Brust. *Was erzählst du mir nicht?*

Sie stieg in ihre Stiefel und schob die Glastür auf, die auf die Veranda führte, um in den lauen Abend hinauszugehen. Als sie die Tür hinter sich zuschob, hörte sie ganz leise Nicks Gitarre. Ihr Herz zog sich zusammen. Sie liebte es, ihn spielen zu hören, und noch mehr, wenn er sang. Doch er weigerte sich, vor ihr oder sonst jemandem zu singen. Normalerweise ließ sie ihn in Ruhe, relaxte auf der Veranda und lauschte heimlich seiner Musik. Aber nicht, nachdem er diese Bombe gezündet hatte. Sie würde nicht zulassen, dass ihr Freund den Rest seines Lebens glaubte, Liebe wäre gleichbedeutend mit Zerstörung. Sie hatte keine Ahnung, welche Geheimnisse er in sich trug, aber es spielte keine Rolle. Sie würde diesen sturen Esel mit seinem Schmerz nicht allein lassen.

Sie ging hinaus auf die Weide, von wo die Gitarrenmusik zu ihr drang. Wenige Minuten später sah sie ihn in der Ferne auf dem Hügel sitzen. Mit freiem Oberkörper und einem angezogenen Knie schaute er hinüber zu den Pferden, während er auf seiner Gitarre spielte. Goldie und Rowdy saßen vor ihm, und sie war sich sicher, dass das dunkle Etwas neben ihm Pugsly war. Langsam ging sie zu ihnen und genoss den seltenen Moment, in dem nicht jeder einzelne Muskel von Nick in Anspannung war. Noch bevor die Hunde sie wahrnahmen, drehte Nick den Kopf in ihre Richtung und schaute sie mit seinen dunklen Augen an. Die Hunde bellten und rannten auf sie zu.

»Hallo, Jungs.« Als sie sich hinkniete, um sie zu streicheln, wandte Nick sich mit zuckenden Kiefermuskeln wieder ab. Sie nahm Pugsly auf den Arm und ließ sich von dem mürrischen kleinen Hund übers Gesicht lecken, während sie zu Nick ging. Goldie und Rowdy stupsten und leckten abwechselnd ihre freie Hand.

»Hierher!«, rief Nick schroff, und sofort trabten die Hunde zu ihm hinüber.

Er spielte weiter auf der Gitarre. Er musste geduscht haben, als sie in ihrem Zimmer gewesen war, denn seine Haare waren nass, und er roch nach Seife, Mann und Verärgerung – alles verschnürt in einem unglaublich muskulösen, grüblerischen Paket. Sein Körper hatte ihr schon immer sehr gefallen. Er hatte genau die richtige Brustbehaarung, und zu oft hatte sie sich schon gefragt, wie sie sich wohl unter ihren Fingern anfühlen würde … oder wenn er damit über ihre Brüste glitt. Aber sie war nicht hier, um seinen Körper zu bewundern. Das war nur eine Zugabe.

»Hallo.« Sie setzte sich neben ihn ins Gras.

Er nickte, die Kiefer fest aufeinandergepresst und den Blick auf die Pferde gerichtet, während er weiter Gitarre spielte.

Pugsly stand auf ihrem Schoß, atmete laut vernehmbar und starrte Nick an, doch der sah nicht einmal kurz herüber. Das machte Trixie etwas nervös. Er liebte Pugsly abgöttisch.

»Hat sich dein Gemüt abgekühlt oder soll ich den Wasserschlauch holen?«

Er warf ihr einen wenig amüsierten Blick zu.

»Warum bist du so wütend?« Sie streichelte Pugsly. »Wenn jemand sauer sein sollte, dann ich.«

Er spielte weiter, doch seine Augenbrauen wanderten fragend nach oben.

»Du hast einen ziemlichen Mist über mich erzählt, Nick«,

erinnerte sie ihn.

»Hab nicht gehört, dass du es geleugnet hast«, meinte er mürrisch.

»Du glaubst, du kennst mich.«

Ein Grinsen breitete sich langsam in seinem Gesicht aus, aber er sah weiter starr geradeaus.

»Was soll dieses dämliche Grinsen?«

Keine Antwort.

»Egal. Was hatte das alles zu bedeuten, was du über deine Familie gesagt hast? Glaubst du wirklich, dass Liebe gleichbedeutend ist mit Zerstörung?«

Seine Kiefermuskeln zuckten.

»Warum? Was ist passiert, nachdem Tory gestorben war und deine Brüder weggegangen waren?«

Seine Brust hob sich und er schaute zur anderen Seite.

»Ich gehe hier nicht weg, bevor du nicht mit mir geredet hast«, sagte sie.

Seine Anspannung war nahezu greifbar, während er weiterhin die Saiten seiner Gitarre anschlug.

»Ich habe gesehen, wie sich in deinem Panzer ein Riss gebildet hat, und das gefällt dir überhaupt nicht, stimmt's?«

Seine Augen wurden zu schmalen Schlitzen.

»Jeder soll dich für unantastbar halten, aber ich kenne dich, Nick. Ich habe gesehen, wie du in der Scheune bei deinen Pferden schläfst, wenn sie sich merkwürdig verhalten haben, und wie du Goldie verhätschelt hast, als sie trächtig war. Ich war mit dir zusammen, als wir auf dem Jahrmarkt das kleine Mädchen gefunden haben, das sich verlaufen hatte, und du hast alles auf den Kopf gestellt, um die Eltern zu finden. Du fühlst eine ganze Menge und das ist gut. Aber nicht, wenn du es in dir einsperrst und dich davon auffressen lässt.«

Er zupfte weiter an der verdammten Gitarre herum.

»*Rede* mit mir, Nick! Wir sind Freunde. Du bist mir wichtig.«

Sie setzte Pugsly aufs Gras und packte den Hals seiner Gitarre. Wütend sah er sie an, aber das war ihr egal. Sie riss ihm das Instrument weg, legte es ins Gras und kletterte auf seinen Schoß. Goldie und Rowdy sprangen auf, als sie die Arme um Nicks Hals schlang und sich an ihn klammerte.

»Trixie«, warnte er sie. »Geh runter.«

»Nein. Ich bleibe hier sitzen, bis du mit mir redest.«

Er presste die Zähne fest aufeinander. »Sieh zu, dass du deinen Hintern da wegschaffst.«

»Nein.« Sie umklammerte ihn noch fester. »Erzähl mir, was vor all den Jahren passiert ist.«

»Das willst du nicht wissen.«

»Doch, will ich. Ich weiß, dass es dir wehtut, und das tut mir weh.«

»Das Einzige, was dir wehtun wird, ist dein Hintern, wenn du da sitzen bleibst.«

Bevor sie seine Drohung überhaupt verarbeiten konnte, packte er sie an der Taille und setzte sie auf das Gras. Er sprang auf, woraufhin auch die Hunde aufgeregt umhersprangen. »Komm mir nicht mehr mit irgendeinem Mist, über den ich nicht reden will«, schnauzte er sie an, bevor er davonmarschierte.

Sie rannte vor ihn und versperrte ihm den Weg. »Nein! Ob es dir gefällt oder nicht, deine Gefühle sind mir wichtig.«

»Dann hör auf, mich zu nerven!« Er ging um sie herum.

Sie folgte ihm. »Ich will nur helfen, Nick. Vielleicht hilft es, wenn du darüber redest?«

»Wobei soll es helfen?«, rief er und ging forsch auf sie zu.

»Was willst du denn von mir hören, Trixie? Dass meine Brüder im Leben von uns allen ein verdammtes schwarzes Loch hinterlassen haben? Dass unsere Familie nicht nur Tory verloren hat, die von Kindheit an jeden einzelnen Tag bei uns im Haus war, die wie eine Schwester für uns alle war, sondern dass wir dann auch noch Beau und Zev verloren haben? Und dann Carly, als sie endgültig ging? Dass meine blöde Mutter nachts geweint hat, weil sie dachte, sie hätte ihre Söhne für immer verloren? Oder dass Jilly wochenlang weinte, weil sie dachte, sie würde die beiden nie wiedersehen? Dass sie mich angefleht hat, sie zurückzuholen? Aber ich konnte nicht weg, weil irgendjemand ja den verdammten Scherbenhaufen zusammenkehren musste, den sie zurückgelassen hatten.« Mit geballten Fäusten hatte er sich vor ihr aufgebaut. »Bei welchem von all dem Mist willst du mir *helfen*? Die Vergangenheit ist vergangen, Trix. Damals kam ich zurecht, und jetzt komme ich zurecht.«

Tränen brannten in ihren Augen, als sie diesen Schmerz und die Wut sah, die aus ihm herausbrachen, aber die Mauern, die er errichtet hatte, die im günstigsten Fall kurzfristigen Bekanntschaften, mit denen er sich traf … All das ergab plötzlich einen Sinn. »Du warst für alle anderen da, aber wer hat deine Scherben aufgesammelt?«

»Ich hatte keine Scherben, die aufgesammelt werden mussten.«

»Schwachsinn.« Sie hob das Kinn und versuchte, das Zittern ihrer Unterlippe zu unterbinden. »Du hast die gleichen Verluste erlitten. Du stehst deiner Familie so nah, Nick. Ich habe Geschichten darüber gehört, wie viel Zeit du und Beau als Teenager miteinander verbracht habt, wie ihr miteinander gewetteifert habt und füreinander da wart, und wie du auf Zev aufgepasst hast. Es muss dich zerrissen haben, sie zu verlieren.«

»Ja, und? Meine Eltern hatten genug, mit dem sie fertig werden mussten. Sie mussten sich nicht anhören, dass noch jemand die beiden Söhne vermisste, die sie nicht nach Hause bringen konnten. Ich war kein Kind mehr, als Beau und Zev gingen. Ich wusste, was sie taten und warum sie es taten. Sie haben zu sehr geliebt, und es hat sie zerstört. Sie tragen keine Schuld, weil sie zu schwach gewesen waren, um zu bleiben.«

»Das ist nicht schwach, Nick! Ihr Herz war gebrochen.«

»Das ist verdammt noch mal das Gleiche.«

Es brach ihr auch das Herz, ihn so zu sehen. Er war so wütend, beharrte so sehr darauf, sich als kalter Roboter zu geben, während sie doch die Wahrheit kannte. Tränen rannen über ihre Wangen. »Nein, das ist es nicht.«

»Ach, komm schon. Jetzt fang bitte nicht an zu heulen.«

»Ich kann nicht anders«, sagte sie wütend. »Du bist einer meiner besten Freunde, und ich glaube jetzt, dass alles, was deine Familie durchgemacht hat, dich auch gebrochen hat.«

Sein Gesichtsausdruck wurde sanfter. »Ich bin nicht gebrochen, Trix. Ich mag mein Leben so, wie es ist. Ich habe es mir so geschaffen, wie ich es haben wollte.« Er nahm sie in den Arm.

»Ja, ohne jemanden um dich herum.« Ihre Stimme war brüchig. »Du bist allein auf deiner Ranch, wo du doch eigentlich von Freunden und Familie umgeben sein solltest.«

»Kein Grund, traurig zu sein, Darling. Ich habe ständig Freunde um mich herum, sie sind nur einfach anders als das, was andere Leute haben. Pugs, Goldie und Rowdy sind bei mir. Ich habe Lady, Romeo und all meine anderen Kumpel.« Er hob ihr Kinn an und sah ihr mit diesem flehenden Blick in die Augen, den er in den seltenen Momenten zeigte, wenn sie traurig war. »Und ich habe eine so gute Freundin, wie man sie sich nur wünschen kann. Warum sollte ich irgendeine andere Tussi brauchen, die mir die Burger wegisst und die mich nervt?«

»Weil du so viel Liebe in dir hast, Nick. Du verdienst es, zu erfahren, wie es ist, geliebt zu werden.«

»Dafür hat man Familie.«

»Ich bin mir ziemlich sicher, dass deine Familie nach einem langen Tag nicht mit dir unter eine heiße Dusche steigen und dir den Rücken waschen will, oder nackt in deinen Armen unter dem Sternenhimmel liegen und von der Zukunft träumen will, nachdem ihr euch im Feld geliebt habt.«

Fast lächelte er. »Mhm, das wäre seltsam.«

Sie löste sich aus seiner Umarmung und ein dumpfer Schmerz machte sich in ihrer Magengrube breit. »Willst du wirklich nicht wissen, wie es sich anfühlt, so sehr geliebt zu werden, dass du jemandem alles bedeutest? Dass du der Mittelpunkt seines Lebens bist? Oder wie es ist, jemanden so sehr zu lieben, dass du in jeder Sekunde an ihn denkst oder mit ihm zusammen sein möchtest?«

»Das habe ich alles schon.« Er nahm Pugsly hoch und küsste ihm auf den Kopf. »Stimmt's, Pugs?«

»Das macht mich traurig. Ich sehe meine Eltern, oder Brindle und Trace, Morgyn und Graham, und ich sehe, wie glücklich sie sind, und das will ich auch. Ja, Liebe tut manchmal weh, aber Beau hat eine neue Liebe gefunden, und Zev und Carly haben ihre Liebe füreinander nie verloren. Sieh dir deine Eltern an, Nick. Du hast beschrieben, wie gebrochen sie waren, aber ihre Liebe hat sie alles überstehen lassen. Bedeutet dir das denn gar nichts?«

»Klar, ich freue mich für sie alle. Aber du kennst mich, Darling.«

»Ja, wohl wahr.« *Du liebst heftig und bedingungslos. Du stellst deine Bedürfnisse hinter die all der anderen Wesen, egal ob groß oder klein, zwei- oder vierbeinig.*

Er legte ihr einen Arm um die Schulter und ging mit ihr Richtung Gatter. »Ich bin ein selbstsüchtiger, arroganter Blödmann, und ich glaube mit Sicherheit nicht an Märchen.« Er pfiff laut und brüllte: »*Heya!* Kommt her!«

Aus den dunklen Winkeln der Weide kamen die Pferde mit wehenden Mähnen im Mondlicht herbeigaloppiert. Nick beendete einen Tag – ob es nun regnete, stürmte oder schneite – nie, ohne ihnen Gute Nacht zu sagen. Die Pferde versammelten sich am Zaun um ihn herum, hoben die Köpfe und scharrten ungeduldig mit den Hufen, während er eines nach dem anderen streichelte und in einem wärmeren Ton mit ihnen redete als mit den meisten Menschen. Die Pferde, die hinten in der Herde standen, drängten sich nach vorne, streckten die Hälse und buhlten um seine Aufmerksamkeit. Trixie hätte sich am liebsten unter sie gemischt.

Sie irrte sich, was Nick anging. Er war nicht gebrochen. Aber er war derjenige, der blind war. Oder vielleicht hatte er auch nur Angst, verletzlich zu sein oder schwach zu wirken. Auf jeden Fall kannte sie keinen stärkeren Mann, und wenn jemand ein Märchen verdient hatte, dann dieser Kerl, der die Last aller Menschen um ihn herum trug und dafür keine Gegenleistung erwartete – dieser verdammte Nick Sturkopf Braden.

Sechs

Nick startete in den Sonntag, wie er in die meisten Tage startete – mit einem Kaffee auf der Veranda zwischen dem Haus und der Garage, während die Sonne hinter den Bergen hervorlugte, die Vögel zwitscherten und das Laub leise in den Bäumen raschelte. Goldene, orangene und gelbe Schleifen zogen sich durch den dämmerigen Himmel und streuten das Licht über die Pferde, die auf der Weide grasten. Goldie und Rowdy waren schon eifrig bei der Arbeit und zogen ihre Runden bei den Hühnern und Ziegen, während Pugsly auf Nicks Schoß schnarchte.

Nick hatte immer die Schönheit von Mutter Natur und all ihrer Phänomene bewundert. Wenn er einen neuen Tag anbrechen sah, verschaffte es ihm immer einen inneren Frieden, und das konnte er an diesem Morgen mehr als sonst gebrauchen. Als Trixie und er gestern Abend ins Haus zurückgekehrt waren, hatten sie den halben Pfirsich-Auflauf vertilgt und herumgescherzt wie immer. Aber als er dann allein in seinem Zimmer gewesen war, hatte er sich im Bett herumgewälzt und war nicht in der Lage gewesen, ihre Tränen und all den Mist, den sie von sich gegeben hatte, aus seinem Kopf zu bekommen. Als er schließlich eingeschlafen war, hatte er einen glühend leidenschaftlichen Traum gehabt, in dem er mit ihr unter der Dusche stand beziehungsweise es mit ihr unter der Dusche trieb. Heiß, hart und heftig erregt war er aufgewacht. Die anschließende kalte Dusche hatte ihm kaum Linderung verschafft.

Er bemerkte, dass die Hunde zur Vorderseite des Hauses rannten, und lächelte in sich hinein. Sie waren großartige Hütehunde und hielten Feinde von den anderen Tieren fern, aber als Wachhunde gegen Menschen taugten sie nicht. Sie waren zahm und anhänglich, und das machte sie zu hervorragenden Begleitern. Insbesondere, da sie nicht allem, was er tat oder sagte, widersprachen.

Die Hunde bellten und er schaute zum Garten vor dem Haus. Trixie joggte in eng anliegenden schwarzen Laufshorts und einem rosa Sport-BH Richtung Veranda. Hitze breitete sich wie ein Lauffeuer in Nick aus. Die Haare hatte sie zu einem hohen Pferdeschwanz zurückgebunden, und als sie dieses mörderische Lächeln zeigte, traf es ihn mitten in die Brust.

»Hallo, Cowboy«, sagte sie und ging nun langsamer die Stufen zur Veranda hinauf.

»Wie geht's?«

Sie setzte sich neben ihn, während Rowdy und Goldie zu ihr kamen und um Aufmerksamkeit bettelten. »Gut. Ich habe ein paar Meilen hinter mir und habe Walt auf dem Rückweg gesehen.«

»Ach ja? Wie geht's ihm?« Nick wusste, dass es ihm gut ging. Er hatte erst vor zwei Tagen mit ihm gesprochen. Walt war neunundsiebzig, fühlte sich angeblich aber wie sechzig, und er hatte eine Schwäche für Trixie.

»Er war wie immer im Flirtmodus. Sieht aber gut aus. Echt, er wird wohl nie älter. Ich frage mich, warum er nie geheiratet hat. Er ist so ein lieber Kerl.«

Nick setzte Pugsly auf den Boden und stand auf, denn er wollte nicht wieder auf dieses Thema zu sprechen kommen. »Was redest du in letzter Zeit immer übers Heiraten?«

»Unser Gespräch von gestern Abend spukt mir wahrscheinlich noch im Kopf herum.« Sie kraulte Rowdy. »*Du* hast damit angefangen, als du mir von Zev erzählt hast.«

Er nahm seinen Becher und ging zur Tür.

Sie folgte ihm in die Küche. »Wann treffen wir uns mit Travis?«

»Nach dem Mittagessen.« Er spülte seinen Becher ab und nahm seinen Hut vom Tisch. »Ich muss die Tiere versorgen, den Zaun bei der unteren Weide reparieren und noch einiges andere erledigen, bevor wir gehen.« Nick hatte sich den Nachmittag freigeschaufelt, denn er wusste, wenn sie erst einmal die Miniaturpferde sah, würde sie Stunden mit ihnen verbringen wollen.

»Großartig! Ich helfe dir. Dann kann ich auch gleich ein paar Ideen zu Rising Hope mit dir durchgehen. Ich muss nur noch schnell meine Stiefel anziehen.«

Er beäugte ihren gebräunten, straffen Bauch und erinnerte sich an das Gefühl, als sie gestern auf seinem Schoß saß, an ihre warme, frisch geduschte Haut und den blumigen Duft ihres Duschgels. Seine Gedanken verselbständigten sich mit Bildern von Trixie unter der Dusche, und er stellte sich vor, wie er ihr diese Joggingklamotten vom Leib riss und die Fantasien der Nacht auslebte.

Na großartig, jetzt wurde er hart.

Er wandte den Blick ab. »Willst du dir nicht etwas überziehen?« *Bitte zieh dir etwas an. Sonst brauche ich ein verdammtes Eisbad.*

»Ach, Quatsch. Ich werde ja doch wieder schmutzig. Bin gleich wieder da.« Sie zwinkerte ihm über die Schulter zu, als sie zu ihrem Zimmer davonging.

Etwa ein Dutzend verruchte Szenarien gingen ihm durch den Kopf, wenn er an Trixie und schmutzige Dinge dachte. Er schenkte sich ein Glas Eiswasser ein und stürzte es hinunter. Jetzt war es offiziell. Trixie Jericho würde ihm mit jeder Bemerkung ihrer spitzen Zunge weiter zusetzen.

Klasse, jetzt dachte er an ihre Zunge.

Die Götter mussten ein Nachsehen mit Nick gehabt haben, denn als Trixie später am Nachmittag mit dem Blick auf ihr Handy gerichtet aus dem Haus kam, waren die spärlichen Shorts und der Sport-BH verschwunden. Sie trug nun Jeans und ein blaues ärmelloses Hemd, das sie normalerweise über dem Bauch zusammenknotete, das aber nun in die Hose gesteckt war.

Irgendwie vermisste er das bauchfreie Shirt, aber er war froh, dass Travis es nicht sehen würde. Sie trug selten Oberteile, die nicht zumindest einen kleinen Teil ihres straffen, gebräunten Bauches zeigten, und es war ihr egal, wenn jemand Bemerkungen darüber machte. Mann, sie war immer mal auf seinen Schoß geklettert, hatte ihn mit diesem mörderischen Lächeln angesehen, hatte ihn auch geärgert und gereizt. Seit sie sich kannten, hatte sie sich kein bisschen verändert, und das wiederum bedeutete, dass sein plötzliches und unersättliches Verlangen nach ihr ganz ihm selbst zuzuschreiben war.

Sie steckte sich das Handy in die Gesäßtasche und schaute

auf. Die Haare hatte sie sich frisiert und Make-up war auch aufgelegt. Unter ihrem Cowboyhut sah sie mit ihren entzückenden Smokey Eyes zu ihm auf. Silberne Ringe baumelten an ihren Ohren, und um den Hals trug sie eine schlichte Goldkette. Sie trug nie Schmuck. Warum jetzt? Sie sah verdammt noch mal hammermäßig aus.

Für Travis.

Er hielt die Tür seines Pick-up für sie auf. »Wir sehen uns ein paar Pferde an. Warum hast du dich dafür so aufgebrezelt?« Als sie einstieg, erfasste ihn die Duftwolke ihres so femininen Duschgels. Wie hatte er all diese Dinge vorher nicht bemerken können?

»Weil du mir den Gefallen tust und mich Travis vorstellst. Deine Freunde sollen doch nicht denken, ich sei keine ernstzunehmende Geschäftsfrau.«

Auf dem Weg zu Travis dachte er die ganze Zeit darüber nach, und ihm wurde klar, dass sie recht hatte und dass es klug von ihr war, so zu denken. Er war stolz auf sie, und gleichzeitig kam er sich idiotisch vor, weil er eifersüchtig war.

Als sie Travis' Pferdefarm erreicht hatten, half er ihr aus dem Pick-up. »Ich freue mich so, dass ich jetzt tatsächlich anfange, mir Pferde auszusuchen«, sagte sie. »Unglaublich, dass es wirklich losgeht. Habe ich dir schon erzählt, dass ich mit Tempest geredet habe? Wir treffen uns morgen bei Emmaline zum Mittagessen.« Emmaline O'Connor war eine von Jillians besten Freundinnen und sie besaß ein Café in der Stadt.

»Nein, aber das ist großartig. Sie ist bestimmt eine große Hilfe.«

»Das glaube ich auch. Danke noch mal, Nick, für das Angebot, bei dir wohnen zu dürfen. Wahrscheinlich hätte ich noch monatelang hin und her überlegt, bevor ich den Schritt gewagt hätte. Ich brauchte wohl jemanden, der mir sagte *Hey, worauf wartest du noch?*« Sie stand neben dem Pick-up und sah zu ihm auf. »Danke, dass du dieser Jemand bist.«

Wieder spürte er dieses ungewohnte wohlige Ziehen in der Brust. »Du hast einen guten Instinkt und mehr Selbstvertrauen als alle anderen, die ich kenne. Ich kann mir nicht vorstellen, dass du bei irgendetwas hin- und herüberlegst. Du verfolgst deine Ziele immer ohne Umwege.«

Sie schaute zu den Stallungen und Koppeln, und als sie ihn wieder ansah, wirkte sie fast verschämt. »Nicht immer.«

Ihre Blicke hielten gerade lang genug aneinander fest, dass er über diese Antwort und ihr neues verschämtes Lächeln grübeln konnte, bis er so richtig verwirrt war. Er zwang sich, diesen Moment der Nähe zu beenden. »Wir sollten Travis suchen.«

Als sie über den Parkplatz gingen, entdeckte er Travis, der gerade aus einer der Scheunen kam. Travis Helms war ein alleinstehender Vater von Anfang dreißig, und laut Jillian war er erfrischend wie Champagner, was immer das zu bedeuten hatte. Seine entzückende dreijährige Tochter April tippelte mit ihren Ringellocken, dem kurzen Overall und rosa Gummistiefeln neben ihm her und hielt den Führstrick eines Palomino Minipferds in der Hand. Sie war so verdammt süß, dass sich selbst Nick vorstellen konnte, irgendwann einmal Kinder zu haben.

»Du meine Güte, Nick! Guck mal, wie süß die Kleine ist«, rief Trixie aus.

Er winkte Travis zu. Als er sah, wie die Augen seines Kumpels beim Anblick von Trixie aufleuchteten, wünschte Nick sich, Trixie wäre nicht so eine ausgebuffte Geschäftsfrau, die sich so aufgebrezelt hatte. Nein, das stimmte nicht. Er war froh, dass sie so klug war. Ihr Instinkt war mit Sicherheit ebenso gut wie seiner, und am Ende war es egal, wie Trixies Haare oder Klamotten aussahen oder ob sie Make-up trug. Sie könnte dreckverschmiert sein und würde noch immer alle anderen Frauen, die er je gesehen hatte, überstrahlen.

Trixie lehnte sich zu ihm herüber und flüsterte: »Das ist Travis? Du hast mir gar nicht erzählt, dass dein Freund so heiß ist.«

Nick presste die Kiefer aufeinander. »Das ist seine *Tochter* neben ihm.«

»Er ist verheiratet?«, fragte sie.

Meine Güte! Echt jetzt? »Geschieden.«

Travis hatte seine Jugendliebe gleich nach dem Collegeabschluss geheiratet, und sie hatten sich scheiden lassen, bevor sie von ihrer Schwangerschaft erfahren hatten. Travis und Jenny teilten sich das Sorgerecht für April. Nick war noch nie einem geschiedenen Paar begegnet, das so gut miteinander auskam wie die beiden.

»Interessant«, flüsterte sie.

Er warf ihr einen finsteren Seitenblick zu.

Trixie kicherte und winkte Travis zu, während sie auf ihn zuging und ihn mit all ihrem Südstaaten-Charme begrüßte: »Hallo! Na?«

»Hi! Du bist bestimmt Trixie. Ich bin Travis. Nick hat mir eine Menge Gutes über dich erzählt.« Er schüttelte Trixies Hand und nickte seinem Freund zur Begrüßung zu.

»Hat er das? Gut zu wissen.« Trixie sah Nick kurz fragend an. »Über dich hatte er auch nur Gutes zu sagen. Danke, dass du dir die Zeit nimmst, um mich herumzuführen.«

April tapste auf sie zu und rief: »Nick, hast du mein Ferdchen gesehn?«

»Und ob, meine Kleine. Das ist wirklich ein sehr hübsches Pferd«, sagte er, während April um ihn herumging und nach seiner Gesäßtasche griff.

»Wow, nicht mal die kleinen Mädchen können die Hände von dir lassen«, ärgerte Trixie ihn.

Er sah Trixie todernst an und zauberte einen Lutscher aus seiner Tasche.

April strahlte. »Lolli!«

Nachdem er sich hingehockt hatte, wickelte er den Lutscher aus der Verpackung und tippte sich auf die Wange. April drückte ihre winzigen Lippen darauf und er gab ihr den Lolli.

Travis legte die Hand auf ihre Schulter. »Und was sagst du?«

»Meiner!«

Alle lachten.

»Fast richtig«, sagte Nick. »Denk dran, dass du mir oder Daddy den Stiel gibst, wenn du fertig bist.« Er erwischte Trixie dabei, wie sie ihn und die Kleine verträumt beobachtete, doch schnell wandte sie ihren Blick wieder ab. »Wie geht's dir, Travis?«

»Großartig. Ich bin wirklich froh, dass du das hier in die Wege geleitet hast.« Travis schaute kurz zu Trixie.

Kann ich mir denken.

Trixie hockte sich neben April. »Hallo, ich bin Trixie, eine Freundin von Nick. Und wie heißt du?«

»Apil. Und das ist mein Ferd Dolly.«

»Sie ist wunderschön«, sagte Trixie, als Dolly den Kopf senkte und April sie streichelte. »Und wie es aussieht, mag sie dich sehr.«

Oh ja, du wirst das großartig mit den Kindern machen.

»Du darfst sie auch mal streicheln«, sagte April.

Trixie lächelte zu Travis auf, während sie das Pferd

streichelte. »Sie ist so eine Süße.«

»Danke.« Travis schaute liebevoll zu seiner Tochter. »Peaches ist hier die Chefin.«

»Peaches? Der Spitzname ist wirklich entzückend«, sagte Trixie und stand auf.

»So lockig wie ihre Haare jetzt sind, kann man es kaum glauben, aber als sie auf die Welt kam, hatte sie den Kopf voller pfirsichfarbenem Flaum.« Achselzuckend fügte Travis hinzu: »Der Spitzname ist geblieben.«

»Gefällt mir«, sagte Trixie. »Nimmst du sie mit zur Arbeit?«

»Wir wohnen weiter hinten und meine Großmutter lebt in dem Haus.« Er zeigte auf das alte Farmhaus auf dem Hügel. »Sie passt immer für mich auf sie auf, aber Peaches wollte Nick unbedingt ihr Lieblingspferd der Woche zeigen.«

Nick kannte Travis seit Jahren und April seit ihrer Geburt. Oft sahen sie sich nicht, aber während Travis' Scheidung hatte Nick sich häufig auf ein Bier mit ihm getroffen. Travis kümmerte sich auch um Nicks Tiere, wenn Nick auf Reisen war, und Nick stand bereit, wenn Travis helfende Hände brauchte. Und wenn Nick vorbeikam, brachte er April auch immer eine Kleinigkeit mit.

»Erzähl mir doch, wonach genau du suchst, und dann können wir loslegen«, schlug Travis vor.

Aus Trixie sprudelte es vor Begeisterung nur so heraus, als sie Travis alles über ihre Pläne berichtete.

»Wir können dir sicherlich dabei helfen, dein Projekt in die Gänge zu bringen«, sagte Travis.

»Sind welche von deinen jüngeren Pferden, also die etwa sechs oder sieben Monate alten, schon mit dem Halfter vertraut oder an den Umgang mit Menschen gewöhnt?«, wollte Trixie wissen, während sie kurz verstohlen zu Nick und April sah.

»Sicher«, sagte Travis. »Wir haben das Glück, mehrere ehrenamtliche Helfer zu haben, sodass wir viel mehr eins zu eins mit den Pferden arbeiten können. Wir beginnen kurz nach der Geburt mit der Gewöhnung an Halfter und Strick und führen die Fohlen mit der Mutter zusammen. Weißt du, wie groß deine Minis sein sollen?«

»Darüber habe ich viel nachgedacht. Ich möchte drei Pferde haben, zwei davon sollen achtzig bis neunzig Zentimeter groß sein, damit es mit der Höhe eines Krankenhausbettes passt, und ein kleineres Pferd hätte ich gern für die jüngeren Kinder. Vielleicht sechzig Zentimeter oder so.«

»Wunderbar.« Travis schaute zu Nick. »Dann lasst uns doch mal die Pferde anschauen.«

»Ich will mit!«, rief April.

»Wir gehen alle zusammen.« Nick nahm April an die Hand und gab Trixie die Gelegenheit, in Ruhe mit Travis über die Pferde zu sprechen. Trixie war unglaublich beeindruckend und stellte alle wichtigen Fragen über seine Zuchtmethoden, die tierärztliche Versorgung und andere Dinge. Sie strahlte Selbstbewusstsein aus, und Nick sah, dass Travis ebenso beeindruckt war.

»Nick meinte, es würde dir nichts ausmachen, wenn ich diese Woche öfters vorbeikäme, damit ich ein Gefühl für die Pferde bekomme. Ist das in Ordnung?«

Travis nickte. »Natürlich. Wir empfehlen es sogar, denn wir wollen ja für dich und die Pferde, dass ihr möglichst gut zusammenpasst. Ich habe sie gerade nach draußen gestellt, damit du jede Menge Zeit hast, sie in ihrer natürlichen Umgebung zu beobachten, ihren Charakter einzuschätzen, ein Gefühl für ihre Größe zu bekommen und solche Sachen.« Im Gegensatz zu normal großen Pferden konnte man Minipferde nicht zu lange auf der Weide stehen lassen, weil sie sich sonst maßlos vollfressen würden. »Wenn du so weit bist, kannst du ein paar von ihnen aussuchen und wir bringen sie in den Stall. Es ist egal, ob das heute ist, morgen oder wann immer es dein Zeitplan zulässt, aber dann kannst du sehen, wie du sie einzeln empfindest. Wenn du dann eine engere Auswahl getroffen hast, können wir beobachten, wie sie miteinander auskommen. Bei manchen Leuten entsteht sofort eine Verbindung zu den Tieren, andere brauchen Wochen, um sich zu entscheiden. Von uns aus besteht überhaupt keine Eile, und da du nach Therapiepferden suchst, geht es ja vor allem um ihr Temperament und den Zugang zu ihnen, daher ist es umso wichtiger, dass du dir die Zeit nimmst.«

»Großartig, danke. Ich denke, wir haben das Wichtigste geklärt.«

Als sie sich der Weide näherten, fragte Travis: »Woher kennt Nick und du euch eigentlich?«

»Wir haben uns über seine Cousins in Peaceful Harbor kennengelernt. Ich habe an einigen derselben Wettkämpfe wie Nicks Brüder Graham und sein Cousin Ty teilgenommen.«

»Im Ernst? Dann haben wir das auch gemeinsam. Ich bin dort mit Ty, Sam und dem Rest der Braden-Gang aufgewachsen und mache auch oft bei Wettkämpfen mit. Welche Sportarten machst du?«

»Laufen, Schwimmen, Radfahren … wozu ich gerade Zeit habe. Letztes Jahr habe ich am Mad Prix teilgenommen.«

Nick sah April zu, wie sie ihr Pferd führte, und versuchte, den unangenehmen Anflug von Eifersucht zu ignorieren.

»Das ist ein harter Wettkampf«, sagte Travis. »Sam hat gerade eine E-Mail verschickt und zu einem Wettkampf auf dem Fluss eingeladen, den er im September veranstaltet. Hast du davon schon gehört?« Sam gehörte das Unternehmen Rough Riders in Peaceful Harbor, das Rafting- und Abenteuertouren veranstaltete.

»Nein, aber ich habe auch seit ein paar Tagen meine E-Mails nicht gecheckt.«

»Es steht auch auf ihrer Website. Guck's dir mal an. Das wird bestimmt toll.«

»Mach ich auf alle Fälle.« Sie schaute zu Nick. »Ich wünschte, ich könnte Nick vom Rafting überzeugen, aber ich bringe ihn nicht mal dazu, mit mir zu laufen.«

Nick grinste frech. »Manche sind fürs Laufen geschaffen, andere fürs Reiten.«

Trixie verdrehte die Augen und Travis schmunzelte.

»Wann läufst du denn, Trixie? Ich laufe morgens immer ein paar Meilen, wenn Peaches bei meiner Ex-Frau ist, und ich hätte gern Gesellschaft«, sagte Travis, als sie zu einer Koppel kamen, auf der Miniaturpferde spielten und grasten.

Das kleine Stechen wurde zu einem Speer, der sich durch Nicks Brust bohrte, und er ärgerte sich darüber. Er hatte kein Recht, eifersüchtig wegen einer Frau zu sein, die nie *die Seine* werden könnte, und Travis war ein toller Typ. Doch das setzte dem quälenden Grummeln in seinem Magen kein Ende.

April ließ Dollys Führstrick fallen und tapste hinüber zum Zaun, wobei ihre Ringellocken mit jedem Schritt auf und ab hüpften. Sie steckte ihren Kopf durch den Zaun und rief: »Ferdchen! Kommt her!«

Als Nick den Strick aufhob, trafen sich Trixies und sein Blick, und ein kokettes Grinsen trat auf ihr Gesicht. »Ich laufe immer so gegen sechs Uhr morgens und würde mich auch über Gesellschaft freuen.«

Nick wandte sich zähneknirschend ab, als sie Pläne

schmiedeten, um am nächsten Morgen gemeinsam zu laufen, und Telefonnummern austauschten.

»Sie kommen!«, vermeldete April.

»Sie sind so süß!«, rief Trixie. »Nick, guck mal, das Weiße!«

»Sie ist eine sehr Sanftmütige. Wir nennen sie Mama Hen, weil sie wirklich wie eine Glucke für die anderen ist«, sagte Travis, der Nick den Strick von Dolly abnahm. »Danke, Kumpel.«

»Kein Problem.«

April kreischte begeistert, als die Pferde näherkamen.

»Vorsichtig.« Nick hockte sich neben April, um aufzupassen, dass sie nicht gebissen wurde, und als die Pferde ihre Nasen durch den Zaun steckten, legte er einen Arm um sie.

April kicherte. »Sie küssen mich!«

»Die Hand immer ganz flach halten, Süße«, erinnerte Nick sie.

»Das da ist so hübsch, und guck mal …«, meinte Trixie mit einem Seufzer. »Das ist sooo süß!«

Nick schaute zu ihr, um herauszufinden, über welches Pferd sie sprach, doch sie beobachtete ihn wieder mit diesem zärtlichen Ausdruck. Rasch wandte sie sich wieder ab, wie vorhin schon, und schwärmte weiter von den Pferden. *Was zum Teufel war das denn?* Hatte er sich diesen Blick eingebildet? So wie seine Gedanken in letzter Zeit um Trixie kreisten, war das sehr gut möglich.

»Ich werde Peaches mal ins Haus bringen, damit sie ihren Mittagsschlaf halten kann, dann habt ihr Zeit, euch die Pferde anzusehen.« Travis hob April hoch und setzte sie sich auf die Hüfte.

»Dolly«, meinte sie schläfrig.

»Ich hab sie, Peach.« Travis zeigte ihr den Führstrick. »Nick,

Trixie, bin gleich wieder da, aber ihr habt ja meine Nummer. Schreibt mir, wenn ihr etwas braucht.«

»Alles klar, Mann. Danke.« Nick zwinkerte April zu. »Schlaf schön, Kleine.«

April kuschelte ihr Gesicht an den Hals ihres Vaters und Travis ging zum Haus.

»Danke!«, rief Trixie ihm noch hinterher. »Nick, elf Pferde stehen gerade am Zaun. Weißt du, was das bedeutet? Travis und seine Leute behandeln diese Babys gut.« Sie hockte sich hin, damit sie auf Augenhöhe mit den kleineren Pferden war, und zupfte Nick am Hosenbein. »Komm runter.«

Er kniete sich neben sie.

»Sieh sie dir an, Nick. Möchtest du die nicht am liebsten alle mit nach Hause nehmen?«

»So gut kennst du mich doch.«

»Ich muss herausfinden, welche Tiere sich am besten für die Therapie eignen, aber ich könnte hier einfach nur den ganzen Nachmittag sitzen und sie anschauen.«

»Wir haben den ganzen Tag Zeit, Darling.« Er setzte sich ins Gras und klopfte neben sich.

Mit großen Augen sah sie ihn an. »Es macht dir nichts aus?«

»Es geht hier um deine Zukunft. Da können wir keine zeitlichen Grenzen setzen. Wir essen heute Abend bei meinen Eltern, und Jax und Jilly kommen auch, aber wir können es notfalls verschieben.«

»Nein, ich möchte sie gern alle sehen. Sie fehlen mir.«

Sie setzte sich hin und lehnte sich gegen ihn. Während sie die Pferde beobachteten, redeten sie nicht. Es bestand kein Druck, etwas zu erledigen oder die Stille zu unterbrechen. Ab und zu lachte Trixie auf, wenn die Pferde miteinander spielten, und dann lächelte Nick. So war es immer mit ihnen gewesen.

Aber auch das fühlte sich jetzt anders an. Nicht nur, dass ihm bewusst wurde, wie sich seine Gefühle ihr gegenüber verändert hatten, sondern er bemerkte auch andere Dinge an sich selbst. Zum Beispiel wie oft er lächelte, wenn sie da war, oder wie entspannt er in ihrer Gegenwart war, wenn sie ihn nicht reizte. Er lehnte sich zurück, stützte sich mit den Händen ab und Trixie rückte näher, um ihren Kopf auf seine Schulter zu legen. Er wartete darauf, dass das Feuer in ihm wütete, aber es kam nicht. Was er fühlte, war noch viel gefährlicher. Er könnte den ganzen verdammten Tag dasitzen, ihren süßen Seufzern und ihrem leisem Lachen lauschen, während dieses neue Abenteuer in ihrem Leben begann.

Etwas später sagte sie: »Pferdefarmer und Rinderfarmer sind so unterschiedlich. Meine Brüder lieben Pferde, aber nicht so wie du und ich. Sie lieben Wildpferde, aber sie würden sich nie so hinsetzen und sie beobachten, um zu sehen, wie sie interagieren, oder um etwas über ihre Eigenarten zu lernen. Genau das finde ich am besten daran, wenn man verschiedene Arten von Tieren kennenlernt. Man erfährt so viel, wenn man sie in ihrer natürlichen Umgebung beobachtet. Wenn man genügend Zeit mit ihnen verbringt, merkt man, dass selbst die Aggressivsten unter ihnen ihre zärtlichen Momente haben.«

Wieso hatte er das Gefühl, dass sie nicht nur von Pferden sprach?

Er legte den Kopf gegen ihren und fragte sich, wie eine Frau ihn in der einen Minute so quälen konnte, um dann in der nächsten den Wunsch in ihm auszulösen, dass dieser Moment nie enden möge.

Trixie hätte sich keinen schöneren Tag vorstellen können. Stundenlang hatten sie die Pferde beobachtet, bis sie am Ende des Nachmittages sechs eindeutige Gewinner ausgewählt hatten, was den Charakter betraf. Sie hatte vereinbart, am nächsten Tag wiederzukommen, und sie freute sich darauf, die Pferde besser kennenzulernen. Doch nicht nur die Pferde hatten den Tag so wunderbar gemacht. Sie liebte es, Auszeiten mit Nick zu verbringen, ebenso wie sie es genoss, mit ihm auf seiner Ranch zu arbeiten. Ihr gefielen all die anderen Seiten an ihm, die sie entdecken konnte. Bei der Arbeit war Nick eher schroff und mürrisch, immer fordernd, manchmal sarkastisch, und hatte keine Aufmerksamkeit für irgendetwas anderes. Aber an Nachmittagen wie diesem zeigte er ihr eine sanftere, geduldige Version von sich, die sie unglaublich genoss.

Als sie vor dem Haus seiner Eltern aus dem Pick-up stiegen, freute sie sich darauf, eine weitere Seite von Nick geboten zu bekommen. In der Gesellschaft seiner Familie wurde er immer zu einer Mischung aus diesem mürrischen Rancher und dem entspannten Freund. Er war weniger zurückhaltend, wenn er in ihrer Mitte war, aber auch nicht wirklich offen, und er war auf eine andere Art unterhaltsam.

Nick half ihr aus dem Auto und schloss die Beifahrertür. »Was hat dieses alberne Lächeln zu bedeuten?«

»Ich freue mich einfach nur, gleich alle zu sehen.« *Und diese andere Seite von dir.*

Sie ging die Auffahrt hinauf, doch Nick steckte einen Finger in die Gürtelschlaufe ihrer Jeans und zog sie Richtung Garten neben dem Haus. »Hört sich so an, als wären sie draußen.«

Als sie sich dem Garten hinter dem Haus näherten, waren schon Jillians Stimme und Jax' Lachen zu hören. Jax spielte mit seinem Vater Basketball, und Jillian saß mit Nicks Mutter auf der Terrasse. Coco, der Hund von Jax, lag beim Basketballkorb im Gras. Coco war eines von Goldies Jungen und aus demselben Wurf wie Rowdy.

Coco sauste auf sie zu und Jillian sprang auch von ihrem Stuhl auf. Sie sah süß aus in ihren beigefarbenen, in der Taille geschnürten Shorts, die sie noch zierlicher wirken ließen, und dem weiten weißen Top mit den goldenen Ziernähten, einem ihrer Lieblingsstücke. »Sie sind da!« Auf ihren Keilabsätzen rannte sie hinter Coco her, als hätte sie Sneakers an, während ihr die roten Haare über die Schultern wehten.

Nick und Trixie hockten sich hin, um Coco zu kraulen.

»Hallo, meine Süße«, sagte Trixie, als Coco ihr über die Wange leckte, dann Nick einen feuchten Kuss gab und weiter beide abwechselnd begrüßte, während sie sie streichelten.

»Na, guckst du zu, wie dein Herrchen beim Basketball verliert?«, feixte Nick.

»Hey, erzähl meinem Hund keinen Mist«, rief Jax, der Jillian über den Rasen folgte, während ihre Eltern im Garten aufeinander zugingen und Händchen haltend zu ihnen kamen. Jax trug kein T-Shirt, und seine teuer aussehenden blauen kurzen Hosen saßen ihm tief auf den Hüften, sodass sein schlanker, muskulöser Oberkörper gut zur Geltung kam. Er gab sich selbstbewusst, aber nicht arrogant, und mit seinen kurzen, hellbraunen Haaren, dem markanten Kinn und den Augen, die auf gewisse Weise geheimnisvoll schimmerten, konnte man ihn eher für ein Model oder einen Sportler halten als für einen Designer von Hochzeitskleidern.

»Du hast mir gefehlt!« Jillian umarmte Trixie. »Ich kann gar nicht glauben, dass ich einen ganzen Monat mit dir habe! Wir müssen gleich mal ein paar Treffen ausmachen.«

»Sie ist gerade erst angekommen«, meinte Nick.

»Ja, und?«

»Lass ihr etwas Zeit zum Durchschnaufen, bevor du sie den Wölfen auslieferst.«

Jillian klopfte ihm auf den Rücken. »Sie braucht in diesem Monat keinen Bodyguard, Nicky. Ich werde auf sie aufpassen.« Sie war die Einzige, die Nick so nennen durfte, und insgeheim fand Trixie es sehr schön, dass sich die beiden so nahestanden.

»Du brauchst eher einen Babysitter als sie.« Nick streichelte Coco wieder.

»Hallo, schöne Frau!« Jax gab Trixie einen Kuss auf die Wange und umarmte sie.

Jax war nicht so wild wie Zev, so ernst wie Beau oder Graham oder so mürrisch wie Nick. Er hatte seinen ganz eigenen Charakter – gelassen, cool und gefasst. Aber eines hatten er und Nick gemeinsam: Sie waren beide ewige Junggesellen.

»Denk daran, einen Tanz für mich zu reservieren, wenn du ausgehst«, meinte Jax augenzwinkernd.

»Mann …«, grummelte Nick.

Trixie stieß Nick an. Er konnte es nicht ausstehen, wenn seine Brüder mit ihr flirteten. Wenn es nach ihm ginge, würde er sie und Jillian vor allen Männern wegsperren. »Ich werde mit Sicherheit einen Tanz für dich reservieren, Jax, aber deine Groupieschar wird das vielleicht nicht so toll finden.«

»Falls Trixie überhaupt einen Platz auf deiner Tanzkarte findet«, sagte ihre Mutter. Lily Braden war eine zierliche Blondine mit schulterlangen Haaren und einem liebevollen Naturell. Sie umarmte Trixie herzlich. »Wir sind so froh, dass du hier bist, Kleines.«

»Ich habe euch alle vermisst«, sagte Trixie. Seine Eltern waren – wie ihre – seit Ewigkeiten verheiratet, und sie hatten sie immer als Teil der Familie gesehen.

Nick gab seiner Mutter einen Kuss auf die Wange. »Hallo, Ma.«

»Hallo, mein Schatz.« Lily umarmte ihn.

»Komm her, Darling.« Clint zog Trixie an sich. Er war ein relativ ruhiger Mann, mit fast ganz grauen Haaren und ernstem Blick.

Nick klopfte seinem Vater auf den Rücken. »Schön, dich zu sehen, Pop.«

»Gut siehst du aus, Junge. Du wirkst glücklich.«

»Den Effekt hat Trixie auf die meisten Kerle«, sagte Jillian, was mit einem Kopfschütteln von Nick beantwortet wurde.

Clint deutete mit dem Daumen auf Nick. »Trixie, glaubst du, du wirst einen ganzen Monat mit dem Kerl überleben?«

»Na ja, immerhin ist er schön anzusehen.«

Nick zeigte ein arrogantes und verheerend heißes Lächeln.

»Aber wir wissen ja alle, wie dickköpfig er ist, daher steht das abschließende Urteil noch aus«, fügte Trixie hinzu und handelte sich damit einen empörten Blick von Nick ein, aber das Lachen von allen anderen. »Kann ich beim Kochen helfen?«

»Nein, danke, Schatz. Es ist fast fertig«, sagte Lily, als sie zur Terrasse gingen.

»Dann haben wir Zeit für ein Spiel zwei gegen zwei.« Jax legte einen Arm um Trixies Schulter. »Was meinst du? Sollen wir uns zusammentun und den beiden zeigen, wie das geht?«

»Klar, ich bin dabei. Jilly, spielst du mit?« Trixie fragte immer, ob Jillian mitmachen wollte, auch wenn alle wussten, dass sie sich eher eine Glatze rasieren würde, als dass sie bei einem Ballsport mitmachte.

»Sicher, gleich nachdem ich beim Fallschirmspringen war.« Jillian schlenderte mit Coco im Gefolge zur Terrasse. »Ich mache es mir hier mit Coco gemütlich, schaue mal, was es bei Tinder Neues gibt und feuere euch an.«

»Das lässt du mal schön sein«, sagte Nick und marschierte mit Jax auf sie zu.

»Entspannt euch! Ich feuere euch ja nicht wirklich an«, meinte Jillian lachend.

Trixie wusste, dass sie nicht bei Tinder angemeldet war, aber es machte Spaß, zuzusehen, wie sie ihre Brüder ärgerte.

Nick griff nach Jillians Handy. Sie kreischte und rannte über den Rasen. Jax holte sie ein und entriss ihr das Handy.

»Gib es zurück!«, schrie Jillian lachend.

»Erst wenn ich alle Dating-Apps gelöscht habe«, meinte Jax und tippte auf dem Display herum.

Jillian war vielleicht nicht auf Tinder, aber sie tummelte sich auf anderen Dating-Apps. Trixie schlich sich von hinten an Jax heran, rannte um ihn herum, schnappte sich das Handy und sauste über den Rasen, während Jax und Nick sie jagten.

»Lauf, Trixie!«, feuerte Jillian sie an.

Amüsiert sahen ihre Eltern eine Weile zu, bevor Clint rief: »Jungs!« Jax und Nick blieben auf der Stelle stehen. »Jilly ist erwachsen. Jetzt lasst sie in Ruhe.«

Jillian streckte ihnen die Zunge heraus.

»Ach, Jilly!«, meinte Lily kopfschüttelnd.

Trixie gab Jillian ihr Handy. »Warum nutzt ihr Bradens alle nicht die Bildschirmsperre?«

»Ich finde es nervig, es immer entsperren zu müssen«, sagte Jillian. »Danke, dass du meine Dating-Apps gerettet hast.«

»Ich hab was gut bei dir.«

Jillian strahlte sie an. »Wenn wir ausgehen, darfst du die heißesten Typen aussuchen.«

»Komm jetzt, Jericho.« Nick zog Trixie am Arm zum

Basketballfeld.

Jax holte zu ihnen auf. »Nick, behältst du den Cowboyhut auf?«

»Was glaubst du denn?«

Jax hob eine Augenbraue. »Wie du meinst. Ich weiß, dass Trix in ihren Stiefeln spielen kann, aber du hast nicht so eine gute Koordination wie sie. Du könntest dir Sneakers von Dad borgen.«

Nick hatte es vielleicht nicht so mit den herkömmlichen Sportarten, aber er war ebenso wendig wie kräftig, besonders in seinen Stiefeln, und das wusste Jax genau. Aber wie Jillian ärgerte er seine Geschwister nur allzu gern.

Nick hob den Arm, als wenn er Jax boxen würde, doch Jax sprang lachend außer Reichweite. »Idiot«, murmelte Nick nur.

Jax war sehr sportlich, aber Nick war kräftig. Trixie hatte das Gefühl, wenn Nick jemals jemandem wehtun wollen würde, könnte er mit nur einem Schlag ernsthaften Schaden anrichten.

Nach weiteren witzigen Sticheleien spielten sie. Nick dribbelte den Ball, den Blick an Trixie vorbei gerichtet, die mit den Armen wedelte und ihn blockte. Jax klebte an ihrem Vater.

»Verlier ihn nicht, Cowboy«, provozierte sie ihn, die Arme zur Seite ausgestreckt und dicht vor ihm.

Er sprang nach rechts, sie folgte, doch er drehte sich, hechtete schneller zurück als sie, rannte direkt hinter seinen Vater und Jax und versenkte den Ball. Seine Faust schoss in die Höhe. »Ja!« Er grinste Trixie an. »So macht man das, Darling!«

»Guter Wurf!« Sein Vater klatschte ihn ab.

»Den gönnen wir euch«, sagte Jax.

Nick schüttelte den Kopf. »Du lässt nach, Bruderherz. Was ist los? Hast du gestern Abend eine Brautjungfer mit nach Hause genommen, die dich nach zehn Minuten geschafft hat?«

»Zwei Brautjungfern, und es waren etwa drei Stunden«, entgegnete Jax. »Neidisch? Wir wissen ja alle, dass du die Nächte nur mit einem alten halbblinden Hund verbringst.«

Nick schnaubte nur verächtlich. Mit dem Ball in der Hand ging Jax zum Ende des Feldes.

»Du solltest lieber auf Trixie aufpassen«, sagte Clint zu seinem Sohn, als Nick zu Jax gehen wollte.

Nick richtete den Blick seiner dunklen Augen auf Trixie und lächelte verschlagen. »Hallo, sexy Lady.«

Als Jax losdribbelte, stellte sie sich vor, wie sie Nick küsste, um ihn aus dem Konzept zu bringen, doch sie wusste, falls sie je den Mut dazu aufbrächte, würde sie nicht mehr aufhören wollen. Sie verdrängte diesen köstlichen Gedanken. »Wurde auch mal Zeit, dass dir das auffällt.«

Sie duckte sich unter seinem Arm hindurch und Jax warf ihr den Ball zu. Nach einem Sprint Richtung Korb wich sie Nick erneut aus und warf den Ball wieder Jax zu, der den Wurf perfekt platzierte.

»Oh ja!« Sie stemmte die Hände in die Hüften. »Was sagtest du gerade? *So* macht man das, Cowboy!«

Nick schmunzelte. »Nicht schlecht.«

»Klasse!«, jubelte Jillian. »Frauenpower und Zwillingspower vereint, dagegen kommt ihr nicht an!«

Sie spielten noch ein paar Runden, lachten miteinander und ärgerten sich gegenseitig. Es stand unentschieden, als Lily verkündete: »Das Essen ist in fünf Minuten fertig«, und sie und Jillian ins Haus gingen.

Trixie dribbelte den Ball und wartete darauf, dass Jax ihr zu verstehen gab, er wäre frei. Es war ein lauer Abend, aber die Sommerluft war nichts im Vergleich zu der glühenden Hitze, die Nicks Körper ausströmte, als er hinter ihr stand.

»Du wirst verlieren«, warnte er sie.

»Ich verliere nie.« Sie bewegte sich nach rechts, dann nach links, und versuchte, über die Schulter zu gucken, doch Nick versperrte ihr mit seinem massigen Körper die Sicht. »Jax! Wo bist du?«

»Downtown!«, brüllte er, was ihr Codewort für *am Korb* war.

Trixie versuchte ihr Glück und sprintete nach rechts. Nicks Arm legte sich um sie, hob sie hoch und drückte sie an seinen Oberkörper. Sie kreischte und fluchte und hielt den Ball umklammert. »Lass mich runter!«

Mit einer schnellen Bewegung schnappte Nick sich den Ball mit der freien Hand und warf ihn Richtung Korb.

»Nein!«, brüllte Trixie.

Jax sprang hoch, um ihn zu blocken, doch der Ball flog knapp über seine Fingerspitzen hinweg und ins Netz. Jax und Trixie schrien gleichzeitig »Nein!«, während Nick und Clint jubelten: »Ja!«

Trixie befreite sich aus Nicks Griff und schubste ihn mit beiden Händen von sich. »Das war unfair!«

Er hob sie hoch und warf sie sich über die Schulter, wobei er ihre tretenden Füße und fuchtelnden Arme einfach ignorierte. Alle lachten – einschließlich Trixie – und er meinte nur: »Scheint, als wäre ich der Einzige auf dem Feld, der für einen Sieg alles tut.«

»Pass bloß auf, Braden!« Sie schlug ihm auf den Hintern. »Dir werd ich's zeigen.«

Er setzte sie ab und sah sie sündhaft verschmitzt an. »Kann's kaum erwarten.«

Sie hob das Kinn und straffte die Schultern. »Dann sind wir ja schon zu zweit.« Mit entschlossenem Schritt und kraftvoll schwingenden Hüften marschierte sie vom Basketballfeld, während die Hitze von Nicks Blick sie wie ein Schatten verfolgte.

Sieben

Es gab nur wenige Dinge, die schöner waren als ein selbst gemachtes Essen zu Hause mit seiner Familie. Und wenn Trixie dabei war, wurden diese Momente noch besser. Nicks Mutter hatte ihren berühmten, unglaublich zarten Rinderbraten zubereitet – samt allen Beilagen und dem Maisbrot, das er normalerweise verschlang. Doch nach der Bemerkung, die Trixie hatte fallen lassen, bevor sie das Basketballfeld verlassen hatte, war Nick der Appetit vergangen. Er wollte ihren Kommentar gern als Einladung verstehen, doch nachdem er beobachtet hatte, wie zwischen ihr und Travis eine Verbindung aufgeflackert war, die über die Minipferde hinausging, brachte er die an ihm nagende Eifersucht nicht unter Kontrolle. Sie trieb ihn in den Wahnsinn, und gleichzeitig saß sie lachend und mit seiner Familie scherzend neben ihm am Tisch und stieß ihn immer mal wieder verschwörerisch an, als hätte sie nicht gerade seinen Verstand vernebelt.

»Nick hat mir erzählt, dass Zev und Carly heiraten. Ich freue mich so für sie! Durch sie bekommt die Liebe eine ganz neue Bedeutung, stimmt's, Nick?« Trixie sah ihn mit boshaft-schelmischem Blick an.

Warum provozierte sie ihn immer so? »Klar.«

»Sie waren füreinander bestimmt«, fügte Trixie hinzu.

»So wie Beau und Charlotte und Graham und Morgyn«, ergänzte Jillian, als sie ein Stück Fleisch abschnitt. »Ich wünschte nur, das Schicksal würde sich auch mal um mich kümmern.«

»Wenn der Zeitpunkt gekommen ist, wirst du auch die Liebe finden, mein Schatz.« Selbst nach dem, was mit Beau und Zev nach Torys Tod geschehen war, pries ihre Mutter die Liebe an, als wäre sie ein Allheilmittel.

»Hast du geglaubt, dass sich Beau und Zev nach dem, was Tory zugestoßen ist, jemals wieder der Liebe gegenüber öffnen könnten?«, fragte Trixie.

Der Gesichtsausdruck seiner Mutter wurde nachdenklich. »Als sie vor all den Jahren von zu Hause fortgingen, dachte ich, sie kämen nach ein paar Wochen oder Monaten zurück, und als das nicht geschah, wusste ich nicht mehr, was ich denken sollte. Aber ich habe natürlich gehofft, dass ihre Wunden eines Tages verheilen und sie wieder Liebe finden würden.«

»Das war für uns alle eine schwierige Zeit«, sagte sein Vater und legte die Hand auf die ihrer Mutter. Sie saßen immer nebeneinander und nicht an den gegenüberliegenden Enden des Tisches.

Plötzlich fiel Nick auf, dass Trixie es mit ihm genauso machte.

»In jenem Sommer war es so, als hätten wir vier Kinder verloren, und das war für jeden schwer.« Ihr Vater drückte die Hand ihrer Mutter und sein von Emotionen erfüllter Blick wanderte um den Tisch. »Unsere Kinder wurden alle erwachsen und versuchten, ihr eigenes Leben auf die Beine zu stellen. Nick machte sich im Pferdegeschäft einen Namen, Jax und Jilly waren kurz davor, ans College zu gehen, und Graham war noch auf der Highschool, aber unsere Familie war nicht mehr komplett. Es ist ein großer Unterschied, ob du deine Kinder zum Lernen fortschickst, damit sie in ihr Leben starten können, oder ob sie von zu Hause fortgehen, weil sie trauern, verloren sind und ein gebrochenes Herz haben. Ich erinnere mich, dass ich das Gefühl hatte, ihnen bei Problemen am College helfen zu können, dass ich aber keine Ahnung hatte, wie ich ihnen durch diese Trauer hindurchhelfen sollte, wenn sie auch noch unzählige Meilen entfernt waren.«

In Nicks Brustkorb zog sich alles zusammen.

Sein Vater hatte sich in jenem Sommer so stark gegeben. Aber wie bei Trixies Ängsten, so hatte Nick auch diese vorgegaukelte Stärke durchschaut und die Verzweiflung seines Vaters erkannt. Nie würde er die Nacht vergessen, in der er gegen ein Uhr ins Haus gestolpert war, etwa eine Woche nachdem seine Brüder fortgegangen waren. Er hatte ein Krachen im Büro seines Vaters gehört, war hineingestürmt und hatte seinen Vater mit dem Kopf auf die Hände gestützt am Schreibtisch entdeckt. Unterlagen und die Dinge, die normalerweise auf seinem Schreibtisch lagen, waren auf dem Boden zerstreut – darunter auch ein gerahmtes Familienfoto und ein anderes von Beau, Tory, Zev und Carly, das sie auf einem Highschoolball aufgenommen hatten. Dieses Chaos zu sehen, hatte Nick bis in sein Innerstes erschüttert. Sein Vater war der ausgeglichenste Mensch, den Nick kannte. Er verlor nie die Kontrolle. Nick hatte seinen Vater gefragt, ob es ihm gut ginge. Mit gramerfüllten Augen hatte er ihn angesehen und so unfassbar angestrengt versucht, seinen Gesichtsausdruck zu beherrschen, dass es schmerzhaft mitanzusehen gewesen war. *Klar, ich habe nur gerade ein paar Probleme bei einem Projekt.* Nick hatte sich darangemacht, die Sachen vom Boden aufzuheben, doch sein Vater hatte ihm den Arm um die Schultern gelegt und ihn aus dem Büro geführt – *Ich kümmere mich später darum, Junge. Wie war dein Abend?* –, als wäre es ein ganz normaler Abend gewesen. Nick hatte in diesem Moment viel gelernt, wie zum Beispiel die Tatsache, dass es tatsächlich ein ganz normaler Abend war. In ihrem *neuen* normalen Leben.

»Für mich war es eindeutig auch so, als hätte ich eine Schwester verloren, als Tory starb. Das war wohl für uns alle so.« Jillian schaute über den Tisch zu Nick. »Ich habe mir ständig um Beau und Zev Sorgen gemacht, weißt du noch, Nick?«

Er würde nie vergessen, wie oft er sie aufgeregt oder weinend angetroffen hatte, weil sie die beiden nicht erreichte. Er hatte sie im Arm gehalten, während sie weinte, und versucht, sie davon zu überzeugen, dass es ihnen gut ginge und sie irgendwann nach Hause kämen. Nie hatte er verstanden, warum alle anderen einfach tatenlos hinnahmen, dass die beiden weg waren. Deshalb hatte er sie im Laufe der Jahre so oft aufgespürt und sie persönlich konfrontiert, versucht, sie zur Rückkehr zu bewegen.

»Warum hast du dich mir damals nicht anvertraut, Jilly?«, fragte Jax.

»Weil ich dich nur noch mehr heruntergezogen hätte, dabei hattest du es schon schwer genug. Aber Nick war …« Jillian zog die Augenbrauen zusammen. »Keine Ahnung … *stabil.*«

Jax schmunzelte. »Der ewig starke Cowboy.«

Nick grinste. *Da hast du verdammt recht.*

Trixie legte eine Hand auf seinen Arm und drückte ihn kurz. »Das ist er. Aber selbst Cowboys dürfen mal schwach sein.«

Nick schnaubte verächtlich. »Nicht dieser Cowboy.«

»Unser Superman«, sagte seine Mutter, aber in ihren Augen lag eine Traurigkeit, die ihm ins Herz stach. Sie atmete tief ein und ein Lächeln trat in ihr Gesicht. »Aber ja, die Vergangenheit liegt hinter uns, und ich freue mich, dass drei von unseren Jungs die Liebe gefunden haben. Hoffentlich findet ihr alle eines Tages eine Liebe, die so besonders ist wie unsere.«

»Manche von uns haben zu viel zu tun, um sich um die Liebe zu kümmern, Mom«, meinte Jax.

»Es muss ja nicht jetzt sein, mein Schatz.« Der Blick ihrer Mutter wanderte von Jax zu Nick. »Aber eines Tages wird eine Frau euch umhauen, und dann könnt ihr gar nicht anders, als ihre Liebe zu erwidern, so wie es auch euren Brüdern ergangen ist.«

Nick spießte mit seiner Gabel ein Stück Fleisch auf und steckte es sich in den Mund. »Gilt nicht für mich. Mir gefällt mein Leben so, wie es ist.«

»Das weiß man nie, Nicholas«, entgegnete seine Mutter. »Sieh dir an, wie schnell Graham sich in Morgyn verliebt hat. Er war unser penibler Denker, auf alles vorbereitet, der immer alle möglichen Resultate und Auswirkungen untersucht hatte, bevor er überhaupt irgendetwas in Angriff nahm. Und dann tauchte die süße Morgyn Montgomery mit ihrer spontanen Lebensart und ansteckenden Persönlichkeit auf. Euer Bruder war vollkommen unvorbereitet und auf Anhieb verliebt.«

»Mach dir keine zu großen Hoffnungen, Mom«, meinte Nick.

»Das mache ich nie«, sagte sie. »Auf alle Fälle gibt es eine Hochzeit, auf die wir uns freuen können. Trixie, behalte deinen Briefkasten im Blick, da kommt bald eine Einladung zur Hochzeit von Zev und Carly.«

»Die werde ich um nichts auf der Welt verpassen. Danke!«

Seine Mutter hätte nicht zufriedener aussehen können. »Gut. Jetzt erzähle uns doch bitte mal, wie es um deine Geschäftsidee steht.«

»Nick meinte, er wollte dich Travis Helms vorstellen.« Jillians Augen funkelten aufgeregt. »Der ist ziemlich heiß, oder?«

»Du meine Güte, Jilly«, murmelte Nick. »Sie war wegen der Pferde bei ihm.«

»Ja, und? Das ändert doch nichts an der Tatsache, dass er der attraktivste alleinstehende Vater hier in der Gegend ist.« Jillian wandte sich wieder Trixie zu. »Meine Freundinnen finden ihn alle klasse.«

»Ich habe ihn heute kennengelernt, weiß also genau, wovon du sprichst«, sagte Trixie. »Und seine kleine Tochter Peaches? Himmel, sie ist so unfassbar süß!«

Wenn Nick seine Kiefer noch fester aufeinanderpresste, würde es gleich krachen.

»Oh ja, ist sie nicht entzückend?«, stimmte Jillian zu.

»Er war total hilfsbereit und wirklich entgegenkommend. Morgen Nachmittag gehe ich wieder hin, um die Tiere besser einschätzen zu können, und er lässt mich so oft, wie ich will, vorbeikommen, bis ich meine Entscheidungen getroffen habe.« Trixie trank etwas. »Wir haben festgestellt, dass wir beide an Wettkämpfen teilnehmen. Und morgen früh laufen wir auch zusammen.«

»Wirklich?« Jillian riss die Augen auf. »Du bist ja so ein Glückspilz.«

»Warum bist du noch nicht mit ihm ausgegangen?«, wollte Trixie wissen.

Jillian zuckte mit der Schulter. »Gute Frage.«

»Travis ist so ein netter junger Mann. Klingt so, als hättet ihr beide eine Menge Gemeinsamkeiten, Trixie.« Seine Mutter schaute zu Nick. »Wäre es nicht schön, wenn Trixie einen wunderbaren Mann kennen- und lieben lernen würde, während sie hier ist? Dann wäre sie viel öfter hier.«

Trixie riss gespielt unschuldig die Augen auf. »Ja, Nick, wäre das nicht toll? Dann würde ich nicht mehr bei dir wohnen und du könntest dich jeden Abend mit diesen entzückenden Rodeo-Häschen treffen, ohne dass ich dir die Tour vermassele.«

Jax unterdrückte ein Lachen.

Nick sah ihn wütend an.

»Kommt mir bloß nicht mit dieser Art von Frauen.« Seine Mutter sah ihn missbilligend an. »Die sind schon hinter Nick her, seit er ein Teenager war.«

»Das liegt an diesem Braden-Charme«, sagte Jax. »Wirklich, ein wahrer Fluch. So viele Frauen, so wenig Zeit.«

»Und an seinen Cowboy-Lockstoffen«, stimmte Jillian mit ein. »Das gehört einfach dazu. Travis sendet auch einen köstlichen Duft aus, oder, Trixie?«

Nick stach wieder in ein Stück Fleisch. »Wollt ihr beiden den ganzen Abend über Kerle reden, oder können wir uns wieder über Trixies Firma unterhalten?«

»Ich hab nichts gegen das Thema Kerle«, ärgerte Jillian ihn.

Ihr Vater schmunzelte.

»Wenn ich es nicht besser wüsste, würde ich sagen, du bist eifersüchtig«, meinte Jax amüsiert.

»Ich bin, verdammt noch mal, nicht eifersüchtig. Ich hab einfach nur keine Lust, über so einen Blödsinn zu reden.«

»So redet man nicht, Junge!«, warf sein Vater streng ein.

»Warum sollte Nick eifersüchtig sein?«, fragte Jillian. »Er und Trixie sind nur Freunde, und es gibt ja auch eine Menge Frauen, die hinter ihm her sind.«

Jax schaute zu Nick. »Wenn du meinst.«

»Ich dachte, wir reden über Trixies Firma«, sagte Nick so ruhig wie möglich, und das war ganz und gar nicht ruhig. »Meint ihr, wir könnten darauf zurückkommen?«

»Das wäre sicher das Beste«, stimmte ihm seine Mutter zu, sah ihn dabei aber verwundert an. »Trixie, was passiert den nun als Nächstes?«

»Ich habe so viel zu tun, vom Auswählen und Trainieren der Pferde, über die rechtlichen Schritte, um die Firma zu gründen, bis hin zu dem Punkt, an dem ich wirklich anfangen kann. Meine To-do-Liste ist unendlich. Tempe erzählt mir morgen das Wesentliche über die Zusammenarbeit mit Krankenhäusern, und ich bin mir sicher, das führt zu einem Haufen anderer Dinge, über die ich noch nicht einmal nachgedacht habe.« Wieder berührte sie Nicks Arm. »Als Nick vorschlug, dass ich herkomme, um die ersten Schritte zu erledigen, war ich noch nicht unbedingt bereit, ins kalte Wasser zu springen. Er hat mir den Schubs gegeben, den ich gebraucht habe.«

Sie erzählte ihnen von ihrem Businessplan, und mit jedem Wort strömte die Leidenschaft aus ihr heraus und brachte ihr wunderschönes Gesicht zum Strahlen. Allein ihre Begeisterung zu hören, beruhigte das knorrige, eifersüchtige Biest in ihm. Zum Glück verlief der restliche Abend wesentlich weniger anstrengend. Sie redeten über die Hochzeit von Zev und Carly, die sie an einem Bach feiern wollten, an dem sie oft Zeit miteinander verbracht hatten. Und der Empfang würde auf dem Weingut Hilltop Winery stattfinden, das der Familie ihrer Mutter gehörte.

Nach dem Essen kümmerten Nick, Jax und ihr Vater sich um den Abwasch, während ihre Mutter und die jungen Frauen draußen auf der Terrasse saßen und ihr Lachen durch die

Fliegentür ins Haus drang.

»Das hast du gut gemacht, mein Junge«, sagte sein Vater, als sie fertig waren.

»Wir helfen immer beim Aufräumen.«

»Er redet von deiner Hilfe für Trixie«, sagte Jax und ging zur Terrassentür hinaus.

»Ach, danke, Dad.«

Sein Vater klopfte ihm auf die Schulter. »Du wirkst heute Abend etwas angespannt. Geht es dir gut?«

»Ja.«

»Dann ist es in Ordnung für dich, dass Trixie mit Travis joggen geht?«

Nick lehnte sich gegen die Arbeitsplatte und verschränkte die Arme. »Warum sollte es nicht in Ordnung sein?«

»Keine Ahnung. Vielleicht weil Jillian recht hat. Travis ist genauso ein guter Fang hier in der Gegend wie ihr. Seine Scheidung liegt schon einige Zeit zurück. Man munkelt, dass er nach einer Frau Ausschau hält, und Trixie ist mit Sicherheit eine Frau, die man gern seinen Eltern vorstellt.«

Erzähl mir lieber was Neues. »Es ist ihr Leben.«

Sein Vater nickte. »Du hast recht, Nick. Keine Ahnung, warum ich dachte, dass eure Leben miteinander verbunden sind. Sie übernachtet nun schon seit so vielen Jahren ab und zu in deinem Haus, dass es sich wohl so anfühlt, als gehöre sie auch zu dir.« Er musste lachen. »Wahrscheinlich sehe ich in meinem Alter schon Gespenster. Komm, wir gehen zu den anderen.«

Den restlichen Abend ging Nick das, was sein Vater gesagt hatte, nicht mehr aus dem Kopf.

Nachdem sie sich von seinen Eltern verabschiedet hatten, gingen sie mit Jillian und Jax hinaus.

»Ich hatte so viel Spaß«, sagte Trixie. »Ich mag eure Eltern wirklich sehr.«

»Und was ist mit mir?«, wollte Jax wissen.

Trixie stieß ihn an. »Das versteht sich doch von selbst. Das Erste, was ich zu Nick nach meiner Ankunft gesagt habe, war, dass ich dein hübsches Gesicht so vermisst habe. Ich kritzele immer deinen Namen auf meinen Block, mit jeder Menge kleiner Herzen drum herum.«

Nick schmunzelte.

»Das geht vielen so«, erwiderte Jax schlagfertig. »Wir sollten alle zusammen mal etwas trinken gehen.«

»Klingt super«, sagte Trixie.

»Bei mir stehen jede Menge späte Besprechungen an, aber am Freitagabend könnte ich es schaffen, vielleicht im Tully's?«, schlug Jillian vor. »Oder in der Nova Lounge. Da hängen immer total viele gut aussehende Typen rum und Jared spendiert mir ständig Drinks.«

Jared war der jüngere Bruder von Nicks Kumpel Jace Stone und der Besitzer von mehreren Restaurants, einschließlich der Nova Lounge. Er war in Ordnung, aber auch als Frauenheld bekannt. »Warum spendiert Stone dir Drinks?«

»Weil er single ist und ich ebenso, und außerdem geht dich das nichts an«, antwortete Jillian bissig.

Trixie warf Nick einen Seitenblick zu. »Im Tully's ist die Chance größer, dass mein Bodyguard von irgendwelchen Mädels abgelenkt wird.«

»Du hast recht! Also, gehen wir ins Tully's! Da können wir uns diesen göttlichen Schokokuchen bestellen, den du so liebst.« Jillian stieß Trixie an. »Weißt du, wer wahrscheinlich auch dort sein wird? Fifty Shades of Sexy. Er ist freitagabends immer unterwegs.«

»Jon Butterscotch? Der flirtet immer so dreist, aber ich

würde ihn zu gern wiedersehen«, sagte Trixie. »Ich wette, er hat sich auch bei Sams Rennen angemeldet.«

Jillian zückte ihr Handy. »Ich schreib ihm, dass wir da sein werden.«

»Das ist doch wohl nicht euer Ernst«, grummelte Nick.

»Du siehst aus, als würdest du gern jemandem den Hals umdrehen«, sagte Jax.

Wenn Butterscotch Trixie anfasste, könnte das passieren. Er musste sich, verdammt noch mal, in den Griff bekommen, ansonsten würde dieser Monat die Hölle werden.

Auf der Fahrt zurück zu Nick schrieb Trixie mit Lindsay und erzählte ihr von dem Treffen mit Travis, von den Pferden dort und dass Travis genau der richtige Freund sein könnte, der sie von Nick ablenkte, so wie Brindle vorgeschlagen hatte. Eine Minute später poppte Lindsays Antwort auf: *Mach das unbedingt, ansonsten wird der Monat ziemlich hart. Leider nicht auf die Art hart, wie du es gern hättest. Es sei denn … Travis?* Trixie lachte auf und sah, dass Nick wieder verkrampft die Kiefer aufeinanderpresste. Es schien auf der ganzen Fahrt in ihm zu brodeln, auch wenn sie keine Ahnung hatte warum. Sie hatten einen tollen Tag erlebt, und sie war der Meinung, dass sie auch einen tollen Abend gehabt hatten.

Sie tippte eine Antwort an Lindsay in ihr Handy. *Nein. Erstens, weil er Nicks Freund ist, und zweitens, weil er eine Tochter hat. Ich habe in nächster Zeit genug mit meiner Firma zu tun, als dass ich mich auf einen Typen mit Kind einlassen könnte. Auch wenn das Kind total süß ist.* Sie schickte die Nachricht ab, und als Nick auf die Auffahrt zu seinem Haus fuhr, kündigte sich mit einem *Ping* eine weitere Nachricht an. Travis' Name stand auf dem Display. *Bleibt es bei unserer Joggingrunde morgen früh?*

»Meine Güte! Was ihr Mädels euch immer alles zu erzählen habt!«

»Ich könnte den ganzen Abend mit Lindsay quatschen, aber die Nachricht hier ist von Travis. Er bestätigt noch mal unseren Lauf morgen. Wir treffen uns hier um sechs Uhr.« Sie gab eine Antwort ein, als Nick den Motor abstellte. *Ja! Freue mich schon drauf!* Sie fügte noch einen Smiley hinzu und schickte die Nachricht ab. »Wahnsinn, dass ich tatsächlich einen Laufpartner habe. Mir macht es nichts aus, allein zu laufen, aber so bringt es viel mehr Spaß.«

Nick stieß seine Tür auf und stieg aus, um dann direkt zum Stall zu gehen. Goldie und Rowdy kamen von der unteren Weide zu ihnen gerannt und begrüßten sie.

Trixie ging ihm hinterher. »Was ist los? Bist du sauer?«

»Nichts«, brummte er und ging zügig weiter. »Ich brauch nur mal einen Moment allein.«

»Oh. Okay. Dann gib mir doch den Schlüssel, ich lasse Pugsly raus.« Wenn er fortging, ließ er Pugsly immer im Haus, aber die anderen Hunde bewegten sich frei auf der Ranch und schliefen im Stall.

Er gab ihr den Schlüssel und ging ohne ein weiteres Wort Richtung Stall.

Sie war seine Launen gewohnt, aber normalerweise verstand sie sie. Heute Abend war sie verwirrt. Er wurde nie sauer, wenn Jax oder Jilly ihn ärgerten, daher wusste sie, dass das nicht der Grund sein konnte.

Pugsly begrüßte sie freudig grummelnd an der Haustür. Sie

nahm ihn hoch und gab ihm einen Kuss auf den Kopf, während sie ihn durch das Wohnzimmer und zur Hintertür hinaustrug. »Dein Herrchen ist heute Abend schlecht gelaunt.«

Pugsly winselte.

»Keine Sorge, er beruhigt sich schon wieder.« Sie setzte ihn auf dem Rasen ab, und während er sein Geschäft erledigte, schaute sie zu dem Licht im Stall und fragte sich, ob Nick dorthin gegangen war, um eines seiner Rodeo-Häschen anzurufen. Bei dem Gedanken daran, dass er diese Frauen berührte und sich von ihnen berühren ließ, wurde ihr etwas übel, und das ärgerte sie gewaltig. Warum verscheuchte er die Kerle in ihrem Umfeld, während er sich amüsierte? Sie war schließlich nicht sein Eigentum.

Je mehr sie darüber nachdachte, um so wütender wurde sie. Sie wusste nicht, ob er wirklich dieses Telefonat führte, aber das änderte nichts an dem Zorn, der sich an ihr festkrallte. Sie hatte große Lust, da hinunterzumarschieren und ihn bei was immer er auch gerade tat zu unterbrechen, was ihn wahrscheinlich noch mehr verärgern würde.

Gut so.

Sie ballte die Hände zu Fäusten und überlegte, ob sie genau das machen sollte. Aber was war, wenn er sich tatsächlich zu einem One-Night-Stand verabredete? Das würde *sie* noch mehr verärgern. Sie sah, dass er mit den Hunden zum Zaun ging, und hörte, wie er die Pferde rief. Pugsly bellte und rannte zu Nick, während auch die Pferde herbeigaloppierten.

So wie deine Groupies.

Sie ging hinein und suchte den restlichen Pfirsich-Auflauf. Warum musste sie sich ausgerechnet in ihn vergucken? Warum konnte sie sich nicht in einen unkomplizierten Typen verknallen? Einen, der ihre Gefühle erwiderte? Sie füllte sich eine riesige Portion von der Nachspeise in eine Schale, und auch wenn es fast einem Frevel gleichkam, den guten Auflauf in der Mikrowelle aufzuwärmen, tat sie es dennoch, denn sie war zu sauer, um darauf zu warten, dass der Ofen warm wurde.

Sie stand an der Arbeitsfläche und schob sich gerade ihre zweite Portion in den Mund, als Nick mit Pugsly auf dem Arm zur Tür hereinkam.

Er setzte Pugsly ab und kam in die Küche. Sein Blick fiel auf den Auflauf und dann traf er wie ein heißer Blitz auf ihren. »Warum ist das Licht überall aus?«

Sie zuckte mit den Schultern. »Hab nicht daran gedacht, es anzuschalten. Hast du jetzt bessere Laune?«

Keine Antwort.

Sie wusste, dass sie nicht das Recht hatte, das auszusprechen, was ihr nun entwich, aber sie konnte nicht anders. »Wenn du deine Frauen anrufen willst, musst du dich nicht vor mir verstecken.«

Mit finsterem Blick sah er sie an. »Wovon, zum Teufel, redest du?«

»Irgendwas ist dir über die Leber gelaufen. Ich dachte mir, du wolltest …« Sie konnte es nicht sagen, weil allein der Gedanke daran die Nachspeise wieder hochbeförderte.

»Was? Eine x-beliebige Frau anrufen? Einen Quickie organisieren? Hast du jemals miterlebt, dass ich das getan habe, während du hier bist?«

Sie drückte sich von der Arbeitsfläche ab und stellte sich aufrecht hin. »Nein, aber du benimmst dich seltsam.«

Seine Kiefermuskeln zuckten.

»Genau das meine ich. Was soll das?«

»Vielleicht gefällt es mir einfach nicht, dabei zuzusehen, wie du mit meinen Freunden flirtest.«

»Flirten? Mit *wem*?«

»Deinem *Laufpartner*.«

»Travis?« Sie musste lachen. »Ich habe nicht mit ihm geflirtet! Und weißt du was? Das ist vollkommener Quatsch, Nick. Wenn ich mit Jilly ausgehe, hast du mir schon unzählige Male beim Flirten zugesehen. Was ist wirklich los?«

Ein Feuersturm aus Begehren und krampfhafter Zurückhaltung tobte in seinem Blick.

Ihr stockte der Atem, aber sie war sich sicher, dass sie diesen Ausdruck falsch deutete. Sollte er etwa …? Nein! Er wollte sie nur ärgern. Oder doch nicht? Ihr Herz hämmerte so heftig, dass sie außer dem in ihren Ohren rauschenden Blut nichts hörte. Es gab eine Möglichkeit, das herauszufinden, aber konnte sie das tun? Konnte sie ihre Freundschaft riskieren? Sollte sie die Frage stellen, die sie alles kosten konnte?

Jede Sekunde, die ohne Worte verging, machte es ihr schwerer, zu denken oder gar zu reden, also versuchte sie es erst gar nicht. Stattdessen trat sie näher an ihn heran und hoffte, seine Körpersprache richtig zu deuten.

Seine Kiefermuskeln waren angespannt und er atmete heftiger. »Trixie.«

Seine Warnung war eindeutig, aber wie lang konnte sie sich seinetwegen quälen? Wie viel von dem hier konnte sie noch ertragen, ohne den Verstand zu verlieren? All ihren Mut nahm sie zusammen, als sie sagte: »Komm mir nicht mit Trixie. Was kümmert es dich, mit wem ich flirte?«

Er biss die Zähne zusammen. Sein Blick war so intensiv, dass sie nicht wegschauen konnte. *Was soll's.* Dies war ihre Chance. Sie warf alle Bedenken über Bord, ließ nicht locker und trat so nah an ihn heran, dass ihre Körper sich von ihren Oberschenkeln bis zu ihrer Brust berührten.

Ein Feuer flackerte in seinen Augen auf und gab ihr Selbstbewusstsein.

»Du hast dich gerade verraten, Cowboy. Du nimmst dir doch immer, was du willst, warum nicht jetzt?«

Er drückte sie gegen den Kühlschrank und jeder Zentimeter seines festen Körpers lag an ihrem.

»Spiel keine Spielchen mit mir, Trixie.« Er klang wütend, doch jetzt wusste sie, dass ihn ein sinnliches Begehren antrieb und keine Wut. »Ich will unsere Freundschaft nicht ruinieren.«

Sie nahm ihm den Hut ab und setzte ihn sich selbst auf. »Was ist schon gegen etwas Nacktheit zwischen Freunden einzuwenden?« *Du meine Güte! Habe ich das wirklich gerade gesagt?*

Für den Bruchteil einer Sekunde riss er die Augen auf, bevor er sie wieder zu einem schmalen Schlitz zusammenkniff, als hätte sie ihren großen, bösen Cowboy geschockt. »Du kannst gerade gar keinen klaren Gedanken fassen. Du hast keine Ahnung, was du da sagst.«

»Meine Gedanken sind glasklar. Ich weiß genau, was ich sage.«

»Das führt nicht zu einem Happy End, bei dem wir beide glücklich in den Sonnenuntergang reiten.«

»Das Einzige, was ich reiten will, bist du. Aber wenn du nicht auf mich stehst …«

Sie wollte an ihm vorbei, doch er packte sie am Arm, zog sie zurück und drückte seine Lippen so heftig und fordernd auf ihre, dass ihr der Hut vom Kopf fiel. Jahre der Träume, Hoffnungen, Wünsche und des Verlangens brachen aus ihr heraus. Ein paar unglaubliche Sekunden lang konnte sie weder atmen, denken oder sich bewegen. Doch dann reagierten ihr Kopf und ihr Körper, sie küsste ihn leidenschaftlich und berührte so viel von ihm wie nur möglich, seine Arme, seinen Hals, Rücken, Hintern. Sein Mund war heiß und besitzergreifend. Ihn zu küssen, war noch unglaublicher, als sie es sich vorgestellt hatte. Er schmeckte nach unersättlicher Lust, und er berührte sie, streichelte ihren Hintern, ihre Hüften und Brüste, als könnte er nicht genug bekommen. Eine Hand krallte sich in ihre Haare.

Himmel, jaaa!

Sie küssten sich wild. Ihr gesamter Körper stand in Flammen. Sie brauchte mehr. Sie zerrte an seinem T-Shirt, und er unterbrach den Kuss nur gerade so lang, dass er es ausziehen konnte. Dann packte er ihr Hemd an beiden Seiten und riss es auseinander, sodass Knöpfe durch die Luft flogen. Ihre Nippel sehnten sich schmerzhaft nach seiner Berührung und drückten gegen ihren schwarzen Spitzen-BH.

Mit der Hitze tausender Sonnen fiel sein Blick auf ihre Brüste. »Trixie!«

Zu einem weiteren tiefen Kuss zog er sie an sich, drückte seinen nackten Oberkörper an ihren und sandte glühende Blitze durch ihr Innerstes. An ihren Haaren riss er ihren Kopf zurück und legte den Mund auf ihren Hals, saugte und kratzte mit den Zähnen daran. Lustvolle Nadelstiche gingen ihr unter die Haut, als er mit seinem Mund weiter nach unten wanderte. Er löste den Verschluss vorne an ihrem BH und legte ihre Brüste frei.

»Du bist so verdammt wunderschön«, sagte er hungrig, als er den Mund auf eine Brust senkte und heftig saugte.

Sie biss sich auf die Unterlippe, um nicht laut aufzuschreien, während sie die Hände um seinen Kopf legte und ihn festhielt. Sie keuchte und stöhnte, konnte die Laute nicht in sich halten, während er saugte, leckte, knabberte und ein sinnliches Kitzeln in ihrem ganzen Körper auslöste. Er rieb seinen harten Schaft an ihren Beinen, und *ach*, wie sie es genoss, ihn so zu spüren! Er nestelte ihre Jeans auf und schob seine Hand hinein, bis er mit seinen kräftigen Fingern durch ihre feuchte Hitze gleiten konnte.

»Ja!«, flehte sie.

Er schob seine Finger in sie und nahm die andere Brust in den Mund, während er mit jedem Saugen tief in sie drang. Sie bewegte sich mit ihm, ritt auf seinen Fingern und rang nach Luft. Begierde baute sich in ihr auf, mit jeder Bewegung seiner Finger sprühte es Funken in ihr, während sie heftig keuchte und flehend stöhnte. Das Verlangen erfüllte sie ganz und der Höhepunkt war *fast* greifbar. Sie ging auf Zehenspitzen, versuchte ihn zu erreichen, und er spielte mit dem Daumen an diesem gierigen Punkt, auf dem alle Nerven zusammenliefen, und katapultierte sie in die Besinnungslosigkeit.

»Oh Gott! Nick –«

Von Leidenschaft und Lust erfasst, zuckte und pulsierte ihr ganzer Körper. Sie klammerte sich an seinen Kopf, seine Arme und Schultern, und stieß lange, hingebungsvolle Laute aus. Er nahm ihren Mund gefangen und küsste sie durch ihre Ekstase hindurch. Als sie gerade wieder von den Höhen hinabglitt, drangen seine Finger härter, tiefer in sie. Spannungsgeladene Blitze fuhren durch sie und sie drückte sich vom Kühlschrank ab.

»Komm noch einmal«, forderte er.

Fast war sie so weit, doch sie musste einfach die Forderung erwidern und stieß aus: »Sorg dafür.«

Ein Grummeln entwich ihm, als er ihren Mund wieder einnahm, sich daran labte und seine Finger zaubern ließ. Mit der anderen Hand packte er ihre Brust und zwickte den Nippel. Ein schneidender Schmerz und Lust schossen ihr gleichzeitig zwischen die Beine und in verheerenden Wogen brach der Orgasmus über sie herein. Der Kopf fiel ihr in den Nacken, als grelle, unverständliche Laute aus ihr herausströmten. Sein Mund bedeckte ihren und schluckte diese Laute, während ihr Körper erschauderte und bebte.

Sie klammerte sich weiter zitternd an ihn und versuchte, ihre Lunge mit Luft zu versorgen. Ihr war klar gewesen, dass sie gemeinsam eine explosive Kraft entwickeln würden, aber etwas so Gewaltiges hätte sie sich niemals vorstellen können.

Zum Ausruhen gab er ihr überhaupt keine Gelegenheit, denn schon riss er ihre Jeans und den Slip herunter. Doch sie blieben an ihren Stiefeln hängen. »Zieh deine verdammten Stiefel aus.«

Sie wollte nehmen, was sie kriegen konnte, aber er sollte sie dabei wie etwas Wertvolles behandeln. Sie sah ihm in die dunklen Augen und hob das Kinn. »Oh nein, Cowboy, so läuft das nicht. Du ziehst mir die verdammten Stiefel aus.«

Verärgert oder verwirrt – sie wusste nicht, was von beidem und es war ihr auch egal – verzog er die Augenbrauen. Das Lächeln, das sich auf ihre Lippen zwang, als er ihrer Forderung nachkam, konnte sie nicht unterdrücken. Seine Kiefermuskeln zuckten, doch er ging auf die Knie und zog ihr Stiefel und Klamotten aus. Als er wieder in voller Größe vor ihr stand, betrachtete er ihr Gesicht nur wenige Sekunden lang, aber doch lang genug, dass sie seine Schutzmauer einbrechen sah, hinter der etwas Weicheres, Wärmeres zum Vorschein kam, das genauso schnell wieder verschwand, wie es aufgetaucht war.

Er packte sie am Arm und in seinen Augen loderte das Feuer. »Bist du sicher, dass du das hier willst?«

Ihr Herz raste. Sie konnte nicht glauben, dass sie es wirklich taten, und da sie sich so nach ihm sehnte, wusste sie, dass es kein Zurück für sie gab. »Ja, zum Teufel!«

Er drehte sie herum, beugte sie über die Arbeitsfläche und schob mit dem Knie ihre Beine auseinander. Eine Sekunde später landete sein Portemonnaie neben ihren Händen. Sie hörte, wie er den Reißverschluss seiner Jeans öffnete und die Hose nach unten schob. Das Knistern einer Kondomverpackung vernahm sie mit geschlossenen Augen. Er fluchte, und dann fühlte sie den Druck seines Schafts an ihrer Mitte. Mit einer Hand hielt er ihre Schulter fest, die andere lag flach auf ihrem Rücken und drückte ihren Oberkörper auf die Arbeitsfläche, als er mit einem festen Stoß in sie drang. Sie rang nach Luft und streckte sich, um seinen kräftigen Schaft in sich aufzunehmen.

Er hielt inne. »Ah, verdammt, Trixie!«, stieß er aus.

Die Verzweiflung in seiner Stimme spiegelte ihre eigene wider und machte alles noch erregender. Langsam zog er sich zurück, stieß dann heftig und schnell wieder in sie und ließ heiße Wellen der Lust durch sie hindurchströmen. Er fluchte leise, und mit dem nächsten Stoß gab es kein *Langsam* mehr. Sie hielt sich an der Arbeitsfläche fest, während er immer wieder in sie stieß. Es gab auch keine Feinheiten, keine zärtlichen Berührungen oder süßen Worte mehr, und in dem Moment war die Ekstase so herrlich, dass es ihr egal war. Sie schloss die Augen, während die Lust Besitz von ihr ergriff, ihr die Fähigkeit raubte, zu denken oder zu sprechen. Sie konnte nichts anderes mehr als *fühlen*. Funken sprühende Blitze schossen an ihren Beinen hinauf und durch ihr Innerstes hindurch. Er schob eine Hand zwischen ihre Beine und machte sich an den Nervenenden zu schaffen, die sie auf die Zehenspitzen trieben und bedürftig flehen ließen, während er sie immer höher trug. Einem Crescendo gleich schoss sie in die Höhe, sie zerbarst in tausend Stücke und schrie laut auf, als ihr Körper um ihn herum pulsierte. Mit eisernem Griff umklammerte er ihre Taille, drang tiefer, härter, schneller in sie ein und jagte sie zu den Sternen, als er sich seiner eigenen gewaltigen Erlösung hingab und ihren Namen mit schroffen, erleichterten Lauten ausstieß. Seine Lenden zuckten mehrere Male, und gerade als sie dachte, er wäre fertig, zuckten sie erneut, bis er fluchend über ihr zusammenbrach.

Seine Arme lagen unterhalb ihres Bauchs, und so umarmte er sie, während seine Stirn auf ihrem Rücken lag. Sie spürte sein Herz, das ebenso wie ihres raste. Nach einem Kuss auf ihre Wirbelsäule zog er sich zurück. Sie hörte, wie er das Kondom abstreifte und seine Jeans hochzog. Als er einen Schritt zurücktrat, drückte sie sich von der Arbeitsfläche ab.

Er sammelte ihre Kleidungsstücke zusammen und gab sie ihr, während seine Jeans noch geöffnet war und sie bei ihm einen Gesichtsausdruck bemerkte, den sie noch nie zuvor gesehen hatte. Eine Mischung aus Erleichterung, Verwirrung und etwas, das sie nicht benennen konnte.

»Geht's dir gut?«

Irgendwie schon. Nicht so wirklich. »Ja.«

Mit einem Nicken hob er sein T-Shirt auf und ging mit Pugsly im Gefolge zu seinem Schlafzimmer.

Was soll das denn jetzt?

Seine Schlafzimmertür fiel ins Schloss und der Schmerz wurde stärker.

Jetzt störten sie diese fehlenden sanften Worte und zärtlichen Berührungen. Wie konnte er etwas so Intimes tun und sich so nah und fern zugleich anfühlen? Sie drückte ihre Kleidung an sich, verwirrt und auch etwas verletzt. Aber sie hatte sich auf einem silbernen Tablett angeboten. Und sie wusste, dass sie nicht das Recht hatte, irgendetwas anderes zu erwarten, aber deshalb fühlte sie sich noch nicht besser. Was hatte sie denn gedacht, was passieren würde? Dass er sie in sein Bett tragen und sie plötzlich sein Ein und Alles sein sollte? Dass sie so anders als all die anderen wäre?

Ja, verdammt noch mal. Ich bin anders.

Wir sind anders.

Davon war sie aus tiefstem Herzen überzeugt. Sie hatte es in diesem Bruchteil einer Sekunde gesehen, bevor er sie herumgedreht hatte. Sie hatte es in seiner Stimme gehört, als sich ihre Körper erstmals vereinten, hatte es in seiner letzten Umarmung gespürt und selbst in diesem einen Kuss auf ihren Rücken.

Seine Stimme flüsterte in ihrem Kopf. *Weißt du, was dir die Liebe bringt? Zerstörung.* Dann wurde ihr etwas klar. Mehr war Sex nicht für ihn. Eine Erleichterung. Eine Befriedigung von Gier oder Bedürfnis. Aber war es immer nur das gewesen? Er war zwanzig Jahre alt gewesen, als seine Brüder fortgegangen waren. Hatte er davor jemals mehr für irgendjemanden empfunden?

Sie starrte auf seine geschlossene Schlafzimmertür und empfand für sie beide einen tiefen Schmerz. Es war etwas Besonderes, was sie beide miteinander verband, und das würde sie ihm verdammt noch mal beweisen. Aber irgendwo tief in ihrem Inneren verspürte sie ein noch wichtigeres Bedürfnis. Das Verlangen, ihm zu zeigen, wie gut es sich anfühlte, geliebt zu werden. Vielleicht gefiel ihm sein Leben so, wie es war, aber sie wusste, dass er es noch mehr genießen würde, wenn die Wunden aus seiner Vergangenheit ihn nicht ausbremsen würden.

Nick vertraute ihr, wenn es seine Tiere und seine Ranch

betraf, aber würde er ihr je sein Herz anvertrauen?

Halt dich gut fest, mein grüblerischer Hengst. Ich habe das Gefühl, wir haben einen wilden Ritt vor uns.

Acht

Nick war vor dem Morgengrauen schon aufgestanden und ritt nun bei Sonnenaufgang auf Romeo zu dem Ausgangspunkt eines Wanderwegs, an dem sein Grundstück und das von Walt aufeinandertrafen. Walt hatte vor langer Zeit Pfade durch das gebirgige Naturschutzgebiet hinter ihren Grundstücken getreten und Nicks häufige Ausritte hatten sie freigehalten. Sie galoppierten an den Weiden entlang und auf den Steigungen die Hügel hinauf ließ er Romeo das Tempo vorgeben. Den Hut hatte er sich tief ins Gesicht gezogen, um seine Augen vor der Sonne zu schützen, als sie den letzten Hügel hinaufritten. Der Tag würde wieder schwül werden. Oben angekommen brachte er Romeo zum Stehen, um den Blick über die Hügel und Täler vor ihm gleiten zu lassen, die mit Bäumen gespickt und von Wiesen durchzogen waren, allesamt herrlich unberührt von der Zivilisation. Der Ausblick hatte immer etwas Beruhigendes für ihn gehabt, aber er glaubte nicht, dass irgendetwas das Chaos beseitigen konnte, das seit dem Abend zuvor in seinem Kopf herrschte.

Trixie hatte ihn überrumpelt und jetzt war er vollkommen neben der Spur.

Hatte sie schon vor gestern Abend ein Auge auf ihn

geworfen? Hatte er ihre Andeutungen übersehen? Das glaubte er eigentlich nicht. Sie hatte nie mit ihm geflirtet, wie sie mit anderen Typen flirtete. Wie auch immer, es war blöd von ihm gewesen, anzunehmen, dass er einfach auf ihr Angebot eingehen könnte, um sie so aus dem Kopf zu bekommen. Er hatte sie in seinen Fantasien so lange schon geküsst, berührt, sie sich genommen, dass er gedacht hatte, genau zu wissen, wie es sein würde. Aber er war nicht einmal annähernd darauf vorbereitet gewesen. Sein toughes Cowgirl hatte sich herrlich weiblich und so verdammt richtig in seinen Armen angefühlt, dass es ihn umgehauen hatte. Er hätte nicht so weit gehen dürfen, aber sie hatte ihn angesehen, als wäre er Erde, Mond und Sterne für sie, und sie hatte ihn fast in die Knie gezwungen. Er hatte in ihr sein *müssen*, diese Bindung fühlen müssen, und er hatte gedacht, dieses eine Mal würde ausreichen, dann könnte er diese Fantasien loslassen und nach vorne schauen. Er hatte versucht, den Gefühlen zu entkommen, die über ihn hereingebrochen waren, indem er sie von hinten genommen hatte. Ihr Gesicht nicht zu sehen, würde helfen, hatte er gedacht. Aber es hatte nicht funktioniert. Die Gefühle waren schon zu tief eingedrungen, sie klebten an ihm wie eine zweite Haut. Und die Verletzlichkeit, die er anschließend in ihren Augen gesehen hatte, hatten diese Gefühle noch tiefer versenkt, sie unentrinnbar zu einem Teil von sich gemacht wie das Blut, das in seinen Adern rann.

Und jetzt saß er hier auf seinem treuen Ross, Trixies süßen Geschmack noch immer auf der Zunge, den Widerhall ihrer sündigen Laute noch im Kopf, und diesen sehnsüchtigen, hoffnungsvollen Blick, der sich in sein Gedächtnis gegraben hatte, noch vor Augen. Er ertrank in ihr, dabei war sie meilenweit entfernt und bedauerte wahrscheinlich, was sie getan hatten. Besonders nachdem er danach einfach so gegangen war. Ein Tsunami aus Schuldgefühlen brach über ihn herein.

Hatte er – hatten sie beide – seine wertvollste Freundschaft zerstört? Wie konnte es jemals wieder normal zwischen ihnen sein? Lange Zeit saß er dort und wünschte, er hätte das Bedürfnis, abzuhauen, zu brüllen oder irgendetwas zu tun. Doch er wollte einfach nur wissen, dass sie nicht unwiderruflich alles vermasselt hatten.

»Auf geht's, Romeo. Es ist wohl an der Zeit, die Suppe aus-zulöffeln.«

Während er den Pfad wieder hinunterritt, durchlebte er jeden einzelnen Moment des gestrigen Abends noch einmal. Nie hatte sich etwas so gut angefühlt, und obwohl er wusste, dass er es nicht sollte, wollte er es wieder tun. Mit jeder Faser seines Herzens wollte er es. Er sagte sich, dass er sich entschuldigen und sie in Ruhe lassen sollte. Er sollte versuchen, alles zu regeln und sie nie wieder anzufassen. Es würde einfach zu nichts führen. Das war so sicher wie das Amen in der Kirche. Aber er hatte sich noch nie gern von jemandem sagen lassen, was er tun sollte. Nicht einmal, wenn er selbst derjenige war.

Als er den Pfad verließ, sah er Walt auf der Weide. Walt winkte und kam auf ihn zu.

Nick strich Romeo über den Hals und beobachtete, wie sein alter Freund zum Zaun schlenderte, in seinem kurzärmeligen Hemd und der Jeans, deren Gürtel enger geschnallt war als in den Jahren zuvor. Selbst mit seinen neunundsiebzig Jahren hatte Walt noch etwas Verwegenes an sich mit seinem markanten Kiefer, den von Falten durchzogenen Wangen, dem gezwirbelten Schnauzbart und den buschigen weißen Augenbrauen. Seine vollen weißen Haare lugten unter dem Hut hervor. Nick machte sich Sorgen um ihn, weil er allein lebte, und so sah er oft nach ihm. Er erinnerte sich, dass Walt unfassbar groß gewirkt hatte, als er dieses Urgestein aus Hollywood kennengelernt hatte, das alles über Pferde und das Trickreiten wusste. Nick hatte ihn verehrt, wie andere Jungs ihre Väter verehrten, hatte an seinen Lippen gehangen und jedes kostbare Wort in sich aufgenommen. Nick empfand das Gleiche für seinen Vater, aber seine Beziehung zu Walt war immer anders gewesen. Im Laufe der Jahre war Walt zu jemandem geworden, der stets ein offenes Ohr und gute Ratschläge für ihn hatte, seine Stimme der Vernunft und derjenige, der ihm als Erster die Hölle heißmachte, wenn er es verdiente.

Da kenne ich noch jemanden.

»Wie geht's, alter Mann?« Romeo reckte den Hals über den Zaun und drückte die Schnauze an Walts Brustkorb.

»Prächtig.« Er rieb Romeos Kopf. »Muss ein toller Ritt gewesen sein. Der alte Junge hier schwitzt ganz schön. Hab gesehen, wie du heute Morgen wie vom Teufel besessen am Zaun entlanggeprescht bist. Alles in Ordnung bei dir?«

»Klar.«

Er musterte ihn und hob eine Augenbraue. »Du siehst aus, als würdest du innerlich vor Wut kochen. Dachte, das könnte mit deiner hübschen kleinen Freundin zu tun haben, die heute Früh mit dem jungen Helms durch die Gegend gejoggt ist.«

Nick schüttelte den Kopf. »Sitzt du jetzt etwa ständig auf deiner Veranda und wartest darauf, dass sie vorbeijoggt, nachdem du jetzt weißt, dass sie hier ist?«

»Aber sicher doch.« Walt lachte. »Nee, ich habe einen alten Teppich übers Geländer gehängt, als sie vorbeikamen. Dieser Blick in deinen Augen hat also nichts mit Trixie zu tun?«

»Das habe ich nicht gesagt.« Er sah weg. »Sie treibt mich in den Wahnsinn.«

»Das tun gute Frauen mit Männern gelegentlich. Ich wette, du machst sie auch rasend. Ihr seid zwei der dickköpfigsten jungen Leute, die ich kenne. Aber es ist toll von dir, dass du ihr hilfst, ihre Träume zu verfolgen. Als sie gestern vorbeikam, hat sie mir erzählt, dass du bei ihr im Ort aufgetaucht bist und ihr angeboten hast, mal von allem wegzukommen.«

»Das machen Freunde nun mal.«

»Ach ja?« Walt sah ihn eindringlich an. »Wie lange bleibt sie hier?«

»Einen Monat. Sie braucht Zeit, um die Pferde zu kaufen, und ich werde ihr bei der Ausbildung anfangs etwas helfen, bis sie zurechtkommt. Sie wird auch mit Tempe ein paar Dinge besprechen. Das braucht seine Zeit.«

»Klar«, sagte Walt, als nähme er es ihm nicht ab. Er war schon immer in der Lage gewesen, hinter Nicks Fassade zu schauen. »Mehr steckt nicht dahinter?«

»Mir gefällt es nicht, wie ihre Brüder sich über die Firma lustig machen, die sie auf die Beine stellen will.«

»Jilly würde da wohl sagen, wer im Glashaus sitzt …«

»Nicht in diesem Fall. Ich habe Jillys Anstrengungen bei der Gründung ihres Unternehmens zu hundert Prozent unterstützt.« Er hatte ihr am Anfang sogar Geld geliehen, als es bei ihr schlecht lief und sie nicht zu ihren Eltern hatte gehen wollen.

»Stimmt.« Walt nahm seinen Hut ab und wischte sich über die Stirn. »Ein Monat ist ne lange Zeit. Wird dich das irgendwie einschränken?«

Er fragte sich, was Walt wohl von *etwas Nacktheit zwischen Freunden* halten würde. »Das werden wir sehen. Brauchst du etwas? Kann ich dir irgendwie helfen? Einkäufe erledigen?«

Walt setzte den Hut auf. »Nur wenn du einen Zauberstab hast, der die Zeit um ein paar Jahrzehnte zurückdrehen kann. Dieses Älterwerden ist echt nichts für mich.«

»Ich wünschte, das könnte ich für dich tun. Ich komme nächste Woche mal vorbei.«

»Klingt gut. Bring mein Mädchen mit.«

Mein Mädchen. Walt verstand sich mit Trixie ebenso gut wie Nick. Logisch, ging doch allen so. »Mach ich.«

Nick und Romeo machten sich auf den Heimweg. Eifersucht lungerte ihm im Nacken, als er Trixie und Travis auf der Auffahrt neben Travis' Pick-up reden sah. Sie trug wieder so lächerlich kurze Laufshorts und einen knallgelben Sport-BH. *Wetten, dass Travis das toll findet?* Dieser verdammte Knoten in der Brust fühlte sich wie Stacheldraht an, der sich schmerzhaft in ihm herumdrehte und mit Scherben der Schuld verhedderte. Die Erkenntnis, dass er vielleicht ihre Freundschaft zugrunde gerichtet hatte, fügte einen noch heftigeren Schmerz hinzu. Er blieb stehen, Schweißtropfen bildeten sich auf seiner Stirn. Ein Leben ohne Trixie konnte er sich nicht vorstellen.

Er zwang seine Beine, sich in Bewegung zu setzen, um Romeo neben den Stall zum Abkühlen zu bringen, und verfluchte sich dafür, dass er nicht stärker gewesen und weggegangen war, bevor es gestern Abend so weit kommen konnte. Die Frage kam in ihm auf, ob man etwas gleichzeitig bereuen und *nicht* bereuen konnte. Er bereute es, ihre Freundschaft aufs Spiel gesetzt zu haben, aber er bereute es nicht, Trixie so nah gewesen zu sein.

Er war völlig durch den Wind.

Wie konnte er derselbe Typ sein, der Zev als Teenager dabei erwischt hatte, wie er Beaus Kondome klauen wollte, und der ihn dann zur Drogerie geschleift hatte, damit er sich seine eigenen kaufte? Zev war damals mit Carly zusammen gewesen, und Nick hatte ihm eine Lehrstunde erteilt, wie er sie korrekt zu behandeln hatte. Er hatte Zev gesagt, wenn er alt genug für Sex wäre, dann wäre er auch alt genug, um Kondome zu kaufen und Carly damit zu schützen, und dass neben der Verantwortung dafür, Geschlechtskrankheiten und ungewollte Schwangerschaften zu verhindern, noch ein Haufen mehr von ihm gefordert würde. Er hatte seinem jüngeren Bruder erzählt, dass er Carly respektvoll behandeln sollte, dafür sorgen sollte, dass sie sich besonders und sicher fühlte, dass er sich anschließend nicht wie ein Arschloch benehmen durfte, und falls er damit angeben sollte, er es mit Nick zu tun bekommen würde.

Wo zum Henker war *dieser* Nick jetzt?

In den vergangenen zehn Jahren hatte er nur bedeutungslosen Sex gehabt. Er hatte getan, was nötig gewesen war, um mit halbwegs gesundem Verstand zu überleben, und er hatte immer für die Sicherheit der Frauen gesorgt. Genauso wie er ihnen klar gemacht hatte, was sie von ihm zu erwarten hatten, noch bevor er sie überhaupt geküsst hatte. Aber wenn er darüber nachdachte, dass er jetzt der Mensch war, der seine Beziehung zu Trixie so gefährdet hatte, war er stinksauer auf sich selbst.

Das entsprach nicht dem jungen Mann, der er gewesen war, bevor all dieser Mist passiert war, und es entsprach mit Sicherheit nicht dem erwachsenen Mann, der er sein wollte.

Er versuchte, diese Gedanken beiseitezuschieben, als er sein verschwitztes T-Shirt auszog und es über den Zaun warf. Während Romeo trank, nahm er ihm den Sattel ab, räumte ihn weg und holte dann das Schweißmesser samt Bürste. Er hatte einen richtigen Waschplatz für die Pferde, aber Romeo konnte das nicht ausstehen. Das verstand Nick nur zu gut. Er würde auch lieber draußen mit dem Schlauch duschen, wenn er könnte.

Als er mit den Geräten zurückkam, führte er Romeo aus der Umzäunung heraus und band den Strick an den Zaun. Als Nick den Schlauch heranzog, hupte Travis und winkte aus dem Fenster heraus, bevor er davonfuhr.

Trixie joggte zu ihm, winkte und rief: »Ich will helfen!«

Sie klang nicht so, als bereute sie, was sie getan hatten, und ihr ansteckendes Lächeln sah auch keinesfalls so aus, als würde sie ihm gern einen Tritt in den Hintern verpassen. Verdammt, Glück gehabt … aber es verwirrte ihn. Warum war er vollkommen durch den Wind und sie nicht? Wollte sie wirklich nur eine Freundschaft Plus? Keine Bindung, keine Fragen, keine verletzten Gefühle? Großartig, aber was zum Teufel sollte er mit seinen eigenen verworrenen Gefühlen anstellen?

»Bist du heute Morgen mit Romeo ausgeritten?« Trixie entledigte sich ihrer Turnschuhe und Socken, als wäre es ein ganz normaler Tag auf der Ranch.

»Ja, die Trampelpfade entlang. Ich kühle ihn jetzt nur noch ab.« Er nahm den Schlauch und sie eilte barfüßig zu ihm herüber. Sie war so verdammt süß.

»Gut, ich könnte auch etwas Abkühlung gebrauchen.« Sie schnappte sich den Schlauch und trank genüsslich daraus. »Ahh, das war dringend nötig.« Sie bespritzte sich die Arme und beugte sich hinunter, um ihre Beine nass zu machen.

Bilder vom vergangenen Abend rasten ihm in Rekordgeschwindigkeit durch den Kopf: ihr vor Lust verzerrtes Gesicht, als sie am Kühlschrank ihren Höhepunkt erlebte, das verführerische Grinsen, als sie ihn aufgefordert hatte, ihre Stiefel auszuziehen, und ihr hinreißender nackter Körper, der über der

Arbeitsfläche lag, ihr schöner bloßer Hintern ihm willig entgegengestreckt. Himmel! Sie hatte einen umwerfenden Hintern.

Kaltes Wasser traf auf seinen Bauch und riss ihn aus seiner Benommenheit. »Hey!«

Trixie lachte. »Du sahst aus, als bräuchtest du eine Abkühlung.«

Was du nicht sagst. Er musste es loswerden. »Hör zu, Trixie, wegen gestern Abend –«

»Stopp«, unterbrach sie ihn barsch. »Zwischen uns ist alles in Ordnung. Wir brauchen nicht darüber reden.«

»Bist du sicher?«, fragte er überrascht.

»Ja. Siehst du?« Sie spritzte ihn noch einmal lachend an.

»Gib mir dieses verdammte Teil!« Er riss ihr den Schlauch aus der Hand, immer noch unschlüssig, aber etwas erleichtert. Er spritzte die Beine des Pferdes ab und ging um Romeo herum, während er den übrigen Körper abwusch. Wie bei so vielen anderen Dingen arbeiteten er und Trixie seit Langem wortlos Hand in Hand, wenn sie die Pferde wuschen und sich jeder um eine Seite kümmerte. Trixie machte sich daran, Romeos Kopf und Gesicht zu bürsten, während Nick ein Bein des Pferdes anhob und den Huf abspritzte.

»Wie war deine Joggingrunde?«, fragte er widerwillig und ärgerte sich gleichzeitig über seine Gefühle.

»Richtig gut! Ich hatte mir etwas Sorgen gemacht, dass ich vielleicht nicht mit Travis mithalten könnte, aber er hat sich meinem Tempo angepasst, was nett war, denn ich bin sicher langsamer als er. Aber es hat wirklich Spaß gemacht.«

Nick fuhr mit dem Schweißmesser über Romeos Schultern und Rücken, während er über die Freude in ihrer Stimme nachdachte.

Ein paar Minuten später fuhr sie fort: »Ich mag ihn«, und gab Nick die Bürste. »Wir laufen morgen wieder zusammen.«

Schön für euch. »Großartig.« Er schluckte seine Eifersucht herunter und gab ihr das Schweißmesser, um dann schweigend vor sich hin zu brodeln, während sie Romeo putzten.

»Er hat mich gefragt, ob ich mit ihm ausgehe«, meinte sie allzu beiläufig.

Ihre Blicke trafen sich über den Rücken des Pferdes hinweg. »Freut mich für euch.« *Fahr zur Hölle, Helms.*

Sie zog die Augenbrauen zusammen. »Es macht dir nichts aus, wenn ich ihn date?«

»Es steht mir nicht zu, dir zu sagen, was du zu tun oder zu lassen hast.«

»Du kannst es sagen, wenn du es nicht möchtest.«

Auf diese mit Tretminen gespickte Diskussion würde er sich nicht einlassen. »Es ist dein Leben. Du solltest das tun, was du willst.«

»Mach ich doch immer«, entgegnete sie ihm.

»Ja, das habe ich gestern Abend auch gemerkt.«

Trixie marschierte um Romeo herum und stellte sich vor Nick. Die Anspannung, die er ausstrahlte, war greifbar. So vieles wollte sie ihm sagen. Zum Beispiel, dass ihre Verbindung stärker als Freundschaft gewesen war, auch schon bevor sie Sex gehabt hatten, und dass sie ein wunderbares Paar abgäben. Sie wollte sagen: *Trau dich. Ich verspreche dir, ich werde dir nicht wehtun.* Aber ihm zu sagen, was er tun sollte, wäre so, als würde man einer Frau sagen, sie sollte sich entspannen. Außerdem war er aufrichtig davon überzeugt, dass er keine Beziehung wollte. Wenn sie all das also zu ihm sagte, würde er sich in die Ecke gedrängt fühlen, und das würde wieder in Streit ausarten. Also versuchte sie es auf eine sanftere Art, nahm den Schlauch und bespritzte ihn.

Warnend funkelte er sie an.

»Hör auf, so ein mürrischer Miesepeter zu sein«, sagte sie munter und bespritzte seinen köstlich kräftigen Oberkörper noch einmal.

»*Trixie*«, knurrte er.

Wenn Blicke töten könnten, würde sie auf der Stelle umfallen. »*Nicholas*«, erwiderte sie ebenso ernst.

Er marschierte auf sie zu und sie wich lachend zurück. Ein Lächeln zuckte auch an seinen Mundwinkeln.

»Was ist los, Cowboy?« Sie hob den Schlauch an und spritzte ihm ins Gesicht.

Er stürzte auf sie zu, sie kreischte und bespritzte ihn, während sie versuchte zu entkommen. Doch er war zu schnell und packte sie um die Taille, um sie dann mit einem Arm um ihren Bauch gelegt mit dem Rücken an sich zu drücken, so wie er es im Garten seiner Eltern getan hatte. Beide lachten, als er ihr den Schlauch aus der Hand riss und ihn auf sie richtete, sodass sie beide nass wurden.

Sie hielt die Hände vors Gesicht. »Hör auf!«, schrie sie lachend.

Er ließ den Schlauch fallen und sie drehte sich in seinem Arm um. Das Lachen polterte nur so aus ihm heraus. Nie hatte sie ein so breites Lächeln oder einen so strahlenden, sorgenfreien Blick an ihm gesehen. Doch dann trafen sich ihre Blicke und zwischen ihnen sprühten die Funken.

Ihr Lachen verebbte, doch er lächelte noch. »Du hältst dich

wohl für sehr witzig.«

»Für urkomisch, um genau zu sein.« Sie legte die Arme um ihn und gab ihm einen Kuss auf seine nasse Brust.

Seine Muskeln waren angespannt, diese dunklen Augen nun schmal. Während sie ihm in die Augen sah, fuhr sie mit den Fingern oberhalb seiner leichten Brustbehaarung entlang, hinauf bis zu seiner Schulter, um dort einen zarten Kuss hinzuhauchen. Ein Feuer flammte in seinen Augen auf – und überall in ihm.

Sie schob ihre Hüften vor und flüsterte: »Ich *fühle*, wie sehr du mich willst.«

»Du machst mir echt zu schaffen«, stieß er hervor, und von seinem Lächeln war nichts mehr zu sehen.

»Vielleicht gefällt es mir, mich an dir zu schaffen zu machen. Küss m–«

Ihre Worte verschwanden unter dem harten Druck seiner Lippen. Er legte eine Hand hinter ihren Kopf und die andere auf ihren Hintern, als er den Kuss vertiefte. Seine Zunge drang tief in ihren Mund, so wie am Abend zuvor, als hätte er so viel aufgestaute Leidenschaft in sich, dass er sie nicht zurückhalten konnte, und sie genoss es. Er nahm jeden Zentimeter ihres Mundes in Besitz und brachte ihren ganzen Körper zum Glühen. Ihre Knie wurden schwach, und als sie ihre Fingernägel in seinem Rücken vergrub, wurde sie mit dem verführerischsten Laut belohnt, den sie je gehört hatte. Sie wollte mehr davon hören, küsste ihn gierig und rieb sich an ihm. Nie zuvor hatte sie sich so gefühlt. Immer hatte sie sich nach mehr gesehnt, aber sie hatte nie gewusst, was dieses *Mehr* war.

Bis jetzt.

Mehr war die tiefe, unerklärliche Inbesitznahme ihres gesamten Wesens, ihres Verstandes, ihres Körpers und ihrer Seele. Er rieb seine Lenden an ihr und seine gierigen Laute jagten Lustblitze durch sie hindurch. Sein Herz hämmerte an ihrer Brust, und sie war bei ihm, verzweifelt darauf aus, dass sie den nächsten Schritt gingen. Sie wollte ihnen beiden die Kleidung vom Leib reißen, ihn gleich dort im Gras ungezügelt reiten. Aber sie sehnte sich nach einer anderen Art von *Mehr*. Die nur Nick ihr geben konnte. Und sie wusste, dass sie das nie bekommen würde, wenn sie ihn nicht bremste, ihn über sein Handeln nachdenken ließ, anstatt sie nur in der Hitze des Augenblicks zu nehmen.

All ihre Willenskraft musste sie aufbringen, um ihren Kuss zu beenden, denn sofort machte sich der Verlust der Nähe schmerzhaft bemerkbar. Er stieß einen Fluch aus, und sein Blick versank in ihrem, berauscht und frustriert, und genau das fühlte sie auch. Sie sah ihm an, dass er ebenso wenig mit diesem Gefühl vertraut war, denn hinter diesen widersprüchlichen Empfindungen erkannte sie eine unglaubliche Verwirrung.

Keine Sorge, Cowboy. Zusammen finden wir heraus, was das hier wird.

Ihr ganzer Körper zitterte vor Verlangen, als sie sich widerwillig aus seinen Armen befreite. »Ich sollte duschen.«

»Stimmt«, gab er schroff von sich.

Sie spürte seinen heiß stechenden Blick auf sich, als sie ihre Laufschuhe und Socken aufhob und über den Rasen ging. Sie schaute über die Schulter, und ihr Körper flammte erneut auf, als sie das Begehren und die Zurückhaltung in ihm sah, wie ein Löwe, der in seinem Käfig angebunden war, während die Löwin entkam. Sie formte einen Schmollmund. »Wenn ich doch nur jemanden hätte, der mich einseifen könnte.«

Die Glut in seinen Augen loderte auf.

Mit betont beschwingten Schritten und unbändiger Hoffnung ging sie zum Haus. Ihr Puls raste und sie hoffte, die

Verbindung zwischen ihnen richtig gedeutet zu haben. Es fühlte sich an, als würde sie durch die Risse in seiner Rüstung kriechen. Als würde er es zulassen, dass seine Gefühle ihn leiteten, nicht nur seine Hormone. Doch je weiter sie ging, umso mehr verließ sie die Hoffnung. Als sie das Haus erreichte, wurde ihr klar, dass sie sich geirrt hatte, und all ihre Hoffnungen waren zerschmettert.

Sie akzeptierte ihr Schicksal und stieß die Tür auf. Als sie sich umdrehte, um sie zu schließen, kam Nick hereingestürmt. Er beugte sich vor und warf sie über seine Schulter. Sie kreischte lachend auf, von Erleichterung und Glück überwältigt, während er die Tür mit dem Fuß zustieß und mit Pugsly auf den Fersen Richtung Schlafzimmer rannte.

Sie schlug ihm mit der flachen Hand auf den Hintern. »Hat ja ziemlich lange gedauert!«

»Sei still. Ich konnte Romeo nicht da festgebunden stehen lassen.«

Die Tatsache, dass er erst das Pferd versorgt hatte, während er schon von Begehren erfüllt gewesen war, machte ihn noch unwiderstehlicher.

Fummelnd und küssend zogen sie sich aus und stolperten in die Dusche. Warmes Wasser regnete auf sie hinab, rann zwischen ihre hungrigen Lippen und unter ihre gierigen Hände. Sie erschauderte vor Begierde, als er ihre Brüste umfasste und sie zwischen den Beinen reizte. Sie erforschte seine festen Muskeln, streichelte jeden maskulinen Zentimeter und nahm sich schließlich, wonach sie sich sehnte, indem sie die Finger fest um seinen Schaft legte. Er stöhnte in ihren Mund, während sie ihn mit der Hand fest und langsam liebkoste. Als sie mit dem Daumen über die Spitze glitt, riss er seinen Mund mit einem verlockend rauen Laut von ihr los. Sie wollte ihn schmecken, mehr von diesen sündigen Lauten hören. Sie wollte ihn an den Rand des Wahnsinns treiben.

»Nick«, sagte sie nervös.

»Hm?«

»Reitest du ohne?«

Er senkte das Kinn. Die Verwirrung stand ihm ins Gesicht geschrieben.

»Frauen, nicht Pferde.«

»Nie«, antwortete er fast zornig. Er presste die Kiefer aufeinander. »Einmal, als Teenager.«

Seine Ehrlichkeit bedeutete ihr alles, aber etwas an der Art, wie er diese letzte Tatsache hinzugefügt hatte, kam ihr auch wichtig vor. Sie fragte sich, ob mehr hinter der Geschichte steckte. Aber das konnte warten. Sie wollte die Gefühle hervorholen, die er für sie empfand, und sich nicht in dem verlieren, was er vielleicht in seiner Vergangenheit mal für jemand anderen empfunden hatte.

Sie stellte sich auf Zehenspitzen, er schlang die Arme um sie und küsste sie so innig, dass ihre Gedanken abhoben, bis sie schwindelig von ihm abließ.

»Himmel!«, stieß er mit einem langen Atemzug aus. »Ich liebe es, dich zu küssen.«

Sie verschnürte dieses kleine Geschenk mit goldener Schleife und steckte es fort, als er den Mund auf ihren Hals senkte. Ihre Hand legte sich fester um seinen harten Schaft und er belohnte sie wieder mit einem verlockenden Laut. Er griff zwischen ihre Beine, doch sie schob seine Hand weg. Wieder sah er sie verwirrt an.

»Ich möchte *dich* verwöhnen.« Sie küsste seine Brust und reizte seine Nippel mit Zähnen und Zunge.

»Ah, weiter, komm!«

»Mhmm. Das höre ich gern.«

Sie legte die Hand auf seinen Oberkörper und schob ihn zurück an die Wand. Viele Worte verlor er nie, aber das lodernde Verlangen in seinen Augen sagte ihr, dass sie alles richtig machte. Sie kostete und knabberte sich an seinem Körper hinab, während ihr Blick immer wieder nach oben zu ihm ging und ihre Hand um seinen Schaft lag. Seine Hüften stießen vor und sie fuhr mit der Zunge über die breite Spitze. Immer dunkler wurde sein Blick, während er durch die aufein- andergepressten Zähne Luft einsog. Seine Reaktionen waren so ungehemmt und echt, dass sie sich nach mehr davon sehnte. Er erschauderte, als sie über die Spitze leckte, also wiederholte sie es und wurde mit der gleichen Reaktion samt kehligem Stöhnen belohnt. Sie leckte und saugte nur an der Spitze seines Schafts, beobachtete ihn genau und tat nur das, was ihm gefiel. Er schob die Finger in ihre Haare und packte so fest zu, dass es wehtat. Als sie der Länge nach über den Schaft bis zur Spitze leckte, knurrte er: »Nimm ihn ganz.«

Ihr ganzer Körper geriet bei dem Befehl in Brand, und eines Tages würde sie dem vielleicht auch nachkommen, aber im Moment hatte sie das Sagen, und das gefiel ihr sehr. Sie legte die Hand um seine Hoden und leckte über seinen Schaft, wobei sie den Stellen, die ihn schaudern und zittern ließen, viel Aufmerksamkeit widmete. Das Kinn auf die Brust gedrückt gab er ein lautes Zischen von sich, und seine harte Länge schwoll in ihrer Hand noch mehr an. Theatralisch fuhr sie sich mit der Zunge über die Lippen, bevor sie den Mund um ihn legte und ihn tief in sich aufnahm.

»Himmel, Trixie!«

Sie saugte und liebkoste, schnell und stark, dann wieder langsam und leicht, während sie seinen beschleunigten Atem, seine in ihre Haare gekrallten Finger und das Spiel der Muskeln in seinen Oberschenkeln und im Bauch genoss. Sanft drückte sie seine Hoden, und aus seinem Mund drang ein langes, tiefes Stöhnen, das heiße Fluten durch ihren Körper fließen ließ. Sie machte sich schneller und fester an ihm zu schaffen, saugte stärker.

»Trix … Darling!«, keuchte er. »Heiliger …!«

Das Bedürfnis in seiner Stimme und die unerwartete Intimität von *Darling* spornten sie an. Sie reizte ihn und verschlang ihn, bis er in ihren Mund stieß, stöhnte und an ihren Haaren zerrte. Mit jedem Laut, jedem Zerren schoss die Lust durch sie hindurch und brachte sie dem Gipfel näher. Das Wasser strömte über ihre Körper und ließ jede Berührung noch erotischer werden. Ihr Blick hing an seinem Gesicht fest, das verzerrt war, so sehr musste er sich zurückhalten. Ihn so zu sehen, jagte einen Schauer nach dem anderen durch sie. Ihr war nicht klar gewesen, dass es für sie ebenso erregend sein könnte wie für ihn, und tief in ihrem Inneren wusste sie, dass dies nur die Spitze des Eisberges für sie sein konnte. Sie war versucht, ihn zum Höhepunkt zu bringen, aber sie *brauchte* ihn in sich, musste sich ihm noch näher fühlen, sie brauchte es mehr, als sie je etwas in ihrem Leben gebraucht hatte.

Als hätte er ihre Gedanken gelesen, zog er sie hoch, riss sie zu einem strafend forschen Kuss an sich, und *ah!*, wie köstlich sich das für sie anfühlte!

»Ich brauche dich«, sagte er drängend, bevor er sie herumdrehte, die Handflächen an die Wand gedrückt.

Dieses Mal nicht. Sie drehte sich wieder herum und ihr Blick traf seinen, der verwirrt und heißhungrig zugleich war. »Ich will dein Gesicht sehen.« Nicht fordernd, sondern aus einem tiefen Empfinden und fast gehaucht kam es aus ihr heraus.

Der wortlose innere Kampf war ihm anzusehen. Sie fühlte mit ihm, weil er sich hinter solch dicken Mauern versteckte. Sie hatte das Gefühl, dass er in diesem selbstauferlegten Gefängnis schon so lange eingesperrt war, dass er es wahrscheinlich gar nicht mehr merkte.

Sie strich ihm über die Wange. »Nick, sieh mich dabei an.«

Ein paar Sekunden lang dachte sie, dass er zurückschrecken würde. Aber nach einem kurzen Nicken senkte er seinen Mund wieder auf ihren. Er hob sie hoch, und ihre Beine schlangen sich um seine Taille, als er sie auf seinen Schaft hinabgleiten ließ. Lust breitete sich in ihr aus und spiegelte sich in den wohligen Lauten wider, die er von sich gab.

»Himmel, Trix!«, flüsterte er. »Du fühlst dich unglaublich an.«

Aufs Neue eroberte er ihren Mund, dieses Mal fordernder. Ihre Zungen umspielten sich und ihre Körper fanden zu perfekter Harmonie. Ihr Stöhnen hallte von den Wänden wider, als er in sie stieß, doch nichts konnte das glücklich laute Klopfen ihres Herzens übertönen.

Plötzlich hielt er inne. »Kondom«, keuchte er. »Mist. Tut mir leid.«

Ihr Hirn brauchte eine Sekunde, um mitzukommen. »Ich nehme die Pille. Bei mir ist es eine Ewigkeit her, Nick. Ich bin sauber.«

Sie sah ihm an, dass er kurz überlegte, dann presste er seinen Mund auf ihren, nahm sie härter, schneller und – kaum möglich – tiefer. Sie beantwortete sein Bestreben mit gleicher Inbrunst. Feuer und Eis rasten gleichzeitig durch sie hindurch. Sie grub die Fingernägel in seine Schultern, löste so noch mehr genussvolle Laute aus. Er packte ihren Hintern so fest, dass sie mit Sicherheit blaue Flecken davontragen würde, aber die dekadente Lust, die das in ihr auslöste, führte sie kurz vor die Explosion. Er riss den Mund von ihr los, küsste ihren Kiefer, ihren Hals, ihre Schulter, vergrub dann die Zähne in ihrer Haut und saugte so fest, dass sie die Beherrschung verlor: »Nick!«

Sie klammerte sich an ihn, ihre Mitte zog sich zusammen, ihre Hüften zuckten wild, als er ihr auf den Gipfel folgte und ihren Namen wie ein Stoßgebet aus sich herausschrie: »Trixie! Verdammt, Trix!«

Sie lebten ihre Leidenschaft aus, hielten einander so fest, dass sie sich wie eins fühlten. Als sie schließlich zusammenbrach, erschöpft und erfüllt in seinen Armen, hielt er sie, bis ihrer beider Atem sich beruhigt hatte, dann küsste er ihre Wange und Schulter und flüsterte: »Verdammt, Darling.« Sie verinnerlichte diesen seltenen und zärtlichen Moment, bevor er sie auf die Füße stellte und sein Gesicht in den warmen Duschstrahl hielt.

Sie spürte, dass er seine Mauern wieder hochzog. Der Fortschritt, den sie gemacht hatten, stimmte sie positiv, aber sie wollte, dass er ihr vertraute, dass er sie kannte, dass er sich mehr als nur einen Augenblick lang Zeit zum Durchatmen gab. Sie gab sich Duschgel auf die Hand, und der waldige, derbe Duft erfüllte die dampfende Luft, als sie sanft seinen breiten Rücken einschäumte. Seine Muskeln spannten sich an, aber davon ließ sie sich nicht abschrecken. Sie rieb über seine Schultern, massierte die Knoten heraus und arbeitete sich an seinem Rücken hinab, wobei sie so viel von ihm berührte, wie sie nur konnte. Sie nahm sich Zeit, wusch ihn langsam ab, streichelte über seine angespannten Muskeln. Sie strich über seinen Hintern, seine Oberschenkel, bis hinunter zu seinen Fußgelenken, und spürte, wie allmählich die Anspannung weniger wurde. Dann arbeitete sie sich an seinem Körper wieder nach oben und widmete den Verspannungen in seinen

Schultern besonders viel Aufmerksamkeit. Ein langer, kapitulierender Seufzer entwich ihm und sein Kopf fiel nach vorne. Sie trat vor ihn. Das Wasser lief ihm über das Gesicht, auf seinen dunklen Wimpern glitzerten die Tropfen. Aber er wischte sie nicht fort. Er rührte sich überhaupt nicht. Er beobachtete sie, während sie seine Schultern und den Brustkorb wusch.

Sie stellte sich auf Zehenspitzen und hauchte ihm einen leichten Kuss auf die Lippen. Als er versuchte, ihn zu vertiefen, zog sie sich zurück. »Hier geht es nicht um Sex.«

»Es geht immer um Sex«, erwiderte er mit dem anmaßenden Grinsen eines zu hundert Prozent von Testosteron angetriebenen Mannes, der jederzeit bereit war.

»Nicht immer.«

Vielleicht war ihm nicht bewusst, dass er eine andere Art der Erleichterung brauchte, doch sie wusste es. Sie wusch ihn weiter, knetete und streichelte seine Muskeln. Es erregte ihn, als sie seinen intimen Bereich und die Oberschenkel wusch, und er wollte sie an sich ziehen. Doch sie lächelte nur süß und schüttelte den Kopf. Ein mürrischer Blick erreichte sie, und dieser war so *typisch Nick*, dass es ihn nur noch anziehender machte. Seine Verdrossenheit schwand mit jeder ihrer Berührungen. Er schloss die Augen, während sie sich an seinem Körper wieder aufwärts arbeitete. Sie spürte, dass sein Herz nun ruhig und gleichmäßig schlug, nicht mehr hektisch vor Verlangen.

Als sie fertig war, streichelte sie ihm übers Gesicht und flüsterte: »Okay.«

Er öffnete die Augen, und sein Blick war von so vielen Emotionen erfüllt, dass es sie überwältigte. Seine Hände legten sich um ihre Oberarme, hielten sie fest, dann legte er seine Stirn

an ihre und schloss die Augen. »Himmel, Trix! Was zum Teufel
machst du mit mir?«

Dich lieben.

Neun

Trixie summte vor sich hin, als sie in Emmaline's Café rauschte und von dem Duft frisch gerösteten Kaffees und noch warmen gebackenen Köstlichkeiten begrüßt wurde. Alles im Emmaline's war köstlich, von den Spezial-Sandwiches über die frisch gezauberten Desserts bis hin zu den Kaffee-Kunstwerken. Dazu schufen die sonnenblumengelben Wände mit den umwerfenden Gemälden regionaler Künstler und dem schwarzen Brett, auf dem die Angebote des Tages in grellem Pink und Grün angepriesen und mit Sprüchen wie HEUTE IST DEIN TAG! und WILLKOMMEN IN DEINER WOHLFÜHLOASE! aufgelockert wurden, eine ganz besonders fröhliche Atmosphäre. Trixie schaute sich im Raum nach Tempest um. Fast alle Tische waren besetzt, aber sie sah ihre Freundin nirgends. Im hinteren Teil des Cafés führte eine Wendeltreppe hinauf zu einem Loft mit weiteren Plätzen. Sie überlegte, ob Tempest wohl dort saß.

Emmaline, eine lebhafte Brünette, winkte vom anderen Ende des Tresens herüber, wo sie gerade Schlagsahne auf ein Stück Kuchen gab. Trixie rückte ihre Tasche zurecht und ging zu ihr. Emmaline bat eine Mitarbeiterin, den Kuchen zu einem Gast zu bringen, der weiter vorne im Café saß. Dann kam sie um den Tresen herum und begrüßte Trixie mit einer

Umarmung. »Es ist so schön, dich zu sehen.«

»Ich freue mich auch sehr.«

»Du triffst dich mit Tempe zum Mittagessen, habe ich gehört. Sie ist vor einer Minute auf der Damentoilette verschwunden.« Emmaline hob die Augenbrauen und beugte sich vor. »Jilly hat mir erzählt, du bist für einen Monat bei unserem Nick eingezogen, während du dir eine Firma mit Therapiepferden aufbaust. Das ist ja so aufregend! Ein ganzer Monat mit dem heißen Cowboy und ein eigenes neues Unternehmen. Im Ernst, der Mann würde eine Eisprinzessin zum Schmelzen bringen.«

»Mit Sicherheit.« *Bitte rede nicht über ihn und andere Frauen.*

»Jilly und ich dachten früher, dass du und Nick irgendwann zusammenkommen würdet. Wir dachten, ein heißer Cowboy und ein hinreißendes Cowgirl passen doch perfekt zusammen. Aber dann ist da so eine wunderbare Freundschaft zwischen euch entstanden. Das ist vielleicht auch besser, oder? Ohne all diese Komplikationen, die sich durch Sex ergeben.«

Wie die Mauern, die Nick um sein Herz hochgezogen hat, und die beliebigen Frauen, die er abschleppt, um diese Mauern aufrechtzuerhalten? Sie versuchte, diese Gedanken zu verdrängen und sich auf die Begeisterung zu besinnen, die sie nach ihrem Durchbruch unter der Dusche empfunden hatte. »Ja, wahrscheinlich.« Sie entdeckte Tempest, die gerade von der Toilette kam. »Da ist Tempe.«

»Geh nur. Ich komme in ein paar Minuten an euren Tisch, um eure Bestellung aufzunehmen, dann braucht ihr euch nicht anstellen.«

»Danke dir.« Trixie ging zum Tisch.

Tempest sah in dem kurzen Blumenkleid wunderschön aus.

Sie hatte etwas Anmutiges an sich, das sie von ihren Geschwistern unterschied. »Hey, toll, dass es geklappt hat«, sagte sie und umarmte Trixie zur Begrüßung.

»Finde ich auch. Wie geht's Nash und Flip?« Ihr gut aussehender Ehemann, Künstler von Beruf, war alleinerziehender Vater seines Sohnes Philip – den alle Flip nannten – gewesen, als Tempest ihn kennengelernt hatte.

»Beiden geht's großartig. Flip wird so groß, und Nash ist …« Sie setzte sich mit einem Seufzer. »Ach, er ist einfach wunderbar.«

»Schön, dich so glücklich zu sehen, und du siehst umwerfend aus! Benutzt du ein neues Make-up oder lässt dich dein Glück so strahlen?«

»Kein neues Make-up, aber es gibt etwas Neues in meinem Leben.« Sie legte die Hand auf den Bauch und grinste. »Ich bin schwanger.«

»Du meine Güte! Herzlichen Glückwunsch!« Trixie umarmte sie gleich noch einmal. »Ihr seid bestimmt unfassbar glücklich.«

»Das sind wir. Wir haben es erst gestern Abend meinen Eltern erzählt, und ich bin mir sicher, dass die Telefone bei meinen Cousins noch vor Sonnenuntergang heiß laufen werden.«

»Ich freue mich für euch beide. Weiß Flip es schon?«

»Wir haben es ihm gestern Abend gesagt. Er ist hin und weg, und er redet schon davon, dass er seinem Brüderchen oder Schwesterchen zeigen will, wie die Hühner gefüttert und die Eier eingesammelt werden, und dass er dem Baby vorlesen will und was er sonst noch so alles vorhat.«

Trixie lachte. »Er wird ein so toller großer Bruder.«

»Danke. Und ich freue mich für dich und dein neues

Abenteuer. Ich weiß noch, wie es war, als ich meine Firma gegründet habe und von Peaceful Harbor weggezogen bin. Ich war ebenso verängstigt wie aufgeregt.«

»Ich bin eher aufgeregt, als dass ich Angst hätte. Aber ich ziehe nicht von zu Hause fort. Ich bin nur hier, um alles ins Laufen zu bringen und mich nicht von meinen Brüdern oder der Arbeit auf der Ranch ablenken zu lassen.«

»Du könntest dir als Gastgeber keinen kundigeren Pferdeprofi aussuchen. Nick ist der Beste. Irgendwie schon witzig, oder? Ich habe eine Firma gegründet, um aus der Krankenhauswelt herauszukommen, und du baust etwas auf, das dich in diese Welt hineinbringt.« Tempest hatte sich bei ihrer Arbeit als Musiktherapeutin im Krankenhaus eingeschränkt gefühlt und sich selbstständig gemacht. Sie und Nash hatten einen ihrer Ställe renoviert, wo sie jetzt ihre Patienten empfing.

»Stimmt, wie witzig. So habe ich das noch gar nicht gesehen.«

»Es ist zu schade, dass du nicht hier in der Region bleibst, denn wir könnten zusammenarbeiten. Ich arbeite mit Kindern, die emotionale Probleme und körperliche Einschränkungen haben. Sie könnten mit Sicherheit von einer Pferdetherapie profitieren.«

Emmaline kam mit zwei Gläsern Wasser an ihren Tisch. »Tut mir leid, dass ich euch unterbreche. Was darf ich meinen Ladys bringen? Eines unserer Riesensandwiches vielleicht?«

»Für mich nicht, danke. Ich nehme nur den gemischten Salat mit Ranch-Dressing«, sagte Tempest.

»Klingt super. Das nehme ich auch.«

»Okay, dann also zwei langweilige Salate.« Mit einem Augenzwinkern ging Emmaline fort, um sich um die Bestellung zu kümmern.

»Sie ist wirklich so nett!«, sagte Trixie. »Weißt du was, Tempe, vielleicht können wir tatsächlich zusammenarbeiten. So viele Krankenhäuser, Reha-Zentren oder Pflegeheime gibt es in der Gegend von Oak Falls nicht. Ich werde über das Gebiet hinaus tätig sein müssen, und du bist nur zwei Stunden entfernt. Im Umkreis von einer Stunde gibt es hier sehr viele Einrichtungen, da könnte ich möglicherweise einmal pro Woche herkommen.«

»Wenn das so ist, dann könnten wir unsere Termine absprechen«, meinte Tempe.

»Das dachte ich auch. Ich bin mir sicher, Nick macht es nichts aus, wenn ich öfter da bin.« Noch während sie das aussprach, kam ihr ein schmerzhafter Gedanke. Was war, wenn Nicks Mauern sich nie einreißen ließen? Wenn er nie so viel für sie empfinden würde wie sie für ihn? Käme sie damit zurecht, wenn sie einfach wieder Freunde wären?

»Das wäre großartig, aber dann wärst du viel unterwegs.« Tempest riss Trixie mit dieser Überlegung aus ihren Gedanken. »Bist du sicher, dass du das willst?«

»Ich werde nicht unbedingt die Wahl haben«, sagte sie und beantwortete damit sowohl Tempests Frage als auch ihre eigene. Eine Welle der Enttäuschung überkam sie, aber sie weigerte sich, sich davon unterkriegen zu lassen oder sich von den Was-wäre-wenns den Boden unter den Füßen wegziehen zu lassen, bevor sie und Nick überhaupt die Chance gehabt hatten, herauszufinden, wohin ihre neue Beziehung führen könnte. Mit dem festen Entschluss, ihre Firma zum Erfolg zu bringen und Nicks Mauern einzureißen, sagte sie: »Außerdem weiß ich, dass es die Mühe wert sein wird, und ich fahre ja jetzt schon viel durch die Gegend, um Vieh für unsere Ranch zu liefern oder abzuholen.«

»Das bedeutet dann wohl, dass es zu Hause noch immer keinen besonderen Kerl gibt, der auf dich wartet?«

»Nee, und der Kerl, an dem ich interessiert bin, ist mit Sicherheit nicht darauf aus, sich in näherer Zukunft ernsthaft zu binden.«

»Das tut mir leid für dich. Aber unsere Zusammenarbeit klingt schon mal vielversprechend«, sagte Tempest. »Ich würde gern mit dir arbeiten, sobald du so weit bist. Und wenn du wirklich hier in der Gegend tätig sein willst, dann kann ich dich einigen der Verwaltungschefs und Koordinatoren der Ehrenamtlichen vorstellen. Ich habe auch Kontakte zu Pflegeheimen und Reha-Zentren.«

»Das wäre fantastisch.«

»Krankenhäuser haben eine ziemlich starre Hierarchie, da kann es eine Weile dauern, bis man sich durchgekämpft hat. Bei den anderen Arten von Einrichtungen wirst du schneller Reaktionen erhalten.«

»Das ist für mich in Ordnung. Ich möchte so vielen Menschen wie möglich helfen.« Trixie nahm einen Schluck und fuhr dann fort. »Ich wollte dich fragen, wie ich mich deiner Meinung nach am besten in der Branche bekannt mache.«

»Es geht einzig und allein darum, wen du kennst. Die Gesundheitsbranche ist ein einziges großes Netzwerk, wenn es um solche Dinge geht. Wenn du dich mit den Koordinatoren der Ehrenamtlichen triffst, solltest du sie fragen, wer von ihren Kontakten eventuell an deinem Angebot interessiert sein könnte. Sie sind immer gern bereit, mich für die Musiktherapie weiterzuempfehlen. Das werden sie sicher auch für dich machen. Als ich anfing, hat mir Cole eine Liste mit Kontakten gegeben. Die gebe ich auch gern an dich weiter.« Ihr ältester

Bruder Cole war Orthopäde und führte eine Praxis in Peaceful Harbor.

»Das wäre großartig. Danke!«

»Bei einer Sache bin ich mir nicht so sicher, und zwar wegen der Vorschriften bezüglich der Pferde in den Einrichtungen. Aber ich kenne jemanden, der dir diese Fragen beantworten kann.«

»Ich habe da schon etwas recherchiert, aber es wäre hilfreich, wenn ich mit jemandem aus der Branche sprechen könnte.«

»Meine Freundin Jordan Lawler leitet das Freiwilligenprogramm im Pleasant Care Assisted Living, einer Einrichtung für Betreutes Wohnen. Ich rufe sie an und frage mal, ob sie nächste Woche Zeit für dich hätte. Dann kannst du anfangen, dir Antworten auf deine Fragen einzuholen und Leute zu treffen, damit man deinen Namen in Umlauf bringt.«

»Großartig, danke. Ich habe mich bei den Versicherungen schon mal schlau gemacht und weiß, dass die Pferde natürlich alle Impfungen brauchen und Hufschuhe tragen müssen, um die Krankenhausböden vor allem zu schützen, was sie vielleicht an den Hufen haben. Ach, und sie müssen einigermaßen stubenrein sein.«

»Ich wusste nicht einmal, dass man Pferde stubenrein bekommen kann.«

»Deswegen meinte ich *einigermaßen*. Ein wichtiger Teil davon ist es, dem Pferdehalter beizubringen, wann er zu füttern hat und wie er den Tieren zeigt, sich auf Befehl zu erleichtern. Solche Dinge. Ich werde Kotbeutel benutzen, für den Fall, dass sich Mutter Natur zur falschen Zeit meldet, aber das Training ist von zentraler Bedeutung.« Sie erklärte ihr, dass ein Kotbeutel am Geschirr befestigt wurde und den Pferdedung auffing.

»Klingt wesentlich komplizierter als Musiktherapie. Du

sagtest, du würdest weiter auf der Ranch deiner Familie arbeiten, während du die Firma aufbaust. Wie soll das funktionieren, wenn du so viel unterwegs bist?«

»Das erste Jahr oder so, während ich die Pferde ausbilde, werde ich nicht unterwegs sein müssen.«

»So lange braucht man, um Minipferde zu trainieren?«

»Mhm. Den Leuten ist wahrscheinlich gar nicht bewusst, wie viel Arbeit man in die Ausbildung für Besuche vor Ort aufwenden muss. Personal und Patienten sind ständig neu, somit wird jeder Besuch quasi zu einer ganz eigenen Erfahrung. Sie müssen auf alles vorbereitet sein, sich mit verschiedensten Bodenbelägen wohlfühlen – fluffige und dünne Teppiche, gemusterte Beläge, Linoleum – und sie müssen ebenso Treppen steigen und sich in Aufzüge hineintrauen. Du weißt ja, wie viele Gerüche, visuelle Eindrücke und Geräusche es in solchen Einrichtungen gibt. Überleg mal, da sind so viele Reize. Die Pferde müssen mit aufgeregten und verängstigten Kindern und Erwachsenen zurechtkommen, mit den Geräuschen der medizinischen Geräte und denen von Menschen, die umherlaufen, reden, husten und weinen. Sie dürfen sich durch nichts aus der Ruhe bringen lassen, ansonsten wäre es nicht sicher, sie in die Nähe der Patienten zu lassen.«

»Wow! Ich muss gestehen, dass mir das alles gar nicht bewusst war. Über Teppichmuster oder unterschiedliche Bodenbeläge habe ich mir nie Gedanken gemacht und über Aufzüge schon gar nicht. Kein Wunder, dass es so lange dauert. Dann wirst du in der Zeit also einfach auf der Ranch deiner Eltern weiterarbeiten?«

»Ja, aber ich werde auch mit den Minipferden zu Kindergeburtstagen gehen und auf meinem Gelände, wo immer das auch sein wird, Therapien auf dem Pferd und durch

Bodenarbeit anbieten. Und außerdem werde ich mich daranmachen, Kontakte zu knüpfen. Die Recherchen, die ich bisher angestellt habe, zeigen, dass Krankenhäuser und größere Einrichtungen Therapien mit Pferden oft ein Jahr im Voraus buchen.«

»Kann ich mir vorstellen. Als ich in Krankenhäusern gearbeitet habe, wurde ich auch schon weit über ein Jahr im Voraus gebucht. Im Moment bin ich für die nächsten vierzehn Monate ausgebucht und habe auch schon Anfragen abgelehnt. Ich hätte nie gedacht, dass mein Angebot so gut angenommen werden würde.«

»Du hast wirklich Glück«, sagte Trixie. »Was machst du, wenn das Baby da ist?«

»Ich habe heute Morgen schon mit einigen meiner Patienten gesprochen, und sie wissen, dass ich mir etwas freinehmen werde. Aber ich weiß noch nicht, wie viel ich nach der Geburt arbeiten will. Ich bin erst im vierten Monat, und ich kann mir jetzt schon nicht vorstellen, unser Baby länger abzugeben. Aber ich will auch nicht mit der Musiktherapie aufhören. Ein paar Stunden Arbeit an einem oder zwei Tagen pro Woche werden mir wahrscheinlich reichen, wenn das Baby da ist.«

»Das verstehe ich. Meinem Bruder fällt es auch sehr schwer, seine kleine Tochter tagsüber nicht zu sehen.«

»Möchtest du eines Tages eine Familie gründen?«, fragte Tempest.

»Eines Tages ja, aber noch nicht so bald. Vielleicht in vier oder fünf Jahren, wenn meine Firma gut läuft – und ich bis dahin verheiratet bin«, sagte sie, als Emmaline mit ihrem Essen kam.

»Zwei Salate mit einer Cookie-Beilage, denn ihr seid Frauen

und braucht das.« Emmaline gab ihnen die Salate und stellte einen Teller Cookies in die Mitte des Tisches. »Ihr seid meine offiziellen Testerinnen für mein neuestes Rezept: Schoko-Karamell-Pekannuss mit einem Hauch Zimt.«

»Vergiss den Salat.« Trixie schnappte sich einen Cookie und biss ab. Die süße Köstlichkeit schmolz in ihrem Mund. »Die sind unglaublich! Nick findet die mit Sicherheit auch göttlich. Er ist so eine Naschkatze. Kann ich sechs Stück davon für ihn kaufen?«

»Hast du das gehört, Tempe?«, fragte Emmaline mit einem seltsamen Tonfall. »Sie möchte Nick Cookies mitbringen. Ihr wisst doch, was man über den Weg ins Herz eines Mannes sagt, oder?«

Trixie verdrehte die Augen. »Alles Lügen. Ich habe Nick all die Jahre, die ich schon bei ihm übernachte, oft Leckereien mitgebracht, und das Herz dieses Mannes ist noch immer fest verschlossen.« Sie sah Jillian zur Eingangstür herein- und auf sie zustürmen, als hätte sie eine wichtige Mission zu erfüllen.

»Hey, Jilly.« Emmaline sah wieder zu Trixie. »Versuch's mal mit Sex. Das funktioniert normalerweise.«

Tempest wurde rot.

»Klingt so, als wäre ich gerade rechtzeitig gekommen. Reden wir hier über Sex?« Jillian stibitzte sich einen Cookie und biss hinein.

»Sex mit *Nick*«, bestätigte Emmaline.

Jillian verschluckte sich an dem Cookie und hustete. »Nein, darüber reden wir nicht! Und was fällt euch beiden eigentlich ein, euch hier ohne mich zum Essen zu treffen?«

Alle lachten.

»Ich habe dir doch gestern Abend gesagt, dass ich mich mit Tempest treffe«, erinnerte Trixie sie.

»Aber nicht zum Essen bei Emmaline mit köstlichen Cookies«, beschwerte sich Jillian.

Trixie schob ihr einen Stuhl hin. »Setzt dich, du Riesenbaby.«

Als sich Jillian setzte, sagte Emmaline: »Ich muss mal wieder arbeiten, während ihr Mädels plaudert. Du bekommst gleich dein übliches Sandwich, Jilly.«

»Danke, Süße.« Jillian nahm sich noch einen Cookie. »Gut, dass ich euch beide getroffen habe. Habt ihr nach dem Essen Zeit, bei mir im Laden vorbeizukommen? Ich habe ein paar neue Sachen hereinbekommen. Ein neues Kleid ist super weiblich und sexy, Tempe, das wird Nash ganz wild machen, und das neueste Outfit in meiner Kollektion *Facettenreich* ist perfekt für einen Freitagabend, Trixie. Apropos, Tempe, wollt Nash und du uns am Freitag auf ein paar Drinks treffen? Jax und Nick sind auch dabei.«

»Ich wünschte, wir könnten kommen, aber wir haben Flip versprochen, einen Familienfilmabend zu machen. Außerdem darf ich eine Zeit lang nichts trinken.« Tempests Augen strahlten. »Ich bin schwanger!«

»*OhmeinGott!*« Jillian sprang auf und umarmte sie. »Noch ein Baby, das wir verwöhnen können!«

»Wo wir gerade von Babys sprechen, die verwöhnt werden …« Trixie holte ihr Handy hervor. »Ich muss euch die aktuellen Fotos von meiner Nichte zeigen.«

»Emma ist so unglaublich süß«, sagte Jillian.

»Jilly ist Emmas Ehrentante«, erklärte Trixie.

»Ich bin die Ehrentante von allen«, sagte Jillian. »Meine Brüder sorgen ja nicht dafür, dass ich Nichten und Neffen bekomme. Ich sollte unseren Cousin Josh anrufen. Er und seine Frau Riley haben eine neue Kinderkollektion. Ich muss mir einen größeren Vorrat anlegen, wenn Tempe nun auch ein Baby bekommt.« Josh und Riley waren berühmte Modedesigner und verbrachten ihre Zeit teils in New York und teils in Weston, Colorado.

»Ich liebe ihre Sachen«, sagte Tempest. »Ich habe Flip einen unglaublich süßen Pyjama aus ihrer Sommerkollektion gekauft.«

Sie unterhielten sich weiter, während sie aßen, und brachten sich gegenseitig auf den neuesten Stand. Jillian war begeistert von der Vorstellung, dass Trixie auch in der Gegend von Pleasant Hill arbeiten könnte, sodass sie sich häufiger sehen würden. Sie bot an, Flügel und Einhörner für die Pferde anzufertigen, und sie gab Trixie den Namen einer Bekannten, die ihr bei der Erstellung eines Logos und einer Website behilflich sein konnte. Tempest erläuterte ihr die Unterschiede in der Arbeit mit Krankenhäusern und anderen Einrichtungen und Trixie machte sich unendlich viele Notizen. Während sie redeten, fielen ihnen noch andere Dinge ein, die Trixie machen könnte, wie zum Beispiel mit den Pferden Schulen zu besuchen und dort Vorträge zu halten oder an Festumzügen teilzunehmen, um Rising Hope bekannter zu machen.

Nach dem Essen gingen sie hinüber zu Jillians Laden, in dem Trixie und Tempest alle Outfits anprobierten, die Jillian ihnen vorschlug. Sie amüsierten sich köstlich. Als Trixie sich dann auf den Weg zu Travis und den Pferden machte, war sie um zwei Einkaufstüten voller neuer Kleidung reicher, einschließlich eines Outfits, das sie ins Tully's anziehen wollte, zweier Kleider für geschäftliche Meetings und einiger süßer Klamotten, denen sie einfach nicht hatte widerstehen können. Sie hoffte, Nick würde ihnen auch nicht widerstehen können.

Zehn

Romeo und Lady galoppierten mit hocherhobenen Köpfen und fliegenden Mähnen im Kreis. Nick stand mit je einem Fuß auf dem Rücken der Pferde, während er die Zügel in der Hand hielt, ihm das Adrenalin durch die Adern schoss und die Pferde über die ein Meter hohe Hürde sprangen. Es gab keine bessere Art, einen klaren Kopf zu bekommen, als die sogenannte Ungarische Post, die volle Konzentration erforderte. Er führte die Pferde noch über zwei weitere Hürden, bevor er das Training für den Tag beendete, und es hatte tatsächlich geholfen. Sein Kopf war endlich frei. Trixie hatte ihn wieder einmal geschockt – und er hatte es zugelassen, was das Überraschendste an dem ganzen verrückten Mist war, den er gerade durchmachte. Nie und in keiner Situation überließ er anderen – egal ob Mann oder Frau – die Kontrolle, doch dieses heiße kleine wilde Ding hatte ihn zur Strecke gebracht. Zumindest hatte er jetzt wieder die Kontrolle über seine Gedanken und Taten, und das sollte auch so bleiben.

Seine Muskeln brannten, als er abstieg, und der Schweiß glänzte auf seiner Haut. Er pfiff und sofort folgten die Pferde ihm vom Trainingsplatz herunter zum Paddock, damit sie trinken konnten. Auf dem Weg hob er Pugsly mit einer Hand hoch und streichelte mit der anderen Goldie und Rowdy. Als die Pferde genug getrunken hatten, nahm er ihnen das Zaumzeug ab und ließ sie auf die Weide laufen. Er schloss gerade das Gatter, als Jax mit seinem schicken schwarzen Lexus die Auffahrt herauffuhr. Goldie und Rowdy sausten los, um ihn zu begrüßen. Nick nahm seinen Hut vom Zaunpfosten, wo er ihn zuvor abgelegt hatte, und ging über den Rasen.

In seiner Designerhose, dem frischen weißen Hemd und den glänzend schwarzen Schuhen stieg sein Bruder aus dem Auto und wirkte auf der staubigen Ranch ebenso fehl am Platze wie Nick in dem edlen Designerstudio von Jax.

»Hi.« Jax hockte sich hin, um die Hunde zu kraulen.

»Was ist los?«

»Mom hat für uns alle Fleischpastete gemacht.« Jax stand auf und streichelte Pugsly kurz. »Als ich meine abholen wollte, sagte sie, du gingst nicht ans Telefon.«

Aus einer Gewohnheit heraus klopfte er sich auf die Gesäßtasche. »Ja, keine Ahnung, wo ich es gelassen habe.«

»Nichts Neues. Sie wollte dir deine Pastete vorbeibringen, aber angesichts der Funken, die zwischen dir und Trixie gestern Abend flogen, wollte ich nicht, dass sie euch beide nackt überrascht, also habe ich mich angeboten, sie vorbeizubringen.«

»Wie zum Teufel kommst du auf den Gedanken, wir wären nackt?«

»Ach, komm schon, Nick. Wir wissen beide, dass die heiße Luft auf dem Basketballplatz nicht nur auf mein gutes Aussehen zurückzuführen war.«

Nick presste die Lippen aufeinander. »Anders gefragt: Und warum kommst du, wenn du denkst, wir wären vielleicht *beschäftigt?*«

Jax grinste. »Trixie Jericho … *nackt*. Denk mal nach.«

»Idiot.« Nick setzte Pugsly ab und brachte das Zaumzeug in die Sattelkammer.

Jax folgte ihm in den Stall. »Wo ist sie überhaupt?«

»Keine Ahnung. Wahrscheinlich bei Travis, um sich die Pferde anzusehen.« Er hatte sich darauf gefreut, gemeinsam mit ihr zu den Minipferden zu gehen, und hatte gehofft, sie würde nach ihrem Treffen mit Tempest zurückkommen, aber sie war schon den ganzen Tag fort.

»Die Pferde, klar doch.«

Nick stieß die Tür zur Sattelkammer auf und legte das Zaumzeug weg.

Jax blieb in der Tür stehen und beobachtete ihn. »So wie du mit den Sachen umgehst, nehme ich an, dass ich das zwischen euch richtig gedeutet habe und dass ihr beide was miteinander habt. Ich nehme außerdem an, dass du deswegen ausflippst.«

»Ich flippe nicht aus. Aber ich krieg sie einfach nicht aus dem Kopf.« Er marschierte aus der Sattelkammer heraus und ins Büro.

»Tja, das ist ja mal was Neues und wohl auch ein gutes Zeichen.«

Nick schnaubte. Er nahm sich eine Flasche Wasser aus dem Kühlschrank und bot Jax auch eine an.

»Nein, danke. Ich wusste, dass in den letzten Monaten etwas mit dir nicht stimmte.«

»Mit mir ist alles okay.« Nick kippte das Wasser in sich hinein.

In Wahrheit hatte Jax ihm schon länger zugesetzt, weil er sich seltsam verhielt, aber Nick hatte seine Gedanken Trixie betreffend für sich behalten. Er vertraute Jax. Man konnte gut mit ihm reden, und er sagte ihm immer unverhohlen seine Meinung, egal wie sauer Nick vielleicht reagieren würde. Aber was sollte Nick ihm schon erzählen? *Hey, Bruderherz, du kennst doch meine beste Freundin? Die, die mir bedingungslos vertraut? Tja, ich kann einfach nicht aufhören, sie mir nackt vorzustellen.*

»Dann erzähle mir doch mal, warum du griesgrämiger drauf bist als gewöhnlich, warum du viel häufiger nach Virginia fährst, und warum ich mich nicht daran erinnern kann, wann du das letzte Mal eine Frau abgeschleppt hast, wenn wir unterwegs waren.«

Nick ging aus dem Büro heraus. »Wie wär's, wenn du mir erzählst, *Doktor Jax*, ob ich hier gerade totalen Mist baue?«

»Keine Ahnung. Von mir aus kann die Party steigen. Ich habe gerade überlegt, wie ich Pugslys Maße für sein Hochzeitskleid nehmen soll.«

Nick lachte, doch schnell brachte er seinen Gesichtsausdruck wieder unter Kontrolle und warf Jax einen verärgerten Blick zu.

»Was? Denk doch mal nach, Nick. Die einzigen Frauen, die du in dein Haus lässt, sind Familienmitglieder oder eben Trixie, und sie versteht dich wirklich, Mann. Sie nimmt all deine Launen hin, lacht über deinen trockenen Humor, und du fühlst dich in ihrer Gesellschaft wohler als mit allen anderen. Einschließlich mir.« Jax sah ihn eindringlich an. »Aber seit Jahren erzählst du mir, dass da zwischen euch nicht mehr als Freundschaft sei. Was also ist wirklich los?«

»Das war es bisher auch nicht. Jetzt ist auf einmal alles anders.« Er lehnte sich gegen die Stallwand. »Sie ist einer meiner besten Freunde, Jax. Ihr Leben findet in Virginia statt, meines hier, und ich habe einen Riesenrespekt vor ihr. Ich will nichts davon kaputtmachen oder ihr wehtun.«

»Dann lass es. Ist es für sie in Ordnung so? Oder hast du eine Grenze überschritten, die du nicht hättest überschreiten sollen?«

»Das würde ich bei niemandem tun, besonders nicht bei Trixie«, fuhr Nick ihn an. »Sie war diejenige, die es vorgeschlagen hat und auch alles dafür getan hat. Ich habe versucht, auf Abstand zu bleiben, aber sie hat angefangen, von Freundschaft mit Vorzügen zu reden und mich in Rage zu bringen. Du weißt ja, wie sie mich immer triezt. Es ist einfach passiert.«

»Ja, kann ich mir bei ihr gut vorstellen. Aber wenn du kein gutes Gefühl dabei hast, dann lass die Finger davon.«

»Ich will verdammt noch mal nicht die Finger davon lassen.« Er atmete heftig aus. »Keine Ahnung, was ich will, aber ich will ihr auf keinen Fall wehtun.« Er trank sein Wasser aus und warf die Flasche in die Mülltonne. Trixies Pick-up kam gerade die Auffahrt entlang und sein Herz polterte gleich wieder etwas schneller. »Es ist nur … Sie geht mir unter die Haut, und ich weiß nicht …« *Wie ich damit umgehen soll.*

»Was weißt du nicht? Wie du mit der Tatsache umgehen sollst, dass sie einen Monat lang hier ist und mit dir herummacht, aber mit Travis abhängt? Oder mit der Tatsache, dass du ihren Pick-up auf der Auffahrt siehst und sie mit dem gleichen freudigen Ausdruck in den Augen ansiehst wie Pugsly dich mit seinem gesunden Auge, wenn du nach Hause kommst?«

Nick stieß sich von der Stallwand ab. »Vergiss, was ich gesagt habe.«

Jax hielt ihn am Arm fest, während Trixie den Motor abstellte. »Hör zu, Nick. Ihr beide passt gut zueinander. Du bist der Letzte auf Erden, dem ich sagen würde, er soll eine Frau in sein Leben lassen, aber Trixie ist schon drin, Mann. Seit Jahren schon.«

»Hi, Jax!«, rief Trixie mit zwei riesigen Einkaufstüten von Jillian's Boutique. »Was für eine schöne Überraschung.«

»Ich habe endlich einen Pass erhalten, um das Grundstück betreten zu können«, scherzte Jax. »Sieht so aus, als wärst du im Laden meiner Schwester gewesen.«

»Ich hatte einen sagenhaften Tag! Beim Essen mit Tempe tauchte Jillian auf, wir sind in ihrem Geschäft gelandet und ich habe viel zu viel gekauft. Aber durch sie und Tempe freue ich mich jetzt noch mehr darauf, mein Unternehmen aufzubauen. Danke für deinen Vorschlag, dass ich mich mit Tempe austausche, Nick. Sie war unglaublich hilfsbereit. Sie wird mich auch einigen ihrer Kontakte vorstellen, und sie glaubt, dass ich hier in der Gegend viele potenzielle Kunden finden kann. Cole hat ihr eine Liste mit Kontakten zusammengestellt, die sie mir geben wird. Dann war ich bei Travis, und ich habe dich angerufen, weil ich wollte, dass wir zusammen dorthin fahren, aber du bist nicht rangegangen, daher dachte ich, du hättest zu tun.«

»Ich habe mein Handy verlegt.«

»Oh, Mist. Ich helfe dir beim Suchen. Jedenfalls konnte ich drei Pferde aus denjenigen aussuchen, die wir gestern gesehen haben. Glaubst du, du könntest irgendwann diese Woche mit mir noch einmal hinfahren, damit ich eine endgültige Entscheidung treffen kann? Ich möchte wirklich deine Meinung hören. Klar, es geht vor allem um meine Verbindung zu ihnen, aber du siehst vielleicht etwas, das ich nicht sehe.«

Warum fühlte er sich wie ein Teenager, der gerade ein tolles Date für den Abschlussball gewonnen hatte? »Natürlich.«

»Klasse! Und ich überlege doch, ob ich mir nicht ein ausgebildetes Therapiepferd zulegen sollte. Vielleicht ist es die Investition wert, auch wenn das bedeuten würde, dass ich erst mal kein eigenes Grundstück kaufen kann, weil es einen Großteil meiner Ersparnisse schlucken wird. Aber was ist, wenn ich mich mit Tempes Kontakten treffe und ich ihnen noch gar nichts zeigen kann?« Sie redete so schnell, dass er gar nicht zu Wort kam. »Ich könnte nicht einmal sagen, dass ich in drei oder sechs Monaten so weit wäre, denn das wäre ich auf keinen Fall. Ich dachte, wenn ich zwei Jahre hätte, um die Pferde auszubilden, könnte ich es langsam angehen und ich bräuchte die Zeit ja auch, um alles vorzubereiten. Aber ich bin mir gar nicht sicher, ob ich es langsam angehen lassen will. Du hast mich angestupst, um loszulegen, und jetzt will ich es unbedingt, und ich will nicht zwei Jahre warten, um alles zusammenzubringen und mir einen Namen zu machen. Ich bin bereit, sofort ins kalte Wasser zu springen, auch wenn das bedeuten würde, auf der Ranch meines Vaters anzufangen.«

Sie atmete durch und Jax sah Nick mit hochgezogenen Augenbrauen an.

Ja, ich weiß. Sie ist ein Wirbelwind.

»Also, wie gesagt, ich glaube, du könntest recht haben, Nick. Vielleicht sollte ich mich nach ausgebildeten Pferden umsehen, zusätzlich zu zweien, die ich selbst ausbilden kann. Ich bin immer noch unentschlossen, aber ich denke darüber nach.«

Nick grinste. »Jax, hast du gehört, was sie gerade gesagt hat?«

»Dass du recht hattest?«

»Genau! Halte das für die Geschichtsbücher fest.«

Trixie verdrehte die Augen. »Ich habe nicht gesagt, dass du in jedem Fall recht hast. Ich sagte, man *könnte* es so sehen.«

»Das habe ich so nicht gehört. Du, Jax?«

Jax öffnete die Tür seines Autos. »Ich will hier nicht

zwischen die Fronten geraten. Ich bin nur der Lieferjunge für die Pastete.« Er holte die Fleischpastete aus dem Auto und gab sie Nick. »Hier, Bruderherz. Viel Glück. Wir sehen uns, Trix.«

»Tschüss, Jax. Bis Freitagabend im Tully's. Das sieht köstlich aus.« Trixie nahm die Pastete in Augenschein. »Und ich habe einen Riesenhunger.«

Jax winkte und stieg ins Auto.

Trixie schaute zu Nick auf und ihre Augen funkelten aufgeregt. »Was denkst du?«

Nick legte den Arm um ihre Schulter und dachte, dass sie der bezauberndste, verführerischste Wirbelwind war, den er je erlebt hatte. »Ich denke, du solltest mir noch einmal sagen, dass ich recht hatte.«

Trixie redete während des Essens und während sie ihre abendlichen Aufgaben erledigten pausenlos und erörterte die Argumente für und gegen den Kauf von bereits ausgebildeten Pferden. Als er den Pferden Gute Nacht sagte, kletterte sie neben Nick auf den Zaun und erzählte ihnen von ihren Überlegungen, um dann den Pferden zu sagen, dass sie großartige Zuhörer waren.

»Ich habe dir gerade zugehört, während du zwei Stunden lang ohne Unterbrechung geredet hast«, sagte er, als sie ins Haus gingen. »Wo bleibt das Lob für mich?«

Sie lachte und küsste ihn spontan auf die Wange. »Können wir einen Film gucken? In meinem Kopf schwirrt es nur so, und ich muss runterkommen, denn morgen früh laufe ich mit Travis, und wenn ich mich nicht ablenke, werde ich niemals schlafen können.«

Echt jetzt? Travis schon wieder?

»Ich weiß, dass du nicht so gern fernsiehst, aber wir können einen Western gucken. Clint Eastwood? *Zwei glorreiche Halunken? Der Texaner?*« Sie lehnte sich an ihn und klimperte mit den langen Wimpern, die ihre wunderschönen braunen Augen umgaben. »Bitte?«

»Na gut.« Wann war es unmöglich geworden, ihr etwas abzuschlagen?

»Jippieh!« Sie umarmte ihn.

Er duschte und zog sich eine schwarze Jogginghose an, während sie ihre Schlafshorts und ein Tanktop anzog, natürlich ohne BH. *Gott, steh mir bei.* Sie rannte umher, um alle Lichter auszuschalten, während Pugsly hinter ihr her hetzte und er den Film heraussuchte. Sie machte immer alle Lichter aus. Sie fühlte sich dann eher wie im Kino, sagte sie.

»Bist du bereit, du kleiner Duracell-Hase?« Er richtete sich auf dem Sofa ein und überließ ihr den Ledersessel, von dem sie behauptete, es wäre der beste Platz im Haus.

»Fast.« Sie ging ins Schlafzimmer und kam wenige Minuten später mit einer Decke zurück.

»Ist dir kalt?«

»Etwas.« Sie ließ sich auf das Sofa plumpsen, machte es sich vor ihm bequem und fing an, die Decke über ihrer beider Beine auszubreiten.

»Was treibst du da?«

»Ich mache es mir gemütlich. Schalt den Film ein.«

Er machte den Film an und fragte sich, wie zum Teufel er sich auf einen Film konzentrieren sollte, wenn sie sich enger an ihn kuschelte und mit ihrem Hintern zwischen seinen Beinen wackelte. Als er die Fernbedienung weglegte, zog sie seinen Arm um sich, legte seine Hand unter ihre Rippen, ihre Hand auf seine und seufzte zufrieden. Pugsly sprang auf das kleine Kissen vor ihr und rollte sich zusammen. Trixie holte Pugsly näher heran, sodass er an Nicks Hand lag, und dann legte sie ihre Hand wieder auf seine. Es war ein wundersam schönes Gefühl, seine beiden besten *Freunde* so nah bei sich zu haben. Er wusste, dass er sich ein Loch grub, aus dem er nur sehr schwer wieder herauskommen würde, wenn er in dieser Position blieb, aber Trixie war weich und warm und passte so perfekt an ihn. Er wollte sich nicht bewegen.

Sie anscheinend auch nicht, denn sie blieb genau dort. Es überraschte ihn, dass er nicht den ganzen Abend gegen den Drang ankämpfte, ihr die Kleider vom Leib zu reißen und sie auf alle möglichen Arten zu nehmen. Dass er sie wollte, war kaum zu leugnen, aber das hier gefiel ihm auch, einfach nur zusammen zu sein, zu wissen, dass sie sicher in seinen Armen lag. Wenn doch der Film nie enden würde.

Doch natürlich war er irgendwann zu Ende.

Trixie setzte sich langsam auf und gähnte. »Danke, dass du das mit mir zusammen geguckt hast. Wir sehen uns morgen nach meiner Joggingrunde. Nacht.« Sie gab ihm einen Kuss auf die Wange und trat einen Schritt zurück.

Er setzte sich auf und packte sie am Handgelenk, als sich Eifersucht und etwas viel Tiefergehendes bemerkbar machten. »Mir gefällt der Gedanke nicht, dass du Travis datest.«

Ihre Lippen verzogen sich zu einem süßen Lächeln. Sie legte den Kopf zur Seite und zuckte mit den Schultern. »Dann denk nicht drüber nach.«

Als er zusah, wie sie in ihr Schlafzimmer ging, hatte er das Gefühl, seine Brust würde zerreißen, und ihm wurde klar, dass Jax recht hatte. Diese Sache zwischen ihnen war nicht so neu, wie er dachte, zumindest nicht was ihn betraf. Sie war schon seit sehr langer Zeit in seinem Leben, seinem Kopf und in seinem Herzen.

Er saß richtig tief in der Patsche.

Elf

Es ging doch nichts über eine morgendliche Joggingrunde, und diese gemeinsam mit Travis zurückzulegen, machte noch mehr Spaß. Er war witzig, klug und nicht nur ansehnlich, sondern auch ein toller Gesprächspartner. Als sie sich dem Ende ihrer Runde näherten, erzählte er Trixie von seiner Familie.

»Da gibt es nur mich und meine beiden Schwestern. Tatum, die Älteste, ist Tauchlehrerin in Florida, und unsere jüngere Schwester Chelsea besitzt zwei Boutiquen. Eine hier in der Stadt, die andere in Peaceful Harbor. Die Frau von Nicks Cousin führt Chelseas Boutique in Peaceful Harbor.«

»Ich hatte ja keine Ahnung, dass du Chelseas Bruder bist. Nates Frau Jewel schwärmt ständig von ihr. Die Welt ist doch klein. Du warst also der einzige Junge in einem östrogengeladenen Haus. Das war bestimmt witzig.«

»Kann mich nicht beschweren. Meine Schwestern sind großartig, und nach dem, was du mir so von deinen Brüdern erzählt hast, kann ich eindeutig behaupten, dass ich sie nicht annähernd so genervt habe wie deine Brüder dich.«

»Da sind dir deine Schwestern bestimmt dankbar. Erzähl mir mal ein paar gute Insiderstorys. Gab es irgendwelche Schwärmereien unter euch und den Bradens, als ihr aufgewachsen seid?«

Er lachte. »Ich glaube, es gab in der Gegend kein Mädchen, das nicht für einen Braden geschwärmt hat. Aber ich war schlau genug, die Finger von Tempe oder Shannon zu lassen. Diese Mädels waren wie verbotene Früchte. Wie die Schießhunde haben ihre Brüder auf sie aufgepasst. Ich habe Geschichten von Kerlen gehört, die sich damals zu nah herangetraut haben.«

»Einige von den Geschichten habe ich auch gehört. Da Tempe und Shannon inzwischen verheiratet sind, ist Jilly ja jetzt die einzige verbotene Frucht hier.« Kurz nach der Hochzeit von Ty und Aiyla hatte Shannon, die letzte von Nicks alleinstehenden Cousins und Cousinen in Peaceful Harbor, Steve Johnson in einer kleinen privaten Feier da Ja-Wort gegeben.

»Ich bin überzeugt, dass in Jillys Adern Kaffee fließt. Nick sagt, sie braucht kaum Schlaf, und das glaube ich. Immer wenn ich sie in der Stadt sehe, dann flitzt sie auf ihren hochhackigen Schuhen durch die Gegend, als müsste sie an zig Orten gleichzeitig sein. Die Frau gehört nach New York, nicht in unser lausiges Städtchen.«

»Das ist unsere Jilly. Ich habe sie unglaublich lieb, aber sie steht wirklich ständig unter Strom. Deshalb wohne ich auch immer bei Nick. Sie sagt, sie ist nachts am kreativsten.« Als sie Nicks Auffahrt entlangjoggten, sagte Trixie: »Danke, dass du dem Geplapper über mein Pferdedilemma zugehört hast.«

»Ich hör dir immer gern zu. Du hast ein großartiges Gespür fürs Geschäft und kannst deiner Intuition vertrauen. Wenn du glaubst, du solltest doch lieber ausgebildete Pferde nehmen, dann mach es.«

»Ich weiß immer noch nicht, was ich tun soll. Aber danke, dass du mir die Zeit gibst, um es herauszufinden, bevor ich eine endgültige Entscheidung zu deinen Minipferden treffe.«

»Von meiner Seite aus besteht kein Grund zur Eile.«

Sie sah Nick mit einem leicht angespannten Gesichtsausdruck auf sie zukommen. Das war wohl zu erwarten, wenn man bedachte, wie er dazu stand, dass Travis mit ihr ausgehen wollte. Es war herrlich gewesen, gestern Abend in Nicks Armen zu liegen, und obwohl er anfangs verkrampft gewesen war, als sie sich an ihn gekuschelt hatte, war die Anspannung in seiner Umarmung ziemlich schnell verschwunden. Sie wäre gern an ihren Lieblingsmann gekuschelt eingeschlafen, aber sie wollte nicht immer die Initiative ergreifen. Sonst würde sie nie herausfinden, ob sie etwas erzwang oder etwas hineininterpretierte, das es nicht gab.

Nick winkte und sie winkten zurück. Sie war froh, dass Travis' Wunsch, mit ihr auszugehen, die Freundschaft zwischen Nick und Travis nicht beeinträchtigte.

Als sie und Travis in einen langsamen Schritt fielen, hob Nick das Kinn mit diesem männlichen Gruß, den sie mittlerweile so liebte. »Hat sie dich fertiggemacht, Travis?«

»Fast. Wann läufst du endlich mal mit?«

Nicks Blick glitt zu Trixie und brachte ihren ohnehin schon überhitzten Körper noch mehr ins Schwitzen. »Ich habe dir doch schon gesagt, dass ich zum Reiten bestimmt bin und nicht zum Laufen.«

Das kann ich bestätigen. Genau das schwirrte ihr seit der gemeinsamen Dusche gestern im Kopf herum. Sie wollte oben sein und jeden Funken Lust in seinen dunklen Augen sprühen sehen. So wie er sie gerade ansah, dachte er vielleicht das Gleiche. Ihre Nerven standen in Flammen. Konnte Travis das sehen? Spürte er die flirrende Spannung zwischen ihnen? Um die sinnliche Energie zu durchbrechen, sagte sie das Erste, was ihr in den Sinn kam. »Wenn Nick jemals mit uns läuft, wird er uns wahrscheinlich komplett abhängen. Hast du ihm mal beim Training zugesehen? Der Mann hat Beine aus Stahl.«

»Ja, ich weiß.« Travis zog sich das T-Shirt aus und wischte sich damit übers Gesicht, was wieder mit einem missbilligenden Blick von Nick quittiert wurde. Travis fuhr mit dem T-Shirt über seine perfekt geformten Brust- und Bauchmuskeln. »Sehen wir uns morgen früh? Gleiche Zeit?«

»Unbedingt.«

»Großartig.« Travis stieg in seinen Pick-up. »Bis dann, Nick.«

Nick verabschiedete ihn mit einem Kopfnicken und legte eine Hand auf Trixies unteren Rücken, als sie die Auffahrt weiter hinaufgingen. Ihr gefiel diese neue kleine besitzergreifende Geste.

»Du musst dich umziehen. Ich fahre nach Pennsylvania, um mir ein Pferd anzusehen, und ich fänd's gut, wenn du mitkämst. Ich könnte etwas Hilfe gebrauchen.«

»Klar doch.« Das klang gut. Sie war gern mit Nick im Auto unterwegs. »Sollen wir die Tiere vorher nicht erst noch füttern?«

»Schon erledigt, Darling. Ich kümmere mich um den Hänger, während du dich fertig machst.«

»In Ordnung, ich geh schnell unter die Dusche, gib mir eine Viertelstunde.«

Als sie zum Haus ging, rief er hinter ihr her: »Wirf dich ruhig ein bisschen in Schale. Meine Partner sollen in dir schließlich eine ernst zu nehmende Geschäftsfrau sehen.«

Sie lächelte in sich hinein und zeigte ihm den Vogel, als sie hineinging, was mit einem tiefen Lachen beantwortet wurde.

Trixie sang auf dem Weg nach Pennsylvania mit den Liedern im Radio mit und versuchte, auch Nick dazu zu bewegen, doch er schüttelte nur den Kopf und trommelte den Rhythmus mit den Fingern am Steuer mit. Als er den Highway verließ, schaute sie zum Fenster hinaus und dachte an Emmalines Bemerkung zu ihrer Freundschaft. Sie und Nick verband eine wunderbare Freundschaft, und war es nicht der ultimative Beziehungstest, dazu außerdem noch tollen Sex zu haben, auf der Ranch zusammenzuarbeiten und eine längere Autofahrt zu genießen, ohne sich zu langweilen oder zu streiten? Nicks Gesichtsausdruck nach hatten sie mit »sehr gut« bestanden.

Er bog in eine Landstraße ein, die von Feldern gesäumt war und die sie an die Straße hin zu Nicks Ranch erinnerte. »Was für ein Pferd willst du dir ansehen?«

»Die haben ein paar, die ich unter die Lupe nehmen will. Wir sind fast da.«

Sie fuhren an einer Weide mit Miniaturpferden vorbei. »Nick, schau dir all die Minis an!«

Er bog in die nächste Auffahrt ein, an der ein Schild stand: MILLER RANCH UND TRAINING CENTER – AUSGEBILDETE THERAPIE-MINIATURPFERDE.

Trixies Herz machte einen Sprung. »Nick? Was machen wir hier wirklich?«

Seine Mundwinkel zuckten nach oben. »Du kannst keine fundierte Entscheidung hinsichtlich des Kaufs von ausgebildeten Therapiepferden fällen, wenn du keine Ahnung von den Möglichkeiten hast.«

»Du hast die weite Fahrt für mich auf dich genommen?« Ihr

wurde ganz schwindelig vor Glück.

Er zwinkerte nur und das war so typisch Nick. Die meisten Männer würden Lobgesänge einfordern. Die meisten Männer würden auch einfach aussprechen, was sie fühlten. Nick zeigte es ihr. Obwohl sie wusste, dass ihr Freund mit dem Riesenherz es auch getan hätte, wenn sie nicht miteinander schliefen, wurde es durch diese Tatsache irgendwie noch wertvoller.

»Ich kenne Ed und Mary Miller seit Jahren. Sie sind gute, vertrauenswürdige Menschen. Sie züchten seit zwanzig Jahren Miniaturpferde und bilden sie seit gut zehn Jahren zu Therapiepferden aus.« Grinsend sah er zu ihr hinüber. »Ich habe sie gestern angerufen, nachdem du gesagt hattest, ich hätte recht.«

»Ich habe gesagt, du *könntest* recht haben«, scherzte sie und konnte gar nicht aufhören, übers ganze Gesicht zu strahlen. Sie wusste, wie schwer es ihm fiel, seine wahren herzlichen und gleichzeitig unklaren Gefühle zu zeigen, und seine Taten sprachen lauter, als Worte es jemals konnten. Sie löste ihren Gurt und rutschte über den Sitz, während er parkte. Als er den Motor abstellte, warf sie die Arme um ihn und drückte ihm einen Kuss auf die Wange. »Vielen, vielen Dank!«

»Kein Problem, Darling.«

»Warum hast du mir nicht schon früher von dieser Ranch erzählt?«

»Du warst entschlossen, deine eigenen Pferde auszubilden, und ich kenne dich zu gut, als dass ich versuchen würde, dich umzustimmen. Aber ich warne dich: Ihre Pferde sind teuer. Das geht los bei fünftausendfünfhundert bis hin zu acht- oder neuntausend, je nach Pferd und Grad der Ausbildung.«

»Ich wusste, dass ausgebildete Minis teuer sein würden, aber da ich erst gar nicht mit dem Gedanken gespielt hatte, habe ich mich bisher auch kaum informiert. Ich wollte mir heute Nachmittag mal meine Optionen ansehen. Da warst du schneller.«

»Ich habe gestern ein bisschen im Internet recherchiert, was es sonst noch so gibt, und habe heute Morgen ein paar Leute angerufen, die ich kenne. Wahrscheinlich bekommst du ein älteres Therapiepferd für weitaus weniger, aber wer weiß, wie lange du dann etwas von ihm hast.«

»Das stimmt, aber wenn ich ein paar Pferde zu dem Preis kaufe, den du genannt hast, dann frisst das meine ganzen Ersparnisse auf. Ich müsste warten, bis ich mir mein eigenes Grundstück kaufen kann. Da gibt es vieles zu bedenken.«

»Aber du würdest viel schneller Gewinn machen und könntest deine Arbeit viel früher Vollzeit anbieten. Wenn du willst, gehe ich mit dir zusammen die Zahlen durch, wenn wir nach Hause kommen. Lass uns einfach mal die Pferde begutachten und schauen, was du für ein Gefühl bei ihnen hast. Du musst ja heute keine Entscheidung treffen. Wir können jederzeit wieder herkommen. Ich wollte einfach nur nicht, dass du dein ganzes Geld für Pferde ausgibst, die noch nicht ausgebildet sind, bevor du dir nicht alle Möglichkeiten vor Augen geführt hast.«

Ihr Glücksgefühl wurde zu noch größerer Wertschätzung, während er aus dem Pick-up ausstieg. Er nahm ihre Hand, um ihr herauszuhelfen, und sie zog ihn näher heran, sodass er zwischen ihren Beinen stand. Sie nahm sein Gesicht zwischen ihre Hände und drückte einen Kuss auf seine Lippen. Sie hatte ihm nur einen kurzen Danke-Kuss geben wollen, doch er legte die Hände um ihre Taille und vertiefte den Kuss.

Als ihre Lippen sich voneinander lösten, hielt er sie noch ganz nah und sah ihr forschend in die Augen, als versuchte er, aus ihr schlau zu werden. »Wofür war das denn?«

»Dafür, dass du einfach nur du bist. Dass du auf mich aufpasst und mich nicht ungeduldig zu etwas drängst. Dass du mich ernst nimmst, obwohl ich mir irgendwie erst über einiges klar werden muss, und dass du mir sagst, dass ich mich zurechtmachen soll, weil du wusstest, dass ich ernst genommen werden will.« Sie schob ihn im Scherz von sich. »So, und jetzt geh mir aus dem Weg, Cowboy, bevor dir das zu Kopf steigt. Wir müssen uns Pferde ansehen.«

Als Nick zurücktrat, sah sie einen älteren, stämmigen Mann mit einem gepflegten grauen Bart in einem knallroten Hemd, einer ausgeblichenen Jeans und mit einem herzlichen Lächeln auf sie zukommen.

Nick streckte ihm die Hand entgegen. »Morgen, Ed. Schön, dich zu sehen.«

»Dich auch, Nick.« Ed ergriff Nicks Hand und zog ihn zu einer männlichen Umarmung an sich.

Nick legte Trixie eine Hand auf den Rücken, wie er es schon am Morgen getan hatte, als wollte er sagen *Sie gehört zu mir*, und das machte sie unfassbar glücklich. »Trixie Jericho, das ist Ed Miller, der beste Therapiepferd-Ausbilder weit und breit.«

Ed tippte sich an den Hut. »Freut mich sehr, Sie kennenzulernen, Trixie. Wie ich höre, überlegen Sie, ob Sie ausgebildete Pferde kaufen sollen oder sie selbst ausbilden wollen.«

»Ja, das stimmt. Danke, dass wir vorbeikommen durften.«

»Nick hat so ein Loblied auf Sie gesungen, da wäre ich ein Narr, wenn ich mir für Sie keine Zeit nehmen würde. Klingt, als könnten unsere Pferde von Glück sagen, wenn sie in Ihre Hände kämen.«

Sie sah kurz zu Nick, der ihr zuzwinkerte und

Schmetterlinge in ihrem Bauch umherflattern ließ. Konnte dieser Tag überhaupt noch besser werden?

»Wir haben gerade ein paar der Pferde nach draußen gestellt. Ich kann Sie gern etwas herumführen und Ihnen einen ersten Eindruck verschaffen, wie unsere Ausbildung abläuft.«

Als sie die Auffahrt entlanggingen, entdeckte sie ein Haus im Ranchstil, zwei große Ställe und eine riesige Halle. Trixie bemerkte die gemähten Rasenflächen und robusten Zäune um die Weiden und Trainingsplätze. Alles war sehr gepflegt und das gefiel ihr. Mehrere Pferde trabten zu einem Zaun, als sie vorbeigingen, und hoben um Aufmerksamkeit heischend die Köpfe. Es waren schöne rotbraune, schwarze, weiße und gescheckte Pferde, die neugierig zu ihnen herübersahen.

Ed blieb stehen, damit Trixie sie bewundern konnte. »Das sind unsere Stuten und Wallache.«

»Sie sind bezaubernd. Schau nur, wie zutraulich sie sind, Nick.« Sie streichelte sie.

»Man braucht ein besonderes Pferd, wenn es als Assistenztier arbeiten soll. Wir sind stolz darauf, bei unserer Züchtung auf das Temperament und die Größe Wert zu legen. Die Widerristhöhe all unserer Minis liegt zwischen sechzig und achtzig Zentimetern. Die Fohlen bleiben hier die ersten sechs Monate bei ihren Müttern, was uns die Möglichkeit gibt, sie allmählich und stressfrei abzusetzen. Wir glauben, dass es dabei hilft, ihr sanftes Wesen zu entwickeln. Und sie sind alle mit ihren Impfungen auf dem neuesten Stand.« Ed zeigte zu einem eingezäunten Platz, auf dem eine Frau mit einem Pferd arbeitete. »Zusätzlich zu der Therapie-Ausbildung bieten wir Pferde mit fortgeschrittenem Training an, wozu auch die Ausbildung im Trickreiten gehört. Wir sind das einzige Unternehmen an der Ostküste, das Videos von unseren Pferden bei der Arbeit in Krankenhäusern oder anderen Einrichtungen zur Verfügung stellt, damit Sie wissen, dass Sie ein Pferd bekommen, das tatsächlich ausgebildet ist.«

»Das ist unglaublich. Gibt es unterschiedliche Niveaus der Ausbildung?«, fragte Trixie, während sie auf einem gepflasterten Weg hin zu einer riesigen, zweistöckigen Reithalle gingen.

»Ja, wir teilen unsere Niveaus in die elementare Ausbildung, mittleres und fortgeschrittenes Level ein. Kurz nach der Geburt fangen wir mit der Gewöhnung an den Führstrick an, und sobald das Pferd bereit ist – wobei der Zeitpunkt sehr unterschiedlich sein kann –, beginnen wir mit der richtigen Ausbildung. Ganz behutsam, natürlich, und mit der Mutter an seiner Seite. Normalerweise fangen wir im Alter von vier bis sechs Monaten an, die Stuten gemeinsam mit ihrem Nachwuchs zu Pflegeheimen mitzunehmen, um die Fohlen an das zu gewöhnen, was sie in Zukunft tun werden.«

»Das ist sicher das Beste, in jungem Alter damit anzufangen«, stimmte sie zu.

»Unserer Meinung nach ist das so. Es gibt keine absoluten Richtlinien für das Ausbildungslevel, weil die Fähigkeiten der Pferde wie bei den Menschen unterschiedlich ausgeprägt sind. Wir betrachten die elementare Ausbildung als abgeschlossen, wenn sie stubenrein sind, Probebesuche absolviert haben und Hindernisse überwinden können. Außerdem müssen sie mit lauten Geräuschen, unterschiedlichen Bodenbelägen und Möbeln konfrontiert gewesen sein und andere einzigartige Erfahrungen als Therapiepferd gemacht haben. Dieses Training machen wir hier. Pferde mit der elementaren Ausbildung sind in der Lage, ihre ersten Einsätze allein in kontrollierten Umgebungen wie einem Discounter oder Baumarkt zu absolvieren. Wir nutzen solche Einsätze, um abzuschätzen, in welchem Bereich die Pferde noch mehr Aufmerksamkeit und Training brauchen.«

»Ist es schwierig, solche Einsätze mit den Geschäften zu vereinbaren?«, wollte Trixie wissen.

»Die meisten sind sehr hilfsbereit, aber natürlich braucht man eine Versicherung, und man muss die Anzahl von Leuten kontrollieren, die sich dem Pferd nähern, damit das Tier nicht überfordert wird«, erklärte Ed. »Das alles wird im Voraus besprochen. Wenn Sie sich entschließen, Ihre Minis selbst auszubilden, haben wir in mehreren Staaten gute Beziehungen. Wir können Ihnen behilflich sein, entsprechende Kontakte zu knüpfen, unabhängig davon, ob Sie ein Pferd von uns kaufen oder nicht.«

»Das ist wirklich nett von Ihnen. Danke!« Sie sah zu Nick, der ihr mit einem Kopfnicken zu verstehen gab: *Was hab ich gesagt? Er ist ein guter Typ.* »Welche Art Training findet nach der Grundausbildung statt?«

»Wenn sie diese ersten Besuche gemeistert haben, sind sie bereit für das Training zum mittleren Level. Sie absolvieren in der Folge leichtere Besuche in Häusern für Betreutes Wohnen, in Hospizen und Reha-Zentren. Wir nehmen sie also dann zunächst mit in Einrichtungen, in denen es nicht so hektisch zugeht wie in Krankenhäusern, um sie weiter vorzubereiten. Ihre ersten Besuche dienen einzig dazu, dass sie die Umgebung kennenlernen und sich an die Gegebenheiten, die Geräusche und Gerüche gewöhnen können, nicht um Kontakt zu Patienten zu bekommen. Wenn die Pferdeführer das Gefühl haben, dass die Tiere dazu bereit sind, fangen sie mit Eins-zu-eins-Besuchen bei Patienten an. Und wenn ein Pferd mindestens ein Jahr lang beständiges Training und Patientenbesuche absolviert hat, beginnen wir mit den Tieren, von denen wir glauben, dass sie es bewältigen können, die Ausbildung im fortgeschrittenen Level. Dann besuchen sie Gruppen und Orte, an denen mehr los ist, wie zum Beispiel Flughäfen, Veranstaltungen mit Kindern, Umzüge und dergleichen.«

»Das ist eine aufwändige Ausbildung. Hatten Sie schon Pferde, die einfach nicht für die Therapie geeignet sind?«

»Wir hatten Glück. In den vergangenen zehn Jahren hatten wir nur eine Handvoll, die nicht in die Therapie passten.« Er deutete mit einer Kopfbewegung zur Reithalle. »Ich zeige Ihnen mal einen Teil unserer Trainingsanlagen.«

In der Halle waren drei Pferdeführerinnen, die in etwa in Trixies Alter waren, mit Stuten und ihren Fohlen beschäftigt. Trixies Herz ging auf, als sie die Kleinen sah, die ihre Mütter beobachteten und ihnen nachliefen. Sie waren entzückend und voller Eifer. Aber die Pferde waren nicht das einzig Beeindruckende. Sie hatte noch nie eine so aufwändige Trainingsanlage gesehen. Auf einer Seite des Platzes ließ eine Frau mit einem langen blonden geflochtenen Zopf ein Fohlen breite Stufen hin zu einem Aufzug hochgehen. Am anderen Ende des Platzes ging eine Pferdeausbilderin mit einer Stute und ihrem Fohlen über verschiedene Bodenbeläge, und in der Mitte trainierte eine jüngere Frau mit einer anderen Stute und ihrem Baby die grundlegenden Befehle.

Trixie lehnte sich gegen Nick. »Wie süß die sind.«

Er schaute mit einem so zärtlichen Ausdruck zu ihr herunter, wie sie es noch nie bei ihm gesehen hatte, legte den Arm um sie und drückte sie fest an sich.

»Diesen Fohlen kann man nur schwer widerstehen«, sagte Ed. »Die Ausbilderinnen sind meine Töchter Caroline, Molly und Heidi. Sie arbeiten schon mit Pferden, seit sie laufende

Meter waren.«

»Ich auch, allerdings nicht so. Meine Familie betreibt eine Rinderzucht, aber wir haben auch Pferde. Wir machen eine allgemeine Ausbildung und Nick hat mir Methoden für die Freestyle-Ausbildung beigebracht.«

Ed nickte. »Er hat mir erzählt, dass Sie einen guten Zugang zu den Pferden haben und eine ziemlich beeindruckende Trickreiterin sind.«

»Ich bin nicht schlecht«, sagte sie bescheiden. »Ich muss mal fragen: Ist das ein echter Aufzug?«

»Ja, er geht in das obere Stockwerk, wo es noch mehr Trainingsstationen gibt. Wir haben Zimmer mit Krankenhausbetten eingerichtet, mit Rollstühlen und verschiedenen Reha-Geräten, um die Tiere daran zu gewöhnen, bevor sie ihre ersten Besuche machen. Wir spielen auch Bänder ab, die die Geräusche in Krankenhäusern wiedergeben. Je früher und öfter sie mit diesen Dingen konfrontiert werden, um so wohler werden sie sich fühlen. Die Pferde kommen auch in unser Haus, damit sie es gewohnt sind, im Gebäude zu sein und um Möbel herum zu laufen.«

»Sie haben eine großartige Anlage, Ed. Das ist wirklich beeindruckend«, staunte sie.

»Danke. Sind Sie bereit, einige unserer Prachtexemplare kennenzulernen?«

»Ja«, sagte sie aufgeregt.

»Nach dem Gespräch mit Nick habe ich mir die Freiheit genommen, ein paar Pferde auszuwählen, die meines Erachtens Ihren Bedürfnissen entsprechen könnten«, sagte Ed, als sie die Reithalle verließen und einen anderen Weg hin zu einem kleinen roten Stall gingen. »Nick sagte, dass Sie die Pferde auch auf Kinderpartys mitnehmen würden, daher habe ich vier fortgeschrittene Pferde ausgesucht. Sie bleiben bei Veranstaltungen und schreienden Kindern ruhig, und sie kommen gut miteinander aus, was auch sehr wichtig ist.«

»Perfekt.« Sie gab ein lautloses *Danke* in Richtung Nick von sich.

Neben dem Stall befand sich ein kleiner eingezäunter Bereich mit vier wunderschönen Pferden. »Da sind wir«, sagte Ed. »Die weiße Stute ist Annabelle. Sie ist einundachtzig Zentimeter hoch und vier Jahre alt. Annabelle absolviert seit zwei Jahren fortgeschrittene Besuche. Sie ist ein richtiger Schatz und sie ist im Trickreiten ausgebildet.«

»Wie teuer ist sie?«, erkundigte sich Trixie.

»Sie ist von diesen vieren die Teuerste: sechstausendachthundert Dollar.«

Trixie war bemüht, keine Reaktion auf den Preis zu zeigen, und schob ihre Hand in Nicks. Er umfasste sie fest und trat näher an Trixie heran, sodass sie sich noch mehr mit ihm verbunden und von ihm unterstützt fühlte.

»Der schöne Braune ist Dreamer. Er ist ein dreijähriger Wallach und gut siebzig Zentimeter hoch. Dreamer hat etwas mehr als ein Jahr lang fortgeschrittene Besuche hinter sich und er ist ein richtiger Charmeur. Er kostet fünftausend Dollar.«

Wieder drückte Nick ihre Hand.

»Der rotbraune Wallach ist Alfie und die gescheckte Stute ist Elsa. Sie sind vier Jahre alt. Alfie ist sechsundsechzig und Elsa gut sechzig Zentimeter hoch. Sie sind unglaublich sanftmütig und beide haben zwei Jahre fortgeschrittene Besuche hinter sich. Sie kosten beide fünftausendachthundert. Ich bin nicht hier, um Ihnen meine Pferde anzupreisen. Das machen die Tiere selbst«, meinte Ed freundlich. »Aber eines möchte ich erwähnen. Ein ausgebildetes Pferd wird andere Pferde auf Trab bringen. Man braucht viel Geduld, um ein Therapiepferd auszubilden, aber Miniaturpferde sind klug und lernwillig.«

Nick strich mit dem Daumen über Trixies Handrücken. »Trixie ist mit den Pferden ebenso geduldig und charmant wie im Umgang mit Menschen.«

Dass er ihr so das Vertrauen aussprach und dies dazu noch mit dieser intimen Berührung unterstrich, ließ ihr einen freudigen Schauer über den Rücken laufen. Sie fragte sich, ob er sie wirklich für charmant hielt. So sah sie selbst sich nicht.

»Dann verbringen Sie doch einfach mal ein bisschen Zeit mit ihnen und finden heraus, ob Sie eine Verbindung spüren«, schlug Ed vor. »Wenn Sie sich mit keinem wohlfühlen, dann können wir andere auswählen. Von meiner Seite aus besteht keine Eile. Wir sind jeden Tag hier, und Sie können so oft wiederkommen, wie Sie wollen. Aber wenn Sie mit einem oder mehreren von diesen vier auf Anhieb warm werden, dann können Sie mit einer meiner Töchter arbeiten und sie einen Testlauf durch die Trainingsanlage machen lassen und sich die Videos anschauen, um sie mal in Aktion zu sehen.«

»Das klingt großartig. Danke, Ed.« Trixie machte sich wegen der Preise für die Pferde Sorgen, doch als Ed das Tor öffnete und Dreamer sie begrüßte, setzte sich die Freude durch, vielleicht mit ausgebildeten Pferden arbeiten zu können. »Hallo, mein Schöner. Wie geht's dir denn heute?« Sie streichelte ihn, als auch die anderen Pferde näherkamen. Annabelle rieb ihren Hals an Nicks Bein. »Ich verstehe dich so gut«, meinte Trixie. »Er ist einfach unwahrscheinlich anziehend, oder?«

Nick und Ed schmunzelten.

Ed blieb noch eine halbe Stunde bei ihnen, beantwortete ihre Fragen und ging die Kommandos durch, die den Pferden beigebracht wurden. Als er sie mit den Pferden alleinließ, schaute Trixie, die gerade neben Annabelle hockte, auf. »Diese Minis sind erstaunlich! Sie befolgen jede Anweisung und sind so gelehrig. Mir gefällt es, dass Eds Familie hier arbeitet. Das erinnert mich an zu Hause. Ich habe ein gutes Gefühl dabei, Nick.«

Sie verbrachten die nächste Stunde damit, die Pferde kennenzulernen, ihre Charaktere einzuschätzen und sie probierten die Kommandos aus. Trixie hatte sich bereits in jedes einzelne der Minis verliebt, und ihre Begeisterung sprudelte nur so aus ihr heraus. »Wenn ich mit zwei ausgebildeten Pferden loslege, könnte ich einen Monat darauf verwenden, eine Bindung zu ihnen herzustellen, sie an die Ranch meiner Eltern zu gewöhnen, die Firma und die Versicherung einzurichten und mit der Arbeit dann gleich loszulegen. Vorausgesetzt natürlich, dass ich Kunden finde.«

»Du weißt, dass das kein Problem für dich wird, Trix. Du musst nur die Leute kontaktieren, und du sagtest, Tempe wird dir dabei helfen. Du wirst das wunderbar machen. Wer könnte dir schon widerstehen?«

Die Art, mit der er sie ansah, gab ihr das Gefühl, dass er sich selbst nicht ausschloss, und das ließ ihr wieder einen Schauer über den Rücken laufen. »Du glaubst wirklich an mich, oder?«

»Schon immer.« Er schwieg gerade lang genug, dass sie sich fragte, ob er mehr damit meinte. »Ich hätte dir meine Hilfe nicht angeboten, wenn ich nicht an dich glauben würde. Du kennst dich mit Pferden aus und kannst bestens mit Leuten umgehen, weshalb dein Vater dich auch mit den Kunden arbeiten lässt. Du bist entschlossen, die Sache zu einem Erfolg zu machen, und bist mit dem Herzen dabei. Es ist vollkommen ausgeschlossen, dass du scheiterst.«

»Dann hältst du es nicht für einen Fehler, einen Teil des

Geldes, das ich für ein Grundstück ausgeben wollte, stattdessen in diese Pferde zu investieren?«

Er hockte sich neben sie. »Ohne diese Pferde wirst du ein oder zwei Jahre keine Einkünfte haben, und nach dem, was ich gerade gehört habe, musst du wahrscheinlich eher mit zwei Jahren rechnen.«

Alfie stieß sie mit dem Maul an. »Hallo, Süßer.« Sie streichelte ihn. »Hilfst du gern den Menschen?« Sie schaute zu Nick und freute sich, dass er *ihr* gern half. »Es fühlt sich richtig an. Ich kann zwei ausgebildete Pferde von Ed nehmen und zwei, die nicht ausgebildet sind, von Travis. Dann kann ich die Vorteile von beiden vereinen, und wie Ed schon sagte, die ausgebildeten Pferde können den anderen den Weg weisen.«

Sein Gesichtsausdruck wurde ernst. »Dann ist die große Frage wohl, ob du es schaffst, auf der Ranch zu arbeiten, während deine Brüder dich ärgern, ohne den Verstand zu verlieren?«

Es gefiel ihr, dass er immer zwei Schritte weiter dachte und sich um sie sorgte. »Ich habe es bisher überlebt. Da kann ich es wohl noch eine Weile aushalten.« Sie stieß ihn an. »Ich halte dich ja auch aus, oder?«

Er lächelte. »In der Tat.«

»Außerdem habe ich dir ja auch erzählt, was mein Vater gesagt hat, und sie haben sich alle entschuldigt. Hoffentlich läuft das wirklich alles anders, wenn ich zurückkomme. Was meinst du? Darf ich noch ein paar Stunden deiner Zeit in Anspruch nehmen, um sie durch die Trainingsanlage zu führen, die Videos anzusehen und zu versuchen, eine fast unmögliche Entscheidung zu fällen?«

Er beugte sich vor, als wollte er sie küssen, doch dann hielt er inne, als hätte er sich bei etwas ertappt. »Mein Tag gehört dir, Darling.«

Zwölf

Nick hätte sich niemals vorstellen können, dass er einen Dienstagabend damit verbringen würde, mit Trixie in seinem Stall Champagner zu trinken. Doch jetzt ging er tatsächlich nach einem unglaublichen Tag – an dem er miterleben konnte, wie sie nicht nur ihren Traum verfolgte, sondern ihn mit beiden Händen ergriff und wahr werden ließ – mit einer Flasche seines besten Tropfens und zwei Gläsern über den Rasen. Sie hatte zu so vielen der Pferde eine Bindung herstellen können, dass es verdammt schwer für sie geworden war, zwei der Tiere aus-zuwählen. Am Ende, da war Nick sich sicher, hatten die Pferde die endgültige Entscheidung für sie getroffen. Annabelle und Alfie hatten eine unmittelbare Zuneigung zu Trixie entwickelt, als hätte sie sie selbst aufgezogen und ausgebildet. Annabelle hatte auch Gefallen an Nick gefunden, was Trixie als Zeichen dafür interpretiert hatte, dass die wunderschöne weiße Stute zu ihr passte. Diese Sichtweise hatte ihm gefallen – fast ebenso gut wie der Moment, in dem sie ihm in die Arme gefallen war und ihn geküsst hatte, nachdem sie die Pferde in den Anhänger geführt hatten. Nie hatte er sie so glücklich erlebt und das hatte auch ihn wahnsinnig gefreut. Aber umtriebig, wie sie war, hatte sie auf dem Heimweg sofort in den Geschäftsmodus geschaltet und Dirk Boyle, den Firmenanwalt ihres Vaters, und Wylie Knoll, seinen Versicherungsvertreter, angerufen. Vielleicht hatte sie zuvor nur einen vagen Plan gehabt, aber nun raste Trixie Jericho mit voller Fahrt voraus, und Nick wusste, dass sie die Welt der Reittherapie im Sturm erobern würde.

Es war verdammt schwer gewesen, seine Emotionen unter Kontrolle zu behalten. Doch dies war *ihr* großer Tag, da konnte sie es nicht gebrauchen, wenn er die ganze Zeit um ihre Aufmerksamkeit buhlte. Als sie nach Hause gekommen waren, hatte sie Annabelle und Alfie mit Liebe überschüttet und war bei ihnen im Paddock geblieben. Für die Nacht hatten sie die Pferde zusammen in eine Box gestellt, um den Stress für sie zu lindern, nachdem sie ihre vertraute Umgebung hinter sich lassen mussten. Er und Trixie hatten ein paar Stunden lang bei ihnen in der Box gesessen, um ihnen bei der Eingewöhnung in ihrer neuen Umgebung zu helfen. Im Laufe des Tages, während Trixie sich liebevoll um ihre neuen Babys gekümmert hatte, hatte Nick gespürt, dass seine Gefühle für sie immer stärker wurden. Seit Jahren hatte er sie mit Pferden erlebt, und er hatte nicht erwartet, dass er heute irgendetwas anderes empfinden würde. Aber es wurde schwerer, gegen seine Gefühle anzukämpfen, und nachdem die Grenzen zwischen ihnen nun aufgeweicht waren, fiel es ihm schwer, sich daran zu erinnern, warum er es überhaupt sollte.

Trixie kam gerade mit dem Handy am Ohr aus der Box von Annabelle und Alfie, als Nick den Stall betrat. Er hielt die Champagnerflasche hoch und ihre Augen wurden ebenso wie ihr Lächeln noch strahlender. Wie aus dem Nichts überkam ihn das Verlangen, sie einfach hochzuheben und wieder zu küssen. Mit welchem Zauber hatte sie ihn belegt?

Sie hielt einen Finger in die Höhe, während sie telefonierte.

»Ich bin zwei Stunden mit Eds Tochter Molly alle Kommandos und Ausbildungsmethoden durchgegangen. Ich weiß, woran sie gewöhnt sind.« Sie schwieg kurz und lauschte. »Ich habe alles unter Kontrolle, Dad. Dirk und Wylie habe ich schon angerufen, als ich die Pferde mitgenommen habe. Dirk setzt diese Woche alles auf. Er gibt Wylie alle rechtlichen Informationen, und Wylie wird deine Adresse in den Versicherungsvertrag schreiben.«

Sie hatten sich Pizza zum Abendessen bestellt, und Nick hatte sich schon gedacht, dass sie eine Weile draußen sein würden, weshalb er vor der Box ein Lager mit einem Stapel Decken aufgebaut hatte, auf die sie sich setzen konnten. Er stellte die Gläser und die Flasche auf den Boden neben die Decken und brachte die leere Pizzaschachtel zum Müll. Er wusste, dass ihr Vater sie unterstützen würde, aber ihm gefiel der Gedanke überhaupt nicht, dass Trixie ihr Unternehmen auf der Ranch ihrer Familie starten würde, was sie doch ursprünglich unbedingt hatte vermeiden wollen. Aber er wusste auch, dass es für sie unerträglich geworden wäre, ein oder zwei Jahre darauf warten zu müssen, das zu tun, was sie wirklich tun wollte. Sie hatte die richtige Entscheidung mit den Pferden getroffen. Er hoffte nur, dass ihre Brüder sie nicht in den Wahnsinn treiben würden.

»In Ordnung. Danke noch mal, Dad. Ich hab dich auch lieb. Mach ich. Tschüss.« Sie steckte das Handy in die Tasche und ihre Augen glänzten im abendlichen Licht. »Ich dachte, du bist hineingegangen, um dein Handy aufzuladen.«

»Wann habe ich mir das letzte Mal Gedanken um mein Handy gemacht?«

Sie beäugte die Flasche. »Ist das etwa Champagner?«

»Tja, also Whiskey ist es zumindest nicht.«

Sie verschränkte die Arme, streckte die Hüfte vor und sah höllisch sexy aus. »Seit wann stehst du auf Champagner?«

Himmel! Warum machten ihre herausfordernden Sprüche sie nur noch begehrenswerter für ihn? »Seit du deine ersten Therapiepferde gekauft hast.« Er packte sie am Handgelenk, zog sie an sich und knurrte an ihren Lippen: »Willst du mich ärgern oder feiern?«

Sie schlang die Arme um seine Taille. »Das hängt wohl davon ab, *wie* wir feiern.«

Mann, sie machte ihn fertig. Er senkte seinen Mund auf ihren, verschlang sie gierig, wie er es schon den ganzen Tag lang hatte tun wollen. Sie schob die Finger in seine Haare, sodass sein Hut zu Boden fiel, als er den Kuss vertiefte. Mit jedem Zungenschlag schossen Blitze bis in seine Lenden. Nie hatte er eine so leidenschaftliche Frau kennengelernt, die ebenso viel gab, wie sie nahm. Allerdings hatte er auch noch keine Frau so viel von ihm nehmen lassen. Er küsste sie ungestümer, versuchte, den Emotionen zu entkommen, die in ihm tosten, doch sie legte die Hand fest in seinen Schritt, und seine Gedanken zerbarsten und setzten das Biest frei, das er mühsam an der Kette gehalten hatte. Er riss ihr das T-Shirt und den BH vom Leib, öffnete ihre Jeans und schob sie hinunter.

»Die Stiefel«, keuchte sie, während sie an seinem T-Shirt zerrte. »Zieh das aus!«

Sie war so unverschämt herrisch, dass es sie noch heißer machte. Er zog sie in die Arme und legte sie auf die Decken, um ihr dann die Stiefel und den Rest auszuziehen. Hektisch entledigte er sich dann noch selbst seiner Stiefel und der Klamotten, bevor er sich auf sie legte.

»Du machst mich verrückt.« Er eroberte aufs Neue ihren köstlichen Mund, während seine harte Länge ihre nasse Mitte berührte. Sie legte die Beine um seine Taille, und er sehnte sich schmerzhaft danach, in ihr zu sein. Doch er hatte Pläne für ihre große Nacht, und nachdem er sich ein Jahr nach ihr verzehrt hatte, wollte er ihr unvergessliche Stunden bescheren.

Es brachte ihn fast um, die Erfüllung hinauszuschieben, doch er unterbrach ihren Kuss und begegnete ihrem verwirrten und verdammt heißen Blick. »Wir haben noch gar nicht angefangen zu feiern, Darling.«

Er griff nach der offenen Flasche, nahm einen Schluck und behielt den Champagner im Mund, während er die Flasche wieder abstellte und Trixie mit einem langen, leidenschaftlichen Kuss beglückte. Der süße Champagner, vereint mit dem feurigen und köstlichen Geschmack von ihr, jagte Blitze der Lust durch ihn hindurch. Er hätte sie die ganze verdammte Nacht küssen wollen, aber seine Gier nach mehr von ihr war zu groß. Er ging auf die Knie, und – *Heiliger!* – sie war umwerfend. Die dunklen Haare lagen wie aufgefächert um ihr Gesicht, die feucht glänzenden Lippen waren nach ihren wilden Küssen tiefrosa, und das Verlangen in ihrem Blick deutete auf eine ebenso große Gier hin, wie er sie empfand.

»Mach den Mund auf«, sagte er fordernd.

In ihren Augen loderten die Flammen, und das in ihnen erkennbare Vertrauen war überwältigend, als sie die Lippen öffnete. *»Allmächtiger!* Du bist so verdammt sexy!« Er nahm die Champagnerflasche und ließ die köstliche Flüssigkeit langsam in ihren Mund laufen. Sie leckte sich über die Lippen, und dann hielt er die Flasche tiefer und goss Champagner über ihre Brüste.

»OhmeinGott«, keuchte sie, als er die Flasche abstellte.

»Ich habe mich nach Body Shots von dir gesehnt, seit du damals in Colorado davon gesprochen hast.«

Als er die Lippen auf ihre senken wollte, flüsterte sie: »Wirklich?«

»Jede einzelne verdammte Minute.« Er leckte an ihren Lippen entlang. »*Köstlich.*«

Er folgte der Flüssigkeit auf ihrer Brust mit seinem Mund und kostete, saugte und leckte. Sie wand sich stöhnend, als er ihre Brustwarze in den Mund nahm. Sie schloss die Augen, und er liebkoste die andere Brust mit der gleichen Aufmerksamkeit. »Mach die Augen auf, Darling. Ich will sehen, wie sehr du es genießt.«

Sie sah zu, wie er den Champagner über die sanfte Wölbung ihres Bauchs, in ihren Bauchnabel und bis hinunter zum Hügel über ihrer Mitte goss. Die kühle Flüssigkeit rann zwischen ihre Beine, sodass sie durch die zusammengebissenen Kiefer heftig einatmete und die Finger in die Decke krallte. Er stellte die Flasche ab, als ihm in Vorfreude darauf, sie das erste Mal wirklich zu kosten, das Wasser im Mund zusammenlief. Er leckte den Champagner ab, der ihr an der Taille herunterlief, und wurde mit bedürftigem Wimmern belohnt. Die Hände um ihre Brüste gelegt, kniff er in ihre Brustwarzen und leckte sie in und um ihren Bauchnabel herum.

»Nick, ich halte es nicht mehr aus!«

Er sah ihr tief in die Augen. »Vertrau mir, Darling, du wirst es aushalten, hart und schnell und auch quälend langsam. Du wirst dich so gut fühlen, dass du nicht mehr an mich denken kannst, ohne kommen zu müssen.«

Sie riss die Augen auf, die sich ebenso schnell wieder verengten. »Beweis es mir.«

Er wusste, dass sie es herausfordernd meinte, aber es entwich ihr atemlos und flehend und so verdammt willig, dass es ihn fast erledigte. »Halt durch, Darling. Mir ist nach einem Festmahl.«

Mit den Händen auf ihren Oberschenkeln ließ er die Zunge über ihre Mitte wandern und entlockte ihr so ein tiefes, sexy Stöhnen. Ihr Saft vermischte sich mit dem Champagner, süß wie Honig. Er reizte sie mit der Zunge, sorgte dafür, dass sie sich wand und stöhnte, wobei jeder ihrer Laute seine Erregung steigerte. Mit seinem Mund spielte er an den Nervenenden, wo sie es am meisten brauchte, bis sie sich mit angespannten Oberschenkeln von der Decke hochdrückte. Mit dem Mund auf ihrer Mitte liebkoste er sie, während seine Finger an diesen sensiblen Nerven spielten und er sie an die Schwelle der Erlösung brachte. Ihr ganzer Körper bebte und zitterte.

»Komm für mich«, forderte er und wurde noch drängender und schneller in seinem Spiel.

Sie wurde über die Klippe katapultiert, bog und wand sich, schrie seinen Namen. Er blieb bei ihr, nahm alles, was sie zu geben hatte, und als sie schließlich vom Gipfel hinabsegelte, jagte er sie sogleich wieder in die höchsten Sphären. Ihre hungrigen Laute waren Musik in seinen Ohren. Er umklammerte den Ansatz seines Schafts, um seine eigene Erlösung hinauszuzögern, und blieb bei ihr, leckte und saugte, bis sie keuchend und erschöpft auf der Decke zusammensackte. Erst dann küsste er sich an ihrem Körper hinauf und kostete die Süße des Champagners. Sein Herz hämmerte gegen seinen Brustkorb, als sie die zittrigen Augenlider hob, er seine Finger mit ihren verschränkte und sie neben ihren Kopf legte.

Sie reckte sich ihm entgegen, als er seine Lippen auf ihre senkte, und traf ihn zu einem gierigen, leidenschaftlichen Kuss, als sich ihre Körper vereinten. Wie im Rausch wurde er von einer Euphorie ergriffen, gefolgt von einem überwältigenden Begehren, das seine Hüften in Bewegung setzte. Er hatte sich geirrt, als er gedacht hatte, vor ihr nichts gefühlt zu haben.

Er hatte sich *leer* gefühlt.

Mit dieser Erkenntnis hielt er sie noch fester und bewegte sich noch leidenschaftlicher. Sie beantwortete sein Drängen mit dem gleichen gierigen Rhythmus. Er hatte ihr für diese Nacht nicht zu viel versprochen.

Dreizehn

Trixie saß am Mittwochnachmittag im Schatten des Stalls im Gras zwischen dem Paddock, auf dem Annabelle und Alfie spielten, und dem Platz, auf dem Nick Stunts trainierte, und versuchte, sich auf die Arbeit zu konzentrieren. Sie hatte den ganzen Tag über schon versucht, sich zu konzentrieren, aber immer wenn sie an Nick dachte, vibrierte ihr Körper vor sexueller Energie. Was ihre Joggingrunde mit Travis ebenso interessant gemacht hatte wie ihre Hilfe bei Nicks morgendlichen Arbeiten zur Qual. Die letzten Stunden über hatte sie Telefonate erledigt, ihr Budget abgesteckt und eine Liste mit Einrichtungen erstellt, die sie kontaktieren wollte, sobald ihre Präsentation perfekt war. All das hatte länger gedauert, als es nötig gewesen wäre – und zwar aufgrund dieser Cowboy-Entzugserscheinungen. Zum Glück konnte sie es ein paar Tage lang ruhig mit den Pferden angehen, damit diese sich an ihre neue und vorläufige Umgebung gewöhnten. Sie und Nick hatten die Minis auf der Ranch herumgeführt und gestriegelt. Unzählige Fotos hatte sie gemacht, und sie hatte sogar Nick dazu bringen können, ein paar mit ihr aufzunehmen.

Auf ihrem Handy ging eine Nachricht von Destiny Peters

ein, der Freundin von Jillian, mit der Trixie zuvor über die Erstellung eines Logos und einer Website für Rising Hope gesprochen hatte. Gemeinsam hatten sie das Konzept für ein großartiges Logo entworfen: ein Miniaturpferd mit Flügeln und einem Horn auf der Stirn vor dem Hintergrund einer aufgehenden Sonne. Sie tippte die Antwort auf Destinys Frage zur Farbgestaltung, fügte ein Foto von Annabelle an, das sie für das Mockup benutzen konnte, und schickte alles ab. Dann versendete sie noch einige der Selfies, die sie mit den Pferden gemacht hatte, an ihre Familie und Freunde mit der Unterschrift: *Darf ich vorstellen? Meine Babys Annabelle und Alfie!* Eines ging auch an Nick, obwohl sie sein Handy in der Küche gesehen hatte, als sie das Mittagessen zubereitet hatte. Aber zumindest hätte er es dann, wenn er sein Handy wieder an sich nahm.

Sie sah ihm zu, wie er auf Lady ritt, und ihr stockte der Atem. Er bot einen nicht zu verachtenden Anblick, wie er so auf dem Pferd stand, das auf dem Platz im Kreis galoppierte. Nick hatte die vollkommene Kontrolle, als er sich auf den Sattel setzte, sich dann herumdrehte und rückwärts weiterritt. Seine Bizepse wölbten sich, als er beide Beine auf eine Seite schwang, mit den Füßen kurz den Boden berührte, wieder in die Höhe schoss, ein Bein über das Pferd warf und wieder vorwärts ritt. Trixie hatte keine Ahnung, wie ein Mann seiner Größe so wendig sein konnte, doch er vollführte einen Stunt nach dem anderen und einer war schöner als der andere. Schön war vielleicht ein seltsamer Ausdruck für Kunststücke, die andere als cool oder aufregend bezeichneten. Aber wenn Nick Braden das tat, was er so liebte, war es der schönste Anblick, den sie je genossen hatte. Nahtlos ging seine Performance in einen Schulterstand über, bei dem er kopfüber auf einer Seite des

Pferdes hing und die Beine gerade in den Himmel ragten. Von da aus ging es kurz zurück in den Sattel, bis er vollkommen konzentriert wieder auf die Seite des Pferdes glitt, sich parallel zum Boden legte und nur mit einem starken Arm festhielt. Lady wurde zu keinem Zeitpunkt langsamer, ihr gegenseitiges Vertrauen war offenkundig. Lady war seine perfekte Partnerin.

Doch von nun an musste sie teilen, denn Trixie war überzeugt davon, dass Nick auch *ihr* perfekter Partner war. Ihre Gedanken schlichen sich zu dem gestrigen Abend zurück. Als sie schließlich ins Haus gegangen waren, hatte sie ihm einen Gutenachtkuss gegeben und war in ihr Zimmer gegangen. Sie hatte gedacht, er würde sie vielleicht zurück in seine Arme ziehen oder ihr hinterherkommen, doch das hatte er nicht. Es hatte wehgetan, aber es war auch in Ordnung, denn sie wusste, dass – auch wenn er Zeit brauchte, um sich über seine Gefühle klarzuwerden und um sie an sich heranzulassen – ihre Verbindung tief bis in ihre Seelen reichte. Sie spürte es in seiner Berührung, schmeckte es in seinen Küssen, und er hatte es ihr gezeigt, indem er ihr während dieses traumhaften Tages gestern so viele kleine Schätze der Hoffnung geschenkt hatte, ihre Hand gehalten und sie so berührt hatte, als wäre sie seine feste Freundin. Sie hatte ihn mehrere Male dabei ertappt, wie er sie verträumt angesehen hatte, während sie sich mit den Pferden vertraut gemacht und mit Eds Tochter gearbeitet hatte, und sie fragte sich, ob ihm denn klar war, dass die Art, wie er sie anschaute, sich in den vergangenen Tagen auch verändert hatte.

Annabelle schlenderte zum Zaun und nickte um Aufmerksamkeit heischend mit dem Kopf. Trixie stellte ihren Laptop weg und ging zu ihr, um sie zu streicheln. Alfie trottete zu ihnen herüber, um etwas von den Streicheleinheiten abzubekommen, und beide Pferde schauten zu Nick hinüber.

Annabelle stieß eine Art Seufzen aus, als Nick von Lady abstieg und zu ihnen herüberkam.

Ich weiß genau, was du meinst.

Trixies Handy bimmelte mehrmals hintereinander mit Nachrichten von ihren Brüdern und Freundinnen. Lindsays Nachricht las sie zuerst. *OMG! Ich will auch eines! So süß!* Trixie streichelte Alfie, als sie Shanes Nachricht las. »Onkel Shane sagt, du und Annabelle seht mir total ähnlich. So ein Idiot.« Gerade als sie Jebs Nachricht las – *Glückwunsch! Freue mich für dich!* –, kam auch noch etwas von Trace: *Ich liebe deine Party-Ponys. Glückwunsch!* Dahinter hatte er noch ein Zwinker-Emoji gesetzt.

»Hey.« Nick streichelte Annabelle und Alfie.

»Hi. Du warst klasse dahinten.«

Ein kleines Lächeln trat in sein Gesicht, etwas, das sie in letzter Zeit öfter geschenkt bekam. »Danke.«

»Ich kann es gar nicht abwarten, deine Show zu sehen. Hast du ein Team oder soll ich dir mit den Pferden helfen?« Das Team bestand normalerweise aus einigen Freiwilligen, die bei der Arbeit mit den Pferden halfen, sie herausbrachten, sobald er bereit war, und sie nach der Show wieder in die Boxen stellten.

»Nein. Ich habe vor Ort in Heart Valley ein Team. Die Show habe ich schon einige Male gemacht.«

»Geht irgendjemand von deiner Familie zu der Show?«

»Nein. Wenn sie Zeit haben, kommen sie immer, aber das ist etwa zwei Stunden von hier entfernt und alle haben zu tun. Aber ich freue mich, dass du dort sein wirst.«

Die Luft surrte vor Spannung zwischen ihnen. »Ich auch. Was kommt nach der Show?«

Er schaute weg, als wäre die Verbindung zu stark. Sie redeten nie über die intimen Dinge, die sie taten, oder die schwer zu ignorierende glühende Hitze zwischen ihnen. Aber sie hatten diese Momente, in denen Nick etwas Raum brauchte, um das Gleichgewicht nicht zu verlieren. Sie war froh, dass es zwischen ihnen nie unangenehm wurde, und das verbuchte sie als weiteren Beweis dafür, dass sie absolut richtig füreinander waren.

Nick nahm seinen Hut ab und fuhr sich durch das dichte dunkle Haar. Als er den Hut wieder aufsetzte, sagte er: »Roanoke, im Oktober.«

»Oh, gut. Ich werde versuchen, auch dahin zu kommen und dich anzufeuern.« Es war schwer zu ignorieren, wie sehr ihr ganzer Körper auf Nick reagierte, aber es gab Schlimmeres, als sich zu sehr nach einem Mann zu verzehren.

»Das wäre toll.« Wieder sah er ihr in die Augen. »Sollen wir hineingehen und etwas Essbares suchen?«

»Ich habe uns Essen gemacht.« Sie deutete auf die Kühlbox neben dem Stall, wo sie gesessen hatte. »Sandwiches, Obst, Chips. Nichts Besonderes.«

Ein überraschtes »Ah« entwich ihm. »Danke.«

Sie aßen im Schatten des Stalls und sie berichtete ihm, was sie an dem Vormittag erledigt hatte. »Ich werde wohl zwei Minis von Travis nehmen. Es ist leichter, sich an eine neue Umgebung und andere Abläufe zu gewöhnen, wenn man einen Freund dabeihat, und dann werden sie etwa zur gleichen Zeit voll ausgebildet sein.«

»Klingt nach einer vernünftigen Idee. Hast du in Erwägung gezogen, in Zukunft mit jemandem zusammenzuarbeiten? Wenn du vier ausgebildete Tiere hast, könnte es hilfreich sein, einen weiteren Pferdeführer zu haben, der mit ihnen Besuche machen könnte.«

»Daran habe ich auch schon gedacht. Das ist eine gute Idee,

aber ich müsste demjenigen wirklich vertrauen.« Ihr Handy bimmelte, als eine Nachricht hereinkam, und sie schaute auf den Bildschirm. »Das ist Jilly. Ich habe ihr ein Foto von meinen Babys geschickt.«

»Die wird sich auch schockverlieben.«

Trixie las die Nachricht. *OMG! Ich kann's nicht erwarten, sie zu sehen. Lass uns essen gehen, bevor wir Jax und Nick am Freitag im Tully's treffen. Ich hole dich um sechs ab, okay?* »Du hast recht. Sie freut sich, und sie holt mich dann wohl zum Essen am Freitagabend ab, bevor wir dich und Jax danach auf ein paar Drinks treffen.« Sie tippte eine Antwort. *Okay, bis dann!*

Er schaute zu den Pferden, und währenddessen zuckten die Muskeln in seinen Kiefern gewaltig. Trixie hatte den gleichen Ausdruck bei ihm gesehen, als er gesagt hatte, ihm gefiele der Gedanke nicht, dass sie mit Travis ausginge. Aber zu sagen, dass ihm die Idee nicht gefiel, war etwas ganz anderes, als zu sagen, er wollte sie ganz für sich. Wie an jenem Abend war sie versucht, eine eindeutigere Reaktion aus ihm herauszubekommen, nicht nur diesen wortlosen Ärger. Aber was immer aus ihnen wurde, oder auch nicht, es musste aus seinem Herzen kommen, und nicht unter Anwendung einer Brechstange.

Sie unterdrückte das Verlangen, sich auf seinen Schoß zu setzen und ihn dazu zu bringen, mit ihr zu reden, und stattdessen konzentrierte sie sich auf die Pferde. »Ist es seltsam, dass ich das Gefühl habe, Annabelle und Alfie waren vorherbestimmt, zu mir zu kommen? Guck nur, wie leicht sie sich an die Umgebung hier gewöhnen. Es erinnert mich daran, wie wohl ich mich gefühlt habe, als ich das erste Mal hier übernachtet habe. Es ist schon erstaunlich, wie schnell Menschen und Tiere eine Bindung aufbauen können, oder?«

Sie dachte, er würde sie gleich zu einem Kuss an sich ziehen, so wie er sie ansah. *Ja, bitte!* Doch das tat er nicht, und sein Blick wurde dunkler. Wie ein sich verfinsternder Himmel vor einem Gewitter. Ihr Puls raste. War er verärgert? Wütend? Sie überlegte, ob sie etwas Falsches gesagt hatte, aber sie hatte keine Ahnung, was ihn gestört haben könnte. Gerade als die Stille zu lang wurde und sie nicht mehr weiterwusste, hob sich der Schatten über seinen Augen und seine Mundwinkel wanderten nach oben. Ein Sturm der Erleichterung überkam sie.

»Vielleicht seid ihr alle dazu bestimmt.«

Ein nervöses Lachen platzte aus ihr heraus. »Du glaubst doch gar nicht an Vorherbestimmung.«

»Nein, aber du.« Er zwinkerte ihr zu und stand auf. »Danke für das Essen, Darling.«

Er nahm die Kühltasche, ging zum Haus und ließ sie mit offenem Mund und vollkommen verwirrt zurück.

Vierzehn

Am Freitagabend hatte Trixie noch immer keine Ahnung, was dieser Blick von Nick am Mittwochnachmittag beim Stall bedeutet hatte. Allerdings konnte sie in allen Einzelheiten beschreiben, wie es sich anfühlte, dank dieses Cowboys tagelang erregt und verwirrt zu sein. Sie freute sich wahnsinnig darüber, dass er ihr mit den Pferden half, und er schien ebenso begeistert von ihrer Geschäftsidee zu sein wie sie. Als Tempest angerufen hatte, um Trixie mitzuteilen, dass Jordan sich am nächsten Dienstag Zeit für sie nehmen würde, war das für Nick ein Grund zum Feiern gewesen. Sie hatten einen langen Ausritt gemacht, und das war genau die Erholung gewesen, die sie gebraucht hatte. Auf dem Rückweg hatten sie eine Pause bei Walt eingelegt, und auch das war sehr schön gewesen, außer dass sie und Nick sich unersättlich nacheinander verzehrten. Sie konnten sich kaum ansehen, ohne sich die Kleidung vom Leib reißen zu wollen, was die gemeinsame Arbeit, den Besuch bei Walt und den Termin bei Travis gestern Vormittag, bei dem sie ihre Pferde ausgesucht hatte, *interessant* gemacht hatte, um es vorsichtig auszudrücken. Sie war sich sicher, dass Travis es bemerkt hatte, auch wenn er zu dem Zeitpunkt und auch bei ihrer Joggingrunde an diesem Morgen nichts gesagt hatte.

Zumindest hatten sie und Nick zwei der süßesten Pferde ausgesucht: eine gut siebzig Zentimeter hohe weiße Stute mit braunen Flecken, die sie Buttons genannt hatte, und einen sechsundsiebzig Zentimeter hohen Wallach, dem sie und Nick den Namen Prince gegeben hatten, weil er sich so königlich gab. Sie wollten sie morgen Nachmittag abholen.

Während sie sich Ohrringe ansteckte, ging sie auf und ab und fragte sich, wie zum Teufel sie sich unauffällig verhalten sollte, wenn sie mit Jax und Jillian im Tully's waren. Sobald die beiden Nick und sie gemeinsam sahen, würden sie mit Sicherheit wissen, was los war. Ihr kam es vor, als hätte sie eine Leuchtreklame auf der Stirn, die verkündete, dass sie ihn nackt sehen wollte, und das Schlimmste war, dass sie genau das und noch so viel mehr mit ihm wollte.

Es klopfte an ihrer Schlafzimmertür, und noch bevor sie etwas antworten konnte, flog die Tür auf und Jillian kam hereingerauscht – umwerfend schön in einem weißen Minirock, überlagert mit Spitzenstoff und einem seidenen, ärmellosen Top mit einem tiefen Ausschnitt, die sie beide selbst entworfen hatte.

»Hallo!« Jillian pfiff anerkennend, als sie Trixie von oben bis unten begutachtete. »Heiliger Strohsack, meine Liebe. Du wirst die Kerle heute Abend umhauen.«

Es gab nur einen ganz besonderen Kerl, den Trixie mit ihrem schwarzen schulter- und bauchfreien Top mit Glockenärmeln und einem enganliegenden pfirsichfarbenen Minirock umhauen wollte. »Danke! Ich habe eine großartige Designerin«, scherzte sie, weil ihre Stücke ebenfalls von Jillian entworfen worden waren. »Du siehst auch toll aus.«

»Danke. Wir werden heute Abend die heißesten Mädels in dieser Bar sein und wir werden feiern. Ich habe gerade deine neuen Babys gesehen. Die sind so unverschämt süß und die

Hunde lassen sie vollkommen kalt. Der Kleine ist kaum größer als Goldie. Nick sagte, sie sind sogar stubenrein.«

»Sie sind unglaublich. Ich bin so froh, dass Nick vorgeschlagen hat, dass wir uns ausgebildete Pferde ansehen.«

»Er sagte, du bekommst noch zwei von Travis?«

»Das werde ich wohl.« Sie schlüpfte in ihre nudefarbenen High Heels und versuchte, ihre Nerven unter Kontrolle zu bringen. Sie musste Jillian von sich und Nick erzählen. Nicht nur, weil Jillian die Funken bemerken würde, die zwischen ihnen flogen, sondern auch weil sie vielleicht Hilfe bräuchte, falls Nick mit seinen Groupies an der Bar flirten würde. Bei diesem Gedanken wurde ihr etwas mulmig. Auch wenn sie nicht darüber sprachen, was zwischen ihnen lief, und sie kein Recht hatte, eifersüchtig zu sein, weil sie sich ja nicht auf eine feste und exklusive Beziehung verständigt hatten, so wäre sie doch am Boden zerstört, wenn er mit anderen Frauen flirten würde. Und dann bräuchte sie Jillian, die sie wegzerrte, bevor sie irgendetwas Dummes tat.

»Bevor du dich versiehst, hast du auch eine ganze Herde, wie mein Bruder.«

»Nein, das wird nicht passieren. Nick hat seine eigene Ranch, aber ich werde in nächster Zeit keinen eigenen Hof haben. Diese beiden hübschen Babys da draußen waren unglaublich teuer. Ich muss meine Firma auf der Ranch meiner Eltern aufbauen und dann sehen, wie es weiterläuft.«

»Das ist ja noch besser.« Jillian zuckte vielsagend mit den Augenbrauen. »Dann kann ich deine heißen Brüder öfter sehen, wenn ich zu Besuch komme.«

Apropos heiße Brüder …

Bevor Trixie kneifen konnte, sagte sie: »Jilly, ich muss mit dir über etwas reden, aber du musst mir versprechen, dass du *niemandem* etwas davon erzählst.«

»In Ordnung«, versicherte sie munter.

»Ich meine es ernst. Niemandem. Weder Emmaline noch Morgyn noch sonst jemandem.«

»Du weißt, dass ich das nicht mache, vor allem nicht, nachdem du mich darum gebeten hast.« Jillian sah sie fragend an. »Was ist los?«

Trixie nahm ihre Hand, setzte sich aufs Bett und zog Jillian neben sich. »Raste jetzt nicht aus, aber Nick und ich haben irgendwie was am Laufen.«

»Was?!« Jillian sprang auf. »Nein! Nein, nein, nein! Bitte sag, dass das nicht wahr ist! Du bist eine meiner letzten Freundinnen, die single ist!«

»*Pssst!* Leise!«

Jillian fuchtelte Richtung Terrassentür. »Er ist draußen. Er kann mich nicht hören.«

»Bitte, sei nicht sauer, Jilly. Es tut mir leid, aber andererseits auch nicht.«

Jillian seufzte. »Ich bin nicht sauer. Nur ein wenig schockiert. Aber wahrscheinlich sollte ich das gar nicht sein. Emmaline und ich dachten schon vor Jahren, ihr würdet zusammenkommen.« Sie hielt die Luft an, die Augen weit aufgerissen, und setzte sich wieder neben Trixie. »Du wirst meine *Schwägerin!* Meine Mom wird sich so freuen!«

»Hey, warte! So ist das nicht.«

»Dann seid ihr nur ...« Jillian schaute über die Schulter aufs Bett und zuckte zusammen. »Muss ich meine Klamotten reinigen?«

»Nein!« Trixie lachte. »Wir haben es nicht mal im Bett getan.« In den vergangenen zwei Tagen hatten sie es im Stall, auf der Terrasse und wieder in der Küche getrieben, aber *nicht* in einem Bett.

Jillian stöhnte auf. »Warum haben alle außer mir heißen Sex?« Sie sah Trixie an. »Bei jedem anderen würde ich alle schmutzigen Einzelheiten wissen wollen. Aber die Bilder von meinem Bruder und dir will ich schnell wieder aus dem Kopf kriegen.«

»Würdest du bitte mal aufhören?« Sie war froh über Jillians Lockerheit, aber trotzdem war sie noch nervös. »Ich brauche deine Hilfe.«

»Warum? Benimmt er sich daneben? Dann werde ich mal ein Wörtchen mit ihm reden.«

»Nein, und du wirst ihm nichts von unserer Unterhaltung erzählen. Du darfst dir nicht anmerken lassen, dass ich es dir gesagt habe. Es ist nur … Ich bin diejenige, die das alles angefangen hat, indem ich ihm vorgeschlagen habe, dass wir eine Freundschaft mit gewissen Vorzügen führen könnten. Und ich weiß, dass er nichts Ernstes will, aber gleichzeitig glaube ich wirklich, dass er das Gleiche fühlt wie ich und er es nur einfach nicht zugeben will. Mein Gott, Jilly, ich möchte so sehr mehr mit Nick haben!« Sie hatte keine Ahnung, woher diese ganze Ehrlichkeit kam, aber sie fühlte sich besser, nachdem sie es ausgesprochen hatte.

»Wow! Da war jetzt so viel dabei, was du mir mal genauer erklären musst. *Du* hast damit angefangen?«

Trixie nickte.

»Sieh mal an, du nimmst dir, was du willst! Nicht schlecht«, sagte sie anerkennend. Dann rümpfte sie die Nase. »Okay, ein bisschen ekelhaft ist es schon, immerhin ist er mein Bruder. Aber ihr beide seid perfekt füreinander.«

»Das glaube ich auch.«

»Ja, ihr seid wie dickköpfige und Stiefel tragende Zwillinge.«

»Aber glaubst du, ich bin auf dem Holzweg und laufe nur Gefahr, verletzt zu werden?«

»Schwer zu sagen. Auf der einen Seite hättest du dir keinen unabhängigeren Typen aussuchen können. Aber auf der anderen Seite hast du schon jetzt mehr, was dich mit ihm verbindet, als sonst jemals ein Mensch.«

»Meinst du?«

»Ja. Er ist fast einunddreißig, und ich glaube nicht, dass er jemals eine richtige Freundin hatte.«

»Das habe ich auch schon überlegt«, sagte sie und dachte daran, dass er gesagt hatte, er hätte einmal Sex ohne Kondom gehabt, und sie fragte sich, ob er schon immer ein Mann war, der sich nicht binden wollte.

»Es gab Gerüchte, als ich auf der Highschool war, dass er eine Freundin hatte, die irgendwo anders wohnte. Aber wenn es so war, dann habe ich sie nie kennengelernt, und so wie ich Nick kenne, war das kein Mädchen, sondern ein Pferd. Ehrlich, wenn er früher nichts mit der Familie unternommen hat, dann war er bei Walt. Ich glaube nicht, dass er unseren Eltern jemals ein Mädchen vorgestellt hat. Ich muss meine Mom fragen, aber ich kann mich nicht erinnern, dass er auf den Abschlussball oder so gegangen ist.«

»Du meine Güte, frag deine Mom bloß nicht! Wir daten ja gar nicht oder so.«

»Aber es kommt mir vor, als sei es dir ernst mit ihm.«

»Das klingt jetzt vielleicht blöd, weil ich ja schon so lange immer bei ihm übernachte. Aber ich bin in Nick verknallt, seit ich eine Teenagerin war. Ich vergleiche *jeden* Mann mit ihm, Jilly, und es ist nicht so, als würde ich sie bewusst vergleichen wollen. Es passiert einfach so.«

»Das ist nicht schlimm, Trix. Zwischen euch gibt es

eindeutig etwas, sonst würde er dich nicht hier wohnen lassen. Ich weiß, dass er nicht so herzlich und offen ist wie meine anderen Brüder, aber er ist ein toller Kerl und hat ein Riesenherz.«

»Ich weiß. Außerdem hat er einen klugen Kopf und mit seinem Körper fange ich lieber erst gar nicht an.«

»Iieeh!« Jillian schüttelte den Kopf. »Bitte verschone mich.«

Trixie zuckte zusammen. »Tut mir leid. Danke für dein Verständnis.«

»Danke für dein Vertrauen. Ich werde niemandem etwas erzählen. Ich fange an, mich darüber zu freuen. Ihr beide passt wirklich gut zueinander. Aber warum hast du es mir gesagt, wenn ihr nur Sex miteinander habt?«

»Weil wir uns heute Abend in der Bar nicht wie ein Paar verhalten werden, du aber wissen solltest, warum ich nicht mit anderen Männern flirten werde.«

»Ergibt Sinn.«

»Und ...«

»Oje, jetzt kommt die Wahrheit ans Licht«, scherzte Jillian.

»Und ich habe keine Ahnung, wie ich damit zurechtkomme, wenn ich ihn und seinen Harem sehe, nachdem wir nun diese Linie überschritten haben. Also brauche ich dich vielleicht, um mich davon abzuhalten, jemandem die Augen auszukratzen. Nick zum Beispiel.«

»Glaubst du, dass er vor deiner Nase mit diesen Frauen flirten wird? Das sollte er lieber sein lassen.«

Trixie zuckte mit den Schultern. »Ich weiß nicht, was ich zu erwarten habe, aber wir sind kein Paar. Travis hat mich auf ein Date eingeladen und ...«

»Moment mal! *Travis* will dich daten?«

»Ja. Aber ich habe ihm einen Korb gegeben.«

»Vielleicht war das ein Fehler. Travis wäre eine viel einfachere Nummer als Nick.«

»Aber Nick …« Sie legte die Hand aufs Herz.

Jillians Blick wurde mitfühlend. »Oh, Trix! Mein dickköpfiger Bruder hat es dir richtig angetan.«

»Stimmt. Ich habe Nick nicht erzählt, dass ich Travis einen Korb gegeben habe. Es klingt schrecklich, aber ich wollte sehen, was er macht oder ob er eifersüchtig wird.«

»Das ist nicht schrecklich. Das ist eine der wenigen Strategien, die wir anwenden können, um an all diesem *Mir doch egal* und dem anderen Quatsch, den die Kerle von sich geben, vorbeizukommen. Wie hat Nick reagiert?«

»Zuerst gar nicht. Aber dann hat er gesagt, ihm gefällt der Gedanke nicht, dass ich Travis date. Aber er hat nicht gesagt, dass ich es nicht tun soll oder dass er mit mir ausgehen will.«

»Er ist ein Dickkopf.«

»Ich glaube eher, er hat Angst, verletzt zu werden.«

»Ach, komm! Nick?«, winkte Jillian ab. »Der ist stahlhart, den kann niemand verletzen.«

Trixie wollte Nicks Vertrauen nicht hintergehen, deshalb zuckte sie nur mit den Achseln und sagte: »Vielleicht irre ich mich auch.«

»Er ist der härteste Kerl in ganz Pleasant Hill. Als wir nach Torys Tod alle zusammenbrachen, hielt er allem eisern stand. Ich liebe meinen Bruder, aber wenn er heute Abend schamlos mit anderen flirtet, dann ist er ein Mistkerl, und dann solltest du ihm die Hölle heißmachen und nie wieder mit ihm in die Kiste steigen.«

»Ich weiß.«

»Keine Sorge, Trix. Ich bin für dich da. Aber ich glaube nicht, dass Nick das machen wird. Er hat es nicht so mit der

Herzlichkeit und Offenheit, aber er ist kein Arschloch. Er würde dir niemals so wehtun. Er verhält sich dir gegenüber immer wie dein Beschützer, taucht in den Bars auf, wenn wir beide unterwegs sind, und er macht sich Sorgen um deinen Ruf.« Jillian stand der Mund offen. »Oh Gott! Was ist, wenn er all die Zeit schon scharf auf dich war? Ich weiß genau, was du und Nick braucht, damit er sich öffnet.«

»Eine Brechstange?«

»Nee. Ihr braucht den Zauber von Charlottes Gasthof. Beau und Char haben durch ihn zueinandergefunden und Zev und Carly ebenfalls. Wir müssen dich und Nick nach Colorado schaffen.«

Nicks Stimme erklang in Trixies Kopf. *Ich habe mich nach Body Shots von dir gesehnt, seit du damals in Colorado davon gesprochen hast.* Ihr Herzschlag setzte kurz aus. »Mir ist gerade etwas bewusst geworden. Vielleicht hat der Zauber des Gasthofes uns schon erfasst.«

»Was? Wie lange läuft das schon? Habt ihr beiden nach diesem Rennen letztes Jahr miteinander geschlafen?«

»Nein! Wir haben uns nicht einmal geküsst. Er hat mich nach der Feier zu meinem Zimmer gebracht, und ich habe versucht, mit ihm zu flirten, aber ich war ziemlich betrunken. Ich habe nicht gedacht, dass es ihm aufgefallen war, aber neulich Abend sagte er etwas, das mich rätseln ließ, ob ich mich vielleicht geirrt habe.«

»Trixie!« Jillian strahlte sie an. »Wenn ihr von der Magie des Gasthofes erfasst worden seid, dann kann dieser Zauber laut Charlotte durch nichts gebrochen werden.« Sie ließ die Schultern sacken. »Ich freue mich für euch, aber verdammt noch mal! Ich stand eigentlich als Nächste für diesen Zauber an.«

Beide lachten.

»Dir ist schon klar, dass uns alle für verrückt erklären, wenn wir weiter über diesen Zauber reden?«, meinte Trixie, als sie aufstand und sich schon besser fühlte.

»Sollen sie ruhig. Und so wie es um mein Liebesleben bestellt ist, müsste mich Houdini höchstpersönlich mit einem Zauber belegen.«

<h1 style="text-align:center">Fünfzehn</h1>

Das Tully's war tagsüber eine familientaugliche Kneipe und abends ein Hotspot für spärlich bekleidete Frauen und lüsterne Männer. Musik, verschiedenste Parfumdüfte und Hemmungslosigkeit schwirrten durch die Luft. Vor der Preisverleihung letztes Jahr in Colorado hatte Nick sich an solchen Orten herumgetrieben, nur um eine willige Frau für ein paar Stunden Spaß zu finden. Aber als er jetzt an der Theke stand und auf die Drinks wartete, die er für Jax, der sich am Tisch mit drei Frauen unterhielt, und sich bestellt hatte, schien es ihm eine Ewigkeit her zu sein. Sein Blick lag auf der überfüllten Tanzfläche, auf der die einzige Frau, in der er sich verlieren wollte, zusammen mit seiner Schwester tanzte. Trixie war so verdammt schön, und wie sie da mit den Armen über dem Kopf und in diesem figurbetonten Outfit die Hüften im Rhythmus schwang, fiel es ihm höllisch schwer, seine Gefühle unter Kontrolle zu behalten. Dass sie von fast jedem Typen angegafft wurde, war auch nicht gerade hilfreich.

Der Barkeeper schob zwei Gläser über die Theke und riss ihn so aus seinen Gedanken. Nick bezahlte die Getränke und ging zurück Richtung Tisch.

»Hey, Nick.« Shayna, die üppige Blondine, die ihm vor ein

paar Tagen eine Nachricht geschickt hatte, trat ihm in Begleitung von zwei Brünetten in den Weg. »Ich hatte gehofft, dich hier zu treffen. Das ist mein letzter Abend in der Stadt. Möchtest du ein paar einsamen Mädels einen Drink spendieren?« Sie trat näher an ihn heran und sprach leiser weiter: »Wir würden uns freuen, wenn wir uns später erkenntlich zeigen könnten.« Ihre Freundinnen beäugten ihn hoffnungsvoll.

»Heute Abend nicht, meine Damen.« Er ging um sie herum.

»Och, Nick, es ist schon *Ewigkeiten* her«, jammerte Shayna.

Wie hatte das jemals gut genug sein können? Wie war er von dem Typen, der nur unverbindliche Affären haben wollte, zu dem geworden, der Gefühle für eine Frau entwickelt hatte, die nur auf *etwas Nacktheit zwischen Freunden* aus war?

Mit einem halbherzigen Lächeln hob er eines der Gläser. »War nett, aber wie gesagt: Es *war*. Ich wünsche euch noch einen schönen Abend.«

Als er ging, hörte er Shayna noch sagen: »Kommt, in dieser Bar gibt es jede Menge heißer Cowboys.«

Er sah Trixie die Tanzfläche verlassen, während sie sich angeregt mit Jillian unterhielt. Als sich ihre Blicke trafen, schoss ein Hitzepfeil durch ihn hindurch. Sie biss sich auf die Unterlippe und sah höllisch sexy dabei aus. Jillian sagte etwas und Trixie brach in schallendes Gelächter aus.

»Halloho!«, sagte eine der Braunhaarigen, mit der Jax am Tisch saß, säuselnd.

»Wie geht's so?« Nick stellte die Gläser auf den Tisch.

»Super gut«, sagte sie hinternwackelnd. »Wir haben Jax gerade gefragt, ob er mit uns feiern will.«

Jax hob die Augenbrauen und nahm einen Schluck.

»Viel Spaß dabei«, sagte Nick.

»Du kannst auch mitkommen«, bot die Größere der Frauen an.

»Kein Bedarf, danke.«

Kichernd kamen Trixie und Jillian an den Tisch. Trixie beäugte die anderen Frauen, und ihr Blick wurde grimmig, versetzt mit ein wenig Schalk. »Ah, toll, du hast etwas zu trinken! Ich hab *so* einen Durst!«

Sie nahm Nick das Glas aus der Hand und trank es zur Hälfte aus. Pure Verführung schimmerte in ihren dunklen Augen, als ihre Zunge über ihre Unterlippe glitt und dann langsam zur Oberlippe wanderte. Sein bestes Stück zuckte hinter dem Reißverschluss. Er wusste, wie begabt dieser schöne Mund war.

»Danke, Cowboy, das brauchte ich gerade.« Sie sah in die Menge, stieß Jillian mit dem Ellbogen an und beobachtete Nick aus dem Augenwinkel, als sie sagte: »Heißer Typ, zwei Uhr.«

Komm mir jetzt nicht so, Darling.

»Oh ja!«, bestätigte Jillian. »Ein Prachtexemplar.«

Nick schaute hinüber, um herauszufinden, über wen sie sprachen, und verdammt, wenn das nicht der Blödmann Jon Butterscotch war, der da auf sie zukam. *Schöne Scheiße.* Er trank sein Glas aus und hätte noch etwa zwölf mehr vertragen.

»Möchtest du nicht am liebsten mit den Fingern durch diese dunkelblonde Mähne fahren?« Trixie ließ die Finger tanzen. »Und guck dir diese Brust an! Mhm!«

Meine Brust ist doppelt so breit und das weißt du genau.

Die anderen Frauen, die sich mit Jax unterhielten, drehten sich um, um herauszufinden, wen sie da taxierten. »Er ist eindeutig heiß, aber an Jax kommt er nicht heran.«

»Da hast du verdammt noch mal recht.« Jax stand auf und nahm sein Portemonnaie heraus. Er gab den drei Mädels ein paar Scheine und sagte: »Geht doch schon mal zur Bar und bestellt ein paar Drinks. Ich komme gleich nach.«

Die Frauen schwärmten über seine Großzügigkeit, und als sie weggingen, sagte Jillian: »Drei Frauen, Jax? Echt jetzt?«

»Zwei reichen mir einfach nicht.« Jax grinste. »Aber erst zu viert wird's eine Party.«

»Habe ich hier gerade etwas von einer Party gehört?«, fragte Jon, als er in seiner dunklen Hose und dem Anzughemd – drei Knöpfe weit geöffnet – zu ihnen schlenderte. Mit seiner stets gebräunten Haut, einem leichten Stoppelbart und den längeren Haaren hatte er eher etwas von einem Nobel-Surfer als von einem Arzt. »Nick, Jax, schön, euch zu sehen.« Er lächelte die Mädels an. »Meine beiden Lieblingsladys. Trix, es ist viel zu lange her. Komm und lass dich drücken.«

Er umarmte sie eindeutig zu lang und Nicks Muskeln spannten sich bedrohlich an.

Als Jon Trixie endlich losließ, sagte er: »Wann brennst du endlich mit mir durch?«

Trixie lachte leise. »Glaub mir, Jon, ich würde dich in den Wahnsinn treiben.«

»Das hoffe ich.« Jon zuckte vielsagend mit den Augenbrauen.

»Im Ernst.« Sie sah zu Nick. »Frag ihn hier.«

»Das kannst du laut sagen«, bestätigte Nick.

»Also seid ihr beide …?«, fragte Jon.

Trixie schüttelte den Kopf. »Nein, nicht so. Ich bin nur für ein paar Wochen hier. Nick hilft mir dabei, meine Firma mit Therapiepferden auf die Beine zu stellen.«

Nicks Brust zog sich zusammen, als sie ihm seine vorübergehende Rolle in ihrem Leben in Erinnerung rief.

»Stimmt! Herzlichen Glückwunsch!«, sagte Jon. »Jilly hat

mir von deiner neuen Firma erzählt. Ich bin so stolz auf dich, dass du diesen Schritt gewagt hast. Cole und ich haben Kontakte an der ganzen Ostküste. Wir können dich mit so vielen medizinischen Einrichtungen in Kontakt bringen, wie du willst.«

»Das wäre fantastisch, Jon. Danke! Tempe hat mir eine Liste mit Namen gegeben, die sie von Cole bekommen hat. Die müssen wir mal abgleichen.«

»Ja, das müssen wir. Aber wir müssen auch feiern.« Jon sah in die Runde. »Wie sieht's aus, Shots oder Tanzfläche?«

»Tanzfläche!«, sagten Jillian und Trixie gleichzeitig, während Jax und Nick »Shots!« einforderten.

»Dann ab auf die Tanzfläche. Wir kommen für die Shots wieder. Meine Herren, ihr entschuldigt uns?« Jon legte die Arme um die beiden Frauen und führte sie davon.

Trixie rief über die Schulter: »Bis gleich!«

Nick presste die Kiefer aufeinander und Jax legte ihm eine Hand auf die Schulter. »Entspann dich, Bruderherz. Die kennen sich schon ewig und das weißt du. Sie nehmen schon seit Jahren beide an diesen Rennen teil, und du weißt auch, wie Jon ist. Er nervt dich gerade genug, dass du Lust hast, ihn zu hassen, aber man kann ihn nur schwer hassen, weil er so ein netter Kerl ist.«

Wem sagst du das?

Er sah zu, wie sie eine Art Dirty-Dancing-Show zu dritt hinlegten. Trixie tanzte sehr sinnlich, und es war eine Tortur, zuzusehen, wie sie mit einem anderen Mann so eine tanzende Einheit wurde. Er ermahnte sich wegzuschauen, doch er war von ihr gefesselt. Die Musik und die anderen Menschen verschwanden, bis er nur noch Trixie und Jon sah. Eifersucht tobte in ihm. Er wusste, er sollte nicht eifersüchtig sein. Sie und

Jon amüsierten sich nur. Aber sie war ihm so tief unter die Haut gegangen, in seine Gedanken eingedrungen, dass sie seine Fähigkeit, vernünftig zu denken, zerschmettert hatte. Bilder von Trixie und Travis, wie sie ebenso anzüglich tanzten, drängten sich ihm auf, gefolgt von Gedanken daran, wie Travis sie berührte. Trixies Stimme ertönte in ihm – *Was ist schon gegen etwas Nacktheit zwischen Freunden einzuwenden?* – und irgendetwas in ihm zerbarst.

Verdammt!

Er preschte durch die Menge auf der Tanzfläche und fasste Trixie am Arm. »Ich löse ab.«

Jon streckte den Daumen nach oben.

Nick kam ihr ganz nahe und sprach direkt in ihr Ohr: »Ich habe Champagner von deinem Körper getrunken, und jetzt muss ich dir mit ihm zusehen?«

»Wir *tanzen* doch nur«, sagte sie lachend.

»Ich weiß, dass du dich nur amüsierst, aber dich mit Jon zu sehen zerreißt mich innerlich.«

Mit herausfordernd funkelnden Augen sah sie ihn an. »Du hättest mich zum Tanzen auffordern können.«

»Was du nicht sagst. Aber du bringst mich so um den Verstand, dass ich keinen richtigen Gedanken zustande bringe. Ich weiß nur eines: Ich *kann* dich nicht teilen. Ich *werde* dich nicht teilen. Während du hier bist, gehörst du mir. Ich will, dass niemand sonst dich anfasst.«

Sie hob das Kinn. »Ich dachte, du bist eher für unverbindliche Affären.«

»Nicht mit dir.«

Ihre Augen wurden zu schmalen Schlitzen. »Das gilt für beide Seiten, Cowboy, oder gar nicht.«

»Worauf du dich verlassen kannst.« Er bedeckte ihren

Mund mit seinem und erhob seinen Anspruch auf sie mit allem, was er hatte. Sie schlang die Arme um seinen Hals, während er mit den Händen über ihren Rücken glitt und ihren Hintern umfasste.

Sie lächelte an seinen Lippen. »Du weißt, dass das gerade jeder gesehen hat.«

»Das ist der Sinn der Sache.«

Sie kicherte, und er küsste sie erneut, länger und langsamer, bis die Welt sich wieder richtig anfühlte. Er fuhr mit den Lippen über ihre und sagte: »Möchtest du Travis die Nachricht überbringen oder soll ich das machen?«

»Habe ich schon. Ich habe ihm an dem Tag einen Korb gegeben, als er mich um ein Date gebeten hat.«

Er hob eine Augenbraue. »Meinst du nicht, du hättest mir das sagen können?«

»Wo wäre da der Spaß geblieben?«

»Dein Mundwerk bringt mich noch um.«

»Du magst mein Mundwerk.«

»Da hast du verdammt recht.« Als er seine Lippen auf ihre senkte, sagte er: »Aber ich mag es am liebsten, wenn es auf mir ist.«

Trixie klammerte sich an Nick, weil ihre Beine zu Pudding wurden, während er sie um den Verstand küsste und sie versuchte, zu verarbeiten, was gerade geschehen war. Dies war so viel mehr, als sie sich erhofft hatte. Wenn sie gewusst hätte, dass das Tanzen mit Jon seine Aufmerksamkeit erregen würde, hätte sie es jedes Mal getan, als sie hier gewesen war. Sie hatte gedacht, sie würde sich glücklich schätzen können, wenn Nick sich seiner Gefühle bewusst geworden wäre, bevor sie zurück nach Virginia gehen würde. Dass er sie jetzt vor allen anderen küsste, sorgte dafür, dass ihr ganz schwummerig wurde und ihr Herz vor Freude überquoll.

Als sich ihre Lippen schließlich voneinander lösten, war ihr schwindelig, und er sah sie an, als wollte er sie sich über die Schulter werfen und sie mit in seine Höhle schleppen. Ohne zu zögern, würde sie sich freiwillig selbst über diese Schulter legen.

Nicks Blick löste sich von ihr und seine Kiefermuskeln zuckten. Sie schaute in die gleiche Richtung und merkte, dass Jillian und Jon sie schockiert ansahen.

»Wenn es *so* aussieht, wenn man *nicht* mit Trixie zusammen ist« – Jon straffte die Schultern – »dann würde ich meinen Namen auch gern auf die Liste setzen.«

»Hände weg, Butterscotch«, knurrte Nick.

»Der Kuss war heiß«, kommentierte Jillian. »Ich glaube, du hast damit gerade jede Frau auf der Tanzfläche in Ekstase versetzt.«

Trixie lachte, aber Nick presste die Kiefer aufeinander. Bereute er seine große Geste schon?

»Ich brauche etwas zu trinken«, meinte er schroff, und mit dem Arm besitzergreifend um Trixie gelegt – *was sie genoss* – marschierte er Richtung Theke.

»Alles in Ordnung?«

»Ja.« Er bestellte die Getränke und zog sie eng an sich.

Das Herz schlug ihr bis zum Hals. »Nick, bist du sicher, dass du das hier willst?«

»Ja«, sagte er entschlossen. »Ich brauche nur eine Minute, bevor ich mich dem Publikum stellen kann.«

»Ich warte drüben am Tisch.« Sie versuchte, sich aus seiner

Umarmung zu lösen, aber er hielt sie noch fester im Arm und sah sie eindringlich an.

»Ich brauche eine Minute mit *dir*, Trixie, nicht allein.«

»Wirklich?« Das machte sie glücklich.

»Ja, wirklich.«

Er küsste sie auf die lächelnden Lippen und küsste sie weiter, bis der Barkeeper sie unterbrach. Sie nahmen ihre Drinks und gingen zurück zum Tisch, während Nicks Arm fest um ihre Taille lag, als befürchtete er, dass sie entwischen könnte. Wusste er nicht, dass sie nirgendwo sonst sein wollte?

Jon hatte sich zu Jillian und Jax gesetzt und auf dem Tisch standen eine Flasche Tequila und fünf Shot-Gläser.

»Ihr beide seid jetzt also …?« Jax zeigte mit dem Finger auf sie beide.

»Neuer Facebook-Status?«, fragte Jillian scherzend.

Nick sah sie genervt an, und Trixie grinste einfach nur, während Nick einen Stuhl für sie herbeizog. Auch das war neu, und sie war nicht die Einzige, die das bemerkte. Die anderen tauschten beeindruckte Blicke. Als er sich neben sie setzte, rückte er seinen Stuhl näher und legte den Arm um sie.

»Alle Achtung, Nick«, sagte Jillian. »Ich bin ziemlich sicher, dass alle gesehen haben, wie du dein Revier auf der Tanzfläche markiert hast.«

Jax und Jon schmunzelten. Jon füllte die Shot-Gläser. »Mir tut jetzt schon jeder Mann leid, der so dumm ist und versucht, dir dein Mädchen wegzunehmen.«

»Mir auch«, stimmte Jax zu. »Aber einiges müssen wir noch klären. Seid ihr fest zusammen? Hat sie deine Lederjacke?«

Alle außer Nick lachten. Er fluchte.

»Ich denke da an eine Hochzeit im Herbst, schulterfreies Kleid mit abnehmbarer Schleppe«, sagte Jax.

»Oh ja!«, rief Jillian aus. »Ich mache die Kleider für die Brautjungfern.«

Nick nahm sich ein Shot-Glas und kippte den Tequila hinunter. »Wie lang soll das jetzt gehen?«

»Keine Ahnung, wovon du redest«, meinte Jillian unschuldig.

»Wenn ihr so weitermacht, ist er bald über alle Berge«, sagte Trixie.

»Wie wär's mit einem Toast?« Jon schenkte Nick nach und dann hielten alle ihre Gläser in die Höhe. »Auf Trixies neue Firma und auf das Paar, bei dem es *nicht so ist*.«

Nick musste lächeln, stieß mit ihnen an und alle tranken ihren Tequila.

Trixie lehnte sich zu Nick hinüber und sagte: »Du weißt, dass du dir das selbst eingebrockt hast, indem du auf der Tanzfläche so eine Show abgezogen hast.«

Er flüsterte ihr ins Ohr: »Das ist nichts im Vergleich zu der Show, die ich im Schlafzimmer abziehen werde.«

Sie schloss die Augen, während ein heißer Schauer durch sie hindurchfuhr und sie spürte, dass Nick ihr einen Kuss auf den Kopf gab.

»Das ist das beste Foto aller Zeiten!«, rief Jillian und hielt Jax und Jon ihr Handy vor die Nase.

Jax schaute zu seinem Bruder und nickte zustimmend. »Perfektes Verlobungsfoto.«

»Ihr beide seht gut miteinander aus«, sagte Jon.

Jillian zeigte Trixie und Nick das Foto. Beide hatten die Augen geschlossen, als er sie auf den Kopf küsste, sein Arm war um sie gelegt und seine Hand umfasste ihre Schulter, als wollte er sie nie wieder gehen lassen. Der Ausdruck in seinem Gesicht war so friedvoll und ganz anders als die Energie, die er vorher ausgestrahlt hatte, sodass es selbst Trixie in Staunen versetzte. Sie schaute zu Nick, der tief durchatmete und den Kopf schüttelte, als fiele es ihm schwer, das Foto zu verarbeiten.

»Kannst du mir das Bild schicken?«, fragte Trixie.

»Bin schon dabei.« Jillian gab eine Nachricht in ihr Handy ein. »Ich schicke es allen. Mom wird sich so freuen!«

»Meine Güte, Jilly! Lass das doch jetzt«, sagte Nick.

»Ooops!« Jillian legte das Handy weg. »Zu spät.«

»Zum Glück sind wir nicht in Oak Falls, wo sich der Tratsch schneller verbreitet als Geschlechtskrankheiten im Puff«, sagte Trixie. »Da hätten jetzt schon alle von dem Kuss auf der Tanzfläche gehört.«

Trixies und Nicks Handys klingelten. Trixie holte ihres aus der Handtasche, doch Nick schnappte es ihr weg. »Hey!«

Er stellte es aus und seines ebenfalls. »Können wir uns morgen um die ganzen blöden Kommentare kümmern?«

»Das ist eine gute Idee«, stimmte Jillian zu. »Bis dahin stehen Trixies Brüder bei dir auf der Matte und du kannst das persönlich erledigen.«

Alle lachten, doch Nick fluchte nur leise vor sich hin, was weitere Witze heraufbeschwor. Im Laufe des Abends wurden die Scherze über Nick und Trixie immer seltener. Sie und Jon unterhielten sich über das Rennen bei Rough Riders, Jax erzählte ihnen witzige Geschichten über zickige Bräute, Jillian brachte alle mit ulkigen Kommentaren und schwesterlichen Sticheleien zum Lachen, und Nick wurde endlich lockerer, lachte mit den anderen, beteiligte sich an deren Gesprächen und machte Trixie verrückt. Er flüsterte ihr unanständige Dinge ins Ohr und berührte unter dem Tisch ihren Oberschenkel. Sie versuchte, sich auf das zu konzentrieren, was Jax sagte, als die Frauen, mit denen er sich früher am Abend unterhalten hatte, an den Tisch zurückkehrten. Aber Nicks Finger waren so nah an ihrem Höschen und seine Hand war so heiß, dass sie nur an die Berührungen von ihm denken konnte. Als ihre Hand zum hundertsten Mal an diesem Abend an seinem Oberschenkel hinaufglitt, spürte sie seine angespannten Muskeln. Sie legte die Hand fest zwischen seine Beine.

Er flüsterte: »Du spielst mit dem Feuer.«

»Vielleicht will ich mich verbrennen.« Glut flammte in seinen Augen auf, und sie sagte: »Tanz mit mir.«

Er runzelte skeptisch die Stirn, doch er stand auf und zog sie zu sich hoch.

»Geht ihr schon?«, fragte Jillian.

»Tanzen«, antwortete Trixie. »Ich denke, ich sollte mir einen letzten Tanz sichern, bevor unsere Handys wieder an sind, er ausflippt und sagt, das war alles nur ein Scherz.«

Jon stand auf und nahm Jilly an die Hand. »Du und ich, meine Kleine. Zeigen wir es ihnen.«

»Hey!«, meinte Nick warnend.

Jillian verdrehte die Augen. »Halt deinen Kerl in Schach, okay, Trixie? Ich will tanzen.«

Trixie packte Nick am T-Shirt und zerrte ihn mit sich auf die Tanzfläche. »Zeig mir deine Tanzmoves.« Bei dem dunklen Blick, den er ihr zuwarf, wünschte sie sich, sie würden tatsächlich schon gehen.

Er zog sie in die Arme und drückte seine Hand flach auf ihren unteren Rücken, um ihre Körper eng aneinander-zuschmiegen. Um sie herum tanzten alle schnell, aber Nick bewegte sich in einem langsamen, verführerischen Rhythmus. Sie schlang die Arme um seine Taille und ließ sie unter sein T-Shirt gleiten. Mit den Fingern strich sie über seinen Rücken. Noch immer konnte sie nicht glauben, dass sie sich so zusammen in der Öffentlichkeit zeigten. Sie fühlte sich wie in einem Rausch und war etwas besorgt, dass er morgen aufwachen und alles zurücknehmen würde. Sie war versucht, das anzusprechen, doch noch bevor sie dazu kam, senkte er seine Lippen auf ihre, küsste sie, als hätte er sein ganzes Leben darauf gewartet, und all diese Sorgen fielen von ihr ab.

Seine Hände wanderten an ihrem Körper auf und ab, während sie in ihrem eigenen persönlichen Rhythmus tanzten. Sie drehte sich in seinen Armen und schwang die Hüften. Seine Arme waren um sie geschlungen und sie spürte jeden Zentimeter von ihm an ihrem Hintern. Er küsste ihren Hals und die Schultern, während seine Hände über ihre nackte Taille glitten. Jede Berührung seiner Lippen ließ sie sich nach mehr sehnen. Eine Hand wanderte an ihrem Bauch aufwärts, hielt kurz vor ihren Brüsten inne, und er drückte sie fest an sich. Mit den Zähnen kratzte er über ihre Halsbeuge, und sie legte den Kopf zur Seite, damit er sie noch besser verwöhnen konnte.

Er küsste sich hinauf zu ihrem Ohr und jede Berührung verstärkte ihren Rausch. »Du gehst mir ziemlich tief unter die Haut, Darling.«

Seine raue Stimme und die Worte, die er sagte, entflammten ihren ganzen Körper. Er gab ihr das Gefühl, sexy zu sein, begehrt und verwegener als je zuvor. Sie drehte ihr Gesicht zu ihm, damit er sie trotz der Musik hörte. »Ich weiß, dass du es *tief* magst.«

»Du machst mich fertig«, gab er ergeben von sich.

Sie verstärkte ihre Hüftbewegungen und er rieb sich an ihrem Hintern. Während sie sich an seine Brust zurücklehnte, vergrub er seine Zähne in ihren Hals, sie tanzten, und er saugte so fest, dass sie spürte, wie sie feucht wurde. Sie langte mit einer Hand in seinen Haarschopf, mit der anderen nach hinten an seinen Oberschenkel. Ein gieriger Laut entwich ihm, bevor er sie in seinen Armen umdrehte. Seine Augen waren so dunkel wie die Nacht, als er seinen Mund auf ihren presste und ein weiterer atemraubender Kuss sie verband. Mit jedem Schlag seiner Zunge verzehrte sie sich mehr nach ihm. Ihre Haut prickelte vor Verlangen. Sie riss ihren Mund los und sagte: »Bring mich nach Hause, Cowboy.«

Sechzehn

Sie stürzten zur Tür hinein, ein Wirrwarr aus aufeinanderprallenden Zähnen und fordernden Händen. Pugsly schoss nach draußen und Nick trat die Tür mit dem Fuß zu. Auf dem Weg ins Schlafzimmer riss er ihnen beiden die Kleidung vom Leib. Sie hatte ihn auf der Heimfahrt an den Rand des Wahnsinns getrieben, während sie ihn durch die Jeans gestreichelt und seinen Hals geküsst hatte. Er war nach allem, was passiert war, so aufgedreht, dass seine Gefühle Achterbahn fuhren. Er war so kurz davor gewesen, mit dem Pick-up an den Straßenrand zu fahren und an Ort und Stelle über sie herzufallen.

Sie stolperten in das dunkle Schlafzimmer. Er war außer sich vor Verlangen und musste sich einfach in ihr verlieren. Er senkte den Mund auf ihre Brust. »Mehr!«, forderte sie.

Er saugte stärker, reizte sie mit der Hand zwischen ihren Beinen, und sein Daumen konzentrierte sich auf den Punkt, von dem er wusste, dass er sie über den Gipfel katapultieren würde. Sie keuchte und winselte. »Oh … Nick …« Er drückte sie gegen die Kommode, ging auf die Knie und verschlang sie, bis sie so gewaltig kam, dass ihr ganzer Körper bebte. Er nahm sie auf den Arm und ihre Augen öffneten sich zittrig. Sie war so verdammt schön, dass sich seine Brust zusammenzog.

»Ich habe dich doch nicht vollkommen erschöpft, oder, Darling?«

Herausfordernd funkelte sie ihn aus ihren halb geschlossenen Augen an. »Nicht einmal annähernd.«

Alles was sie tat, vertiefte seine Gefühle zu ihr. Er trug sie zum Bett, zog die Laken beiseite und legte sie hin. Sie streckte die Arme nach ihm aus, als er sich auf sie legte. Er küsste sie gierig, aber sie entriss ihm ihren Mund.

»Was ist los?«

Sie nahm sein Gesicht zwischen die Hände, lächelte sanft und flüsterte: »Küss mich langsamer.«

Himmel, sie brachte ihn um. Er senkte seine Lippen auf ihre und küsste sie langsam und sinnlich. Sein Schaft drückte gegen ihre Pforte. Ihr Mund war so heiß, süß und so verdammt eifrig, dass er sich nicht mehr zurückhalten konnte. Er küsste sie intensiver und stieß seine Hüfte vor, um sich ganz in ihr zu vergraben. In ihm explodierte alles und ließ seine Hüften wieder und wieder stoßen, während er ihren Mund eroberte.

Wieder unterbrach sie den Kuss und packte seine Hüften. »Warte.«

Er hielt inne. »Zu grob?« Bei dem Gedanken, dass er ihr wehgetan hatte, verspürte er einen schmerzhaften Stich.

»Nein, ich mag es so. Ich möchte mich nur kurz nicht bewegen und diesen Moment ganz bewusst mit dir genießen. Kannst du das für mich tun?«

Ich würde alles für dich tun. Diese Wahrheit traf ihn wie ein Schlag. Er fuhr sanft mit seinen Lippen über ihre. »Ich versuche es, aber du fühlst dich so verdammt gut an, dass es nicht leicht wird.«

Ein Lächeln war die Belohnung. »Du dich auch. Ich

möchte, dass du *mich* siehst, Nick.«

»Darling, schon so lange sehe ich nichts außer dir, dass es an ein Wunder grenzt, dass ich noch nicht verrückt geworden bin.« Er erkannte sich nicht wieder, als seine Gedanken aus ihm heraussprudelten, aber so wie sie ihn anschaute, so wunderschön und vertrauensvoll, wollte er noch mehr sagen. Wieder ließ er seine Lippen über ihre gleiten. »Ich sehe dich.« Er strich über ihr Bein und hob ihr Knie an. »Ich fühle dich.« Er küsste ihren Hals. »Und jetzt muss ich dich küssen.«

»Langsam«, sagte sie, als seine Lippen ihre bedeckten.

Er küsste sie langsam und süß, und während sie wieder anfingen sich zu bewegen, wurde ihm jedes kleine Detail an ihr bewusst. Wie sie *mit* ihm atmete, ihre warmen Hände auf seinem Rücken, ihre weichen Oberschenkel an seiner Haut. Aber sie war so heiß und eng, und sie fühlte sich so gut an, dass er das Tempo steigerte, denn er brauchte mehr von ihr.

Sie legte die Hände um seine Hüften, schob ihr Becken langsam vor und zurück und packte seinen Schaft.

»Ah«, stieß er hervor und versuchte alles, um das zu tun, worum sie ihn gebeten hatte, und nicht heftig in sie zu stoßen.

Sie schlang die Arme um seine Schultern. »Erst ganz langsam und dann fest.«

Ihre Blicke verfingen sich ineinander, als er langsam in ihr versank, dann tief in sie stieß und die Lust in ihren hinreißenden Augen sah. Emotionen überkamen ihn und er hielt inne. Wenn er so viel nach ein paar Tagen empfand, an denen er ihr nahe gewesen war, was würde er dann in einer Woche fühlen? In einem Monat? Er schloss die Augen, und ließ den Kopf neben ihren sinken, während er sich zurückzog.

»Ja! Genau so«, flüsterte sie.

Er hatte keine Ahnung, warum er sie ihr Tempo vorgeben

ließ, doch als er quälend zurückhaltend wieder in sie drang, schoss die Ekstase durch sein Innerstes und sein ganzer Körper bebte. »Heiliger! Trix …« Er suchte in ihren Augen … Was genau suchte er? Er hatte keine Ahnung.

»Küss mich ganz sanft«, flüsterte sie.

Sie sagte es so lieblich, dass es die gegenteilige Wirkung hatte und er sie am liebsten verschlungen hätte. Doch er erfüllte ihren Wunsch und küsste sie sanft. Sie umklammerte seine Schultern, und ihre Körper bewegten sich in perfektem Einklang, als sie einen erotischen Rhythmus fanden, der ebenso erregend wie quälend war. Als die Qual zu groß wurde, riss er seinen Mund von ihr und zischte: »Ich brauche mehr.«

Ihre Augen wurden schmal. »Dann nimm mich so, wie du mich brauchst.«

Er nahm ihren Mund, gierig und grob, und ihre Körper prallten aufeinander. Er hob eines ihrer Knie und sie schlang die Beine um ihn. Mit den Händen unter ihrem Hintern und dem angehobenen Becken konnte er sie nun noch tiefer nehmen. Sie krallte sich in seine Arme, und der Kopf fiel ihr mit einem verzweifelten Stöhnen in den Nacken.

»Hör nicht auf!«, flehte sie.

Er senkte den Mund auf ihren Hals und wurde mit einem sündigen Flehen nach dem anderen belohnt. Sie fühlte sich so gut an, so verdammt richtig, dass er härter und schneller wurde. Ihre Fingernägel gruben sich in seine Haut, doch er würde diese Male stolz tragen, denn noch nie hatte sich etwas so göttlich angefühlt. Sie schrie seinen Namen, ihre Hüften schnellten von der Matratze in die Höhe, ihre Lust raubte ihm die letzte Kontrolle. Die Hitze schoss ihm über den Rücken, als er sich seiner eigenen wunderbaren Erlösung hingab. Sie klammerten sich aneinander und kosteten es bis zum allerletzten Schauder aus.

Er schlang die Arme um sie, während ihre Herzen noch tobten und die Körper zitterten, und küsste sie langsam und sanft, denn er wollte dieses Lächeln wiedersehen, wollte wissen, dass er ihr ein ebenso schönes Gefühl beschert hatte wie sie ihm. Sie kuschelte sich in seine Umarmung und küsste sein Kinn, bevor sie ihm das Lächeln schenkte, nach dem er sich so sehnte. Seine Brust krampfte sich zusammen. Er küsste sie auf die Stirn, hielt sie ganz fest, bis sie beide ruhiger atmeten und sie schließlich einschlief. Sie sah friedvoll und glücklich aus, und das machte etwas mit ihm. Mann, der Sex hatte auch etwas mit ihm gemacht. Das war kein Sex, wie er ihn kannte. Er fühlte sich verwandelt, von innen heraus verändert, und er hatte keine Ahnung, was er damit anstellen sollte.

Trixie spürte etwas Nasses an ihrer Wange, als sie aufwachte. Sie öffnete die Augen und sah Pugsly, der neben dem Kissen saß und sie anschaute. »Hallo, Süßer.«

Er stupste sie mit der Nase an und leckte ihr Gesicht ab. Sie drehte sich auf den Rücken und merkte, dass Nick fort war. Nachdem sie sich aufgesetzt hatte, sah sie durch das dunkle Schlafzimmer hin zu der geöffneten Badezimmertür. Das Licht war aus. »Nick?«

Keine Antwort.

Sie stieg aus dem Bett und Pugsly folgte ihr ins Bad. Sie nutzte kurz die Toilette und fand dann die Kleidung von ihnen beiden auf dem Stuhl in der Ecke. Sie zog ihren Slip und Nicks T-Shirt an, das ihr bis zur Mitte der Oberschenkel reichte, und machte sich dann auf die Suche nach ihm, wobei sie den Anflug von Enttäuschung darüber zu ignorieren versuchte, dass er sie mitten in der Nacht allein gelassen hatte.

Im übrigen Haus war es ebenfalls dunkel. »Nick?«

Nur Stille begegnete ihr, und daher spähte sie zur Terrassentür hinaus, aber es war zu dunkel, um etwas zu sehen. Sobald sie die Tür öffnete, hörte sie jedoch seine Gitarre und der Klang ging ihr direkt ins Herz. Als sie auf die kalten Schieferplatten der Terrasse hinaustrat, sah sie ihn mit dem Rücken zu ihr auf dem Hügel sitzen, mit Goldie und Rowdy an seiner Seite. Sie lauschte seinem Gitarrenspiel und saugte den Anblick von ihm im Mondlicht in sich auf. Die Art, auf die sie zusammengekommen waren, hatte sich zu schön angefühlt, um wahr zu sein. Nun hielt sie einen Moment lang wie erstarrt inne und wünschte, hoffte, betete dafür, dass dies der Anfang dessen war, von dem sie voller Überzeugung sagen konnte, dass es die beste Beziehung, die schönste von Unterstützung und Humor geprägte Freundschaft und die tiefste, reinste und erfüllendste Liebe sein würde, und nicht das Ende von allem.

Pugsly bellte und flitzte von der Terrasse. Rowdy und Goldie rannten auf sie zu und Nick schaute herüber. Mit einer Portion Mut und einer großen Dosis Hoffnung ging Trixie zu ihm, um herauszufinden, wo sie beide nun standen.

Goldie und Rowdy zogen los, um zu toben, und Pugsly jagte in der Dunkelheit hinter ihnen her.

Nick spielte weiter Gitarre und beobachtete sie, während sie näherkam, was sie nervös machte. Er hob das Kinn. »Hey.«

Hey? Nicht *Darling* oder *Trix?* Sie gab ihr Bestes, um zu verbergen, wie verletzt sie war. »Hallo. Alles in Ordnung?«

Er nickte, aber sein Gesichtsausdruck war nicht in Ordnung. Irgendetwas stimmte nicht. »Ich brauchte etwas frische Luft, also habe ich mich um die Tiere gekümmert und mir gedacht, ich setze mich etwas nach draußen. Hab dich hoffentlich nicht geweckt.«

»Hast du nicht.« Sie setzte sich neben ihn und zog die Knie an, um dann die Arme darum zu schlingen, damit sie sich nicht so verletzlich fühlte. Es funktionierte nicht. Egal wie groß ihre Angst vor seinen Antworten war, sie musste wissen, wie es nun weiterging. »Mir ist klar, dass das heute sehr viel war, Nick. Wenn du es bereust, sag es mir, bitte. Ich möchte nicht, dass es zwischen uns seltsam ist.«

Er legte sich die Gitarre auf den Schoß. »Ich bereue nichts, was ich mit dir getan habe, Trix, außer wie ich dich dieses erste Mal habe stehen lassen, in der Küche. Ich bin nur … Es ist sehr viel. Du weißt, wie ich bin. Ich bin es nicht gewohnt, jemanden so nah an mich heranzulassen.«

»Ich weiß. Und ich werde nicht lügen. Es tut weh. Aber ich verstehe es. Du warst seit Ewigkeiten allein.«

»Ja, das ist ein Grund.« Seine Kiefermuskeln zuckten.

»Ein Grund? Rede mit mir, Nick. Bitte!«

»Durch dich fühle ich all diesen Mist, bei dem ich keine Ahnung habe, was ich damit anstellen soll. Keinen einzigen Tag in meinem Leben bin ich eifersüchtig gewesen, und plötzlich bin ich auf Travis und Jon eifersüchtig? Das sind tolle Kerle. Das sind meine Freunde, obwohl Jon mir auf den Keks geht, wenn er dich anbaggert. Mit dieser Eifersucht komme ich mir armselig vor und ich hasse dieses Gefühl.«

Sie konnte ihr Lächeln nicht unterdrücken.

»Warum lächelst du, wenn ich dir gerade gesagt habe, dass ich mir armselig vorkomme?«

»Weil ich dich schon seit Ewigkeiten gernhabe und nun ist mein heißer Cowboy eifersüchtig wegen mir. Lass mich das einfach nur eine Minute lang auskosten. Aber nur zur Info: Was Travis angeht, wirst du deine Eifersucht überwinden müssen, denn ich habe gern einen Joggingpartner, und das werde ich nicht aufgeben.«

»Das geht in Ordnung. Er kann mit dir laufen, solange ich der Einzige bin, der das Bett mit dir teilt.« Er lächelte, doch dann wurde sein Ausdruck wieder ernst. »Warte mal ... Du hast mich seit Ewigkeiten gern?«

»Kommt mir wie eine Ewigkeit vor. An dem Tag, an dem du in die Kneipe Mr. B gekommen bist, mit deinem großspurigen Auftreten und wie du dich auf der Tanzfläche bewegt hast, da habe ich nicht nur Funken in mir sprühen gefühlt. Es war, als hätte die Sonne meinen Körper eingenommen, hätte mich von innen heraus erleuchtet und alles um mich herum erstrahlen lassen. Du bist voller Selbstvertrauen und witzig. Nicht witzig im Sam- oder Zev-Style, sondern im Nick-Style, was mir viel besser gefällt. Und du warst – bist – so dickköpfig und arrogant, dass du mich irgendwie an mich erinnert hast. Noch nie war ich so jemandem wie dir begegnet. Und jedes Mal, wenn ich an dich dachte oder dich sah, war ich so glücklich und natürlich auch frustriert, weil meine Verliebtheit nicht erwidert wurde.«

Verblüfft sah er sie an. »Wie konnte ich das nicht merken? Ich dachte, du wolltest ernsthaft nur eine Freundschaft mit Vorzügen. Warum zum Teufel hast du es mir nicht gesagt?«

»Dir sagen? Oh Mann, das wäre ja wohl gar nicht peinlich gewesen.« Sie lachte. »Warst du jemals verknallt?«

Er legte seine Gitarre ins Gras, zog ein Knie an und legte den Arm darauf. Mit dem Blick hinaus auf die Weide gerichtet sagte er: »Einmal. Da war ich neunzehn. Sie war zweiundzwanzig und wohnte in Nashville.«

»Die Frau *ohne*?«

»Ja.« Er sah sie an. »Sharon. Wir haben uns auf einer Pferdemesse kennengelernt. Sie nahm auch an Wettkämpfen teil. Wir haben uns gegenseitig besucht, so oft es ging, aber sie wollte, dass ich nach Nashville ziehe, und ich wollte meine Familie nicht verlassen.«

»War das als Tory starb und deine Brüder fortgingen?«

»Nein, es war etwa sechs Monate vorher schon zu Ende. Wir hatten keine gemeinsamen Ziele. Du weißt, dass meine Wurzeln tief gehen. Hier geboren, hier begraben.«

»Hast du sie geliebt?«

Er schüttelte den Kopf und zuckte mit den Schultern. »Wer weiß. Ich war ziemlich jung. Ich mochte sie so sehr, dass ich immer zu ihr gefahren bin, aber nicht genug, um mein Zuhause zu verlassen.«

»Und seitdem hat es keine besondere Frau in deinem Leben gegeben?«

Er schaute ihr lange in die Augen. »Doch, eine, und die sehe ich gerade an.« Er beugte sich zu ihr hinüber und flüsterte: »Eine dickköpfige, toughe Frau mit einem phänomenalen Lächeln.« Er küsste sie. »Und jetzt verrate mir den wahren Grund dafür, dass du mir nie erzählt hast, dass du mich auf diese Weise magst.«

»Gleich. Ich bin gerade voll damit beschäftigt, vor mich hin zu schmelzen.«

Wieder küsste er sie.

»Der wahre Grund dafür ist, dass du der Cousin meiner Freunde und vier Jahre älter bist, was als Teenager viel war. Dann wurden wir so schnell zu Freunden, dass ich dachte, ich würde über meine Gefühle für dich hinwegkommen, aber sie wurden nur noch intensiver. Und als ich das eine Mal versucht habe, mit dir zu flirten, nach der Siegesfeier in Colorado, da hast du es nicht einmal wahrgenommen.«

Er fuhr sich über das Gesicht. »Mein Gott, Trix. Ich habe dich in Colorado wahrgenommen, aber ich dachte nicht, dass du bewusst flirtest, weil du mir sonst auch immer nah kamst.«

Sie kletterte auf seinen Schoß. »Ich bin dir gern nah.«

»Wirklich? Wäre mir gar nicht aufgefallen.« Er strich ihr die Haare hinter die Ohren und küsste sie. »Ich habe dich in Colorado nicht nur wahrgenommen, Darling, sondern bin in jener Nacht auch bei dir geblieben und erst gegangen, kurz bevor du aufgewacht bist. Ich hatte befürchtet, dass du versuchen würdest, wieder zurück zur Bar zu gehen.«

»Du bist geblieben?« Das Glücksgefühl in ihr wurde immer größer. »Du hast dich um mich gekümmert. Du *mochtest* mich also.«

»Glaubst du?« Er lachte leise. »Diese Nacht hat alles verändert. Seitdem habe ich jeden Tag an dich gedacht. Deshalb war ich so oft in Oak Falls.«

»Im Ernst? Das hast du dir nie anmerken lassen.«

»Ich bin mir ziemlich sicher, dass meine Latte mich verraten hat.«

»Da dachte ich, das wäre nur eine typische Mann-Frau-Reaktion. Wenn ich daran denke, dass ich mit dem festen Entschluss hergefahren bin, über dich hinwegzukommen.«

Er küsste ihren Hals. »Du meinst wohl eher *unter* mich zu kommen.«

»Ich bin gern unter dir.«

Erneut küsste er sie, doch nun ganz sanft. Dann umfasste er ihr Gesicht mit seinen rauen, warmen Händen und sah ihr in die Augen. All seine Gefühle, aber auch den Kampf mit sich selbst konnte sie darin lesen, und seine Augen waren randvoll sowohl mit Gefühlen als auch einem nicht zu leugnenden Kampf. »Du bist etwas Besonderes, Trixie. Du bist die einzige Frau, die mich je so berühren durfte, wie du es unter der Dusche getan hast, und die mir sagen darf, was ich zu tun habe. Und du bist die einzige Frau, die je in meinem Bett gewesen ist.«

»Das ist ...« *Überraschend?* Eigentlich nicht. Sie wusste, dass ihm sein Zuhause heilig war. »Das höre ich gern.«

Er drückte seine Lippen auf ihre und streichelte ihre Wange. Diese so intime Geste erwärmte sie ebenso wie sein Geständnis. »Du bist eine ganz besondere Frau, Trixie, und ich will dich. Ich will *uns*. Ich muss mir nur noch über einiges klar werden.«

»Damit du dir nicht mehr armselig vorkommst.«

Seine Mundwinkel gingen nach oben, als er nickte. »So in etwa.«

Sie war erleichtert und auch ein wenig traurig, weil er sein Herz so lange unter Verschluss gehalten hatte, dass er kaum noch den Schlüssel fand. »Lass dir Zeit, Cowboy. Mein Herz gehört schon seit Ewigkeiten dir. Ich gehe nirgendwohin.«

Sie küsste ihn sanft und ging dann zum Haus zurück, um ihm Zeit und Raum zu geben, damit er nachdenken konnte. Sie ging in sein Schlafzimmer, um ihre Sachen zu holen, und der Anblick der durchwühlten Laken auf dem Bett versetzte ihr einen traurigen Stich. Sie trug ihre Kleidung in ihr Schlafzimmer und ging ins Bett, während sie darüber nachdachte, wie viel sich geändert hatte und wie sehr er sich heute Abend ihr gegenüber geöffnet hatte. Nicht nur in der Kneipe oder gerade draußen, sondern auch als sie sich geliebt hatten. Kein Wunder, dass er bei all dem etwas ausflippte. Sie auch, aber auf eine positive Art.

Sie musste eingedöst sein, denn sie wachte auf, als die

Matratze sich senkte, weil Nick hinter ihr ins Bett stieg und sie in seine Arme nahm. Pugsly sprang auf das Fußende des Bettes. Ein Glücksgefühl breitete sich in allen Winkeln ihres Ichs aus, als sie sich an ihn kuschelte. Sein warmer Atem glitt über ihre Haut, seine Beinhaare kitzelten, und sein Herz klopfte gleichmäßig und beruhigend gegen ihren Rücken, als sie flüsterte: »Ich dachte, du brauchst ein bisschen Zeit für dich.«

»Will ich auch, aber ich möchte dich dabeihaben.«

Siebzehn

Nick beobachtete, wie die Sonne durch die Vorhänge schlich und sich über das Bett ergoss, in dem Trixie schlief – weich und warm in seinen Armen und mit Pugsly an ihren Bauch gedrückt. Nick lag ganz ruhig da, wartete darauf, dass ihn eine Anspannung überkam oder die Kampf-oder-Flucht-Reaktion einsetzte. Trixie gab einen schläfrigen Laut von sich und kuschelte sich enger an ihn. Sie roch süß und sexy, und der gestrige Abend kam ihm mit jeder Einzelheit lebhaft ins Gedächtnis, von ihrem verlangenden Blick bis hin zu ihren sinnlichen Bitten – *Ich möchte mich nur kurz nicht bewegen und diesen Moment ganz bewusst mit dir genießen … Ich will, dass du mich siehst.* Diese Worte hatten all seine Sinne geöffnet. Er hatte für immer tief in ihr vergraben sein wollen.

Und nun sehnte er sich wieder danach, in ihr zu sein, doch es war dieses Gefühl in seinem Herzen, dem seine ganze Aufmerksamkeit galt. Als er in der vergangenen Nacht zurück ins Haus gekommen war, hatte er gedacht, sie wäre zurück in sein Schlafzimmer gegangen, und der Anblick des leeren Bettes hatte ihn innerlich zerrissen. Er hatte sich geschworen, alles in seiner Macht Stehende zu tun, um sie an sich heranzulassen, egal wie furchteinflößend oder schwierig es werden würde. Ein

Jahr hatte er für einen langen Zeitraum gehalten, um seine Gefühle für sich zu behalten, aber sie war ihr gesamtes Erwachsenenleben lang in ihn verliebt gewesen. Er musste blind gewesen sein, um das nicht zu sehen. Sie war so geduldig mit ihm, so großzügig, zärtlich und doch so stark. Er empfand Ehrfurcht vor ihr.

Sie regte sich etwas, drehte sich dann in seinen Armen um und wandte ihm ihr süßes Gesicht zu. Ihm wurde bewusst, dass Kampf oder Flucht kein Thema waren. Monatelang hatte er sich nicht mehr so *gelöst* gefühlt, als wäre er genau dort, wo er sein sollte, und er hatte verdammt Glück, dass sie *die Seine* war.

Pugsly gab ein verärgertes Grunzen von sich und sprang vom Bett.

»Du bist ja noch hier«, meinte sie verschlafen.

»Das ist nicht unbedingt die Reaktion, auf die ich gehofft hatte, Darling.«

Sie lächelte und küsste ihn aufs Kinn. Er liebte es, wenn sie ihn dort küsste, auf seine Brust und auch sonst überall. Aber gerade diese unerwarteten Kinn-Küsse entfachten diese Gefühle, die sich durch seine perfekt hochgezogenen Mauern brannten.

»Ich war mir nicht sicher, ob du da sein würdest, wenn ich aufwache«, gestand sie. »Ich bin froh, dass du geblieben bist.«

Schuldgefühle überkamen ihn, weil sie das Gefühl hatte, sich in der Hinsicht nicht auf ihn verlassen zu können. Aber wie sollte sie auch. Immerhin hatte er sie alleingelassen, nachdem sie intimer miteinander gewesen waren als je zuvor. Er war fest entschlossen, das wiedergutzumachen. »Es tut mir leid, dass ich gestern Nacht einfach gegangen bin.«

»Das muss es nicht. Du hast mir den Grund erklärt. Das verstehe ich.«

Er kuschelte sich an ihren Hals. »Aber das sollte nicht so

sein.«

»Du bist ja jetzt hier, obwohl du hättest aufstehen können. Das sehe ich als Erfolg.«

»Glaub mir, heute Morgen wollte ich um nichts in der Welt gehen.« Er legte die Hand auf ihren Hintern und drückte sie gegen sich, damit sie spürte, was sie bei ihm auslöste. Ein Strahlen trat in ihre Augen und er fragte: »Musst du dich für deine Joggingrunde mit Travis fertig machen?«

»Nein. Er hat gestern April übers Wochenende zu sich geholt, also kann er ein paar Tage lang nicht laufen.«

»Mhm.« Er küsste sich über ihre Wange bis hin zu ihrem Ohr. »Heißt das, dass ich dich heute Morgen ganz für mich allein habe?«

»Ja. Ich dachte, wenn du die Arbeit mit deinen Pferden erledigt hast und ich mit Alfie und Annabelle trainiert habe, wir Buttons und Prince abgeholt und eingerichtet haben, könnte ich meine Präsentation für die Besprechung mit Jordan mit dir durchgehen.«

Er drehte sie auf den Rücken und legte sich auf sie. »Ich merke schon, wie das hier abläuft.« Er küsste ihren Hals. »Du meintest doch, nicht alle Frauen würden den Männern sagen, was sie zu tun haben.«

»Ich sage dir nicht, was du zu tun hast. Es ist nur ...« Sie biss sich auf die Unterlippe und grinste verschlagen.

Er hob eine Augenbraue. »Es ist nur ...?«

»Ein Vorschlag.«

»Netter Versuch, Darling, aber ich habe dich durchschaut.« Er hob ihr T-Shirt an und bewegte sich weiter abwärts. »Zuerst hast du mich am Haken und dann bringst du mich dazu, in aller Öffentlichkeit unseren Status zu verkünden.« Er fuhr mit der Zunge über ihre Brustwarze und wurde mit einem sexy

Stöhnen belohnt. »Dann fängst du an, meinen Terminplan zu machen.« Er wanderte weiter nach unten, verwöhnte ihren Bauch mit offenen Küssen, sodass ihr noch mehr sündige Laute entwichen. »Und dann gibst du mir vor, was ich tun soll.« Er kitzelte sie an den Rippen.

Sie kreischte auf und versuchte, außer Reichweite zu gelangen. »Mache ich gar nicht!«

»Klingt für mich aber so.« Wieder kitzelte er sie.

»Nein! Hör auf!«, sagte sie lachend. »Mache ich nicht!«

Er knabberte an ihrem Bauch und zerrte ihren Slip herunter. Ihre Blicke trafen sich und um sie herum stand plötzlich alles in Flammen. Er küsste sich an ihren Beinen hinauf, verharrte innen an ihren Oberschenkeln und sorgte dafür, dass sie sich wand und stöhnte, während er sich gleichzeitig seiner Boxershorts entledigte.

»Ja! Hör nicht auf«, keuchte sie.

Er küsste und saugte, und dann kitzelte er sie noch einmal, nur um ihr unglaubliches Lachen zu hören. Kreischend warf sie sich von einer Seite zur anderen und versuchte, seinem Kitzeln zu entkommen. »Versuche nicht, mich zu kontrollieren, Darling«, warnte er sie.

»Mach ich nicht, mach ich nicht!«

Er kroch an ihrem Körper aufwärts, nahm jeden wohlklingenden Laut in sich auf und senkte seinen Mund auf ihre Brustwarze. Sie wand sich, stöhnte und keuchte, während kleine Lachanfälle wie Nachbeben aus ihr herausplatzten.

»*Gott ...*«

Er kam höher und grinste sie an. »Du kannst mich ruhig Nick nennen, Darling.«

»Du bist ein Idiot.« Sie lachte.

»Ich bin gleich ein sehr glücklicher Idiot.«

Als er seine Lippen auf ihre senkte, sagte sie: »Rache ist süß, Cowboy.«

Etwas anderes erwartete er auch nicht.

Später an dem Morgen trocknete Trixie das Geschirr ab, während er spülte. Sie sah umwerfend aus in ihren kurzen Jeansshorts, einem ihrer unzähligen bauchfreien T-Shirts und den Stiefeln. Er war nie jemand gewesen, dem viel an Freizeit gelegen hatte. Er war einer, der mit der Sonne aufstand und seine Arbeit erledigte, aber an Vormittage wie diesen konnte er sich gewöhnen. Er war sich nicht ganz sicher gewesen, wie er damit zurechtkommen würde, Trixie jede Minute um sich zu haben, aber sie hatte diesen Morgen besser gemacht. Es gefiel ihm, mit ihr in seinen Armen aufzuwachen, sich ineinander zu verlieren, unter der Dusche herumzumachen und auf der Terrasse zu frühstücken. Es war ein verdammt guter Morgen gewesen.

Sie trocknete den Rest ab und fragte: »Wo sind unsere Handys?«

»In den Jeans, die ich gestern Abend anhatte.« Er freute sich nicht besonders darauf, sich durch hunderte Nachrichten zu kämpfen, nachdem Jillian ihre Pärchen-Neuigkeiten wahrscheinlich an all ihre Kontakte geschickt hatte.

»Bin gleich wieder da.« Sie verließ die Küche und kam wenige Minuten später mit beiden Handys wieder zurück. Sie hielt ihm seines hin. »Bist du bereit?«

»Habe ich eine Wahl?« Er nahm sein Telefon.

»Wir könnten sie später einschalten, aber wenn Jilly wirklich allen das Foto von uns geschickt hat, dann wollen sie sicher wissen, was los ist.«

Er zog sie in seine Arme. »Und was ist los, Trix?«

»Na ja … wir sind wohl Freunde, die ein paar Schritte weiter gegangen sind.« Sie schlang die Arme um seine Taille und schob die Hände unter sein T-Shirt, wie sie es am Abend zuvor getan hatte.

Diese leichte Berührung sorgte für ein erneutes Erwachen seines Körpers. Er wusste, dass sie die Art ihrer Beziehung bewusst nicht konkret benennen wollte, aber egal wie man es nannte, er war ihr vollkommen verfallen. So nervenaufreibend es auch sein mochte, ihre Macht über ihn wirkte wie ein Wahrheitstrank. »Ich will nicht, dass die Leute sich fragen, was das mit uns ist.«

»Oh … Willst du das Foto, das Jilly gemacht hat, runterspielen und sagen, dass es nur zwei Freunde zeigt, die Spaß haben?«

Bei der Enttäuschung in ihrer Stimme schnürte sich ihm der Magen zu. »Nein, Darling. Sie sollen wissen, dass wir ein Paar sind.«

»Wirklich?« Ein Lächeln ließ ihre Augen erstrahlen.

»Was glaubst du denn?« Er drückte seine Lippen auf ihre. »Mittlerweile weiß der ganze verdammte Ort, dass wir auf der Tanzfläche rumgemacht haben, und das bedeutet, Morgyn und Graham wissen es. Wenn Morgyn es weiß, dann weiß es Brindle und dann …«

»Dann weiß es auch Trace.«

»Genau. Ich will auf keinen Fall, dass deine Familie denkt, ich würde dich nicht respektieren.«

»Also … du *willst*, dass sie uns für ein Paar halten?«

Er musste schlucken, als sie es laut aussprach. »Ja.«

»So wie *Nick und Trixie gehen miteinander?*«

Er lachte, hob sie auf die Arbeitsfläche und stellte sich zwischen ihre Beine. »Eher so wie Nick und Trixie *machen es*, aber ja.«

»Das sollten wir ihnen vielleicht so nicht sagen«, flüsterte sie.

»Stimmt. Deinen Mund kann ich anders viel besser einsetzen.« Er küsste sie genüsslich. Mit verträumtem Blick löste sie sich von ihm.

»Also jetzt kann ich gar nichts mehr sagen.«

Er schmunzelte und gab ihr einen schnellen Kuss. »Lass uns diesen Nachrichten-Kram hinter uns bringen, damit wir uns um die Tiere kümmern können.«

Als sie ihre Handys einschalteten, bimmelte es durcheinander wie die Glocken auf einer Weihnachtsparade. »Ach, Darling, ich möchte mir das am liebsten gar nicht ansehen.«

»Dann sehe ich mir das für uns beide an. Deins oder meins zuerst?«

Er gab ihr sein Handy.

Sie tippte auf den Bildschirm und grinste. »Beau und Graham sagen, es wurde ja auch mal Zeit.«

Nick schnaubte.

»Zev hat ein Foto von sich und Carly geschickt und schlägt ein Wettrennen zum Altar vor.« Sie kicherte.

»Du brauchst noch nicht in den Sonnenuntergang zu reiten, Darling. Eins nach dem anderen.«

»Ich weiß. Ich bin vollkommen glücklich damit, wie es jetzt zwischen uns ist.« Sie küsste ihn aufs Kinn und las dann die nächste Nachricht. Sie runzelte die Stirn. »Dein Dad sagt, er sei froh, dass er keine Gespenster sieht. Was soll das bedeuten?«

»Dass er ein Klugscheißer ist. Fertig?«

»Nein, da ist auch noch eine von deiner Mom. Sie sagt, sie könnte sich nicht mehr für uns freuen und dass sie Marilynn für das Duschgel danken muss.« Sie schaute zu ihm auf. »Marilynn Montgomery? Brindles Mutter? Was soll das denn bedeuten?«

»Wenn ich das wüsste. Sie hat mir zu Weihnachten ein Duschgel von Marilynns Schwester geschenkt.«

»*OmeinGott*, Nick! Brindles Tante Roxie stellt Duschgel, Shampoo und Lotionen her. Sie behauptet, dass da ein Liebeselixier hineingemischt wurde.«

»Sind denn alle übergeschnappt? Das ist vollkommener Quatsch.«

Trixie kicherte. »Wer weiß? Vielleicht haben das Duschgel und der Zauber des Gasthofes uns den letzten nötigen Schubser gegeben und uns zusammengebracht.«

»Oder vielleicht hast du einfach herausgefunden, wie du mir unter die Haut gehen kannst, und zwar auf eine Art und Weise, auf die es sonst noch keine geschafft hast.«

»Der Grund gefällt mir.« Sie packte ihn am T-Shirt und zog ihn zu einem Kuss heran.

»Mhmm. Dein Mund braucht keinen zusätzlichen Zauber.« Er küsste sie noch einmal, langsamer und tiefer. Er legte seine Wange an ihre und atmete ihren Duft ein. »Wie konnte ich dir so lange widerstehen?«

»Das habe ich mich die vergangenen Jahre auch gefragt.«

Er lachte. »Waren das all meine Nachrichten?«

»Nein. Jeb und Shane haben auch etwas geschrieben.«

»Dachte ich mir. Was schreiben sie?«

»Jeb schreibt, du sollst ihn anrufen. Shane meint, wenn du mir wehtust, bekommst du es mit ihm zu tun.«

»Das kann man kaum als Drohung betrachten, aber mach dir keine Sorgen, Darling. Ich habe nicht im Entferntesten die

Absicht, dir wehzutun.«

»Das haben die wenigsten. Es passiert einfach.« Sie steckte ihm das Handy in die Gesäßtasche und ging ihre eigenen Nachrichten durch. »Oh-oh, Shane hat ein paar Mal angerufen.« Sie las, was ihre Freundinnen geschrieben hatten, und kicherte.

»Was ist so witzig?«

»Morgyn sagt, dass sowieso niemand einer Frau aus Oak Falls widerstehen kann, und Lindsay, Amber und Brindle sind einfach nur albern und versaut. Ich hab die Mädels so lieb.« Ihr Handy klingelte. »Das ist Shane, er will einen Videocall machen.« Als sie den Anruf annahm, machte sich Nick auf den Weg, um seinen Hut zu holen.

»Hey, schön, dass du noch lebst«, meinte Shane trocken. »Wir haben versucht, dich zu erreichen.«

Nick wusste, dass er wahrscheinlich aus der Küche gehen sollte, um ihr etwas Privatsphäre zu geben, aber er wollte sicher sein, dass ihr Bruder ihr nicht wegen ihm zusetzte. Er lehnte sich ihr gegenüber an die Kochinsel und verschränkte die Arme.

»Tut mir leid. Wir haben unsere Handys ausgestellt, nachdem Jilly dieses Foto weggeschickt hat. Wir wussten, dass wir mit Nachrichten nur so überschüttet würden. Oh, hallo, Trace!«

»Hi! Ihr beide wart *das* Gesprächsthema bei der Jamsession gestern Abend.« Nick erkannte die Stimme von Trace. Alle paar Wochen öffneten die Jerichos eine ihrer Scheunen für eine Jamsession der Gemeinde, auf der jeder, der ein Instrument spielte, auf der Bühne auftreten konnte. Menschen aller Altersgruppen kamen zusammen, um gemeinsam Musik zu hören, zu tanzen und an verschiedenen Spielen wie Sackhüpfen, Ringe werfen oder Touch-Football teilzunehmen.

»Na großartig«, meinte sie sarkastisch.

»Du wirst dich sicher darüber freuen, dass du und Nick jetzt online den Hashtag #TeamNixie bekommen habt«, sagte Trace.

»Was zum Henker ist Team Nixie?« Nick kam herüber, sodass ihre Brüder ihn sehen konnten. »Hi, Shane. Trace.«

»Als Trace und Brindle zusammenkamen, hat Lindsay den Hashtag #TeamTrindle erstellt«, erklärte Trixie. »Für das Turkey-Trot-Rennen zu Thanksgiving hatte sie sogar T-Shirts bedrucken lassen. Nixie ist die Verbindung von unseren Namen: Trixie und Nick gleich Nixie.«

Nick schüttelte den Kopf. »Dorfleben …«

»Dir war wohl nicht klar, dass du gleich den ganzen Ort datest, wenn du eine Frau aus Oak Falls datest, oder?«, fragte Trace.

»Ruft ihr deshalb an?«, wollte Trixie wissen. »Um mir zu erzählen, dass wir einen Hashtag haben?«

»Ich wollte nur sagen, wenn du glücklich bist, bin ich es auch für dich«, sagte Trace.

»Danke, Trace.«

»Jetzt verstehe ich auch, warum Nick in letzter Zeit öfter hier war«, meinte Shane. »Hey, Braden, du hast auch eine Schwester, also wirst du verstehen, warum ich das hier sage. Ich gehe davon aus, dass du Trixie nicht einfach nur verarschen willst.«

»Du bist unglaublich. Woher willst du wissen, dass ich ihn nicht verarsche?«, entgegnete Trixie.

So kenne und liebe ich sie.

»Ich verstehe dich, Shane«, antwortete Nick ruhig. »Wenn Jillian in dieser Situation wäre, würde ich bei dem Kerl vor der Tür stehen, aber das heißt nicht, dass das richtig wäre. Unsere Schwestern sind erwachsene Frauen. Sie können ihre eigenen

Entscheidungen treffen.«

»Ich werde Jilly erzählen, dass du das gesagt hast«, ärgerte ihn Trixie.

Nick schüttelte den Kopf. »Shane, ich glaube, du kennst mich gut genug, damit ich darauf keine Antwort geben muss.«

»Dagegen ist nichts einzuwenden«, stimmte Shane zu. »Jetzt habe ich auch ein gutes Gefühl dabei. Trix, Dad hat gesagt, du startest mit deiner Firma hier auf der Ranch. Ist das noch der Plan?«

»Ja. Wir werden heute Nachmittag noch zwei weitere Pferde holen.« Sie erzählte ihnen von Buttons und Prince, und berichtete dann, wie gut sich ihre Bindung zu Annabelle und Alfie entwickelte. Nick war froh, dass sich ihre Brüder für sie freuten und interessiert daran waren, was sie tat, indem sie Fragen über ihre Ausbildung und das anstehende Treffen mit Jordan stellten.

»Du wirst die Besprechung rocken«, sagte Shane.

»Ja, du kannst gut mit Menschen umgehen, Trix«, stimmte Trace zu.

»Danke, das hoffe ich. Ich werde meine Präsentation nachher mit Nick üben.«

»Nick«, sagte Shane, »danke, dass du sie mit Travis und den Leuten in Pennsylvania zusammengebracht hast. Ich bin froh, dass du auf sie aufpasst.«

»Trixie kann selbst auf sich aufpassen.« Nick zwinkerte Trixie zu. »Aber ich helfe gern, wenn sie mich lässt.«

Trixie sprang von der Arbeitsfläche in der Küche. »Wir müssen uns jetzt um die Tiere kümmern. Sind heute Morgen spät dran.«

Shane hob die Hände. »Bitte, die Gründe dafür darfst du für dich behalten.«

»Dann werden wir dich hier wohl öfter sehen, oder, Nick?«, fragte Trace.

Nick legte den Arm um Trixie und gab ihr einen Kuss auf die Schläfe. »Damit ist zu rechnen.«

Sie wandte ihren Brüdern ihr strahlendes Lächeln zu. »Hey, könnt ihr mir einen Gefallen tun? Erzählt JJ und Jeb von unserem Gespräch, damit sie wissen, dass Nick ordnungsgemäß verhört wurde, und gebt meiner Nichte einen dicken Schmatzer von mir.«

Nachdem sie den Anruf beendet hatten, gingen sie nach draußen, um die Tiere zu versorgen. »Danke, dass du meine Ehre verteidigt hast.«

Nick legte einen Arm um ihre Schulter »Wie dankbar bist du genau?«

»Du hattest heute Morgen genug von mir.«

Er knabberte an ihrem Hals. »*Genug von dir* kann es gar nicht geben.«

Achtzehn

Trixie wartete weiter darauf, dass Nick klar wurde, wie sehr er sich ihr gegenüber öffnete, und dass er dann alles zurücknehmen würde. Doch im Laufe des Tages fühlte er sich anscheinend – im Gegenteil – immer wohler, und sie beschloss, es anzunehmen und das Beste zu hoffen. Sie arbeiteten mit Alfie und Annabelle und wollten in einer Dreiviertelstunde bei Travis sein, um Buttons und Prince abzuholen.

»Komm, wir bringen sie rein«, sagte Nick und nahm Annabelles Führstrick, um zum Gatter zu gehen.

»Aber ich wollte noch etwas länger mit ihnen trainieren.«

»Ins Haus, Darling, nicht in den Stall.«

Verwirrt fragte sie nach: »Ins Haus?«

»Sie müssen sich weiterhin zwischen Möbeln wohlfühlen, oder? Wir haben vielleicht keine nachgestellten Krankenhauszimmer, aber wir haben Schlafzimmer. Eine ganze Treppe können sie hier nicht meistern, aber die Stufen zur Veranda müssten gehen.«

»Oh, Nick!« Ihr Herz machte einen Satz. »Es macht dir wirklich nichts aus, wenn wir sie mit hineinnehmen?«

»Ich habe in meinem Haus lieber Pferde als Menschen.« Er hielt das Gatter auf. »Komm, Cowgirl. Lass uns mal herausfinden, was diese Babys so alles können.«

Sie war unfassbar aufgeregt. Sie brachten sie zu dem Platz, wo sie ihnen beigebracht hatten, sich auf Befehl zu erleichtern, damit sie ihre Pferdeäpfel fallen lassen konnten, bevor sie ins Haus gingen.

Als sie sich auf den Weg machten, kamen die Hunde herbeigerannt. »Bleib«, befahl Nick, und die Hunde hielten sofort inne und blieben auf Abstand.

Nick hielt ein paar Schritte von der Veranda entfernt mit Annabelle an, um Trixie zunächst mit Alfie die Stufen hinaufgehen zu lassen. Seine Beine waren so kurz, aber er erklomm die Treppe meisterhaft.

»Gut gemacht, Alfie! Braver Junge.« Sie streichelte ihn und wartete, während Nick Annabelle die Stufen hinaufführte. Annabelle überwand die Treppe ebenso gut wie Alfie und auch sie wurde ausgiebig gelobt.

Sie brachten sie ins Haus, gingen mit ihnen um die Möbel im Wohn- und Esszimmer herum, in die Schlafzimmer und Badezimmer und die Küche. Nick legte sich auf eines der Betten, damit Trixie einen Patientenbesuch mit den Pferden üben konnte. Alles fühlte sich viel realer an. Es war eine unglaubliche Erfahrung, und sie war unfassbar froh, dass Nick an ihrer Seite war.

Danach brachten sie die Pferde auf den Paddock neben dem Gehege, in das sie Buttons und Prince stellen wollten, damit die vier Pferde sich aneinander gewöhnen konnten und dabei doch sicher voneinander getrennt waren. Sie kuppelten den Anhänger an und fuhren zu Travis.

»Nervös?«, fragte Nick, als er ihr aus dem Pick-up half. Er öffnete das Handschuhfach und nahm einen Lolli, den er sich in die Gesäßtasche steckte, aus seinem Geheimvorrat.

»Ein wenig. Ich hoffe, sie mögen Annabelle und Alfie und sie gewöhnen sich einigermaßen an deine Ranch.« Travis hatte Buttons und Prince zusammengestellt, seit sie ihre Entscheidung getroffen hatte, was ihren Umzug hoffentlich leichter machen würde.

»Bestimmt. Wir werden dafür sorgen, dass sie sich wohlfühlen, genauso wie wir es bei Annabelle und Alfie gemacht haben.«

Das *Wir* klang nun vollkommen anders als noch vor einer Woche. Es klang besonders und nach *Paar* – und Trixie liebte es.

Travis kam mit April auf dem Arm aus dem Stall. April wand sich, um abgesetzt zu werden, und sobald sie auf dem Boden stand, rief sie »Nick!« und rannte in ihrem süßen rosa Sommerkleid und mit den um ihr hübsches Gesicht fliegenden Locken auf ihn zu.

Nick hockte sich hin, breitete die Arme aus und April warf sich hinein. Trixies Hormone gerieten vollkommen außer Kontrolle.

»Bist du bereit, deine neuen Minis mit nach Hause zu nehmen?«, fragte Travis.

»Ja! Ich kann es kaum abwarten, Buttons und Prince bei mir zu haben und sie mit Annabelle und Alfie bekannt zu machen. Ich hoffe, sie werden sich gut verstehen. Aber bevor wir sie holen, möchte ich dir noch etwas sagen. Weißt du noch, als du mich um ein Date gebeten hast und ich sagte, ich könnte das nicht, weil ich an jemand anderem interessiert war? Na ja, dieser andere war Nick, und wie sich herausgestellt hat, ist er auch an mir interessiert.«

Travis lachte sanft. »Dachte ich mir irgendwie schon.«

»Wirklich?«

»Jedes Mal, wenn du von ihm geredet hast, und das war sehr oft, sahst du glücklich aus.«

»Echt? Tut mir leid, wenn ich zu viel von ihm geredet habe. Ich bin schon so lange in ihn verliebt, dass ich wohl gar nicht mehr weiß, wie ich mich in einen anderen verlieben soll. Aber du bist ein toller Mann, Travis, und ich weiß, dass du eine großartige Frau finden wirst.«

»Nick ist auch ein toller Typ.« Er schaute zu Nick und Nick hob fragend das Kinn. »Ich freue mich für euch beide.«

»Danke, Kumpel.« Nick gab April den Lollipop und setzte sie ab.

»Aber meine Joggingpartnerin werde ich doch wohl nicht verlieren, oder?«, wollte Travis wissen.

»Auf keinen Fall«, versicherte Trixie. »Aber ich verspreche, nicht so viel über Nick zu reden.«

Nick legte den Arm um ihre Taille. »Sie redet über mich?«

»Pausenlos«, scherzte Travis. »Kommt, wir holen eure Pferde.«

Nick und Trixie verbrachten den restlichen Nachmittag mit den Pferden. Sie saßen draußen im Gehege bei Buttons und Prince, während die sich an ihre neue Umgebung gewöhnten. Trixie war froh, dass ihre neuen Babys sich dem Zaun näherten, der sie von Annabelle und Alfie trennte. Nach ein paar Stunden führten sie Buttons und Prince auf dem Grundstück herum, und mit Einbruch der Nacht stellten sie sie zusammen in eine Box neben Alfie und Annabelle. Sie aßen ihr Abendessen in der Scheune, so wie sie es getan hatten, als Annabelle und Alfie auf die Ranch gekommen waren, nur dass sie dieses Mal ihre Klamotten anbehielten, während Trixie an ihrer Präsentation feilte und Nick sie immer mal wieder küsste und ihr Tipps gab.

Nachdem sie die anderen Pferde zum Grasen nach draußen gebracht hatten, gingen sie zurück in den Stall und setzten sich zu den Boxen der Minis. Pugsly machte es sich neben ihnen gemütlich.

»Wie fühlt es sich an, deine vier Kleinen alle zusammen in einem Stall zu haben?«

»Irgendwie unwirklich und etwas beängstigend. Es ist meine Aufgabe, dafür zu sorgen, dass es ihnen gut geht, und Buttons und Prince auszubilden. Ich möchte für sie die bestmögliche Halterin sein. Empfindest du diesen Druck auch bei deinen Pferden?«

»Jeden Tag mit jedem Pferd. Du bist ein Naturtalent im Umgang mit ihnen, Trix. Du wirst das alles großartig hinkriegen. Und ich bin da, wenn du Hilfe brauchst.«

»Du warst wundervoll. Die Arbeit mit dir und Annabelle und Alfie … Es war einfach ein großartiger Tag. Sie ins Haus zu führen, machte das Ganze so real. Vielen Dank für das alles.«

»Es hat mir großen Spaß gemacht, und ich mag es, wenn du dich mit solch einer Lust deiner Sache widmest.« Er küsste sie auf die Schläfe. »Ich mag es auch, mich voller Lust dir zu widmen.«

Ihr wurde heiß. »Mhm. Darin bist du ziemlich gut.«

»Reite morgen mit mir aus, Darling.« Er knabberte an ihrem Ohr. »Wir können früh los, dann kannst du trotzdem noch joggen gehen.«

Das war ein riesiger, unerwarteter Schritt. Sie waren schon während des Tages ausgeritten oder am frühen Abend, aber der Morgen war immer Nicks Zeit für sich gewesen. »Habe ich das richtig gehört? Fragst du mich gerade, ob ich dich auf deinem heiligen morgendlichen Ausritt begleite?«

»Daraus machst du jetzt eine große Sache, oder?«

»Wer, ich? Gar nicht. Es wäre mir eine Ehre, dich auf deiner geschätzten Auszeit zu begleiten, wenn du über lebensverändernde Dinge grübelst, wie zum Beispiel was du zum Frühstück essen sollst oder wie maulig du den ganzen Tag über sein willst.« Sie kicherte.

Er grinste, schüttelte aber den Kopf. »Warum soll ich mir das eigentlich antun?«

»Weil du mich magst«, sagte sie säuselnd und drehte sich zu ihm. »Ich würde wahnsinnig gern mit dir ausreiten, aber zuerst brauche ich ein paar Antworten.«

»Jetzt kommt's.« Die Kiefermuskeln zuckten.

»Was hat sich für dich geändert? Du scheinst entspannter zu sein, was uns angeht.«

Er lehnte sich mit dem Rücken an die Wand. »Es ist um ein Vielfaches leichter, sich einfach darauf einzulassen, als dagegen anzukämpfen.«

»Warum hast du dagegen angekämpft? Also abgesehen davon, dass du unsere Freundschaft nicht gefährden wolltest.«

»Weil dein Leben in Virginia stattfindet und mein Leben ist hier. Ich war mir nicht sicher, wohin das führt, und ich wollte das zwischen uns nicht komplizierter machen oder dir wehtun.«

»Aber nichts davon hat sich geändert«, hakte sie nach.

»Nein, aber andere Dinge, wie zum Beispiel die Tatsache, dass ich keine Ahnung hatte, dass du auf mich stehst. Du hast einen Vulkan zum Ausbruch gebracht, obwohl ich alles versucht habe, um ihn in Schach zu halten. Du weißt, dass ich nie auf das hier aus war, Trix. Eine Beziehung hatte ich überhaupt nicht auf dem Radar. Dich allerdings schon.«

Ein wohliges Gefühl breitete sich in ihr aus.

»Und was die Orte angeht, an denen wir leben, haben sich meine Gedanken auch verändert. Ich mag mein Zuhause, und du startest dein Unternehmen bei dir. Du wirst Zeit brauchen, um das in Gang zu bringen. Fernbeziehung klingt gar nicht mehr so schlecht. Ich glaube, es wird für uns beide funktionieren. Abgesehen von all dem bestand eine meiner größten Sorgen darin, dass es mir gefiel, wie es zwischen uns als Freunden lief, und ich Angst hatte, dass sich das ändern könnte. Aber es hat sich nichts geändert, außer deinen Verhören.« Er drückte seine Lippen auf ihre. »Wir sind noch immer dieselben dickköpfigen Esel, die wir schon immer waren, und das gefällt mir an uns. Wir geben nicht vor, etwas anderes zu sein, so wie es viele Paare tun. Es musste sich nichts ändern, damit wir zusammen sein können – abgesehen von dem Offensichtlichen.«

»Du meinst das mit dem Nackt- und Exklusivsein?«

»Ja, verdammt!« Er nahm sie in den Arm und küsste sie leidenschaftlich. Dann stand er auf und zog sie mit sich hoch. »Den Pferden geht es gut. Was hältst du davon, wenn wir diese Veränderungen genauer erforschen?«

»Nur zu gern. Lass mich nur noch meinen Babys Gute Nacht sagen.« Sie gab ihm einen kurzen Kuss und trat in die Box. Sie ging in die Hocke und sofort kam Buttons zu ihr. »Hallo, meine Süße. Ich gehe jetzt ins Haus, aber morgen Früh komme ich gleich wieder zu euch. Versprochen.« Sie streckte die Hand aus und Prince kam zu ihr. Während sie ihn streichelte, sagte sie. »Ich glaube, du wirst eher eine Krone als ein Horn brauchen, mein kleiner Prinz. Ich hab dich lieb, und ich hoffe, ihr fühlt euch wohl heute Nacht.«

Sie gab Prince einen Kuss auf den Kopf, und als sie ihre Box verließ, um Annabelle und Alfie Gute Nacht zu sagen, kam Nick gerade aus deren Box.

»Hast du meinen Babys Gute Nacht gesagt?«

»Klar. Sie sind in meinem Stall, das macht sie auch zu meinen Babys.« Er hielt die Box auf und winkte sie hinein.

»Es gefällt mir, dass du so denkst.« Sie stellte sich auf Zehenspitzen und küsste sein Kinn.

Er zwinkerte ihr zu und steuerte die Box von Buttons und Prince an.

Nachdem sie sich von den Pferden verabschiedet hatten, gingen sie mit Pugsly zum Haus. Nick legte den Arm um Trixies Schulter und küsste sie auf dem Weg hinein. »Himmel, ich liebe es, dich zu küssen«, sagte er rau, als sie zur Terrassentür ins Haus stolperten. Er forderte einen härteren, tieferen Kuss ein. Er hob sie hoch, legte ihre Beine um seine Taille und trug sie in sein Schlafzimmer.

Als er sie hinlegte und sich daran machte, ihr die Kleidung auszuziehen, fragte sie: »Werde ich in einem leeren Bett aufwachen?«

»Nein«, antwortete er entschieden. »Aber es besteht sehr wohl die Möglichkeit, dass du neben meinem harten besten Stück aufwachst.«

Oh, wie sie seine unverschämt unanständige Art liebte! Sie griff nach dem Knopf seiner Jeans. »Ich könnte mir keinen besseren Start in den Morgen denken!«

Neunzehn

Der Sonntag zeigte sich weniger schwül und mit einem atemberaubenden Sonnenaufgang, als die Pferde sie den schmalen Pfad entlang trugen. Nick wusste nicht genau, was mit ihm los war, aber je mehr er sich zugestand, seine Gefühle für Trixie offenherzig zu erkunden, umso größer wurden diese Empfindungen. Während des Ritts redete sie nicht viel, aber sie einfach bei sich zu haben, machte es schöner. Sie genossen die Aussicht vom höchsten Punkt des Hügels, und als der Weg sie wieder hinabführte, ritt sie neben ihm über die Wiese.

Ein verschmitztes Funkeln trat in ihre Augen. »Und ab hier siehst du nur noch die Staubwolke von Romeo und mir.«

»Was —«

»Hüa!« Mit vollem Tempo galoppierten sie los.

Nick fluchte, drückte Lady die Fersen in die Flanken und jagte ihnen hinterher. Trixie lachte und winkte mit ihrem Cowboyhut, während sie die Zügel nur noch mit einer Hand festhielt. Als sie das andere Ende der Wiese erreichten, setzte sie ihren Hut wieder auf, lehnte sich vor, streichelte und lobte Romeo.

»Das war ein hinterhältiger Start«, beschwerte Nick sich im Scherz.

Sie beäugte ihn von oben bis unten, die Haare vollkommen zerzaust, die Wangen gerötet und mit kleinen Schweißperlen auf der Stirn. »Sollen wir das wiederholen, Cowboy? Romeo und ich sind ein großartiges Team. Ihr werdet staunen!«

Sie war so verdammt schön und überheblich, dass sie ihn schon jetzt immer wieder zum Staunen brachte.

»Ich möchte dich nicht so in die Erschöpfung treiben wie letzte Nacht.« Sie hatten es im Bett hoch hergehen lassen und sie war anschließend erledigt gewesen. Mit einem zufriedenen Lächeln auf den Lippen und in seinen Armen war sie schließlich eingeschlafen und er auch.

Sie hob das Kinn. »Na, Feigling?«

Er schnaubte. »Dann mal los!«

Und schon flogen sie wieder über die Wiese. Gleichzeitig kamen sie an, und sie bestand darauf, noch ein Wettrennen zu machen. Nachdem sie ein zweites Mal gleichauf waren, bemerkte sie, dass es einfach nur zeigte, wie perfekt sie zueinander passten. Ebenso wie das Beisammensein als Paar seine Denkweise veränderte, so entdeckte er auch Veränderungen an ihr, zum Beispiel in der Art, mit der sie freimütig über sie beide als Paar sprach. So neu es auch war, so fühlten sich die Dinge, die sie sagte, doch so an, als wären sie schon immer ein Paar gewesen.

Sie ritten den Pfad wieder hinab und an einer Gabelung hielt Trixie an. »Wohin führt der Weg?« Sie zeigte in die entgegengesetzte Richtung als die, aus der sie gekommen waren.

»Der Weg führt auch nach unten. Man kommt am anderen Ende von Walts Grundstück heraus.«

»Lass uns den nehmen!«

Ihre Begeisterung war ansteckend. »In Ordnung, aber ich bin den Pfad eine Zeit lang nicht geritten. Mach langsam, falls da Bäume herumliegen.«

»Klar doch, Cowboy.«

Sie folgten dem Weg, und es machte Spaß, mal eine andere Richtung einzuschlagen. Ihm war nicht bewusst gewesen, wie lange es her war, dass er seinen morgendlichen Ausritt abgeändert hatte. Sie kamen am äußersten Rand von Walts Besitz heraus und ritten dann nebeneinander an seinem Zaun entlang.

»Können wir einen Stopp bei Walt einlegen?«, fragte sie.

»Sicher. Um diese Uhrzeit ist er normalerweise draußen.«

Wenige Minuten später sahen sie Walt, an seine Scheune gelehnt. Er winkte, sie banden ihre Pferde am Zaun fest, sprangen hinüber und gingen über die Weide.

»Machst du eine Pause, alter Herr?«, rief Nick, als sie näherkamen und er seinen Freund beäugte. Sein rechtes Knie hatte er leicht angewinkelt und der Fuß baumelte in der Luft, als hätte er Schmerzen im Gelenk.

Walt schnaubte. »Dachte mir, ich versuche mal, etwas braun zu werden. Hallo, Darling.«

»Hallo! Ich habe meine neuen Pferde!«, teilte Trixie ihm freudig mit.

»Das ist großartig. Ich kann es kaum abwarten, sie kennenzulernen.« Walt setzte den Fuß ab und zuckte zusammen.

»Was ist passiert?«, fragte Trixie mit sorgenvoller Stimme.

Walt winkte ab. »Ach, nichts.«

»Ach ja?« Nick nahm ihm das nicht ab. »Verlagere mal das Gewicht auf den Fuß.«

»Jetzt nicht. Trixie, erzähl mir von deinen Pferden.«

Nick trat einen Schritt vor und verschränkte die Arme. »Erst wenn du mir erzählt hast, was passiert ist.«

»Hab mir den Fuß verknackst. Das ist in ein paar Minuten

wieder in Ordnung«, behauptete Walt.

Trixie sah ihn skeptisch an. »Wie viele Minuten ist das denn schon so?«

»Lass mich mal sehen.« Nick hockte sich hin, um Walt den Stiefel auszuziehen.

»Immer versucht der, mir die Klamotten vom Leib zu reißen«, scherzte Walt.

»Willkommen im Club«, meinte Trixie leise.

Walt hob eine Augenbraue, doch dann verzerrte er schmerzhaft das Gesicht, als Nick ihm den Stiefel auszog. »Verdammt …«

»Da hört sich nicht nach *nichts* an.« Nick tastete sein Fußgelenk ab. »Es ist nicht geschwollen.« Er versuchte, Walts Fuß zu bewegen, und wieder zuckte Walt zusammen. »Das sollte sich wahrscheinlich mal jemand ansehen. Warum hast du mich nicht angerufen?«

»Mein Handy ist drinnen«, grummelte Walt. »Warum weiß ich nichts davon, dass du ihr gern die Kleider vom Leib reißt?«

Nick sah ihn ausdruckslos an.

»Es war zuerst eher so, dass ich diejenige war, die ihm die Kleider vom Leib reißen wollte«, sagte Trixie. »Aber jetzt sind wir uns da einig.«

Nick bedachte sie mit dem gleichen Blick wie Walt.

»Wurde ja wohl auch mal Zeit, dass einer von euch zur Vernunft kam«, merkte Walt an.

»Es reicht.« Nick sah ihn nun wütend an.

Trixie stemmte die Hand in die Hüfte. »Weiß du was, Walt, ich kaufe dir eine Notruf-Halskette.«

»Red nicht so'n Quatsch! So was brauch ich nicht.«

»Ich trage dich zum Haus.« Nick legte den Arm um Walt.

»Ich bin keine Frau«, maulte Walt. »Mich muss man nicht

tragen.«

»Du bist schlimmer als jede Frau. Du bist ein dickköpfiger alter Mann. Glaubst du, du könntest den ganzen Weg da hochhüpfen, ohne dir die Hüfte auszurenken?«

»Heb ihn hoch, Nick«, sagte Trixie. »Und nur zur Information: Du bist ebenso dickköpfig wie Walt.«

Als Nick Walt hochhob, gab Walt eine Salve von Flüchen von sich und beschwerte sich weiter den ganzen Weg hinauf zu seinem Haus.

»Und wenn du nun einen Herzinfarkt gehabt hättest? Oder dir ein Bein gebrochen? Du könntest ein Gerinnsel bekommen. Deshalb solltest du auch nicht mehr allein wohnen. Du bist kein junger Mann mehr«, hielt Trixie ihm vor. »Vielleicht sollten wir mal eine Vierundzwanzig-Stunden-Pflegekraft für dich organisieren oder eine Frau.«

»Himmelherrgott! Ich brauche weder eine Frau noch eine Pflegekraft«, sagte er, als Nick ihn in sein uriges kleines Farmhaus hineintrug. »Ich hab doch Nick.« Er deutete auf das Sofa. »Setz mich einfach da ab.«

»Dann musst du dein Handy immer bei dir haben. Was wäre gewesen, wenn wir nicht zufällig vorbeigekommen wären?« Trixie ging zur Kühltruhe und nahm die Eiswürfel heraus. »Du hättest den ganzen Tag da sitzen können.«

Sie zog die Schubladen auf, fand einen Gefrierbeutel und füllte das Eis hinein, während Nick Walts Fuß mit einem Kissen auf dem Couchtisch ablegte und sich neben ihn setzte. »Ich würde dich gern in die Notaufnahme fahren, damit sich das jemand ansieht.«

»Ich bin kein Weichei, Nick. Das ist nach einem Tag wieder in Ordnung.«

Trixie legte das Eis auf sein Fußgelenk. »Lass das zwanzig

Minuten darauf liegen.«

»Hast du die Pferde schon versorgt?«, fragte Nick.

Walt schüttelte den Kopf. »Nein.«

»Dann machen wir das«, sagte Nick.

Trixie setzte sich auf den Couchtisch und hielt das Eis auf seinem Fuß. »Hast du gefrühstückt?«

»Ich brauch nichts.«

»Ich mache dir Frühstück.« Sie ging zurück in die Küche.

»Und ich versorge die Pferde.« Nick stand auf. »Wenn dein Fußgelenk anschwillt oder die Schmerzen stärker werden, bringe ich dich zum Röntgen. Keine Widerrede.«

Nick versorgte die Pferde und mistete die Boxen aus. Als er wieder ins Haus kam, stand das Geschirr von Walts Frühstück auf dem Couchtisch, neben einer Kanne Eistee und seinem hochgelegten Fuß, der jetzt fachmännisch verbunden war. Trixie saß neben ihm auf dem Sofa und lauschte gebannt einer Geschichte, die er ihr gerade erzählte. Nick nahm das Geschirr und trug es in die Küche, um es abzuwaschen.

»Es war eine Highschool-Liebe«, sagte Walt ungewohnt nachdenklich. »Aber sie wollte ein Kleinstadtleben, und ich bin nach dem Abschluss von der Highschool losgezogen, um den Glanz und Glamour von Hollywood zu erleben. Als ich schließlich ein paar Jahre später zurückkam, war sie mit meinem besten Freund aus Kindheitstagen verheiratet.«

»Ach, Walt! Das ist so traurig.«

»So war es eben einfach, Trixie. Es war nicht traurig. Ich habe mich für sie beide gefreut. Sie hat alles bekommen, wovon sie geträumt hatte, und ich auch. Aber du hast gefragt, ob ich jemals jemanden geliebt habe, und die Antwort lautet ja. Ich habe sie sehr geliebt. Aber das Trickreiten habe ich noch mehr geliebt.«

»Hast du es bereut, dass du gegangen bist?«, fragte sie.

»Als ich ging, nicht. Obwohl ich es bereut habe, ihr wehgetan zu haben. Sie war todunglücklich. Erst als ich in Rente ging und endgültig zurückkehrte, kam ich zur Ruhe und konnte über alles nachdenken. Ich sah sie ab und zu in der Stadt und mir wurde klar, was ich verpasst habe.«

Nick kannte Walt schon fast sein ganzes Leben lang und hatte diese Geschichte noch nie gehört. Er sah Trixies schönes Gesicht, ihre Hand auf der von Walt, ihren warmherzigen Blick, der auf ihm ruhte, und wieder spürte er dieses wohlige Ziehen in der Brust. Wenn ihr jemand wichtig war, erreichte sie das Herz desjenigen auf direktem Weg.

Genau wie du es bei mir geschafft hast.

Nick trocknete sich die Hände ab und ging zu ihnen.

»Nick und ich wissen genau, wie es ist, wenn man nicht aus seiner Heimatstadt wegziehen will. Aber ich weiß auch, wie es ist, wenn man etwas Größeres anstrebt, etwas Besseres, wie meine Firma und die Therapien.« Trixie schaute zu Nick. »Wusstest du von Walts erster Liebe?«

»Nein, davon wusste ich tatsächlich nichts. Lebt sie noch hier in der Gegend? Wer ist sie?«

Walt nickte. »Ja. Ich kannte sie als Reeny Hennington. Du kennst sie als Irene Helms, die Großmutter von Travis.«

»Walt!«, sagte Trixie verschwörerisch. »Travis hat mir erzählt, dass sein Großvater vor fünf Jahren gestorben ist. Hattest du in letzter Zeit Kontakt zu ihr?«

»Darling, der Zug ist vor langer Zeit abgefahren. Ich bin ein alter Mann, und ich habe nichts, was ich ihr oder sonst jemandem bieten kann.« Er tätschelte Trixies Bein. »Wie wär's, wenn ihr mich jetzt mal in Ruhe lasst und euch nackig im Heu amüsiert oder so.«

Sie lachte.

»Hör auf, dir mein Mädchen nackt vorzustellen«, warnte ihn Nick. »Ich werde mich ein paar Tage lang um die Pferde kümmern, damit du den Fuß nicht belasten musst.«

»Und ich komme in ein paar Stunden mit dem Mittagessen vorbei und das Abendessen bringe ich dann um sieben. Denk dran, dein Handy liegt auf dem Tisch neben dir und es hängt am Ladekabel. Ruf an, wenn du irgendetwas brauchst. Du hast Nicks Nummer, und meine Nummer werde ich auch einspeichern, weil Nick ebenso schlimm ist wie du, wenn es darum geht, das Handy bei sich zu haben.« Trixie gab Walt einen Kuss auf die Wange. »Ich hole deinen Stock von der Veranda, damit du dich darauf stützen kannst, wenn du mal zur Toilette musst.«

Sie war keine Sekunde zur Tür hinaus, da sagte Walt: »Sieh zu, dass du dieses Mädchen heiratest, sonst mache ich das. Ich habe seit fünfzig Jahren keiner Frau mehr den Hof gemacht, aber ich habe das sicher noch drauf.«

Walt hatte einmal zu Nick gesagt, dass es nur wenige bedeutsame erste Male gab, die ein Mann einer Frau schenken konnte, und dass er nur der Einen, ohne die er nicht leben konnte, richtig den Hof machen sollte.

Trixie kam wieder hereingerauscht, bevor Nick etwas Geeignetes auf Walts Bemerkung erwidern konnte. Sie stellte den Stock neben das Sofa. »So, da ist er.« Sie nahm Nicks Hand, als hätte sie das schon ihr ganzes Leben lang getan, und sagte: »Wir sollten uns um unseren Zoo kümmern, die Eier einsammeln, die Ziegen ins Spielgehege lassen, und ich möchte vor dem Mittagessen auch noch ein bisschen mit meinen Babys trainieren.«

»Mir gefiel Walts Idee, nackt im Heu herumzumachen.«

Nick zwinkerte Walt zu und dann gingen sie hinaus.

Trixie schmiegte sich an ihn, als sie über die Weide gingen. »Ich muss Jilly anrufen.«

»Warum?«

»Weil wir jemanden verkuppeln müssen!«

»Trixie, misch dich nicht in sein Leben ein.«

»Ich habe mich in deins eingemischt, und guck dir an, wie glücklich du bist!« Sie gab ihm einen Kuss auf die Wange, sagte »Wettrennen bis zu den Pferden!« und rannte los.

Er wurde das Gefühl nicht los, dass Walt keine Wahl hatte.

Nick ging hinein, um vor dem Essen zu duschen, und folgte dann dem himmlischen Duft von Chili in die Küche. Trixie stand barfuß in ihren kurzen Jeansshorts und mit bauchfreiem Top am Herd und rührte das Chili, während sie den Kopf zu der Musik bewegte, die sie über ihre Ohrstöpsel hörte. Etwas Gebackenes kühlte auf der Arbeitsfläche in einer Form ab, die sie mit Alufolie abgedeckt hatte. Auf der Kücheninsel standen zwei Vasen voller Wildblumen. *Wann hast du die gepflückt?* Er hob die Alufolie an, unter der er Trixies selbst gemachtes Maisbrot mit Peperoni – eine seiner Lieblingsspeisen – entdeckte. Ihre Stimme ertönte leise in seinem Kopf. *Ab und zu mal Freunde und Familie einzuladen, würde dein Zuhause doch heimeliger machen.* Sie brauchten niemanden sonst im Haus, um es heimeliger zu machen. Das schaffte sie ganz allein.

Als sie zum Mittagessen bei Walt gewesen waren, hatte sie ihm noch mehr Geschichten über seine Zeit in Hollywood und die berühmten Frauen, mit denen er Affären gehabt hatte, entlockt. Sie hatte ihn als mutig bezeichnet, weil er so weit weg ein neues Leben angefangen hatte, und dann hatte sie eine Geschichte aus ihrer Kindheit erzählt, als sie das erste Mal bei einer Freundin übernachten wollte. Sie hatte ihre Mutter angerufen und war mitten in der Nacht nach Hause zurückgekehrt, weil sie Heimweh gehabt hatte. Nick hatte gedacht, er wüsste alles, was es über diese unerschütterliche Frau zu wissen gab, doch er merkte, dass es viel mehr über sie zu erfahren gab, als er sich je hätte vorstellen können.

Von hinten legte er die Arme um sie und küsste sie auf die Wange, während er sich fragte, ob ihn eine Überdosis von einer so süßen und sexy Frau dahinraffen könnte. Sie nahm ihre Ohrstöpsel heraus und drehte sich in seinen Armen um.

»Meine Liebste kann kochen. Das hast du mir verschwiegen.«

»Du hast mich nie gefragt, ob ich kochen kann.« Sie küsste ihn aufs Kinn. »Und du hast schon immer gewusst, dass ich backen kann. Ich habe dein Lieblingsbrot gebacken.«

»Das habe ich gesehen, aber ich bin etwas eifersüchtig, dass du das alles für Walt machst.«

»Das ist nicht alles für Walt. Wir essen mit ihm, schon vergessen?«

Er knabberte an ihrem Hals. »Deshalb kam ich früher herein. Ich dachte, wir hätten vielleicht Zeit für einen Appetitanreger.«

»Das hier muss zwanzig Minuten köcheln.«

»Perfekt.«

Als er seine Lippen auf ihre senkte, legte sie die Hand flach auf seine Brust und hielt ihn auf Distanz. »Aber wir müssen vor dem Essen auch noch duschen, und ich meine mich daran zu erinnern, dass du sagtest, zehn Minuten seien nicht genug, um deinen Appetit anzuregen.«

»Ist das eine Herausforderung?«

Sie rieb ihre Hüfte an ihm. »Eher eine Aufforderung.«

»Du solltest mittlerweile wissen, dass ich der immer nachkomme.«

»Darauf habe ich gezählt.«

Er warf sie sich über die Schulter und klatschte ihr auf den Hintern, woraufhin sie kreischte und kicherte, während er sie ins Schlafzimmer trug. Ob sie nun in Sachen Beziehung den ersten Schritt tat, ihn mit ihrem hinreißenden Körper verführte oder ihn bei jeder Gelegenheit herausforderte, sie würde ihn verrückt machen – und er freute sich auf jede einzelne Sekunde davon.

Zwanzig

Trixie schlüpfte in das schicke dunkelblaue ärmellose Kleid, das sie sich in Jillians Laden gekauft hatte, und stieg in ihre High Heels. Es war Donnerstagnachmittag, und das konservative Kleid war perfekt für ihre Besprechung mit Jordan Lawler, der Leiterin des Freiwilligenprogramms im Pleasant Care Assistent Living, einem Zentrum für Betreutes Wohnen. Sie schaute sich im Spiegel an und betrachtete den runden Ausschnitt und den hübschen Zierknoten an der Hüfte. Das Kleid ging bis knapp übers Knie, und die schräg gesetzten Taschen verliehen ihm einen lässigen Touch, ohne die professionelle Wirkung aufs Spiel zu setzen. Trixie fühlte sich fokussiert und selbstbewusst, auch wenn die schicken Klamotten nicht so ganz ihrem eigentlich legeren Stil entsprachen. Aber sie hätte nicht besser vorbereitet sein können. Sie hatte ihre Präsentation so oft mit Nick geübt, dass sie sie im Schlaf hätte halten können. Er war geduldig und hilfreich gewesen, hatte Fragen gestellt und Hinweise gegeben.

Wenn sie jetzt nur noch ihre Nerven unter Kontrolle bekäme.

Ihr Handy klingelte und ließ sie zusammenfahren. Sie nahm es von der Kommode und nahm den Videocall von Lindsay an.

Lindsays und Ambers Gesichter erschienen auf dem Bildschirm. »Hallo! Wir wollten dir viel Glück für heute wünschen!«

»Danke! Wie geht's euch? Ich freue mich so sehr, euch zu sehen.«

»Uns geht's super«, sagte Lindsay. »Brindle wollte dazukommen, aber sie hat eine Lehrerkonferenz.« Brindle unterrichtete Englisch an der Highschool und leitete den Theaterkurs an der Grundschule. »Sie lässt dich ganz lieb grüßen und wünscht dir viel Glück.«

»Dankt ihr bitte unbedingt von mir. Ich kann alles Glück der Welt gebrauchen.«

»Du siehst wunderschön aus«, sagte Amber. »Die Farbe steht dir total.«

»Danke.« Sie hielt das Handy von sich weg, damit sie das ganze Kleid sehen konnten. »Das hat Jilly designt. Ist es nicht umwerfend?«

»Es ist perfekt«, sagte Amber.

Lindsay hob den Daumen. »Du wirst das heute großartig machen.«

»Das hoffe ich. Die letzten Tage waren verrückt. Erinnert ihr euch noch an Nicks Nachbarn Walt?«

»Wie könnten wir Walt vergessen, den ehemaligen Hollywood-Charmeur?«, sagte Lindsay. »Jilly hat erzählt, dass du einen Plan ausheckst, um ihn zu verkuppeln?«

»Stimmt, ich weiß nur noch nicht genau, wie ich das anstellen soll. Aber Walt hat sich am Wochenende das Fußgelenk verletzt, und Nick und ich haben uns um seine Tiere und ihn gekümmert, daher war hier die letzten Tage ziemlich viel zu tun.«

»Oh nein! Ich hoffe, es geht ihm gut«, sagte Amber.

»Ja, doch. Wir haben heute zusammen Mittag gegessen, und

er sagte, er hat keine Schmerzen mehr, aber wir werden ihm noch etwas länger helfen, damit er sich nicht übernimmt. Habe ich euch erzählt, dass ich gestern das endgültige Logo für Rising Hope bekommen habe?«

»Nein«, sagten sie gleichzeitig.

»Ich schicke es euch. Es ist noch besser geworden, als ich gehofft hatte, und die Website wird nächste Woche fertig. Kaum zu glauben, dass das alles so schnell geht! Könnt ihr euch vorstellen, dass ich *vier* Miniaturpferde habe? Sie kommen alle gut miteinander aus und Nick und ich haben mehrmals am Tag mit ihnen gearbeitet. Wartet nur, bis ihr sie persönlich kennenlernt. Sie sind die süßesten und schlauesten Pferde der Welt.«

»Du gibst mit ihnen an wie eine richtige Mutter«, scherzte Lindsay. »Soll ich eine Babyparty planen?«

»Ich hab sie eben lieb«, sagte Trixie.

»Die Idee mit der Babyparty gefällt mir«, fand auch Amber. »Das ist ein toller Anlass für Cupcakes oder einen riesigen Schokokuchen mit einem Pferd darauf.«

»Jetzt bekomme ich Lust auf Kuchen.« Trixie lachte.

Lindsay zuckte vielsagend mit den Augenbrauen. »Deine Lust bezieht sich auf ganz was anderes da auf der Ranch. Ich bin mir sicher, er hätte es gern, wenn du ihn vernaschst.«

»Dafür habe ich jetzt keine Zeit, obwohl … mhm, lecker!«

»Meine Güte, ihr schon wieder.« Amber kicherte. »Aber da wir gerade von ihm sprechen … Die Videos, die du von ihm und den Pferden geschickt hast, waren super. Deine Babys sind entzückend, und es war toll zu sehen, dass Nick und du gemeinsam mit ihnen trainiert. Es muss schön sein, dass du so viel mit deinem Freund teilen kannst.«

»Was hast du gerade gesagt?« Die Bezeichnung *dein Freund*

ließ ein wohliges Gefühl in Trixie aufkommen.

»Dass du so viel mit deinem Freund teilen kannst?«, fragte Amber.

»Jaa«, sagte Trixie leicht stockend. »Es ist das erste Mal, dass jemand von *meinem* Freund geredet hat, und irgendwie gefällt mir das!«

»Mir auch!«, rief Amber.

»Das bedeutet dann wohl, dass bei dem frischen Paar alles gut läuft«, sagte Lindsay.

Trixie setzte sich aufs Bett. »Besser, als ich es mir je hätte vorstellen können.«

»Wie ist er so zu dir?«, wollte Amber wissen.

»Na ja, er ist immer noch Nick, also mürrisch und maulig, aber auf seine eigene Art auch zärtlich.« Leiser sprach sie weiter: »Ich war noch nie mit einem Mann zusammen, bei dem ich im Schlafzimmer und außerhalb davon ich selbst sein konnte. Wir wünschen uns doch immer, dass die Männer unsere Gedanken lesen könnten, also sexuell, wenn ihr wisst, was ich meine.«

»Nicht so richtig«, sagte Amber.

»Ich weiß genau, was du meinst«, sagte Lindsay.

»Also, er und ich sind die *ganze* Zeit auf einer Wellenlänge. Ich kann nicht genug von ihm bekommen, und er zum Glück auch nicht von mir. Und – Gott sei Dank – hat er auch keine Nachbarn, denn wir sind nicht gerade leise. Aber es ist nicht nur der Sex, wisst ihr? Wir lachen über dieselben Dinge und ärgern uns einfach nur aus Spaß. Und dann können wir auch einfach zusammen schweigen, und das fühlt sich auch richtig schön und vertraut an.«

»Ihr zwei wart schon immer so«, erinnerte Lindsay sie.

»Ich weiß, und ich bin froh, dass sich das nicht geändert hat. Aber meine Lieblingsmomente sind es, glaube ich, wenn ich in seinen Armen einschlafe.« Sie seufzte. »Das ist das schönste Glücksgefühl, das ich je hatte. Er ist wunderbar, und zusammen sind wir wunderbar, und jetzt höre ich mich an wie eines dieser liebeskranken Mädchen, über die wir uns immer lustig machen.«

»Ich mache mich nicht lustig über sie. Ich möchte eine von ihnen sein«, sagte Amber.

»Das wirst du auch, Amber.« Lindsay hob die Augenbrauen. »Das heißt dann wohl, dass Nick nicht schauderhaft im Bett ist.«

»Oh doch, das ist er, danke der Nachfrage. Diese Schauder, die er mir verschafft, wenn er beißt, knabbert und all diese anderen köstlichen Dinge tut …!«

Amber errötete.

»Verdammt, das klingt großartig«, sagte Lindsay.

»Ihr seid mir wirklich zu wild«, meinte Amber verschämt. »Aber Jilly hat uns erzählt, wie er dich auf der Tanzfläche an sich gerissen hat und vor allen Leuten deutlich gemacht hat, zu wem du gehörst. Das ist ja so romantisch! Ich will auch einen Cowboy zum Verlieben. Oder vielleicht lieber doch keinen Cowboy, denn wenn die alle diesen Kram im Bett machen, dann könnte das für mich zu viel sein.«

Lindsay verdrehte die Augen. »Amber, der richtige Mann wird die Verführerin in dir herausholen, und du wirst jede unbeherrschte und wilde Minute mit ihm genießen.«

»Das kann ich bestätigen«, sagte Trixie.

Amber schüttelte den Kopf. »Glaube ich nicht. *Unbeherrscht* ist nichts für mich.«

Es klopfte an Trixies Schlafzimmertür. »Komm ruhig rein.«

»Hey, Darling.« Nick kam herein und blieb abrupt stehen, um seinen Blick über sie gleiten zu lassen. »Wow, du siehst unglaublich aus.«

»Danke. Das habe ich neulich bei Jilly gekauft.«

»Reiß ihr nicht das Kleid vom Leib, während wir telefonieren!«, sagte Lindsay laut.

Nick zog die Augenbrauen zusammen.

Trixie lachte und hielt das Handy so, dass er die Mädels sehen konnte. »Tut mir leid, ich habe gerade mit Lindsay und Amber geredet.«

»Hi, Ladys. Entschuldigt, dass ich so reingeplatzt bin«, sagte Nick. »Wie geht's?«

»Nicht so gut wie dir«, scherzte Lindsay.

Nick warf Trixie einen Blick zu, der eindeutig fragte: *Was zum Teufel hast du ihnen erzählt?*

»Echt, ich habe ihnen nichts von den Champagner-Body-Shots erzählt oder von –«

»Jetzt schon, Darling.« Er legte den Arm um sie. »Sagen wir einfach, ich habe verdammt großes Glück, aber mir wäre es lieb, wenn dieser Kram privat bleibt.«

»Trixie hat auch Glück«, sagte Amber. »Wir lassen dich jetzt mal in Ruhe. Viel Glück, Trixie. Ich schicke dir ganz viel positive Energie.«

»Lass uns wissen, wie die Besprechung gelaufen ist«, fügte Lindsay hinzu. »Und ich will mehr Einzelheiten über das Champagner-Schäferstündchen hören.«

Trixie lachte. »Danke für den Anruf. Hab euch lieb!« Sie beendete das Gespräch und steckte das Handy weg. »Findest du wirklich, dass ich für das Meeting passend gekleidet bin?«

»Du könntest so in die Vorstandsetage marschieren und das Kommando übernehmen.« Er nahm sie in den Arm. »Ich bin so stolz auf dich, weil du dir erkämpfst, was du haben willst.«

»Mittlerweile bin ich ziemlich gut darin.« Sie stellte sich auf

Zehenspitzen und küsste ihn.

»Ja, stimmt. Ich habe etwas für dich.«

Ihr Herz schlug schneller. »Das brauchst du doch nicht.«

»Ich wollte es aber. Es ist nur eine Kleinigkeit, aber das ist ein besonderer Tag, und ich dachte mir, du könntest die hier vielleicht gebrauchen.«

Er griff in seine Tasche und holte ein goldenes Visitenkartenetui mit dem Logo von Rising Hope heraus.

»Nick, das ist zauberhaft.«

»Mach es auf.«

Ein Kloß bildete sich in ihrem Hals, als sie die Visitenkarten sah, auf deren linker Seite das Logo zu sehen war, in der Mitte TRIXIE JERICHO über RISING HOPE und darunter THERAPIEN MIT MINIATURPFERDEN, gefolgt von ihren Kontaktdaten und der Website. Den Tränen nahe schlang sie die Arme um ihn. »Vielen, vielen Dank! Sie sind wunderbar. Ich habe schon Accessoires für die Pferde gekauft, aber an die Visitenkarten habe ich überhaupt nicht gedacht.«

»Weil du ständig nur an die Pferde denkst. Jemand muss auch ständig an dich denken.«

Sie drückte ihre Lippen auf seine, und als die salzigen Tränen zwischen ihnen hinunterglitten, lachte sie. »Tut mir leid. Es ist nur … Wie du mich unterstützt … Das ist so unerwartet.«

Sanft wischte er ihre Tränen fort. »Das sind wir beide auch, Darling.« Er küsste sie noch einmal. »Ich habe fünfzig davon bestellt, für den Fall, dass sie dir nicht gefallen, aber wir können mehr bestellen.«

»Ich finde sie wunderbar. Sie sind perfekt. Aber wie bist du an mein Logo gekommen?«

»Ich habe Jilly angerufen, und sie hat mich an Destiny

vermittelt, die mir einen Eilauftrag bei einem Bekannten von ihr möglich gemacht hat. Jetzt zeig dieser Frau, wo der Hammer hängt, und ruf mich sofort an, wenn du fertig bist.«

»Ich muss mich erst noch schminken.« Sie schwebte im siebten Himmel, als sie ins Badezimmer ging.

»Habe ich deine Schminktasche heute Morgen nicht in meinem Badezimmer gesehen?«

»Ahh, ja, tut mir leid. Ich hatte vergessen, dass ich sie dort gelassen habe.«

Er stellte sich vor sie, legte die Arme wieder um sie, und sein Blick war so warm wie seine Umarmung. »Es gefällt mir, wenn sie dort steht.«

Sie war so glücklich, dass sie kaum mehr als ein Lächeln zustande brachte.

»Nur zur Warnung, Darling.« Er glitt mit den Händen außen über ihre Oberschenkel und unter ihr Kleid. »Wenn du zurückkommst, müssen wir vielleicht so tun, als wäre mein Esstisch ein Konferenztisch, damit ich dich darüber beugen kann.«

»Nick!« Sie lachte und befreite sich aus seiner Umarmung. »Wie soll ich in eine seriöse Besprechung gehen, wenn ich solche Bilder im Kopf habe?«

»Vielleicht hilft es ja.« Er zog sie wieder in seine Arme. »Wenn du ihr nicht zeigst, wo der Hammer hängt, dann zeige ich dir auch nicht meinen.«

»*OmeinGott!* Warum tust du mir das an?«

»Weil Rache süß ist, Darling.«

Eine Stunde später saß Trixie, bewaffnet mit ihren neuen Visitenkarten und Bildern ihrer Pferde voller Hoffnung Jordan Lawler gegenüber, einer Kate-Bosworth-Doppelgängerin mit hohen Wangenknochen, blonden Haaren, die bis zur Mitte ihres Rückens reichten, und einem riesigen Klunker am Finger.

»Nach meinem Gespräch mit Tempest habe ich mich bezüglich der Miniaturpferde als Therapiepferde etwas eingelesen, und ich nehme an, Sie haben die nötigen Impfbestätigungen, Versicherungen und Hufschuhe.«

»Selbstverständlich.«

Jordan lehnte sich zurück, einen eigenartigen Ausdruck im Gesicht, und tippte mit den Fingerspitzen auf die Armlehne. »Die Idee ist faszinierend.«

»Beim Einsatz von Miniaturpferden erreicht man eindeutig einen einzigartigen Wow-Effekt. Assistenzhunde kennt man, aber weitaus weniger Menschen sind in der Therapie schon in Kontakt mit Minipferden gekommen. Abgesehen davon, dass sie süß sind, verfügen sie über ein hohes Maß an Intelligenz, sie sind soziale Wesen und sie können unglaublich viel Liebe und Trost spenden. Darum geht es bei Rising Hope: Denen Glück, Trost und Freude zu geben, die es brauchen. Die Arbeit mit Therapiepferden fördert nachweislich körperliche und kognitive Fähigkeiten, lindert Depressionen, reduziert Ängste und Bluthochdruck, baut Selbstbewusstsein auf. Die Pferde sind so klein, dass sie in Therapieräumen zugegen sein und die Patienten motivieren können, den Umgang mit Hilfsmitteln wie Rollstühlen oder Rollatoren zu erlernen. Bei Patienten, die mehr tun dürfen, wie zum Beispiel die Mähne des Pferdes bürsten oder Haarspangen befestigen, kann es auch für die Feinmotorik hilfreich sein und noch dazu Erfolgserlebnisse verschaffen.« Während Trixie redete, entschied sie, dass sie unbedingt mehr als Besuche in medizinischen Zentren anbieten wollte. »Ich werde auch außerhalb von Einrichtungen mit Patienten arbeiten und sowohl Bodenarbeit und Striegeln mit meinen Minis anbieten als auch therapeutisches Reiten mit meinem Pferd Buttercup, das eine normale Größe hat. Für Menschen mit körperlichen Einschränkungen kann Reiten das Gleichgewicht, die Haltung, die Muskulatur und natürlich das Selbstvertrauen schulen.«

»Tempest sagte, Sie fangen gerade erst an, Ihre Geschäftsidee zu verwirklichen, und würden Fragen haben, aber ich bin beeindruckt. Sie scheinen alles gut im Griff zu haben.«

»Danke. Ich habe mein ganzes Leben lang Pferde um mich gehabt. Ich bin auf einer Vieh- und Pferderanch aufgewachsen und helfe meiner Familie noch immer dabei, sie zu führen. Aber Therapiepferde sind meine Leidenschaft geworden.« Sie erzählte Jordan die Geschichte von Elsie und Cara, die sie auch Nick erzählt hatte. »Diese Art von Hoffnung möchte ich auch anderen geben.«

»Wie viele Miniaturpferde haben Sie?«

Trixie nahm ihr Tablet heraus und zeigte ihr die Fotos. »Ich habe vier. Zwei von ihnen sind vier Jahre alt und haben zwei Jahre Erfahrung in der Therapie. Annabelle ist die weiße Stute. Ihre Widerristhöhe, also die Höhe zwischen den Schulterblättern, beträgt einundachtzig Zentimeter, und Alfie, der Rotbraune, ist mein Kleinster. Er ist sechsundsechzig Zentimeter hoch. Die beiden sind zwei der süßesten Pferde, die Sie je sehen werden.« Sie wischte zu einem anderen Foto weiter. »Das sind meine Babys, bei denen ich gerade erst mit der Ausbildung anfange. Buttons ist die Weiße mit den braunen Flecken. Sie ist ein Schatz. Und Prince ist der Schwarze. Aber es wird noch einige Zeit dauern, bis sie bereit für Therapiebesuche sind.«

»Sie sind entzückend! Allein beim Anblick der Fotos fühle ich mich schon glücklicher.«

»Ich weiß.« Trixie lachte leise. »Man kann ihnen kaum widerstehen, und das ist Teil des Grundes, warum sie so besondere Assistenztiere sind. Um das Erlebnis noch zauberhafter zu machen, werde ich die Tiere manchmal mit Flügeln und Hörnern als Einhörner präsentieren, und wenn Prince bereit ist, kommt er vielleicht mit einer Krone.«

»Die Bewohner werden ihre Freude daran haben. *Ich* werde meine Freude daran haben.«

Beide lachten.

»Ich bin für alles zu haben, was die Stimmung der Menschen erhellt. Wo genau ist der Sitz von Rising Hope?«

»Der Hauptsitz ist in Oak Falls, Virginia, etwa zwei Stunden von hier entfernt. Aber ich pendele schon seit Jahren zwischen Virginia und Maryland hin und her und werde das auch weiterhin tun. Mein Kollege hat eine Ranch am Rande der Stadt und jede Menge Platz für meine Pferde. Dort wohne ich auch, wenn ich hier bin. Aber wenn es Ihnen nichts ausmacht, würde ich doch noch gern ein paar Fragen zu den Regeln und Vorschriften in Ihrer Einrichtung stellen.«

Jordan beantwortete ihre Fragen und sagte dann: »Scheint, als hätten Sie bezüglich der Vorschriften an alles gedacht. Ich fände es schön, wenn Sie Annabelle oder Alfie zu einem Probebesuch mitbringen würden. Dann können wir uns anschauen, wie sie sich in der Einrichtung verhalten, und wenn das gut läuft, können wir über Termine für Patientenbesuche reden.«

Trixie wäre am liebsten über den Schreibtisch geklettert, um sie zu umarmen, doch sie hielt sich zurück. »Wir können gern einen Termin für einen Probebesuch vereinbaren.«

»Großartig. Ich brauche in etwa eine Woche, um die Genehmigung zu bekommen.« Sie rief einen Kalender in ihrem Computer auf. »Bei mir ginge es Montag in einer Woche um vierzehn oder sechzehn Uhr.«

»Beides wäre für mich in Ordnung.«

»Wunderbar, dann sagen wir doch vierzehn Uhr, damit wir uns nicht beeilen müssen.«

»Danke, dass Sie sich die Zeit für mich genommen haben und mir meinen allerersten Probebesuch anbieten. Um ehrlich zu sein, ich war ziemlich nervös vor meinem Termin mit Ihnen.«

»Ich weiß, wie furchteinflößend und aufregend es sein kann, wenn man etwas Neues in Angriff nimmt.«

»Wirklich?«

Jordan hielt ihre linke Hand in die Höhe und wackelte mit den Fingern. Ihr Verlobungsring funkelte unter der Lampe. »Sie sind mutiger als ich. Meine Hochzeit habe ich schon dreimal verschoben.«

»Du meine Güte! Also, das ist ein umwerfender Ring. Ich bin mir sicher, Sie werden es wissen, wenn der richtige Zeitpunkt da ist.«

»Danke. Ein bisschen zu viel für meinen Geschmack, in gewisser Weise wie mein Verlobter. Er arbeitet an der Wall Street, und wenn wir verheiratet sind, soll ich auch dorthin ziehen.«

»Wow, New York. Klingt aufregend.«

»Ist es auch, aber ich liebe Maryland und meine Arbeit.« Sie zuckte mit den Schultern. »Also brauche ich wohl nicht zu erwähnen, dass ich gut verstehen kann, warum dieser neue Weg in Ihrem Leben Angst und Freude zugleich bereitet. Ich helfe gern.«

Trixie sah eine Gelegenheit und ergriff sie. »In dem Fall … Vielleicht haben Sie Kontakte in anderen Einrichtungen in Maryland, DC oder Virginia, die an meinen Dienstleistungen interessiert sein könnten.«

Jordan öffnete die Schreibtischschublade und holte ein Blatt heraus. »Darüber haben Tempest und ich auch schon gesprochen. Ich habe mir die Freiheit genommen und eine Liste zusammengestellt.« Sie schob das Blatt über den Tisch. »Wir Frauen müssen zusammenhalten.«

»Unbedingt! Und wenn Sie bei der Wahl für das Hochzeitsdatum oder so Hilfe benötigen, lassen Sie es mich wissen. Ein Freund von mir designt Hochzeitskleider. Vielleicht haben Sie von ihm gehört. Jax Braden?«

»Machen Sie Witze? Der Mann ist hier im Ort eine Legende und er steht ganz oben auf meiner Liste. Übrigens, mir gefällt Ihr Kleid, der Schnitt und der Zierknoten sind sehr raffiniert.«

»Danke. Jillian, die Zwillingsschwester von Jax, hat es entworfen. Sie hat hier in der Stadt einen Laden.«

»Ich wohne nicht hier im Ort, aber auf dem Weg zur Arbeit komme ich an Jillian's Boutique vorbei. Ist das ihr Laden?«

»Ja, genau.«

»Die Stücke, die im Schaufenster hängen, sind immer umwerfend.«

»Klingt, als hätten Sie einen Sinn für Mode.«

Jordan zuckte mit der Schulter und lächelte. »Alte Liebe vergeht wohl nicht so schnell. Wie wäre es, wenn ich Ihnen noch eine Führung durch die Einrichtung gebe, und wir können uns dabei ein wenig unterhalten?«

»Sehr gern! Aber vorher gebe ich Ihnen noch meine Visitenkarte.« Als sie Jordan die Karte gab, wurde ihr bei dem

Gedanken an Nicks Fürsorglichkeit wieder ganz warm ums Herz. Sie wusste nicht, was zwischen Jordan und ihrem Verlobten los war, aber wenn Nick in New York wäre, säße Trixie im nächsten Zug Richtung Big Apple.

Einundzwanzig

Nick hatte sich in den vergangenen zwei Stunden mehr auf ein Klingeln seines Handys konzentriert als auf seine Arbeit. So sehr er es normalerweise verabscheute, an dieses Ding gefesselt zu sein, so empfand er es nun überhaupt nicht so. Er brannte darauf, zu erfahren, wie Trixies Besprechung gelaufen war. Mit einfachen Arbeiten auf der Ranch hatte er sich beschäftigen können, aber es hatte seine Gedanken nicht von ihr abgelenkt. Er lehnte sich an den Zaun des Paddocks, in dem die Minis standen. Es waren wirklich süße kleine Kerle. Er hatte Snickers zu ihnen gestellt und die fünf kamen wunderbar miteinander aus. Annabelle und Buttons kamen zu ihm geschlendert und Nick streichelte sie.

»Hallo, ihr Süßen. Vermisst ihr eure Mama? Ich auch.« Nick wusste, dass er sich in ein paar Wochen daran gewöhnen musste. Alfie stupste ihn am Bein an, und er beugte sich hinunter, um auch ihn zu streicheln. »Sie schaufelt den Weg frei, um euch zu Stars zu machen. Wenn es jemand schafft, dann sie. Ihr habt Glück, dass ihr bei ihr seid, wisst ihr das?« Prince stand im Schatten eines Baums, und Nick pfiff, klopfte sich aufs Bein und erinnerte sich dann, dass Prince und die anderen noch nicht so lange bei ihnen waren, dass sie seine

Signale verstanden. *Bei uns.*

Wann wurde aus ich ein Wir?

Er ging hinüber zu Prince und hockte sich neben den niedlichen schwarzen Wallach. »Was ist los, Kumpel? Brauchst du ein bisschen Zeit für dich? Das habe ich auch manchmal. Na ja, jetzt nicht mehr so oft. Deine Mama stellt meine Welt irgendwie auf den Kopf.«

Prince seufzte.

Da hast du recht. Frauen … Nick kraulte Prince hinter den Ohren. »Sie ist nicht wie die anderen. Sie ist die Beste überhaupt.«

Sein Handy klingelte und sein Herzschlag setzte kurz aus. Sie stellte seine Welt wirklich auf den Kopf. Er holte das Handy aus der Tasche und sah Beaus Namen auf dem Display. Nick versuchte, sich seine Enttäuschung nicht anmerken zu lassen. »Hallo, Beau.«

»Hallo. Was treibst du so?«

Nick stand auf. »Ich habe mich gerade mit einem von Trixies Minipferden unterhalten.«

Beau lachte. »Ich kann mich wohl nicht mehr über dich lustig machen, seit meine Frau mit Gummipuppen und Hühnern redet.« Charlotte war Autorin von Liebesromanen, und sie nutzte die aufblasbaren Puppen, um die Details einiger ihrer Szenen besser auszuarbeiten.

Nick dachte daran, wie Trixie mit den Hühnern redete, wenn sie morgens die Eier einsammelten, und musste lächeln.

»Jilly hat angerufen und versucht, Charlotte in eine Kuppelaktion für Walt einzubinden«, sagte Beau und riss Nick damit aus seinen Gedanken.

»Echt, diese Mädels sind schneller als Lichtgeschwindigkeit, wenn es darum geht, so etwas zu organisieren. Wie gefällt dir das Eheleben?«

»Fünf Sterne. Sehr zu empfehlen.«

Nick schmunzelte. »Dann bist du mir etwas schuldig, denn ich musste dir ganz schön in den Hintern treten, damit du es kapierst.«

»Von wegen, musstest du gar nicht.«

»Nicht dein Ernst, oder?« Er streichelte Prince über den Kopf und ging dann zum Gatter.

»Das ist meine Version und dabei bleibe ich.«

»Idiot.«

Beau lachte. »Schön zu sehen, dass Trixie kein Weichei aus dir macht.«

»Ha … Diese Frau macht jeden Mann im Umkreis von zehn Kilometern hart.«

»Hey, du redest über deine Freundin.«

»Da hast du verdammt noch mal recht.« In Gedanken blieb er bei der Bezeichnung *deine Freundin* hängen. »Das hatte ich auch noch nicht.«

»Was?«

»*Meine Freundin.*«

»Quatsch. Was war in Tennessee?«

»Du wusstest von ihr?«

»Du bist zweimal dorthin gefahren, als ich vom College auf Besuch zu Hause war. Hast du wirklich gedacht, ich merk das nicht?«

Nick nahm seinen Hut ab und wischte sich über die Stirn. »Hab ich wohl nie drüber nachgedacht.«

»Ich habe es gemerkt, Nick. Ebenso wie ich gemerkt habe, dass du dein Versprechen gehalten hast, auf Tory aufzupassen, als ich ans College ging.«

Am ganzen Körper spannten sich Nicks Muskeln an. In den

ersten Wochen, nachdem Beau sein Studium am College aufgenommen hatte, war er mehrere Male pro Woche bei Tory vorbeigefahren, weil sie so traurig gewesen war und er gewusst hatte, dass sie eine Schulter zum Anlehnen gebraucht hatte. Nachdem sie das Schlimmste überstanden und er gehört hatte, dass sie gelegentlich auf Partys ging, war er immer vorbeigefahren, für den Fall, dass sie eine Mitfahrgelegenheit nach Hause brauchte. Sie war Beaus erste große Liebe gewesen, und damit war sie auch Nick wichtig.

»Das ist Ewigkeiten her, Beau. Lass gut sein.«

»Ich weiß, aber ich habe mich nie bedankt, und es hat mir viel bedeutet. Du hast mir dieses beruhigende Gefühl verschafft, damit ich mich auf das Studium konzentrieren konnte. Und nach dem Unfall hast du alles Mögliche versucht, um dich auch um mich zu kümmern. Du hast mich nie aufgegeben, obwohl ich ein richtiges Arschloch war.«

»Du warst kein Arschloch.«

Beau schnaubte. »Oh doch. Ich habe dich so mies behandelt, aber du hast nie lockergelassen. Du wolltest mich dazu bringen, meine Schuldgefühle abzulegen und hast so oft versucht, mich nach Hause zu holen. Ich weiß, ich habe es nie gezeigt, aber es hat mir unglaublich viel bedeutet. Ich brauchte diese Verbindung zu unserer Familie, auch wenn ich nicht danach greifen konnte. Danke, Mann. Du sollst nur wissen, dass du mir sehr viel bedeutest.«

Nick musste schlucken. »Was ist los, dass du so in Erinnerungen schwelgst? Du bist doch nicht krank oder so?«

»Nein. Es geht um dich, Mann. Du hast dein Leben aufgegeben, um dich um alle anderen zu kümmern, und jetzt tust du endlich mal etwas für dich selbst. Du hast eine Freundin und das ist *die* Nachricht überhaupt in dieser Familie. Schwer zu glauben, dass dich endlich jemand eingefangen hat.«

»Ich habe das Gefühl, dass sie mich eingefangen hat, schon lange bevor ich überhaupt eine Ahnung hatte, was sie vorhat.«

»Das ist doch gut, oder? Aber du wirst Trixie nicht das Herz brechen, hast du gehört? So eng wie all unsere Mädels miteinander sind, würdest du damit einen Aufstand auslösen.«

»Ich bin derjenige, der dafür gesorgt hat, dass du Charlotte nicht das Herz brichst, und der nicht zugelassen hat, dass Zev sich als Teenager Carly gegenüber respektlos verhielt. Warum zum Teufel stellst du mir so eine Frage?«

»Weil deine Starrköpfigkeit größer ist als deine Ranch und das bereitet mir Sorgen. Beziehungen ändern einiges.«

»Nichts hat sich geändert, Mann. Keine Ahnung, worüber du dir Sorgen machst. Trixie und ich sind dieselben Menschen wie vorher, nur dass wir jetzt miteinander schlafen.«

»Wenn du das glaubst, bist du ein Idiot.«

»Ich bin kein Idiot, Beau. Ich habe Gefühle für sie, aber ich bin mir sicher, dass die schon verdammt lange da waren.«

»Aber jetzt stehst du zu ihnen. Das ist eine große Sache. Das ist eine *Veränderung*. Lass mich dir einen Rat geben: Verlange nicht von Trixie, dass sie innerhalb deiner beschissenen Mauern leben muss.«

»Den Rat habe ich dir in Bezug auf Charlotte gegeben.«

»Und du hattest recht. Aber, Nick, du hast auch Mauern um dich aufgebaut. Und im Vergleich zu deinen waren meine aus Papier.«

»Hast du angerufen, um mich zu nerven?«

»Nein, aber es fängt irgendwie gerade an, mir Spaß zu machen.« Beau lachte. »Ich wollte, dass du weißt, wie sehr ich mich für dich freue. Trixie ist großartig und ihr seid immer gut miteinander ausgekommen. Egal, was ihr beiden braucht, ich bin da. Ich kann noch einen Stall für ihre Pferde bauen, einen Hochzeitsbogen, einen Stubenwagen …«

»Du bist ein Arsch.«

»Der dich liebhat, Mann.«

Ein anderer Anruf klopfte an und Trixies Name erschien auf dem Bildschirm. »Tut mir leid, dass ich dich abwürgen muss, wo du gerade so in Fahrt kommst, aber Trixie ruft an. Da muss ich drangehen, sie hatte heute eine wichtige Besprechung.«

»Nick Braden steht offiziell unterm Pantoffel.«

»Halt die Klappe und sag Charlotte einen lieben Gruß. Wir sehen uns hoffentlich noch vor Zevs und Carlys Hochzeit.«

»Wir könnten eine Doppelhochzeit daraus machen.«

»Tschüss, Beau.« Nick nahm Trixies Anruf an. »Hey, Darling! Wie lief's?«

»Ich habe einen Probebesuch! Sie fand mich toll! Und hat mir Kontakte gegeben! Und ich war so stolz, als ich ihr meine Visitenkarte überreicht habe!«

Nick hielt das Handy von seinem Ohr weg, während sie ins Telefon schrie. »Das ist fantastisch, Trix. Wann soll der Besuch stattfinden?«

»Montag in einer Woche. Ich bin so froh, dass ich die Westen und die Schuhe für die Pferde gekauft habe. Ich muss damit trainieren. Besonders mit Annabelle. Ich möchte sie zuerst mitnehmen. Sie fühlt sich wie die große Schwester. Übst du mit mir? Sie wird noch keine Patienten treffen. Wir gehen nur durch die Einrichtung. Ich wünschte, es gäbe einen geeigneten Ort mit Leuten, wo ich mit ihr trainieren könnte.«

»Ich kann Cole fragen, ob wir sie in sein Büro bringen dürfen. Würde das helfen?«

»Glaubst du, er würde das machen? Das ist viel verlangt. Aber ich würde mich sicherer fühlen, wenn ich einen

Probedurchlauf machen könnte, bevor es ernst wird. Da würden sie Menschen und Geräusche um sich haben und wir könnten mit ihnen den Aufzug nehmen. Warte! Die Eigentümer des Gebäudes wären vielleicht nicht einverstanden.«

»Dann kann ich meinen Kumpel Jace Stone fragen. Er ist der Besitzer von Silver-Stone Cycles. Sie haben eine neue Fabrik für ihre spezialangefertigten Motorräder und ihr Hauptsitz ist in Peaceful Harbor. Das ist keine medizinische Einrichtung, aber da hast du Geräusche, Maschinen, Menschen und Aufzüge.«

»Das klingt perfekt. Aber ich möchte dich nicht in eine unangenehme Position bringen, wenn es zu viel verlangt ist.«

»Darling, mir wäre es unangenehmer zu wissen, dass du nicht das hast, was du brauchst, als einen Kumpel um einen Gefallen zu bitten. Außerdem wirst du Jace mögen. Er ist ein toller Typ, und er ist mit einer coolen Frau, Dixie Whiskey, verheiratet. Sie modelt für seine Firma, aber sie ist kein richtiges Model. Sie ist eine toughe Bikerin, du wirst sie mögen.«

»Dixie und Jace? Jilly hat sie schon mal erwähnt. Sie sagt, Jace sei größer als du, was schwer zu glauben ist, und ein großartiger Tänzer, und dass Dixies Familie diese Biker-Bar gehört, in die Sam gern geht, das Whiskey Bro's. Wir sollten da auch mal hingehen.«

Er schnaubte. »Ich werde *nicht* mit dir in eine Biker-Bar gehen.«

»Spielverderber. Schau zur Auffahrt, Cowboy. Ich bin zu Hause!«

Er sah ihren Pick-up die Auffahrt entlangfahren und sein Herz hämmerte sofort schneller. Er steckte das Handy weg, als sie das Auto abstellte. Sie rannte auf ihn zu, ließ ihre Tasche fallen und warf sich kreischend in seine Arme. Er wirbelte sie herum und küsste sie. »Ich bin so verdammt stolz auf dich.«

Und dann küsste er sie noch einmal, lang und fordernd.

Als er sie absetzte, klammerte sie sich an sein T-Shirt und riss dabei ein paar Brusthaare heraus. Die Begeisterung, die nur so aus ihr heraussprudelte, war den Schmerz wert.

»Wir haben es geschafft, Nick! Ich hätte Annabelle und Alfie nicht bekommen, wenn du es nicht vorgeschlagen und mich mit zu Ed genommen hättest. Wir sind ein großartiges Team. Während ich bei Jordan war, habe ich ein paar wichtige Entscheidungen getroffen. Wenn ich mich bei meinem Dad eingerichtet habe, möchte ich mit den Minis Bodenarbeit anbieten und einen Plan erstellen, wann ich an ein paar Tagen pro Woche Besuche in Einrichtungen durchführe und an den anderen Tagen mit den Tieren auf der Ranch arbeite. Auf diese Art sind die Tiere nicht zu viel unterwegs. Ich freue mich so sehr, dass ich kaum einen klaren Gedanken fassen kann. Ich muss mich umziehen. Ich will Zeit mit meinen Babys verbringen.«

Sie holte kaum Luft, als sie sich ihre Tasche und seine Hand schnappte und zum Haus ging. »Ich habe mich so sicher gefühlt, während ich mit Jordan gesprochen habe, die übrigens wunderbar war, und ich weiß, dass ich so ein gutes Gefühl hatte, weil Alfie und Annabelle so gut ausgebildet sind. Ich möchte unbedingt dafür sorgen, dass ich Buttons und Prince ebenso gründlich ausbilde. Ich werde all meine Notizen von unserem Besuch bei Ed durchgehen und versuchen, mein Training – so weit wie möglich – genau so zu gestalten wie er. Dann werde ich wohl sparen und es auch irgendwie hinkriegen, solche Patientenzimmer, wie Ed sie hatte, einzurichten. Einen Aufzug kann ich nicht kaufen, aber ich kann ein altes Bett kaufen, und meine Brüder können mir sicher helfen, aus Holz oder so Attrappen von medizinischen Geräten herzustellen.«

»Deine Brüder? Was ist mit mir? Ich bin handwerklich ziemlich begabt«, sagte er, als sie die Küche betraten.

»Aber du wirst hier sein. Ich rede davon, was ich mache, wenn ich wieder zu Hause bin.«

»Stimmt.« Was zum Teufel dachte er sich? *Dass ich derjenige bin, den du um Hilfe bittest, egal wo du bist.* »Das ist nur zwei Stunden entfernt, Trixie. Ich kann den Kram für dich machen.«

Sie stellte ihre Tasche auf der Arbeitsfläche ab und legte die Arme um seinen Hals. »Wenn wir nicht miteinander schlafen würden, könnte ich sagen, ich liebe dich! Aber ich weiß, dass diese Worte eine neue Bedeutung bekommen, wenn man miteinander schläft, und das würde dich in Panik versetzen. Also … Ich liebe es, dass du das für mich tun wirst!«

Als sie ihre Lippen auf seine drückte, hielt er sie ganz fest, vertiefte den Kuss und versuchte, dem Schwarm von Fragen zu entkommen, die sich auf ihn stürzten. Warum störte es ihn, dass sie diese Worte so schnell ausschloss? Sie hatte nicht unrecht. Es waren bedeutungsvolle Worte, und sie lösten Fragen aus, auf die er keine Antworten hatte, zum Beispiel was genau er für Trixie empfand. Seine Gefühle für sie fühlten sich nicht anders an als früher. Sie fühlten sich nur viel größer an. War das Liebe? Woher zum Teufel sollte er das wissen? Für ihn war es leicht gewesen, einen Unterschied bei seinen Brüdern zu erkennen, als sie sich verliebt hatten. Beau hatte sich physisch verändert, von dem Strahlen in seinen Augen bis hin zu seiner Körperhaltung. Der Schutzwall um ihn herum war verschwunden, er war offener geworden. Graham hatte seine Gefühle immer offen gezeigt, hatte aber nie zufrieden gewirkt. Morgyn hatte ihm das gegeben, und er hatte sein ganzes Leben geändert, um sie darin aufzunehmen. Und Zev? Mann, er war von einem wilden Kind, das vor seiner Vergangenheit davonlief, zu einem Mann geworden, der sie akzeptierte und eins mit ihr wurde. Er hatte nicht mehr dieses Rastlose an sich, sondern hatte sich niederlassen können und war mit sich im Reinen. Aber Nick betrachtete sich jeden Morgen im Spiegel und konnte keinen Unterschied erkennen. Er war glücklicher, und seine Gedanken waren von Trixie eingenommen, aber das war im zurückliegenden Jahr auch schon so gewesen. Das war nicht neu.

Als sich ihre Lippen voneinander lösten, schob er diese ganzen wirren Gedanken beiseite, bevor sie ihn noch mehr durcheinanderbrachten als ohnehin schon.

»Ich habe nachgedacht«, sagte Trixie.

»Sollte ich mir Sorgen machen?«

Sie kicherte. »Nein. Ich möchte mich bei Tempe für ihre Hilfe bedanken, bei Jilly dafür, dass sie mich mit diesem Outfit bestärkt hat, und bei Travis, weil er so geduldig war, während ich mir die Pferde angesehen habe. Und bei dir möchte ich mich für alles bedanken, was du für mich getan hast.«

»Der Esstisch ist gleich da drüben.« Seine Hände packten ihren Hintern. »Du darfst dich jederzeit gern anständig bei mir bedanken.«

Ihr Blick wurde dunkler. »Ich … ähm … halte das für eine tolle Idee, aber lass mich dir erst von meiner erzählen.«

»Kommt darin vor, dass du und ich uns die Kleider vom Leib reißen?«

»Danach, ja.«

»Okay, dann erzähl.« Er drückte ihren Hintern. »Aber der da gehört mir und den lasse ich nicht los.«

»Ich wäre enttäuscht, wenn du es tätest.« Sie grinste verschmitzt und strich mit den Fingern über seine Brust. »Was hältst du davon, wenn wir deine Familie, Tempe und ihre

Familie und Travis und April zu einem Lagerfeuer und zum Grillen einladen? Du hast diese wundervolle Feuerstelle. Die für ein paar Stunden mit anderen zu teilen, wäre doch schön, und ich würde alles vorbereiten. Ich koche, mache sauber und sorge dafür, dass niemand im Haus herumläuft.«

Er öffnete den Mund, doch sie legte den Finger auf seine Lippen. »Bevor du antwortest ... Ich dachte, wir könnten auch Walt einladen, denn wir wissen ja, dass er einsam ist, und er würde sich bestimmt freuen.«

»Trix, du weißt, was ich davon halte, Leute hier zu haben.«

»Ich weiß. Lass mich nur kurz zu Ende reden. Ich habe mit Travis über seine Großmutter geredet, und er sagte, sie ist auch einsam. Also dachte ich, da wir deine Eltern und Walt einladen würden, könnten wir auch seine Großmutter einladen.«

»Du willst sie also wirklich verkuppeln?«

»Ich ... na ja ... nicht unbedingt verkuppeln, aber vielleicht eine Tür zwischen Walt und Travis' Großmutter aufstoßen, was für sie beide zu erfüllteren Tagen führen könnte. Er hat vielleicht nicht mehr viele Jahre und er hat sie ja mal geliebt. Was ist, wenn dieser besondere Funke wieder entfacht? Liebe ist gut, Nick. Ich weiß, dass du denkst, sie bedeutet Zerstörung, aber das gilt nicht für jeden, und hinter Walts schroffer Fassade steckt, meiner Meinung nach, ein Mann, der Liebe zu geben hat. Du liebst Walt wie deine Familie. Willst du nicht, dass er glücklicher ist?«

Wie zum Teufel konnte er dagegen etwas sagen?

»Aber das ist nicht der wichtigste Grund, warum ich Leute einladen wollte, auch nicht, dass ich mich bei allen bedanken wollte. Obwohl mich das auf die Idee gebracht hat.« Sie fuhr mit den Fingern über seine Brustmuskeln. Ihr Blick war sanft und etwas zögerlich, was neu war und seine Entschlossenheit ins

Wanken brachte. »Ich weiß, dass unsere Beziehung noch frisch ist, aber Leute einzuladen, ist so eine *Paar-Sache*, und mir gefällt irgendwie die Idee, etwas mit dir zu machen, was Paare so machen.«

Mist. Die Hoffnung in ihrer Stimme machte ihm zu schaffen.

»Du kannst Nein dazu sagen, Nick. Ich will dich zu nichts drängen. So bin ich nicht.«

»Doch, genau so bist du«, meinte er spöttisch. *Und anders würde ich dich nicht wollen.*

»Du hast recht. Es tut mir leid. Ich hätte das nicht vorschlagen sollen. Ich mach einen Termin mit allen aus und wir gehen stattdessen zusammen Pizza essen. Das wird toll.« Sie küsste ihn aufs Kinn und lächelte, als wäre sie nicht enttäuscht.

Aber er wusste es besser.

»Ich ziehe mich um. Wir treffen uns draußen, um mit den Pferden zu arbeiten?«

Sie trat einen Schritt zurück, doch er zog sie wieder an sich. »Du möchtest diese Paar-Sache wirklich, oder?«

»Ja, aber wir sind in so kurzer Zeit schon so weit gekommen, da möchte ich auf keinen Fall, dass du dich unwohl fühlst. Mir macht es nichts aus, wenn wir stattdessen zum Italiener gehen.«

Die Aufrichtigkeit in ihrer Stimme wärmte ihn innerlich. Sein Blick fiel auf die Vase auf der Küheninsel, in der frische Wildblumen standen. Wann hatte sie die ausgetauscht? Er konnte es ihr nicht ausschlagen, er wollte es aber auch gar nicht mehr.

»In Ordnung, wir machen es. Aber ich will nicht, dass alle meine Sachen durchwühlen.«

Sie kreischte und küsste ihn wild. »Danke! Das wird so ein

Spaß, und wir sorgen dafür, dass alle draußen bleiben. Versprochen! Außer wenn sie auf die Toilette müssen.«

Sie war so aufgekratzt, dass er lächeln musste. »Ich denke, damit komme ich zurecht. Sag mir nur, was ich tun muss.«

»Nichts. Ich kümmere mich um alles.«

»Nein, Darling. Ich bin mir ziemlich sicher, dass das bei diesen Paar-Sachen nicht so läuft. Wenn wir das machen, dann gemeinsam.«

»Wirklich?«, fragte sie überwältigt. »Danke! Ich ziehe mich jetzt um, und dann können wir darüber reden, während wir mit den Pferden arbeiten.«

Wieder holte er sie zu sich heran. »Ich bin der Meinung, du schuldest mir ein Dankeschön.« Er schaute zum Esstisch und hob die Augenbrauen. Flammen loderten in ihren Augen, als er mit den Händen über ihre Oberschenkel strich und ihren Slip hinunterschob.

»Ich muss wohl öfters Einladungen aussprechen.«

Sie stieg aus ihrem Slip und streichelte ihn durch die Jeans. Sie war ebenso erregt wie er. Sein Mund prallte gierig auf ihren, während sie zum Tisch stolperten. Er riss den Mund von ihr los und wirbelte sie herum. Mit den flachen Händen stützte sie sich auf der harten Oberfläche ab, als er ihr Kleid hochschob.

»Du bist so verdammt hinreißend.« Er streichelte ihren Hintern und küsste jede Rundung. »So weich und perfekt. Du machst mich so hart, Darling.« Er reizte sie mit den Fingern und wurde mit diesen süßen und sinnlichen Lauten belohnt, während er ihren Hintern küsste und liebkoste. Sie wand sich und ihre Mitte zog sich um seine Finger herum zusammen. Verlangen tobte in seinen Adern, als er seinen Mund senkte und ihren köstlichen Saft leckte. Sie stöhnte, lang und laut und so hungrig, dass er es wiederholen musste.

»Nick! Ich brauche dich!«, flehte sie.

Er ließ seine Boxershorts fallen, packte ihre Hüften und zog sie zurück, als er in ihre enge Hitze eindrang. Lust erfüllte ihn und beide stöhnten. Er stieß immer wieder in sie, angetrieben von Lust, Gier und etwas, das so viel kraftvoller war, dass es alles überstrahlte.

»Hör nicht auf!«, bettelte sie. »Das ist so gut!«

Von diesem animalischen Bedürfnis erfasst, konnte er gar nicht aufhören, und sie war bei ihm. Jeder Stoß seiner Hüften entlockte ihr ein Stöhnen oder Flehen nach mehr. Er konnte nicht genug bekommen und drang mit jedem Stoß tiefer in sie ein.

»Nick! … Oh! … Gott …«

Er schlang einen Arm um sie und konzentrierte sich mit den Fingern auf die Stelle, die sie zur Explosion brachte. Sein Name schoss laut und hungrig aus ihr heraus: »Nick!«

Er blieb bei ihr. Eng und heiß fühlte sie sich an und befeuerte sein Verlangen. Aber er kam ihr nicht nah genug. Er brauchte mehr von ihr. Er musste sie *sehen*.

»Ich muss dein schönes Gesicht sehen, Darling«, stieß er hervor, als sie vom Gipfel hinabsegelte.

Der Wunsch, sie zu sehen, war sogar noch größer als der Wunsch, in ihr zu sein. Er hob sie auf den Tisch. Die tiefen Gefühle in ihrem Blick gingen ihm unter die Haut, drangen in ihn ein, als ihre Münder und Körper wieder aufein-anderprallten. Er spreizte ihre Beine weiter, nahm sie tiefer und verlor sich schnell in ihrer Verbindung, in dem Gefühl ihrer Fingernägel, die sich in seine Arme gruben, und in ihrem bedürftigen Stöhnen. Er umklammerte mit einer Hand ihren Hintern und vergrub die andere in ihren Haaren, während sie sich in einem wilden Rhythmus bewegten. Aber sie war noch immer zu weit entfernt. Was zum Teufel war das? Was immer es auch war, sie fühlte es anscheinend auch, denn sie löste sich vom Tisch und klammerte sich an ihn. Ihre Beine legten sich wie ein Schraubstock um seine Taille und das brachte ihn sofort an den Rand der Ekstase. Aber das hier war *besser*. Ihre Körper schmiegten sich eng aneinander und jeder Atemzug von ihr wurde zu seinem. Grundgütiger, das hier war der Himmel! Der Kopf fiel ihr in den Nacken und keuchend atmete sie ein. Sie war so verdammt sexy, als sie sich ihrer Erlösung hingab, dass es ihn erschlug und er ihr auf den Gipfel folgte, bis ihre beiden Körper bis zum allerletzten Pulsieren bebten und tobten.

Als sie die Wange auf seine Schulter legte und noch heftig atmete, schloss er die Augen und kämpfte mit all den Emotionen, die in ihm umherrasten. Er presste die Kiefer aufeinander, um sie in sich zu halten, aber sie prasselten dennoch aus ihm heraus. »Du breitest dich nicht nur in meinen Gedanken aus, Trix. Du breitest dich in jeder einzelnen Faser von mir aus.«

Mit einem süßen Lächeln auf den Lippen hob sie das Gesicht und küsste sein Kinn. Dann legte sie den Kopf wieder auf seine Schulter und schloss die Augen. Er spürte, dass sie langsam einatmete und den Atem ganz langsam wieder aus sich herausließ. Sie war so vertrauensvoll, so liebevoll, dass er von dem Drang überwältigt wurde, mehr für sie zu tun. Er wusste nicht genau, was dieses Mehr war, aber er würde es verdammt noch mal herausfinden.

»Danke, dass du ja gesagt hast«, flüsterte sie.

»Du weißt, dass ich dir nichts ausschlagen kann.« Er drückte ihr einen Kuss auf die Lippen.

Als er sie ins Schlafzimmer trug, flüsterte sie: »Aber es macht Spaß, dir dabei zuzusehen, wie du es versuchst.«

Zweiundzwanzig

Trixie lag am Samstagmorgen in Nicks Armen, genoss die Nähe und fragte sich, wie sie jemals wieder allein schlafen sollte, nachdem sie all dies mit Nick erleben durfte. Sie schaute zu Pugsly, der leise neben ihnen schnarchte, und eine Traurigkeit erfasste sie. Wie konnten sich zwei Wochen wie zwei Monate anfühlen? Ihre Zeit hier war erst zur Hälfte vorüber, und schon war so viel mehr zwischen ihnen entstanden, als sie je für möglich gehalten hätte. Ihr Blick glitt von ihrer Bürste und ihrem Hut auf der Kommode hin zu dem Stuhl in der Ecke, auf dem die frisch gewaschenen Sachen von ihnen beiden in einem ordentlichen Stapel lagen. Ihre Zahnbürste und die Schminkutensilien lagen beim Waschbecken im Bad, ihr Duschgel und ihr Shampoo in der Dusche, und sie lag hier an ihn geschmiegt, als gehörte er ihr. Das Verrückteste war, dass er tatsächlich *der Ihre* war.

Sie gab ihm einen Kuss auf die Brust. Seine Hand glitt über ihren Rücken hinab, wo er ihren Hintern drückte, während er sie gleichzeitig auf den Kopf küsste.

»Ich muss bald aufstehen, um mit Travis zu laufen.«

»Noch ein paar Minuten, Darling.« Seine tiefe Stimme war verschlafen rau und unglaublich sexy. »Worüber denkst du nach?«

Er kannte sie so gut, aber sie wollte jetzt nicht darüber reden. »Wie sehr ich deine Stimme am Morgen mag.«

»Wenn du nicht zum Joggen gehen würdest, könnte ich dich daran erinnern, was du noch an mir magst.«

»Glaub mir, du hast mich gestern Abend sehr nachhaltig daran erinnert.« Sie waren zum Eisessen in die Stadt gefahren und hatten sich auf dem Heimweg so sehr geneckt und gereizt, dass sie es nicht einmal ins Haus geschafft hatten. Sie hatten ihr Eis voneinander abgeleckt und sich im Pick-up geliebt. »Wir sollten für unser akrobatisches Talent eine Medaille bekommen.«

Er schmunzelte und gab ihr einen Klaps auf den Hintern. »Das hat Spaß gemacht, Süße.«

»Du warst sehr großzügig.«

Nicks Großzügigkeit ging weit über seine sexuellen Fähigkeiten hinaus. Er gab so oft und auf so vielfältige Weise, dass es nicht verwunderlich war, wie verrückt sie nach ihm war. Er hatte nicht nur organisiert, dass sie sich am Montag mit Jace treffen und mit Annabelle in seinem Büro üben konnte, sondern er begleitete sie sogar, sodass sie mit beiden Pferden trainieren konnten. Jede andere Frau hätte das vielleicht nicht unbedingt romantisch gefunden, doch Trixie wusste, dass Nicks Mauern zwar Risse bekamen, doch sie waren noch immer da. All die kleinen Dinge, die er für sie tat, sagten ihr, wie wichtig sie ihm war, und das war unglaublich romantisch. Sie wünschte, sie hätte ihm mehr zu geben als ihre Liebe. Doch jedes Mal, wenn sie sich ein materielles Geschenk überlegte, kam sie auf das zurück, was am wichtigsten war: ihm zu zeigen, wie gut es sich anfühlte, geliebt zu werden. All die Jahre hatte sie nur das gewollt, und sie kam sich fast egoistisch vor, weil es so leicht war, ihn zu lieben.

»Wenn ich mich richtig erinnere, warst du ebenso großzügig«, sagte er und holte sie so aus ihren Gedanken.

»Nick mit einem Klecks Schlagsahne ist meine neue Lieblingsnachspeise.« Sie rutschte nach unten, küsste seinen Bauch und konnte nicht widerstehen, mit der Hand noch weiter nach unten zu gleiten. Er schwoll in ihrer Hand an und ihr gesamter Körper erwachte.

Sie schaute auf die Uhr, während ihr schmutzige Szenarien durch den Kopf gingen. Sie hatte noch ein paar Minuten, bevor sie aufstehen musste. Er legte seine Hand um ihre, verstärkte den Griff und bewegte die Hand mit ihr. Himmel, was stellte er nur mit ihr an? Wenn sie sich nicht nahm, was sie wollte, würde sie sich beim Joggen die ganze Zeit unwohl fühlen. Das Problem war, dass sie nicht wusste, was sie mehr wollte – ihn in den Mund nehmen oder ihren Cowboy reiten. Der Anblick seiner kräftigen Hand um seinen Schaft gab den Ausschlag.

»Mach weiter.« Sie senkte den Mund auf ihn und folgte seiner Hand auf und ab.

»Gott! Dreh dich um, Baby. Ich muss meinen Mund auf dir spüren.«

Sie drehte sich auf dem Bett herum und Pugsly sprang murrend auf den Boden. Nick kam über sie, senkte seinen Mund zwischen ihre Beine und jagte Hitzewellen durch sie hindurch. Sie umklammerte seinen Schaft und nahm ihn in den Mund. Es dauerte nicht lange, bis sie beide den Verstand *und* die Kontrolle verloren.

Er drehte sich herum und küsste sie leidenschaftlich. »Komm mit unter die Dusche. Wir sind schnell.«

»Kann nicht«, sagte sie erschöpft. »Ich befinde mich in einem post-orgasmischen Koma.«

Er lachte, drehte sie auf die Seite und gab ihr einen Klaps auf den Hintern.

»Hey!«

»Komm schon, Darling. Du hast ein Jogging-Date und ich muss einiges erledigen. Vor dem Nachmittag bin ich nicht zurück.«

Er zerrte sie aus dem Bett und unter die Dusche. Mit geschlossenen Augen stand sie unter dem Wasserstrahl und machte ihre Haare nass. Sie hörte, dass Nick das Duschgel öffnete, und dann glitten seine Hände über ihre Schultern und den Rücken. Er legte ihre Haare über eine Schulter und küsste die andere. Ihr Herz quoll über vor Glück. Noch nie hatte er sie eingeseift. Sie hatte das Gefühl, wenn er jemals all die Liebe aus sich herauslassen würde, die er zu geben hatte, würde sie alles um ihn herum bedecken.

Sie schafften es gerade rechtzeitig nach draußen, bevor Travis an die Haustür kam. Pugsly rannte mit grummelnden Geräuschen hinaus auf den Rasen, und Rowdy und Goldie stürmten vom Stall herüber.

»Die dynamischen Zwei. Wie geht's, Nick?« Travis streichelte Rowdy.

Nick kraulte Goldie. »Großartig, danke. Tut mir leid, dass ich mich kurzfassen muss, aber mein Tag ist total vollgepackt, und ich muss mich um unsere Monster kümmern, bevor ich gehe. Viel Spaß beim Laufen, ihr beiden. Bis später, Darling.« Er küsste Trixie, pfiff einmal kurz und klopfte sich auf das Bein, bevor er mit den drei Hunden Richtung Stall ging.

Trixie und Travis joggten die Auffahrt hinunter. »Tut mir leid, dass ich ein paar Minuten zu spät war.«

»Kein Problem.« Travis räusperte sich. »Mir fehlen diese Morgen, an denen ich duschen musste, *bevor* ich Laufen ging.«

Sie lachte. »Willst du, dass ich rot werde?«

»Nee, bin nur neidisch auf meine beiden Freunde. Bei euch sieht das alles so leicht aus. Ich hätte nie gedacht, dass ich mal erlebe, wie diese steinerne Hülle Risse bekommt, aber wie Nick dich ansieht … Das ist etwas ganz Besonderes, Trixie.«

»Gut zu wissen, dass du es auch siehst.«

»Glaub mir, alle um euch beide herum können das sehen. Ich bin nur froh, dass er mir nicht den Kopf abgerissen hat, weil ich dich um ein Date gebeten habe.«

»Ich fand es irgendwie lustig, ihn eifersüchtig zu erleben.« Sie joggten zum Ende der Auffahrt und bogen dann auf die Hauptstraße Richtung Walt ab.

»Das findet ihr Frauen immer lustig.«

»Ach, komm. Ihr Männer findet es doch auch toll, wenn Frauen eifersüchtig werden. Ihr gebt es nur nicht zu.«

»Das stimmt.« Er grinste. »Aber wenn du jemandem verrätst, dass ich das gesagt habe, bringe ich dich um.«

»Okay, aber wenn du mich umbringst, bekommst du es mit Nick zu tun. Viel Spaß dabei.«

Er lachte. »Das war's dann wohl mit dem Plan.«

Als sie an Walts Grundstück vorbeiliefen, sahen sie ihn auf der Veranda und winkten ihm zu. »Hattest du die Gelegenheit, deine Großmutter zu fragen, ob sie am nächsten Wochenende zum Grillen zu uns kommen möchte?«

»Habe ich, und sie kommt. Sie hat etwas nervös reagiert, als ich ihr sagte, Walt würde auch da sein. Sie war so lange mit meinem Großvater zusammen, dass sie gar nicht wüsste, wie sie sich Walt gegenüber verhalten sollte, meinte sie.«

Trixie wurde klar, dass sie, bevor Nick und sie zusammengekommen waren, so von ihm angetan gewesen war, dass sie eigentlich niemand anderen näher kennengelernt hatte. Sie konnte sich nicht vorstellen, wie es wäre, den Mann zu verlieren, den sie liebte. Und schon gar nicht den Mann, mit dem man Ewigkeiten verheiratet gewesen war, so wie Travis' Großmutter mit seinem Großvater, und dann versuchen sollte, jemand anderen in sein Herz zu lassen.

»Ich hoffe, sie weiß, dass wir ihnen eine Tür öffnen, sie aber nicht hindurchschubsen wollen. Ich dachte, es wäre nett, sie wieder zueinander zu führen und zu sehen, ob sie vielleicht wieder eine Freundschaft aufbauen können.«

»Ich glaube, das würde ihr gefallen. Ich habe gehört, wie sie für den Nachmittag vor dem Grillen einen Termin beim Friseur gemacht hat.«

»Interessant! Also wenn die Funken sprühen, werden wir uns ihnen sicher nicht in den Weg stellen, oder? Man kann nie wissen, wer auf einem Braden-Jericho-Grillabend die Liebe findet.«

Nick klappte die Blende in seinem Pick-up herunter, um sich vor den Strahlen der späten Nachmittagssonne zu schützen, als er nach Pleasant Hill hineinfuhr. Er war den ganzen Tag fort gewesen, durch drei Countys gefahren und hatte sechs Stopps eingelegt, in der Hoffnung, dieses Leuchten in Trixies Augen zu zaubern. *Du hast mich fest in deinen Fängen, Darling.* Keine andere Frau auf Erden würde ihn dazu bringen, auf einen Tag mit seinen Pferden zu verzichten und schon gar nicht dazu, gemeinsam zu einem Grillabend einzuladen. Als er seinen Kumpel Jace angerufen hatte, um ihn zu fragen, ob er mal mit Trixie und ihren Pferden kommen könnte, hatte Jace diese

Energie, der Nick unterlag, sofort bemerkt. Er hatte gesagt, Nick würde anders klingen, wenn er von Trixie redete. Nick hatte es als Quatsch bezeichnet, doch wenn jemand so eine Veränderung wahrnehmen konnte, dann war es Jace. Er war einige Jahre älter als Nick und bereits nahe an der Vierzig, und er war nicht auf der Suche nach einer Beziehung gewesen, als er und Dixie zusammengekommen waren.

Nick fuhr durch die Stadt und dachte darüber nach, dass Jace übers Telefon eine Veränderung an ihm wahrgenommen hatte, und er redete sich ein, dass es noch lange nicht bedeutete, dass Amors Pfeil ihn getroffen hätte. Er bog auf seine Auffahrt und wie immer fiel in dem Moment der Stress des Tages von ihm ab. Er fuhr zu den Ställen, und als er das Auto abstellte, entdeckte er Trixie, die auf einem Paddock mit Buttons arbeitete. Die anderen Minis standen in der Nähe. Goldie und Pugsly lagen im Schatten außerhalb des Paddocks, und Rowdy stand am Zaun und beobachtete die Pferde. Bei dem Anblick spürte er wieder dieses wohlige Ziehen in der Brust. Dieses Gefühl war in letzter Zeit stärker geworden, und es war in fast jeder verdammten Sekunde, in der er und Trixie zusammen waren, gegenwärtig.

Trixie war so auf ihre liebenswerte gefleckte Freundin konzentriert, dass sie seinen Pick-up noch nicht bemerkt hatte. Er gönnte sich einen kurzen Moment, um ihr dabei zuzusehen, wie sie mit Buttons einige Befehle trainierte. Es war herrlich, sie bei der Arbeit mit den Pferden zu beobachten. Sie war so voller Tatendrang und Geduld, dass es sie noch anziehender machte. Schon jetzt zahlte es sich aus, wie sorgfältig sie bisher mit ihnen gearbeitet hatte. Sie lobte Buttons, und Nick spürte ihre Begeisterung, als wäre es seine eigene. Mit genau dieser Energie stieg er nun aus dem Pick-up.

Trixie schaute herüber, und die Freude, die sie immer zu begleiten schien, ließ ihr schönes Lächeln noch strahlender werden. »Nick, guck dir das mal an. Buttons macht das *so* gut!«

Rowdy stürmte auf ihn zu. »Hey, Kumpel.« Er streichelte ihn, als sie hinüber zum Paddock gingen.

Trixie gab Buttons den Befehl, mit ihr zu gehen, und das kleine Pferd lief dicht neben ihr her. Sie hielt an, um ihren Schützling zu loben, und dann befahl sie Buttons, stehen zu bleiben, während sie selbst ein paar Schritte weiterging. Als sie Buttons zu sich rief, führte das Minipferd das Kommando perfekt aus.

Gut gemacht, Kleine.

Trixie überhäufte sie mit Lob. Sie führte Buttons im Kreis um sich herum und Nick hielt den Atem an. An diesem Befehl hatte sie lange gearbeitet und versucht, Buttons beizubringen, einen angemessenen Abstand zwischen ihnen einzuhalten. Buttons kam etwas zu nah, und Trixie stupste sie sanft mit dem Kontaktstock von sich weg. Sie hielt sie an und dann versuchten sie es noch einmal. Dieses Mal ließ Buttons ausreichend Platz, als sie im Kreis um Trixie herumlief.

Ja!

»Das hast du toll gemacht, mein Mädchen!« Trixie lobte sie wieder ausgiebig, während Nick über den Zaun sprang.

»Das war fantastisch.« Er küsste Trixie und streichelte Buttons.

»Ist sie nicht unglaublich? Sie ist *so* schlau.«

»Fast so schlau wie ihre Mama.«

Sie lächelte zu ihm auf. »Schmeicheleien bringen dich immer weiter. Prince war heute fast genauso gut. Er braucht auch noch etwas Hilfe, um die Distanz einzuhalten, aber es wird.«

Nick legte den Arm um ihre Schulter und strich mit den Lippen über ihre Wangen. »Überleg doch mal, zu wem er hier auf Distanz gehen soll. Er ist vielleicht ein Wallach, aber immer noch ein Mann.« Er küsste sie auf die Lippen. »Kann ich dich für einen Moment von hier loseisen?«

»Klar. Warte kurz.« Sie nahm Buttons den Führstrick ab und streichelte sie noch ein letztes Mal. »Ich bin gleich wieder da, meine Süßen.« Als sie den Paddock verließen, fragte sie: »Hast du alles erledigen können, was du wolltest?«

»Und ob.« Er ging zu seinem Pick-up, dessen Ladefläche mit einer Plane abgedeckt war.

»Was hast du da?«

Er fing an, die Plane zu lösen. »Wirst du gleich sehen.«

»Wie geheimnisvoll«, sagte sie, als sie um die Ladefläche herumging.

Als er die Plane wegnahm, riss sie die Augen auf. »Sind das …?«

»Gebrauchte medizinische Geräte. Nicht in besonders gutem Zustand, aber zum Trainieren reicht es sicher.«

Ihr stand der Mund offen. »Du hast das alles *gekauft*?«

»Klar doch, Darling. Du wolltest doch üben, und ich dachte, wir könnten das in meinem Keller aufbauen, bis du nach Virginia zurückgehst. Dann fahre ich das für dich rüber. Ich wollte nicht, dass du dich für eine so wichtige Sache mit Attrappen abgeben musst. Ich habe zwei Krankenhausbetten, einen Rollstuhl, einen Infusionsständer, ein Herzüberwachungsgerät und einen Blutdruckmonitor, einen Rollwagen, eine Liege und einen von diesen normalen Stühlen, die sie in den Krankenzimmern haben, und noch ein paar andere Dinge. Ich habe auch einen Vorhang mitgenommen und eine Schiene in U-Form, die um das Bett geht und die wir anbringen können.«

»*OmeinGott*, Nick!« Tränen stiegen ihr in die Augen. »Ich kann nicht einmal …« Jetzt kullerten ihr die Tränen über die Wangen und sie verbarg das Gesicht an seiner Brust.

»Bitte sag, dass es Freudentränen sind.«

Sie hob das Gesicht und lächelte, während sie sich über die Augen wischte. »Das sind Schock- und Freudentränen, und das ist peinlich wie nur was, weil ich ja sonst gar nicht so eine Heulsuse bin. Ich bin nur überwältigt. Du solltest mir nur beim Training mit den Pferden helfen, und jetzt guck dir an, was du alles für mich getan hast. Ein *Danke* reicht einfach nicht.« Sie schlang die Arme um ihn. »Tausendmal danke! Du bist unglaublich.«

»Wurde ja auch mal Zeit, dass du das merkst.« Er drückte seine Lippen auf ihre.

»Das habe ich schon vor langer Zeit bemerkt, du Trottel.« Sie stemmte die Hand in die Hüfte. »Weitaus früher übrigens, als du mich bemerkt hast. Aber das ist in Ordnung. Du warst das Warten wert.«

Er zog sie in seine Arme und küsste sie. »Du auch.«

»Ich weiß«, scherzte sie. »Aber im Ernst, Nick, wie soll ich das alles jemals wiedergutmachen?«

»Indem du die absolut beste Halterin von Therapiepferden wirst und Spaß dabei hast.«

Sie krümmte den Finger und forderte ihn auf, näher zu kommen. Als er seinen Kopf neben ihren hielt, flüsterte sie: »Gib es zu, Cowboy. Du bist genauso verrückt nach mir wie ich nach dir.« Sie gab ihm einen Kuss auf die Wange. »Aber du musst mir nichts kaufen. Ich liebe das, was du da drinnen hast.« Sie klopfte auf die Stelle über seinem Herzen.

Spürte sie, wie sein Puls bei diesen Worten stieg? Er hob

ihre Hand an seine Lippen und küsste den Handrücken. »Ich kaufe, was ich kaufen möchte, und ich bin froh, dass du das magst, was ich da drinnen habe.« Er grinste sie frech an. »Denn ich mag wirklich, was du da drinnen hast.« Er packte ihren Hintern, und sie lachte, als hinter ihnen ein Hupen ertönte.

Das Auto von Jax und der Pick-up von Travis kamen die Auffahrt zum Haus gefahren. »Was machen die denn hier?«

»Irgendjemand muss mir ja dabei helfen, das alles hier aufzubauen.«

»Ich kann nicht glauben, was du alles getan hast.«

»Glaub es ruhig, Darling, denn wir werden jetzt den Keller in ein Pseudo-Krankenzimmer verwandeln. Der ist perfekt. Da haben wir einen Betonboden, der leicht zu säubern ist, wenn ihnen mal ein Missgeschick passiert, und wir haben eine extrabreite Tür.« Er winkte Jax und Travis zu, die aus ihren Autos ausstiegen.

»Für den Billardtisch, den du nie gekauft hast«, sagte sie, als Jax und Travis zu ihnen kamen. »Die meisten Leute würden das Trainingsgelände für die Pferde im Stall aufbauen, aber nicht der Mann, der lieber Pferde in seinem Haus hat als Menschen.«

»Glückwunsch zu deinem neuen Übungsgelände«, sagte Jax mit einem leichten Schlag auf ihren Rücken.

Trixie legte die Hand aufs Herz. »Ich stehe echt noch unter Schock.«

»Ich dachte immer, Frauen wollen mit edlen Restaurants beeindruckt werden«, sagte Travis. »Wer hätte gedacht, dass der Weg ins Herz einer Frau über alte medizinische Geräte führt?«

Jax lachte. »Nick weiß, wie er seine Lady um den Finger wickelt.«

»Augenblick mal! Travis, wusstest du davon, als wir heute Morgen gelaufen sind?«, wollte Trixie wissen.

»Ich berufe mich auf mein Recht zu schweigen.« Travis stieß mit der Faust gegen Nicks.

»Trix, du kannst ja mit Buttons weitertrainieren und wir bauen das hier auf.«

»Ich will mithelfen. Ich kann den Keller ausfegen, mit euch überlegen, wo wir was hinstellen, und sicherstellen, dass es wie –«

Nick brachte sie mit einem Kuss zum Schweigen. »Danke für das Angebot, Darling, aber wir haben alles unter Kontrolle.«

Nachdem sie das Krankenzimmer eingerichtet hatten, stand Nick mit Travis und Jax bei einem Bier im Garten, während Trixie es ihren Eltern bei einem Videocall zeigte.

»Ist das nicht wunderbar?«, schwärmte sie, als sie nach draußen ging. »Ich kann es kaum abwarten, meine Minis durch die Einrichtung zu führen. Dad, glaubst du, du kannst im Stall Platz für meine Pferde und diesen Aufbau schaffen?«

»Das kriegen wir schon hin, Trix«, versicherte ihr Vater ihr.

»Danke.« Sie führte den süßesten Freudentanz auf, der Nick für seine ganze Rennerei belohnte. »Ich freue mich so! Montag gehen wir zu einem Freund von Nick, der ein Bürogebäude mit einem Aufzug hat, in dem wir mit den Pferden üben dürfen. Da fällt mir ein … Ich muss Sin anrufen und ihn fragen, ob wir den Aufzug im Gemeindezentrum benutzen dürfen.«

»Bestimmt ist er einverstanden. Marilynn geht mit ihren Hunden ja auch dorthin«, erinnerte ihre Mutter sie.

»Oh, stimmt. Ich wollte Mrs. Montgomery auch anrufen. Das mache ich morgen oder am Montag, wenn ich die

Kontakte abtelefoniere, die Jordan mir gegeben hat. Ich hoffe, dass ich mit einigen, die in der Nähe von zu Hause sind, einen Termin für die Woche nach meiner Rückkehr ausmachen kann. Wollt ihr Nick und Jax kurz Hallo sagen und Travis kennenlernen?«

»Unbedingt«, sagte ihr Vater.

Sie stand mit dem Rücken zu den Männern und hielt das Handy vor sich, damit ihre Eltern alle sehen konnten. »Ihr könnt meinen Eltern kurz Hallo sagen.«

»Hallo, Waylon. Nancy.« Nick tippte sich an den Hut. »Schön, euch zu sehen.«

Jax winkte. »Trixie wirbelt hier alles ganz schön durcheinander.«

»Das kann sie gut«, sagte ihre Mutter und schaute Nick verklärt an.

»Wir haben mit Sicherheit keine leicht zu beeinflussende Frau großgezogen.« Sein Vater sah Nick ernst an. »Junge, ich wollte dich fragen, ob Trixie dir zu große Umstände bereitet, aber wenn ich sehe, was du ihr gerade mit dieser Einrichtung für eine Freude gemacht hast, habe ich wohl meine Antwort. Danke.«

Nick konnte sich ein Lächeln nicht verkneifen. »Davon solltest du dich nicht blenden lassen. Sie hat hier einiges auf den Kopf gestellt.«

Trixie schaute über die Schulter zu ihm und grinste.

»Mom, Dad, das hier ist Travis Helms.« Sie richtete das Handy auf ihn. »Von ihm habe ich Buttons und Prince gekauft.«

»Hallo! Nett, Sie kennenzulernen.« Travis winkte in die Kamera.

»Ebenfalls«, erwiderte ihre Mutter.

»Danke, dass Sie Trixie mit den Pferden geholfen haben. Wir haben gehört, dass Sie eine exzellente Anlage haben«, sagte ihr Vater.

Travis nickte. »Danke, Sir. War mir ein Vergnügen.«

»Wir joggen auch zusammen. Er ist etwas langsam, aber es macht trotzdem viel Spaß.« Alle lachten. »Habt ihr Zeit, dass ich Oma und Opa meine Babys zeigen kann?«

»Natürlich, Kleines. Gerne!«, sagte ihr Vater.

»Jippieh! Wie geht's Buttercup? Vermisst sie mich?«, fragte sie, während sie schon zu den Pferden rannte.

Jax stieß Nick an. »Und ich dachte, sie zieht hier ein.«

»Nee, Mann.« Nick versuchte, den schmerzhaften Stich in der Brust zu ignorieren. »Sie ist ein Papakind und so mit Oak Falls verheiratet wie ich mit Pleasant Hill.«

Dreiundzwanzig

Am Montagmorgen führten sie Annabelle und Alfie auf dem Hauptsitz- und Fabrikgelände von Silver-Stone aus dem Hänger. Sie hatten das ganze Wochenende mit den beiden gearbeitet, sie durch den Keller geführt, und Trixie war überzeugt, dass sie sich blind darin zurechtfanden. Sie waren sogar mit Buttons und Prince einige Male durch das Krankenzimmer gegangen.

Nick kniete sich vor ihnen hin und tätschelte ihren Hals. »Seid ihr bereit? Wir wissen, dass ihr das großartig machen werdet, und eure Mama und ich werden die ganze Zeit bei euch sein.« Er zwinkerte Trixie zu.

Grundgütiger!

Sie dachte, sie hätte schon einiges erlebt und wäre gewappnet für alles, aber nichts hätte sie auf Nick Braden und alles, was er gab, vorbereiten können. Ihre Babys schmolzen mit Sicherheit auch nur so dahin. Alles – und noch viel mehr – tat er für sie und ihre Minis. Sie liebte es, mit ihm zu trainieren, aber sie befürchtete auch, dass die Pferde sich zu sehr an ihn gewöhnten. Es würde schon schwer genug für sie werden, in weniger als zwei Wochen abzureisen. Aber zumindest wusste sie, dass sie Nick wiedersehen würde. Die Pferde würden das nicht verstehen. Sie würden erst erfahren, was los war, wenn sie auf der Ranch ihrer Eltern den Anhänger verließen und Trixie versuchen musste, sie ohne ihn an die neue Umgebung zu gewöhnen. Würden sie sich – so wie sie – nach ihm sehnen? Würde ihnen seine Stimme fehlen? Sein Geruch? Seine Berührung?

»Willst du mit den Pferden kuscheln oder kommt ihr herein?«

Eine tiefe Stimme dröhnte über den Parkplatz und riss Trixie aus den Gedanken. Sie musste sich anstrengen, um diese Gedanken ganz weit wegzuschieben. Sie war Trixie Jericho, und es gab nichts, was sie nicht schaffen konnte. Sie würde ihren Babys besonders viel Liebe zukommen lassen, damit sie zwischen den Besuchen bei Nick keinerlei Entzugserscheinungen bekämen, und hoffentlich würde ihr das auch gegen ihre eigenen Entzugserscheinungen helfen.

Nick stand auf. »Jace. Dixie. Schön, euch zu sehen.«

Jace war eine imposante Erscheinung, mit dichten dunklen Haaren, die den Kragen seines grauen T-Shirts berührten, tief liegenden grübelnden Augen und einem vollen Dreitagebart, der seinen markanten Kiefer bedeckte. Er war bepackt mit Muskeln, hatte tätowierte Unterarme, war aber nicht so muskulös wie Nick.

»Schon zu lange her«, sagte Jace und begrüßte Nick mit einer männlichen Umarmung. Nick war fast eins neunzig und Jace ein paar Zentimeter größer als er.

»Du meine Güte, guck mal, wie süß diese Pferde sind!« Dixie war eine große, schlanke, auffallend schöne und tough aussehende Frau mit flammend roten Haaren. Sie trug hautenge Jeans und hochhackige schwarze Stiefel, die hinsichtlich ihrer Höhe leicht mit Jillians High Heels mithalten konnten. Ihr schwarzes Tanktop mit dem Whiskey-Bro's-Aufdruck offenbarte bunte Tattoos auf ihren Armen.

»Die sind saumäßig süß«, stimmte Jace zu.

»Danke. Die Weiße ist Annabelle, und der Braune ist Alfie. Er ist mein Kleinster.« Trixie war glücklich, dass sich die Pferde so gut benahmen und sich zutraulich zeigten.

»Gehst du mit ihnen auch auf Geburtstagspartys?« Dixie stand auf. »Meine Nichte und mein Neffe haben nächsten Monat Geburtstag. Sie würden ausrasten vor Freude.«

»Ich würde sie gern auf eine Feier mitnehmen. Kostenlos natürlich, weil ihr Nicks Freunde seid und es meine erste Geburtstagsfeier mit ihnen wäre.«

»Danke. Das wäre großartig. Ich bin übrigens Dixie.« Sie umarmte Trixie, als wären sie schon seit Ewigkeiten befreundet. »Scheint, als hätten unsere Männer noch andere gemeinsame Vorlieben als nur das Motorradfahren. *Dixie und Trixie?* Wir könnten unseren eigenen Striptease-Club aufmachen.«

Die Männer lachten, sahen sie dann aber grimmig an, was wiederum die Frauen zum Lachen brachte.

Trixie mochte sie jetzt schon. »Ist Dixie dein richtiger Name?«

»Dixie Lee Whiskey-Stone, die einzig Wahre. Und du?«

»Meine Eltern sind nicht ganz so cool wie deine.« Trixie schaute kurz zu Nick und Jace, die über die Pferde redeten, und verriet ihr leise: »Patricia Ann Jericho, genannt Trixie.«

Nick legte den Kopf zur Seite und sah sie fragend an. »Ist das wahr, Darling? Dann muss ich dich ja jetzt Patty nennen. Oder ist dir Patty Ann lieber?«

Sie stemmte die Hand in die Hüfte und bedachte ihn mit einem finsteren Blick. »Wenn du eines von beidem auch nur noch einmal sagst, kannst du allein schlafen.«

»So ist es richtig, meine Liebe.« Dixie legte den Arm um Trixies Schulter. »Nick, die Frau gefällt mir. Du solltest lieber tun, was sie sagt.«

»Komm her, du Nervensäge.« Nick umarmte Dixie herzlich. »Wie geht es dir?«

»Bestens.«

Als Dixie von ihm wegtrat, nahm Nick Trixies Hand. »Jace, das ist mein Mädchen, Trixie. Trix, mein Kumpel Jace.«

Trixies Herz schlug Purzelbäume, als er *mein Mädchen* sagte.

Jaces grünblaue Augen schauten von ihr zu ihm, und ein langsames Lächeln trat in sein Gesicht, das seine markanten Linien weicher wirken ließ. Seine Augen funkelten, als wüsste er etwas, das der Rest von ihnen nicht wusste. »Schön, dich kennenzulernen, Trixie. Komm mal her.« Er breitete die Arme aus und umarmte sie herzlich.

»Danke, dass wir kommen durften«, sagte Trixie, während Nick die Hand auf ihren Rücken legte und die Führstricke der Pferde in der anderen Hand hielt. Er hatte immer alles unter Kontrolle.

»Ich muss zugeben: Als Nick fragte, ob er mit seiner Freundin und ihren Miniaturpferden vorbeikommen könnte, um im Aufzug zu fahren, war mir nicht klar, was von beidem mich neugieriger machte – die Minipferde im Aufzug oder die Tatsache, dass Nick Braden eine Freundin hat.«

»Ach, komm.« Dixie verdrehte die Augen. »Das haben die Leute auch von dir gesagt. Ich war vor deiner Nase, aber du hast Ewigkeiten gebraucht, um mich überhaupt wahrzunehmen.«

»Dann haben wir auch etwas gemeinsam. Ich war seit Jahren in Nick verknallt, aber er hat es ewig nicht bemerkt«, sagte Trixie.

»Im Ernst?« Dixie sah Nick ungläubig an. »Diese Frau könnte auf OnlyFans Millionen machen.« OnlyFans war eine Abo-Plattform, auf der Leute Geld verdienen konnten, indem sie Abos oder einmalige Zugriffe auf ihre Seiten mit hauptsächlich nicht jugendfreien Inhalten verkauften.

»*Himmelherrgott.*« Nick schob den Hut tiefer ins Gesicht. »Warum dachte ich, euch einander vorzustellen wäre eine gute Idee?«

Jace gab ein tiefes Lachen von sich. »Weil du uns vermisst hast. Kommt, lasst uns mit der Show beginnen. Wir haben uns den Nachmittag für einen heißen Ritt frei genommen. Du und Trixie solltet mitkommen. Wir waren schon lange nicht mehr zusammen unterwegs.«

»Ihr reitet?«, fragte Trixie.

Jace winkte ab und Dixie lachte. Jace straffte die Schultern, wodurch er noch größer wirkte, und sagte: »Unsere heißen Ritte machen wir auf Motorrädern.«

»Oh, natürlich. Tut mir leid.« Trixie wandte sich Nick zu. »Mir fällt gerade auf, dass du keine Tour mit deinem Motorrad gemacht hast, seit ich hergekommen bin.«

Nick schaute zu den Pferden und ließ dann frech grinsend den Blick an ihrem Körper hinabgleiten. »Wir waren ziemlich beschäftigt.«

»Darauf wette ich«, meinte Dixie augenzwinkernd. »Ihr solltet mit uns fahren. Wir wollen nach Capshaw Island. Das ist bestimmt etwas für dich. Da kann man Wildpferde sehen.«

Nick zog Trixie an sich. »Hättest du Lust auf eine Fahrt, wenn wir fertig sind?«

Trixies Herz sprang ihr fast aus der Brust. »Fragst du mich im Ernst, ob ich eine Motorradfahrt mit dir machen möchte? Das ist eine so große Sache – eine Ehre sogar – wie der morgendliche Ausritt mit dir. Na klar hab ich Lust. Aber musst du nicht für deine Show trainieren?«

»Lass mich mal überlegen: Du mit mir auf dem Motorrad oder ich auf einem Pferd? Darling, die Frage stellt sich gar nicht.« Er beugte sich zu ihr und küsste sie.

Dixie sah sie verwirrt an. »Du bist noch gar nicht mit ihm gefahren?«

»Nein, aber ich wollte immer.« Selbst Trixie hörte die Sehnsucht aus ihren Worten heraus.

Dixie lehnte sich zu ihr hinüber. »Süße, da bin ich vollkommen bei dir. Es gibt kein besseres Aphrodisiakum als Jace auf der Maschine.«

»Hast du Nick schon mal auf seiner gesehen?«, fragte Trixie lachend.

Jace und Nick sahen sich kopfschüttelnd an.

Jace legte den Arm um Dixie. »Lasst uns hineingehen, dann kann Trixie uns von ihrer Firma erzählen und auch davon, seit wann das zwischen ihr und Nick schon läuft.«

»Ich muss zugeben, dass ich etwas nervös bin, wenn ich die Pferde jetzt ins Gebäude mitnehme.« Trixie hatte versucht, das mulmige Gefühl in der Magengegend zu ignorieren, aber sie musste jetzt darüber hinwegkommen. »Auf dem Parkplatz stehen so viele Autos. Ihr habt bestimmt viele Mitarbeiter.«

»Stimmt, aber ich hatte heute Morgen eine Mitarbeiterversammlung und habe allen erzählt, dass ihr vorbeikommt«, versicherte Jace ihr. »Wir haben sie gebeten, sich den Pferden nicht zu nähern, und ich habe auch gefragt, ob vielleicht jemand Angst vor ihnen hat, nur für den Fall, aber niemand hat ein Problem damit.«

Trixie atmete erleichtert aus. »Danke, das ist perfekt. Annabelle und Alfie werden das sicher gut meistern. Ihr seht ja, sie sind vollkommen ruhig. Ich bin hier diejenige, die nervös ist.«

Die nächsten anderthalb Stunden verbrachten sie damit, die Pferde durch das Gebäude zu führen, mit ihnen die Aufzüge zu benutzen, Mitarbeiter zu treffen und um Maschinen und Möbel herumzugehen. Jace und Dixie waren überaus zuvorkommend. Sie stellten Trixie Mitarbeitern vor, schalteten verschiedene Geräte in der Werkstatt und im Büro an, um zu sehen, wie die Pferde reagierten, und als sie die beiden darum bat, liefen sie den Pferden in den Weg, um herauszufinden, ob sie auf Kommando stehen blieben. Sie streichelten Trixies Babys ebenso oft wie sie und Nick. Sie war so stolz auf Annabelle und Alfie. Sie erschreckten sich nicht und scheuten kein einziges Mal, während sie durch verschiedene Etagen gingen, und mit der Zeit ließ Trixies Nervosität nach. Dixie und Jace stellten unzählige Fragen zu ihrem Unternehmen, und Trixie genoss es, auf alles zu antworten. Als sie ihnen erzählte, wie Nick sie mit der Krankenhausausrüstung überrascht hatte, empfand sie eine ganz andere Art von Stolz. Darauf, dass sie für ihn ebenso besonders war wie er für sie.

»Die meisten Männer versuchen es mit Diamanten oder Blumen«, scherzte Dixie.

»Ich brauche keine Diamanten und Blumen kann ich mir jederzeit selbst pflücken.« Trixie sah Nick an, der mit dem Führstrick von Annabelle in der Hand unverschämt gut aussah, und dachte: *Du bist alles, was ich brauche. Die Ausrüstung und alles andere sind nur die Kirschen auf der Sahnetorte.*

Sie freute sich, dass Annabelle und Alfie alles so gut meisterten, und sie wusste, dass beide den Probebesuch perfekt absolvieren würden. Aber dieser Nachmittag hatte Trixie noch mehr gegeben als nur die Sicherheit mit ihren Pferden. Sie sah

Nick abgesehen von seiner oder ihrer Familie nicht oft mit Freunden, und je besser sie Dixie und Jace kennenlernte, umso mehr mochte sie die beiden. Nick lachte viel in ihrer Gegenwart, und auch wenn sie sich hauptsächlich auf die Pferde konzentrierten, so berührte er sie doch im Vorbeigehen, flüsterte ihr süße und sexy Dinge ins Ohr und forderte sogar mehrere Küsse ein. Sie genoss es, wie sie mit jedem Tag etwas mehr zu einem richtigen Paar wurden. Sie gönnte sich sogar – kurz – die Vorstellung, wie es wohl wäre, mehr als nur einen Monat in Nicks Welt zu verbringen.

Vielleicht eines Tages …

Trixie schwärmte von Jace und Dixie, als sie die Pferde nach Hause brachten und sie wieder in den Stall stellten. Bevor sie auf sein Motorrad stiegen, fing er an, Trixie Sicherheitshinweise zu geben und ihr zu sagen, wie sie sich als Sozia zu verhalten hatte. In wahrer Trixie-Manier verdrehte sie die Augen, stemmte die Hand in die Hüfte und sagte: »Ich bin schon mal Motorrad gefahren.«

»Oh, okay, super.« Er gab ihr einen Helm und versuchte, den Anflug von Eifersucht zu ignorieren, der ihn bei der Information überkam.

Sie legte den Kopf zur Seite, sodass ihre Haare sexy über eine Schulter fielen. »Ich bin neugierig … Warum hast du mich noch nie auf deinem Motorrad mitgenommen?«

»Wenn du hinten auf dem Motorrad eines Mannes mitfährst, wissen die anderen Biker, dass du die Freundin des Typen bist, und das warst du nicht.«

Sie schlang ihm die Arme um den Hals. »Du hast keine Ahnung, wie lange ich schon bei dir aufsitzen wollte.«

»Wenn du weiter so redest, fahren wir nirgendwo hin.« Er senkte seine Lippen auf ihre, küsste sie voller Begehren, aber es löste doch noch nicht den Knoten der Eifersucht in ihm. »Auf wessen Motorrad bist du gefahren?«

»Du bist süß, wenn du eifersüchtig bist. Du bist dann so angespannt, wenn du versuchst, es zurückzuhalten.«

Er drückte sie fester an sich. »Ich hasse das Gefühl von Eifersucht, aber anscheinend habe ich bei dir keine Wahl, denn ich kann die Vorstellung von dir hinten auf der Maschine von irgendeinem anderen Kerl nicht ausstehen.«

Sie kicherte leise und küsste ihn aufs Kinn. »Ich bin bei zwei Typen mitgefahren. Bei Dusty Kincaid und Austin Andrews.«

»Kincaid? Kenne ich den?«

»Das bezweifle ich. Er ist Model und verbringt viel Zeit in New York und Los Angeles.«

Nick schnaubte verächtlich. »Ach, so ein Weichei.«

»Hey, das ist fies. Er ist kein Weichei. Willst du ihn mal auf Instagram sehen?« Sie holte ihr Handy aus der Gesäßtasche.

»Nein, ich will ihn nicht sehen. Ich will mir nicht vorstellen, dass du mit einem Model zusammen warst.«

»Wir waren auch nicht zusammen. Er ist kein richtiger Biker und Austin Andrews auch nicht. Vielleicht wissen sie gar nicht, was es heißt, Biker zu sein. Egal, jedenfalls hat es ihnen nichts ausgemacht, mich mal auf ihrem Motorrad mitzunehmen. Und mit Austin war ich auch nicht zusammen, obwohl er mich entjungfert hat.«

»Meine Güte, Trixie, willst du mich umbringen?« Er küsste sie forsch. »Was mich angeht, so gehe ich lieber davon aus, dass dich niemand vor mir angefasst hat.«

»Dein Ernst? Dich haben auch irgendwelche Frauen angefasst, und ich rege mich nicht darüber auf.«

»Mach dir nichts vor. Du warst ziemlich sauer, als Shayna mir geschrieben hat.«

»Ach, stimmt. Eine von deinen Rodeo-Zicken.«

»Können wir aufhören, uns zu quälen, und einfach nur aufsteigen?«

»Ja, das klingt gut.«

Er half ihr aufs Motorrad und setzte sich vor sie. Bevor sie ihren Helm aufsetzte, legte sie die Arme um ihn und sagte: »Nur zur Info: Du bist der einzige Mann, von dem ich angefasst werden will.«

»Nur zur Info, Darling: Du bist die einzige Frau, die jemals auf meiner Maschine mitgefahren ist. Das sollte dir alles sagen, was du wissen willst.«

Sie setzten die Helme auf und fuhren los, um Jace und Dixie zu treffen. Das unsinnige Denken, wer was mit wem hatte, bevor sie ein Paar wurden, fiel mit dem Dröhnen des Motors, dem warmen Wind auf seiner Haut und seiner heißen Frau, die sich an ihn schmiegte, von ihm ab.

Einige Zeit später verließen sie den Highway und fuhren über den Damm nach Capshaw Island. Hohes Gras wuchs unter ihnen aus dem Wasser heraus und bog sich im Wind. Stand-up-Paddler tummelten sich in der Ferne auf dem Wasser und hoch oben flatterten Drachen im Himmel.

Sie fuhren durch das kleine urige Fischerdorf und kamen an Läden vorbei, deren Fassaden aus gestrichenen Ziegeln und Holzverkleidungen bestanden. Die ausgeblichenen Markisen spendeten Holzbänken darunter Schatten und die Blumenkästen davor waren üppig und farbenprächtig bepflanzt. Nick war alle paar Wochen auf die Insel gefahren, nachdem

Beau und Zev vor all den Jahren von zu Hause fortgegangen waren, wenn er der Realität kurz mal hatte entfliehen wollen. Aber er war seit Jahren nicht mehr dort gewesen.

Als sie zu dem Hauptparkplatz am Strand fuhren, dachte er über die Schlichtheit der Insel nach. Dass es nur zwei Straßen mit Läden und einen Bauernmarkt gab, der größer als ein Supermarkt war, hatte ihm immer gefallen. Irgendwie ärgerte es ihn, dass er nicht daran gedacht hatte, mit Trixie dorthin zu fahren, bevor Jace es vorgeschlagen hatte. Sein Zuhause zu verlassen, war allerdings auch das Letzte, was ihm in den Sinn kam, wenn Trixie bei ihm war.

Sie stellten die Motorräder ab und schlossen die Helme weg. Der Meeresduft umgab sie sofort, und als Jace und Dixie von ihrer Maschine abstiegen, zog Nick Trixie an sich. »Und, was meinst du?«

»Dass mir diese Motorradfahrt mit dir ebenso gut gefallen hat wie die Ausritte mit dir.« Sie ging auf Zehenspitzen und er senkte seine Lippen auf ihre. »Und es gefällt mir, dass ich die einzige Frau bin, die bei dir auf der Maschine mitgefahren ist.«

Er hatte eigentlich wissen wollen, wie ihr der Ort gefiel, aber ihre Antwort war noch besser. »Ich hatte nicht damit gerechnet, noch viele erste Male zu erleben, aber du, Darling, zeigst mir gerade, wie sehr ich mich geirrt habe.«

»Wollt ihr euch noch lange vollsäuseln oder spazieren wir über die Dünen?«, rief Dixie ihnen mit einem frechen Lächeln zu.

»Ich würde sie mir gern über die Schulter werfen und ein Zimmer mieten«, entgegnete Nick. »Aber das wäre unhöflich, also gehen wir zum Strand.«

Sie machten sich zu den Dünen auf, ließen Stiefel und Socken unten im Dünengras zurück und gingen dann den sandigen Pfad hinauf. Der Sand unter Nicks Füßen war warm. Eine Meeresbrise und das Geräusch von brechenden Wellen und kreischenden Möwen empfing sie, als sie oben auf der Düne ankamen. Die Strände waren wegen der Wildpferde nicht befahren und auch nicht makellos. Sie waren rau, etwas steinig mit Seegras hier und da und größtenteils – abgesehen von den Tieren, die dort lebten – unberührt.

Trixie hielt schützend die Hand über die Augen, als sie auf das Wasser hinaussah. »Es ist hier so schön.«

»Ja. Ich war oft hier, nachdem meine Brüder fortgegangen waren. Eine Meile weiter runter gibt es einen Aussichtspunkt. Da wollen die meisten Leute hin.«

»Sollen wir dahin?«

»Nee, wir sind nicht die meisten Leute.«

Sie gingen hinunter zum Strand, und Trixie setzte sich zwischen Nicks Beine in den Sand mit dem Rücken an seine Brust gelehnt, während Dixie und Jace sich nebenein-andersetzten. Sie redeten, scherzten oder saßen schweigend da, um den friedvollen Geräuschen des Meeres zu lauschen. Die Frauen redeten über Jillian und das Whiskey Bro's, in das sie – wie Trixie vorschlug – unbedingt mal zu viert gehen mussten.

Provozieren, immer musste sie ihn provozieren.

Trixie lud sie zu ihrem Grillabend ein, aber Jace und Dixie wollten an dem Wochenende nach New York fahren, um Jaces Familie zu besuchen. Die beiden, die sich schon seit Ewigkeiten kannten, erzählten Trixie, wie sie zusammengekommen waren, als Jace Dixie bei einer Junggesellenauktion im Whiskey Bro's ersteigert hatte. »Nick wurde an dem Abend auch versteigert«, sagte Jace.

Trixie schaute über die Schulter. »Echt jetzt? Du bist tatsächlich auf die Bühne gegangen und wurdest ersteigert?«

Darauf hätte er damals gern verzichten können. »Ja.« Er deutete mit dem Daumen auf Dixie. »Die da hat mich jeden Tag bequatscht, bis ich endlich zugesagt habe. Aber es war für einen wohltätigen Zweck, da konnte ich ihr ja nicht absagen, ohne mich schlecht zu fühlen.«

»Und wir waren ihm für seine Dienste sehr dankbar«, sagte Dixie. »Er hat mehrere Tausend Dollar für das Frauenhaus in Parkvale hereingeholt.«

»Ich bin nicht sicher, ob ich wissen will, was du für die Gewinnerin getan hast.« Trixie lehnte sich wieder an ihn.

Nick stützte das Kinn auf ihre Schulter. »Das war eine aufgedrehte Bankerin mit einer dicken Schicht Make-up, die den ganzen Abend nur über sich geredet hat. Wir haben in einem dieser Restaurants gegessen, in denen das Essen überteuert und überaus mickrig ist. Ich habe sie heimgebracht, ihr einen Kuss auf die Wange gegeben und bin nach Hause gefahren, um mir einen Burger zu braten.«

Trixie ging auf die Knie, drehte sich herum und nahm sein Gesicht zwischen die Hände. »Nick Braden, es ist mir egal, ob das die Wahrheit oder eine Lüge ist. So oder so war es die perfekte Antwort.« Sie drückte ihre Lippen auf seine.

Jace und Dixie lachten und Nick verliebte sich noch ein bisschen mehr.

Als sie sich wieder zwischen seine Beine setzte, sagte er: »Es ist die Wahrheit, Darling. Aber die bessere Geschichte ist die, dass Jace und Dixies Bruder Bullet wegen ihr fast aufeinander losgegangen sind, als sie sich zur Versteigerung angeboten hat.«

»Bullet?«, fragte Trixie.

»Sein richtiger Name ist Brandon. Bullet ist sein Biker-Name«, erklärte Dixie. »Er war bei den Special Forces.«

Trixie nickte. »Oh, wow. So etwas könnte ich mir bei

meinen Brüdern auch vorstellen, wenn ich versteigert würde. Männer sind ja so seltsam. Was hast du gemacht, Jace?«

»Ich habe Bullet gesagt, er soll sich verdammt noch mal da raushalten, und dann habe ich mein Mädchen gewonnen.« Jace zog Dixie näher an sich heran.

»Und wie du das hast!« Dixie küsste ihn. »Ein paar Wochen später hat er mir einen Antrag gemacht.«

»Nachdem sie mir einen Kinnhaken verpasst hat«, fügte Jace hinzu.

Trixie riss die Augen auf. »Sie hat dich geschlagen? Warum?«

»Sagen wir, ich war so lange allein, dass mir nicht klar war, wie wichtig es ist, auf Nachrichten und Anrufe zu reagieren.« Jace sah zu Nick. »Du solltest aus meinen Fehlern lernen.«

Wenn der Tag neulich Rückschlüsse zuließ, waren in der Hinsicht keine Probleme zu erwarten.

»Welche Pläne habt ihr beiden?«, fragte Dixie. »Trixie geht zurück nach Virginia und dann führt ihr eine Fernbeziehung?«

»Genau«, antwortete Nick.

»Viel Glück dabei. Für mich war das die Hölle«, sagte Jace.

»Für uns ist das in Ordnung«, sagte Trixie. »Wir führen seit Ewigkeiten eine Fernfreundschaft. Nick hat mit seiner Ranch zu tun, und ich werde auch zu sehr mit meiner Firma beschäftigt sein, um nach ihm zu schmachten. Heute habe ich gerade für die Woche nach meiner Rückkehr drei Termine mit Einrichtungen in der Nähe von Oak Falls gemacht, und ich muss noch mehr Leute anrufen, dir mir empfohlen wurden.« Sic sah über die Schulter zu Nick. »Aber du wirst mir fehlen wie verrückt.«

»Du mir auch.«

»Du kannst immer auf die Knie gehen, Nick«, schlug Dixie

vor.

»Dixie!« Trixie lachte. »Ich habe ihn gerade erst dazu gebracht, dass er zugibt, Gefühle für mich zu haben. Bei uns ist alles bestens im Moment. Stimmt's, Nick?«

»Absolut, Darling.« Er war so verdammt froh, dass sie ihn verstand. »Warum reparieren, wenn's nicht kaputt ist?«

Dixie und Jace warfen sich einen Blick zu, den Nick nicht deuten konnte, und dann wurde der Moment durch das vertraute Geräusch von galoppierenden Pferden unterbrochen.

»Guckt mal!« Dixie zeigte auf den Strand, wo eine Herde Pferde auf sie zukam.

Nick half Trixie hoch, als auch Dixie und Jace aufstanden, bevor sie alle zurück an den Fuß der Düne rannten, um den Pferden ihren Platz zu lassen. Nick legte von hinten die Arme um Trixie, während sie die Pferde beobachteten. Mit ihren wehenden Mähnen und Schweifen und den von Zügeln freien kräftigen Körpern boten sie einen majestätischen Anblick.

»Sie sind so schön«, sagte Trixie voller Bewunderung.

Er küsste sie auf die Wange. »Nicht annähernd so schön wie du.«

Nachdem die Pferde vorbeigaloppiert waren, unterhielten sie sich noch lange am Strand, warfen Steine ins Wasser und gingen am Ufer entlang. Im Ort setzten sie sich dann zum Abendessen auf die Terrasse eines Restaurants und beendeten ihren Abend mit einem Spaziergang über die Main Street. Es waren ein paar zwanglose, entspannt-faule und unglaublich angenehme Stunden. Nick war nie viel gereist, aber dieser kurze Ausflug öffnete eine weitere Tür in ihm, von der er nichts geahnt hatte. Er wollte mehr davon mit Trixie – mehr Zeit fern der Arbeit, Zeit, um sich einfach nur hinzusetzen und andere Teile der Welt an sich vorüberziehen zu sehen, Zeit, um *Paar-*

Sachen zu machen.

Als sie zurück auf der Straße waren und nach Hause fuhren, Trixie mit ihrem warmen Körper an ihn geschmiegt hinter ihm saß und er einen Schatz neuer wertvoller Erinnerungen im Gepäck hatte, dachte er an all die anderen Orte, die er mit ihr erkunden wollte – denn nach so einem unglaublichen Tag wusste er, dass dies mit Sicherheit nicht ihr letzter Ausflug war.

Vierundzwanzig

Trixie saß an diesem Samstagabend auf der Tribüne des Heart Valley Rodeos und wartete auf Nicks Show. Sie hatten eine arbeitsreiche und wunderbare Woche hinter sich. Ihre Firma war auf einem guten Weg, die Website war freigeschaltet und die T-Shirts mit dem Rising-Hope-Logo, die Westen und die Schuhe für die Pferde waren eingetroffen. Für die Woche nach ihrer Rückkehr hatte sie elf weitere Besuche in Einrichtungen zwischen Maryland und Virginia geplant, und auch wenn sie das Training gut im Griff hatte, half Nick ihr noch dabei. Sie freute sich jeden Tag darauf, ebenso wie die Pferde. Einige Male hatte sie ihn noch beim Training für die Show beobachten können und nie würde sie sich daran sattsehen. Sie hatten auch Ausritte unternommen, Walt besucht und sogar ein Date zum Abendessen im Whiskey Bro's gehabt, denn Trixie hatte Nick überredet, mit ihr dorthin zu gehen.

Vielleicht hatte sie ihn dazu gedrängt, weil sie sich nicht gern sagen ließ, dass sie irgendwohin nicht gehen durfte, oder weil es ihr gefiel, wenn er eifersüchtig wurde. Doch auch wenn dies einige der Gründe waren, so waren sie doch nicht der Hauptgrund dafür, dass sie ihn überredet hatte, mit ihr in die Biker-Bar zu gehen. Sie hatte ihm zeigen wollen, dass es keine

Rolle spielte, wo sie waren, denn kein anderer Mann konnte ihre Beziehung gefährden. Es hatte etwas zu gut funktioniert. Sie hatten sich mit den Leuten, die sie in der Bar getroffen hatten, wunderbar verstanden, hatten Darts und Billard gespielt, aber sie waren geblieben, bis die Bar schloss, und hatten am nächsten Tag mit Erschöpfung den Preis dafür gezahlt.

Aber die schönsten Momente der Woche waren die Abende gewesen, an denen sie unter den Sternen beieinandergesessen hatten, während Nick Gitarre spielte oder sie einfach Zeit miteinander verbrachten und sich in die Arme fielen, wann immer sie der Drang dazu überkam. Trixie verliebte sich so sehr in ihn, dass sie wünschte, ihre gemeinsame Zeit würde nie enden. Doch ihr Abschied stand schon in einer Woche an und hing bedrohlich über ihnen wie eine graue Wolke, die kurz davor war, sich zu öffnen. Sie hätte einerseits gern die Uhr angehalten, um mehr Zeit mit ihm zu verbringen, doch andererseits wollte sie sie vorstellen, um möglichst schnell mit ihrer Firma an den Start zu gehen.

Applaus riss sie aus den Gedanken, als die Pferde, die vor Nicks Show präsentiert worden waren, vom Platz geführt wurden. Auf Trixies Handy ging eine Nachricht ein. Erfreut sah sie Nicks Namen auf dem Bildschirm. *Das hier ist für dich, Darling. Komm anschließend nach unten zum Tor.* Sie wollten gleich nach dieser Show abfahren. Weil es schon losging und sie Nick nicht ablenken wollte, antwortete sie ihm nicht.

Die Menge tobte, schrie und pfiff, als Nick mit Lady auf den Platz ritt. Trixies Herz raste, als wäre sie ein fanatischer Fan, als er im Kreis ritt, winkte und die Menge dazu brachte, noch lauter zu applaudieren und zu johlen. Mit seinem schwarzen Hut und dem schwarzen Hemd mit der goldenen Stickerei auf den Schulterpartien und an den Aufschlägen sah er unverschämt gut aus. Trixie wusste, dass ihm im Laufe der Jahre immer mal wieder nahegelegt worden war, sich auffälliger anzuziehen, zu schwarzen Hosen mit Nieten oder Fransen an den Seiten zu greifen oder in bunten Hemden und entsprechenden Hosen aufzutreten. Aber Nick war ein einfacher Typ, und er würde ebenso wenig seine Jeans aufgeben, wie er Pleasant Hill verlassen würde.

Lady sah wunderschön aus. Sie hatten sie und Romeo gemeinsam gestriegelt, und Trixie hatte schwarze und goldene Schleifen in ihre Mähnen geflochten, die zu dem schwarzen Sattel- und Zaumzeug mit den goldenen Fransen passten. Romeo sollte für Nicks Finale dazukommen.

Es war unglaublich beindruckend, als Lady im Kreis galoppierte und Nick an einer Seite hing, parallel zu ihrem Körper und mit einem Arm ausgestreckt, als wollte er sich der Menge präsentieren. Er war so waghalsig und ließ jede Bewegung mühelos erscheinen. Dann richtete er sich wieder auf und drückte sich ab, um sich aufrecht mit ausgestreckten Armen auf Lady zu stellen. Die Menge tobte und Trixie klatschte und johlte begeistert mit. Er hatte jeden einzelnen der bewundernden Blicke verdient, die er einheimste, als er sich mit nur einem Bein in einer Schlaufe an der Seite des Pferdes herunterhängen ließ. Trixie hielt den Atem an. Sie wusste, dass er diese Figur im Schlaf beherrschte, aber es war dennoch ebenso anregend wie beängstigend mitanzusehen.

Mit einer Leichtigkeit stand er dann wieder auf Lady, während sie im vollen Tempo auf dem Platz im Kreis galoppierte, bevor er dann in den Schulterstand ging, bei dem er kopfüber an einer Seite des Pferdes hing und die Beine gerade Richtung Hallendecke gestreckt waren. Die Menge hörte gar nicht auf, ihn anzufeuern, als er wieder im Sattel landete, sich herumdrehte, rückwärts ritt, sich noch einmal umdrehte, nur Sekunden sitzen blieb, bevor er zur Seite glitt, einen Fuß im Steigbügel, den anderen am Sattelhorn, um dann im rechten Winkel zum Pferd und parallel zum Boden mit ausgestreckten Armen weiterzureiten. Die Menge tobte und Trixie sprang auf, während sie ihn lauter als alle anderen anfeuerte. Den Rest der Show verfolgte sie stehend bis zu seinem großen Finale, als die Lichter gedimmt wurden und Nick mit je einem Bein auf den Rücken von Romeo und Lady stand und die Ungarische Post vorführte, bei der sie im Kreis galoppierten und über eine Feuerwand sprangen. Jubel brach aus, und als die Lichter wieder angingen und Nick seine letzte Runde auf dem Platz drehte, hätte sie schwören können, dass sein feuriger Blick auf ihren traf und ihr Herz zum Schmelzen brachte.

Nach seinem Auftritt, als die Rodeo-Shows noch weitergingen, versuchte sie das Hämmern in ihrer Brust zu ignorieren, als sie von ihrem Platz durch die Menge ging, um Nick am Tor zu treffen. Bevor sie überhaupt in die Nähe kam, hörte sie unzählige weibliche Stimmen seinen Namen rufen. Ihre Nackenhaare richteten sich auf und Eifersucht jagte durch sie hindurch.

Als sie sich dem Tor näherte, wurde der Weg von einer Horde perfekt gestylter Rodeo-Häschen versperrt. Verdammte Groupies. Alle liebten heiße Cowboys. Die jungen Frauen trugen spärliche Shorts, enge T-Shirts und funkelnde Cowboystiefel, die sie wahrscheinlich auf dem Weg hierher gekauft hatten. Ihre Make-up-Schicht war dicker als ihr aufgelegter Südstaaten-Akzent. Trixie verspürte den Drang, ihnen diese tiefsitzenden, nutzlosen Designer-Gürtel, die sie um ihre Hüften trugen, wegzureißen und die verdammten Rodeo-Häschen damit in die Flucht zu schlagen.

»Nick! Komm her! Du reitest wie ein Gott! Gibst du mir Unterricht?«, fragte eine magere Brünette mit vollen Brüsten Hüften schwingend.

Trixie ballte die Fäuste, während sie versuchte, durch die Menge hindurch Nick zu entdecken. Sie hatte gewusst, womit sie rechnen musste. Schon früher hatte sie miterlebt, wie die Weiber sich Nick an den Hals warfen. Sie war durchaus eine Befürworterin davon, dass Frauen zu ihrem Körper stehen sollten, aber nun mitzuerleben, wie die das vor *ihrem* Kerl auslebten, war eine ganz andere Sache.

»Nick! Komm, wir trinken was!«, rief eine Blondine.

Schnauze, du dämliche Kuh. Du kennst ihn ja gar nicht.

Eine Rothaarige ging auf Zehenspitzen und wedelte mit ihrem Hut und einem Stift herum. »Krieg ich ein Autogramm?«

Nicks tiefe Stimme erklang: »Klar doch«, und sein markantes Gesicht tauchte zwischen den Köpfen auf. Seine Kiefermuskeln waren angespannt, aber er griff nach dem Hut und dem Stift der Rothaarigen. Die kreischte laut auf, die anderen Frauen drehten noch mehr durch, riefen seinen Namen und solche Sachen wie »Unterschreibst du auf meinem T-Shirt?«, »Jetzt ich!« oder »Hier!« Zwei Tussen schrien: »Wir leisten dir Gesellschaft. Wir können auch reiten!«

Wollt ihr mich verarschen?

Trixie raste vor Wut, konnte sich aber nicht vom Fleck bewegen, so elend, nervös und so verdammt eifersüchtig war sie, was ihr ein seltsames Gefühl der Verletzbarkeit gab. Das waren vielleicht aufgetakelte Rodeo-Häschen, aber sie waren auch wirklich hübsch, und Trixie stellte sich unweigerlich die Frage, ob er jemals etwas mit einer von ihnen gehabt hatte. Ihr drehte sich der Magen um, doch sie erinnerte sich daran, dass es – wenn überhaupt – geschehen war, bevor sie zusammengekommen waren, und dass es keine Rolle spielte. Aber ihr Herz klopfte so schnell, dass es sie noch nervöser machte. *Warum ist das alles hier so einschüchternd?*

»Okay, Ladys«, sagte Nick und bemühte sich, durch die Menge zu kommen, aber die Frauen drängten sich immer enger um ihn.

Er versuchte, zu ihr zu gelangen, und dann machte irgendetwas in ihr *Klick. Beiseite, ihr dämlichen Rodeo-Häschen. Ich bin Trixie Jericho und ihr bekommt meinen Kerl nicht.* Sie drängte sich durch die Möchtegern-Groupies, und als Nick sie entdeckte, zog er sie sofort an den anderen vorbei zu sich heran und erntete damit überraschtes Gemurmel und abfällige Bemerkungen.

Trixie straffte die Schultern und begegnete den gierigen Blicken. »Nur Autogramme, Mädels! Ich teile nicht!«

»Aber Nick schon!«, rief eine von weiter hinten.

Trixie ballte die Fäuste und kämpfte gegen den Drang an, derjenigen an die Gurgel zu gehen.

»Da irrst du dich«, zischte Nick und packte Trixie am Arm. »Lass uns von hier abhauen.«

Er kämpfte sich durch die Meute von Frauen und stürmte aus der Halle heraus, während er Trixie mit sich zog, die nicht aufhörte, vor sich hin zu fluchen. Was zum Teufel hatte er sich dabei gedacht, sie am Tor zu treffen? Er war so an diesen Mist gewöhnt, dass es ihm gar nicht in den Sinn gekommen war, sie könnte sich darüber aufregen. *Verdammt.* Er war ein Idiot.

»Es tut mir so leid«, stieß er aus.

Trixie riss sich von ihm los und marschierte weiter in den Parkplatz hinein. Sie wirbelte herum und spie Feuer. »Ich wusste ja von dir und deinen Rodeo-Häschen, aber das da …?« Sie stapfte hin und her, zitterte am ganzen Körper und die Worte sprudelten schnell und wie Giftpfeile aus ihr heraus. »Ich wollte denen die Augen auskratzen! So etwas habe ich noch nie, nie in meinem ganzen Leben gefühlt, und ich hasse es!« Sie hämmerte sich mit der Faust auf die Brust. »Ich bin Trixie Jericho, nicht irgendein schwächliches, eifersüchtiges Weibchen. Was zum Teufel soll das?«

»Trix –«

»Hör auf«, warnte sie ihn mit einem lodernden Feuer in den Augen. »Du hast keine Ahnung, wie es ist, dieses Theater mitansehen zu müssen. Das Gefühl zu haben, mit *solchen* Frauen wetteifern zu müssen!«

»Ach, hab ich nicht?«, wütete er und trat auf sie zu. »Was zum Teufel glaubst du, wie ich mich im Tully's gefühlt habe?« Seine Stimme überschlug sich. »Und als du mich ins Whiskey Bro's geschleppt hast? Glaubst du, ich hätte mich nicht so gefühlt, als die ganzen Kerle dich abgecheckt haben?«

»Ich habe aber nicht mit denen geschlafen!«, rief sie und stapfte vor ihm weiter. »Was weiß ich? Du hast wahrscheinlich mit der Hälfte von denen was gehabt!«

»Und wenn, dann ist das meine verdammte *Vergangenheit*!«, stieß er zwischen zusammengepressten Kiefern hervor. »Deswegen habe ich keine Beziehungen. Ich werde mich nicht dafür entschuldigen, wer ich war. Hast du gesehen, dass ich irgendwelche Telefonnummern eingesteckt habe? Dass ich auf deren Brüsten unterschrieben habe? Dass ich deren Angebote angenommen habe?«

Sie sah ihn finster an. »Was zum Teufel ist mit mir los? Ich dachte, ich käme damit zurecht, aber der Gedanke, dass all diese Frauen hinter dir her sind … Ich hasse dieses Gefühl, und nächstes Wochenende fahre ich weg. Und dann? Ich kann nicht zu all deinen Shows kommen.«

Sie ging auf und ab, Schmerz und Wut verzerrten ihren schönen Mund, und all das brachte ihn fast um, verwandelte seine Wut in seelische Qualen. Er wollte ihr nicht wehtun und er wollte verdammt noch mal nicht mit ihr streiten. Er rieb sich über das Gesicht und sammelte sich kurz.

»Du musst mir vertrauen, Trixie, ebenso wie ich dir vertrauen muss.«

»Ich vertraue dir ja! Du bist der loyalste Mann, den ich kenne. Ich will einfach nur nicht, dass dich irgendeine von denen anfasst und betatscht.«

»Das gehört zwangsläufig dazu, und das weißt du auch«, sagte er so ruhig wie möglich, was allerdings ganz und gar nicht ruhig war. »Du lässt dich von Leuten, die vollkommen unbedeutend sind, verrückt machen.«

»Ach ja?«, brüllte sie mit geballten Fäusten. Doch mit dem nächsten Atemzug legte sie die Stirn in Falten und ihre Fäuste entspannten sich. »Oh mein Gott, Nick. Du hast recht«, sagte sie leise. »Was mache ich hier nur? Das bin ich doch gar nicht.« Sie blieb stehen. Wut und Traurigkeit umgaben sie, während sie an sich herunterschaute und an dem Knoten in ihrem Hemd zerrte. »Ahh! Wie laufe ich hier überhaupt herum?«

Sein Herz drohte zu bersten, als er nach ihrem Handgelenk griff. »Wage es ja nicht, irgendetwas an dir zu verändern. Hast du gehört? Du hast überhaupt nichts mit den Mädels gemeinsam. Du hast Dreck an deinen Stiefeln, bist tief mit deiner Heimat verwurzelt und hast mehr im Kopf als all die zusammen.«

»Ich will nicht, dass die Leute schlecht über mich reden oder mich für eine von *denen* halten.«

»Wenn irgendjemand etwas über dich zu sagen hat, dann bekommt er es mit mir zu tun. Du gehörst zu mir, und ich *liebe* die Frau, die du bist.«

Verwirrung war in ihren Augen zu lesen. »Wirklich?«

»Weißt du das denn immer noch nicht?«

»Woher soll ich das wissen? Du sagst es mir ja nie!«

Seine Brust fühlte sich mit einem Mal wie zugeschnürt an, und ihm wurde klar, dass sie recht hatte. Er tat Dinge für sie, zeigte ihr, was er fühlte, aber er sagte es ihr nicht. »Dann bin ich ein Idiot.«

»Nein, das bist du nicht. Es war blöd von mir, das zu sagen. Ich weiß, dass du mich magst, Nick. Alles, was du tust, zeigt es mir. Es ist nur so, dass ich …«

»Dass du das Gefühl nicht ausstehen kannst, jemand anderes könnte mich dir wegnehmen? Willkommen im Club, Darling. Jetzt verstehst du, wie es mir geht, wenn mich dieses grünäugige Monster in die Fänge bekommt. Ich sage es dir ganz deutlich: Ich bin verrückt nach *dir*, Patricia Ann Jericho. Nach allem an dir, von den geknoteten Hemden, den engen Jeans und knappen Shorts – die mich wahnsinnig machen –, bis hin zu deinem dickköpfigen Wesen und der Art, wie du alles infrage stellst, was ich sage. Ich werde dich nie anlügen und ich werde dich nie betrügen.« Ihre Unterlippe zitterte. »Ich war so ein Kerl, bevor wir zusammengekommen sind, aber das bin ich nicht mehr und ich war es auch schon verdammt lange nicht mehr. Du bist in jeden Winkel von mir vorgedrungen. Du könntest am anderen Ende der Welt sein und wärst doch bei mir. Ich will dich, Darling, niemanden sonst. Und wenn du mir nicht glaubst, dann sperre mich mit hübschen willigen Frauen in einen Raum ein, und dann werde ich es dir beweisen. Denn die einzige Frau, die ich mit meinen Händen und meinem Mund erkunden will, das bist du, und ich will mit Sicherheit von niemand anderem angefasst werden.«

Sie schlug mit der Stirn gegen seine Brust und sah dann traurig zu ihm auf. »Es tut mir leid, dass ich so eifersüchtig geworden bin, und es tut mir leid, dass ich dich dazu überredet habe, ins Whiskey Bro's zu gehen. Ich wollte nicht, dass es einen Ort gibt, an den wir nicht zusammen gehen können, aber offensichtlich muss ich einiges erst kapieren, sonst kommst du noch zu dem Schluss, dass dein Leben um einiges einfacher ist, wenn ich nicht darin vorkomme.«

»Das Gleiche könntest du über mich sagen.« Er hielt sie noch enger an sich gedrückt. »Aber so leicht kommst du mir nicht davon. Nicht, nachdem du mir ein Jahr lang so zu schaffen gemacht hast.« Er küsste sie sanft. »Aber wenn wir eine Fernbeziehung führen, müssen wir einander vertrauen. Wir sind beide Hitzköpfe. Wir reagieren, bevor wir nachdenken, und das wird uns auseinandertreiben, wenn wir nicht lernen, damit umzugehen.«

»Seit wann bist du so gut in Beziehungsdingen?«

Er schüttelte den Kopf und fragte sich dasselbe. »Anscheinend seit jetzt. Seit mir eine Beziehung so wichtig ist, dass ich herausfinden muss, wie das funktioniert.«

»Vielleicht brauchen wir ein Codewort oder so. Etwas, mit dem wir uns gegenseitig warnen, wenn wir kurz davor sind durchzudrehen und wir Hilfe brauchen.«

Er schmunzelte. »Aha, ein Codewort? So etwas wie *Regenschirm*, weil wir Gefahr laufen, dass der Mist wie ein Sturzregen auf uns niederprasselt?«

»Ja, genau. Das ist perfekt.« Ihr Blick wanderte über seine

Schulter. »Du solltest den Regenschirm parat halten, nur für alle Fälle.«

Er folgte ihrem Blick zu einer Gruppe von Rodeo-Häschen. »Ich habe eine bessere Idee.« Er senkte seine Lippen auf ihre, bis sie in seinen Armen ganz weich wurde, und dann vertiefte er den Kuss, bis er mit diesen kleinen sexy Lauten belohnt wurde, die er so liebte.

Atemlos flüsterte sie: »Regenschirm, Regenschirm, Regenschirm.« Ein neckisches Funkeln trat in ihre Augen. »Ich habe das Gefühl, da braut sich ein Sturm zusammen.«

»Mein wunderschöner kleiner Hurrikan.« Er senkte die Lippen auf ihre und küsste sie, bis sie alles um sich herum vergaßen.

Fünfundzwanzig

Für Trixie und Annabelle hätte der erste Besuch in der Einrichtung für Betreutes Wohnen nicht besser laufen können. Eine Stunde lang streiften sie gemeinsam mit Jordan durch das Haus. Annabelle wurde von den Bewohnern und den Angestellten begeistert aufgenommen, obwohl der Besuch nicht dazu diente, mit ihnen in Kontakt zu treten. Die Stimmung von allen besserte sich in dem Moment, in dem sie Trixies kleines Pferd mit seiner pinken Rising-Hope-Weste und den Hufschuhen gesehen hatten. Trixie trug mit Stolz ihr Rising-Hope-T-Shirt und war froh, dass sie ausreichend Visitenkarten mitgebracht hatte, denn mehrere Leute, die bei Bewohnern zu Besuch waren, erkundigten sich nach ihrem Angebot.

»Ich denke, wir können mit Sicherheit sagen, dass unsere Bewohner sehr davon profitieren würden, wenn Annabelle oder Ihr Kleiner, Alfie, uns regelmäßig besuchen«, sagte Jordan, als sie zur Eingangshalle gingen. »Sie ist ein so liebenswürdiger Gast. Sobald Sie sich zu Hause in Virginia eingerichtet haben und sich einen Überblick über Ihren Zeitplan verschaffen konnten, würde ich gern einen Besuch bei Patienten organisieren. Wir können das im Gemeinschaftsraum machen und nur wenige Bewohner auf einmal miteinbeziehen, wenn Sie möchten.«

»Das klingt wunderbar. Danke!« Trixie streichelte Annabelle und versuchte, ihre Begeisterung im Zaum zu halten.

»Oma, guck mal! Ein Babypferd!« Ein kleines Mädchen, das wohl jemanden dort besuchte, rannte den Flur entlang mit wehenden Zöpfen auf sie zu.

»Susie, mach langsam«, sagte ihre Großmutter hinter ihr her eilend.

Trixie stellte sich vorsichtshalber rasch zwischen das kleine Mädchen und Annabelle, doch Annabelle blieb von dem auf sie zustürmenden Kind vollkommen unbeeindruckt.

»Hallo!« Susie hielt vor Trixie an und lächelte mit ihren großen braunen Augen zu ihr auf, als die freundliche Großmutter, die in ihren Fünfzigern sein musste, zu ihnen kam.

»Hallo, du bist also Susie«, sagte Trixie zu dem kleinen Mädchen.

Susie nickte und drehte sich hin und her, sodass ihr das hübsche gelbe Sommerkleid um die Knie schwang. »Darf ich dein Babypferdchen streicheln?«

Trixie schaute kurz zu Jordan, die mit einem Nicken ihr Einverständnis zeigte. Trixie ging vor Susie in die Hocke. »Ich heiße Trixie und das hier ist Annabelle. Sie ist ein voll ausgewachsenes Minipferd, sie wird also nicht mehr größer. Aber wir sollten lieber deine Großmutter fragen, ob es in Ordnung ist, wenn du Annabelle streichelst.«

»Darf ich, Oma?«, fragte Susie ungeduldig hopsend.

Trixie stand auf. »Hallo, ich bin Trixie Jericho von Rising Hope. Annabelle ist ein Therapiepferd und an Kinder gewöhnt.«

»Ach, wie nett. Ich bin Meredith Enders. Scheint, als hätten wir den perfekten Tag ausgesucht, um meine Mutter zu besuchen.«

»Darf ich sie streicheln, Oma?«, bettelte Susie.

»Na klar, mein Schatz, aber sei ganz lieb.«

»Bin ich.« Susie streichelte Annabelles Hals. »Sie ist ganz weich, Oma. Streichel sie auch mal.«

Meredith streichelte Annabelle. »Wie weich sie ist. So ein süßes Tier. Wie alt ist sie denn?«

»Sie ist vier«, antwortete Trixie, als Annabelle den Kopf drehte, um das kleine Mädchen anzusehen.

»Guck mal, Oma, sie mag mich! Ich will ein kleines Pferd!«

»Ich auch!«, meinte Jordan leise lachend.

Meredith wandte sich flüsternd an Trixie: »Susie hat nächsten Monat Geburtstag. Geht Annabelle auch auf Partys?«

»Und ob!« Trixie gab ihr eine Visitenkarte. »Hier haben Sie meine Kontaktdaten und die Adresse von meiner Website steht auch auf der Karte.«

»Danke. Wir hören uns.« Meredith nahm Susie an die Hand. »Komm, mein Schatz. Opa wartet auf uns. Sag Annabelle Tschüss und bedank dich bei Miss Trixie.«

»Tschüss, Annabelle.« Susie tätschelte Annabelle noch ein letztes Mal. »Danke, Miss Trixie!«

Als sie zur Tür gingen, sagte Jordan: »Ich habe das Gefühl, Sie werden gar keine Werbung für Ihr Unternehmen machen müssen. Annabelle erledigt das für Sie.«

»Alfie sicher auch. Er ist ein prima Kerl.« Auf dem Weg zum Parkplatz fügte sie hinzu: »Mir hat unser Besuch wirklich sehr gefallen. Vielen Dank, dass Sie mir die Gelegenheit gegeben haben, Ihnen zu zeigen, wie großartig Annabelle ist.«

»Ich freue mich darauf, noch einen Besuch zu organisieren und mehr von Ihnen beiden zu sehen. Wenn es gut klappt, dann können wir vielleicht monatliche Besuche planen und unseren Bewohnern etwas bieten, worauf sie sich freuen können.«

»Das würden wir sehr gern machen. Ich wollte mich auch noch für die Liste mit Kontakten bedanken, die Sie mir gegeben haben. Ich habe schon einige Termine in den nächsten Wochen vereinbaren können.«

»Wunderbar. Wie es scheint, ist Rising Hope auf dem besten Wege, seine Nische zu finden. Und da wir sicherlich noch öfter miteinander zu tun haben werden, könnten wir uns doch auch duzen, oder? Ich wollte dir nämlich auch noch erzählen, dass ich mich mit Jax getroffen habe.« Leiser sprach sie weiter: »Du hast ja gar nicht erwähnt, wie charmant er ist.«

Trixie lachte. »Er ist ein toller Kerl. Ich hoffe, er konnte dir helfen.«

»Machst du Witze? Wir reden hier von *Jax Braden*.« Sie sagte seinen Namen, wie andere Henry Cavill oder Jason Momoa sagten. »All seine Entwürfe sind absolut umwerfend, aber ich habe meine Hochzeit noch einmal verschoben.«

»Oh, wirklich?«

»Wirklich«, flüsterte sie verschwörerisch. »Ich glaube, ich bekomme schon wieder kalte Füße.«

»Ach, Jordan, das tut mir leid.«

Jordan winkte ab. »Wenn es so sein soll, dann ist es eben so. Ich gehe lieber mal wieder hinein. Vielen Dank, dass ihr gekommen seid. Es war schön, Zeit mit euch zu verbringen. Lass mich wissen, wenn wir euren nächsten Termin festlegen können.«

»Mach ich. Danke noch mal.« Sobald Jordan im Gebäude verschwunden war, umarmte Trixie Annabelle stürmisch. »Wir haben es geschafft, mein Baby! Alle fanden dich toll. Du warst großartig. Komm, wir gehen nach Hause und erzählen es deinem Daddy!« Kaum hatte sie das ausgesprochen, erfasste sie ein Unbehagen und eine Sehnsucht, die sie auch nicht losließen, als sie Annabelle in den Anhänger führte.

Nicks Haus war nicht ihr Zuhause, auch wenn es sich so anfühlte, und sie wollte gar nicht daran denken, wie leicht ihr das *Daddy* über die Lippen gekommen war. Es fühlte sich wirklich so an, als wäre er der *Daddy* ihrer Pferde.

Und meine andere Hälfte.

Die Minis waren ihm ebenso wichtig wie ihr. Sie glaubte nicht, dass sich das in den Wochen zwischen ihren gegenseitigen Besuchen ändern würde, aber ein Teil in ihrer beider Leben würde sich ändern. Wenn sie das nächste Mal bei Patienten war, würde Nick nicht zu Hause auf sie warten, um zu erfahren, wie es gelaufen war. Wären ihre Brüder oder Eltern gespannt darauf, was sie zu erzählen hatte?

Sie versuchte, diese Gedanken zu verdrängen, als sie in den Pick-up stieg und ihr Handy eine eingehende Nachricht von Lindsay in dem Gruppenchat mit Trixie, Amber und Brindle vermeldete. *Amber-Alarm! Trixie, ich hoffe, dein Treffen lief gut und du amüsierst dich mit Nick, dem Sex-Gott, aber Amber hat sich bereiterklärt, in ihrem Buchladen eine Autogrammstunde mit Dash Pennington zu veranstalten! Wir müssen mit ihr shoppen gehen und ihr Flirt-Lektionen erteilen. Und zwar sofort! Geht es nächstes Wochenende?*

Noch bevor Trixie antworten konnte, kam eine Nachricht von Brindle herein. *Wie lief der Besuch mit Annabelle?*

Als Nächstes traf eine Nachricht von Amber ein. *Ich veranstalte eine Signierstunde und keine Datingshow! Ich bin Profi. Es wird nicht geflirtet. Trix? Wie war's?*

Trixie musste sich dazu melden und tippte los: *Das Treffen war super!! Ich erzähl euch später alles. Aber keine Sorge, Amber. Wir finden etwas für dich, das dich im Buchladen wie eine Lady aussehen lässt und im Schlafzimmer wie ein erotischer Vamp.* Sie fügte noch ein Zwinker-Emoji hinzu.

Dann poppte noch eine Nachricht von Lindsay auf. *Amber, du kannst nächste Woche im JJ's bei der Ladies' Night mit mir und Trixie das Flirten trainieren.*

Wieder überkam sie diese Sehnsucht. Sie konnte nicht glauben, dass sie schon bald dort bei ihren Freundinnen wäre und nicht mehr bei Nick, doch zu lang konnte sie nicht darüber nachdenken, denn Amber schickte ein wütendes Emoji mit den Worten *Nein, danke. Ihr wisst, dass ich diese Testosteronpartys hasse.* Trixie musste lachen und schrieb dann: *Kann jetzt nicht mehr schreiben, fahre zu Nick. JA zum Shoppen nächste Woche. Amber, du kannst das Flirten mit uns ganz männerfrei üben. Hab euch lieb!* Sie fügte ein küssendes Emoji hinzu, schickte die Nachricht ab und legte das Handy weg.

Auf dem Weg nach Hause kehrten die Gedanken an Nick zurück. In den Tagen seit ihrem Streit waren sie einander so viel nähergekommen und sich der Gefühle des anderen so viel bewusster geworden, dass sie sich nicht vorstellen konnte, dass je irgendetwas zwischen sie kommen konnte. Nach dem Striegeln der Pferde gestern Abend hatten sie Steaks gegrillt und mit Pugsly auf Nicks Schoß und Goldie und Rowdy im Gras liegend im Mondschein gegessen. Nick hatte sie nach dem Essen mit einer Fahrt zu Tully's überrascht, damit sie den von ihr so geliebten Schokokuchen essen konnte, den sie beim letzten Mal dort nicht bekommen hatte. Für einen Sonntagabend war die Bar ziemlich voll gewesen, doch obwohl die Frauen Nick taxierten und eine sogar so unverfroren gewesen war, einen Drink an ihren Tisch zu schicken, war Trixie eher verärgert als eifersüchtig gewesen. Nachdem Nick ihr offenbart hatte, was er für sie empfand, hatte es sich zwischen ihnen verändert, und ihr war klar geworden, dass die Frauen immer um seine Aufmerksamkeit buhlen würden. Er sah gut aus, war sehr männlich, und seine schroffe Art machte ihn für die Frauen sogar noch attraktiver, die immer das wollten, was sie nicht haben konnten. Trixie wollte keine Zeit mehr darauf verschwenden, sich wegen Frauen Sorgen zu machen, die sie nicht kannte, wenn sie doch einen Mann hatte, den sie sehr wohl kannte und dem sie vertraute. Am Ende hatten sie den ganzen Abend getanzt und sie war so in ihre Zweisamkeit versunken gewesen, dass sie jeden Moment genossen und die Gedanken an die einsamen Nächte, die sie in Zukunft getrennt voneinander verbringen mussten, beiseitegeschoben hatte.

Jetzt fuhr sie Nicks Auffahrt hinauf zu den Ställen. Sie führte Annabelle aus dem Anhänger und dann sah sie ihn aus dem Stall kommen, mit freiem Oberkörper, tiefsitzenden Jeans, seinem schwarzen Hut und mit Pugsly auf dem Arm. *Erbarmen!* Ohne Weiteres konnte sie ihn sich in zwanzig Jahren mit grauen Schläfen und einem Sohn vorstellen, dem er alles über die Leitung einer Ranch beibrachte.

Ihre Blicke trafen sich, seine Mundwinkel wanderten zu einem Lächeln nach oben und sie wurde zurück in die Realität geholt. »Ich habe doch nicht deinen Anruf verpasst, oder?« Er fasste sich an die Gesäßtasche, als suchte er sein Handy.

»Nein. Hast du darauf gewartet, dass ich anrufe?«

»Ich habe vielleicht sogar meinen Klingelton lauter gestellt.«

»Das tut mir leid. Als ich wegfuhr, habe ich es in der Küche gesehen, und ich dachte mir, es bleibt wahrscheinlich den ganzen Tag dort liegen.« Pugsly schnaubte und grummelte und wand sich unruhig, um zu ihr zu kommen. Sie nahm ihn und Nick griff nach Annabelles Führstrick.

»Heute war dein großer Tag. Ich war in Gedanken bei dir,

Darling.«

Oh, wie sehr sie ihn liebte! »Das gefällt mir. Ich verspreche, dass ich nächstes Mal anrufe.«

»Wie ist es gelaufen?«

Sie vergrub ihr Kinn in Pugslys Fell. »Es war fantastisch.«

Nick kniete sich zu Annabelle hinunter. »Du hast das fantastisch gemacht, kleine Lady? Braves Mädchen!« Er klopfte ihr lobend auf den Hals. »Mit einer Halterin wie deiner kann auch gar nichts schiefgehen.« Er stand auf und war sich gar nicht bewusst, dass er Trixies Herz wieder einmal zum Schmelzen gebracht hatte. »Ich will alles hören.«

Sie erzählte ihm von dem Treffen, während sie sich um Annabelle kümmerten und sie zu den anderen Minis in den Paddock stellten, um dann allen Pferden ein paar Minuten Aufmerksamkeit zukommen zu lassen. Während Trixie Snickers streichelte, beobachtete sie Nick mit ihren Minis. Egal, wie interessiert oder behilflich ihre Familie in Bezug auf ihre berufliche Zukunft war, es wäre nie das Gleiche, wie zu dem Mann nach Hause zu kommen, der vom ersten Tag an dabei und für sie da gewesen war.

Als sie die Pferde alleinließen, hob Nick Pugsly hoch und legte den anderen Arm um Trixie. »Klingt, als wäre es großartig gelaufen, aber wie hast du dich sonst dabei gefühlt? War es all das, was du dir erhofft hattest?«

»Ja, alles und noch viel mehr.« *So wie wir.* »Es fühlte sich ganz natürlich an, sie zu führen und mit Leuten über Rising Hope zu reden. Es hätte nicht besser laufen können, denke ich.«

»Das ist wunderbar. Könntest du Pugsly kurz nehmen? Ich muss etwas aus der Scheune holen.«

»Klar.« Sie nahm Pugsly und setzte sich ins Gras. Er schaute zu ihr auf und sie sagte: »Ich werde euch Jungs vermissen, wenn ich gehe. Du musst mir einen Gefallen tun, Pugs. Ich weiß, dass dein Herrchen keinerlei Schwäche zeigen will, aber ich glaube, er wird mich auch vermissen. Du musst für mich auf ihn aufpassen, in Ordnung?«

Pugsly stellte seine Vorderpfoten auf ihre Brust und leckte ihr Kinn.

Sie streichelte ihm über den Rücken. »Das heißt dann wohl, dass du das für mich tust. Ich hab dich lieb, Pugsly.« Flüsternd fügte sie hinzu: »Und dein Herrchen liebe ich auch, aber verrate es ihm nicht. Wir haben gerade erst diese Freund-Freundin-Hürde genommen.«

Wenige Minuten später kam Nick aus der Scheune. Er hatte nun sein T-Shirt angezogen, die Gitarre auf dem Rücken und er führte Ghost, eine Schimmelstute, und den schwarzen Wallach Midnight fertig gesattelt heraus. Am Sattelhorn von Midnight hingen Isoliertaschen und Ghost trug Satteltaschen.

Trixie stand mit Pugsly auf. »Gehst du irgendwohin?«

»*Wir* gehen, Darling. Ich habe es bisher noch nicht richtig geschafft, dir zu zeigen, wie wichtig du mir bist, daher reiten wir jetzt zu einem Picknick an den Fluss.«

»Wirklich? Wow!« Sie liebkoste Pugsly. »Wusstest du, dass dein Herrchen so romantisch ist?«

Nick schüttelte den Kopf. »Es ist nur ein Picknick.«

»Es gibt kein Nur, mein bescheidener Cowboy. Das ist ein romantisches Picknick mit meinem Freund, der es geplant und die Pferde vorbereitet hat. Das sind die Dinge, aus denen Träume gemacht sind.«

»Jetzt werde mal nicht gleich verrückt.«

Zu spät.

Eine Stunde später kamen sie an den Punkt, wo der Pfad endete und auf den Fluss traf. Der Duft von feuchter Erde und von Romantik erfüllte die Luft, als sie abstiegen und die Pferde an das Grasufer führten, damit sie trinken konnten. Der Fluss war breit und tief, umgeben von hohen Eichen und stacheligen Kiefern. Die Sonne lugte zwischen den Wolken hervor und schien auf das langsam fließende Wasser.

»Das hier ist einer meiner Lieblingsplätze«, sagte Trixie, als Nick eine Decke aus einer Satteltasche nahm und sie auf dem Boden ausbreitete.

»Und warum? Weil man das Gefühl hat, Tausende Meilen entfernt vom Rest der Welt zu sein?« Er legte seine Gitarre auf die Decke und ging zurück zu den Pferden, um noch mehr Sachen für das Picknick zu holen.

»Mir gefällt, dass es so weit weg von der Realität zu sein scheint, aber es ist einer meiner Lieblingsplätze, weil es der erste persönliche Ort war, den du mit mir geteilt hast.«

Er zog die Augenbrauen zusammen, als er ihr eine Tasche voll mit Essen reichte. »Wie kommst du darauf?« Er ging um Ghost herum und holte eine Tüte aus der Isoliertasche heraus. »Ich finde, mein Haus ist verdammt persönlich.«

»Stimmt. Ich meinte außerhalb deines Hauses.« Vor etwa drei Jahren hatte er sie mit an den Fluss genommen, als sie einen Ausritt gemacht hatten. Sie folgte ihm zurück zur Decke. »Warum hast du mir diesen Platz gezeigt? Warum hast du mich eigentlich in deinem Haus wohnen lassen, wenn du außer deinen Familienmitgliedern doch niemanden dort übernachten lässt?«

Er nahm ihr die Tasche ab und machte sich daran, den Proviant anzurichten. »Du brauchtest einen Platz zum Schlafen, und ich wusste, wenn du bei mir bist, wärst du in Sicherheit. Nimm Platz und entspann dich.«

Noch einmal ging er zur Satteltasche, um etwas zu holen, und obwohl sie sich nicht ansahen, spürte sie, dass noch mehr dahintersteckte, doch sie setzte sich und staunte über die großen eingepackten Sandwiches und die Plastikdosen voller Chips und Trauben. Zwei Orangen und zwei Flaschen Eistee machten ihr Picknick komplett.

»Du hast an alles gedacht«, sagte sie, als er sich neben sie setzte.

Er gab ihr ein kleines mit Alufolie umhülltes Päckchen. »Einschließlich deiner Lieblingscookies: Himbeer-Chocolate-Chip. Aber von nun an überlasse ich das Backen lieber dir.«

»Du hast mir Cookies gemacht?« Sie wickelte das Päckchen auf und ihr Herz drohte zu zerplatzen.

»Das Rezept habe ich von deiner Mom. Tut mir leid, dass sie etwas zerbrochen sind.«

Du hast meine Mom angerufen? Sie nahm ein Stück von einem Cookie und verliebte sich mit jeder Sekunde mehr. »So kann man sie leichter miteinander teilen.« Sie steckte ihm das Stück in den Mund und küsste ihn dann. »Es ist mir egal, was du sagst. Du bist der romantischste Mann auf Erden, und das hier ist das beste Date, das ich je hatte.«

Er lachte. »Wir sind gerade erst gekommen.«

»Ja und? Sieh dir das alles doch mal an. Du hast uns Essen gemacht, mir Cookies gebacken und mich an meinen Lieblingsplatz mitgenommen. Es könnte nicht perfekter sein.« Sie aß ein Stück von dem Cookie. »Die sind sogar noch besser als die von meiner Mom. Da du backen kannst, brauche ich dir wohl keine Leckereien mehr mitzubringen.«

Er legte einen Arm um ihren Hals und zog sie zu einem Kuss an sich. »Darling, wenn du aufhörst, mir Leckereien anzubieten, dann bekommen wir ernsthafte Probleme.«

Wieder küsste er sie und er schmeckte nach purem Glück.

Sie unterhielten sich, während sie aßen, warfen einander Trauben in den Mund, lachten, als ihr eine in den Ausschnitt fiel und eine andere von seiner Nase abprallte, und nach dem Essen spielte Nick Gitarre.

Trixie bewegte sich mit der Musik hin und her. »Sing etwas für mich.«

»Du weißt, dass ich nicht singe, Darling.«

»Und ob du singst, und du hast eine großartige Stimme. Du willst nur nicht vor anderen Leuten singen.«

Er zwinkerte ihr zu und spielte nun das Lied »Beer never broke my heart«, zu dem Trixie aus vollem Halse mitsang. Er lachte, als sie den Text vergaß und sich ihren eigenen ausdachte. Sie sang laut, hielt ein imaginäres Mikro in der Hand, stand auf und tanzte umher, während er ein Lied nach dem anderen spielte.

Nach einer Weile ließ sie sich wieder neben ihn niederplumpsen. »Wir geben ein tolles Team ab. Wir sollten auf Tour gehen. Ich sehe es schon vor mir – unsere Namen in Leuchtschrift.« Sie sah zum Himmel hinauf, streckte die Arme aus und machte eine ausladende Geste von links nach rechts. »DER COWBOY UND SEIN MÄDCHEN.«

»Ich brauche meinen Namen nicht in Leuchtschrift.« Er legte seine Gitarre beiseite, ließ sich auf den Rücken zurückfallen, den Kopf auf ihrem Schoß, und schob sich den Hut übers Gesicht. »Ich brauch ein Schläfchen.«

Sie schnappte ihm den Hut weg, legte ihn neben sich und

fuhr mit den Fingern durch seine Haare. »Sag mir die Wahrheit, Nick. Warum hast du mich damals das erste Mal in deinem Haus übernachten lassen?«

»Weil du heiß warst.«

»Ach was!« Sie kicherte.

Er sah zu ihr auf und sein Gesichtsausdruck wurde ernst.

»Was hat der Blick zu bedeuten?«

Er schob seine Hand in ihren Nacken. »Mir wird gerade klar, dass du schon immer besonders warst.«

»Ha! Das hätte ich dir schon früher sagen können.«

Er zog sie zu sich herunter und küsste sie. »Du bist ja verdammt selbstbewusst.«

Beide lachten.

Er schloss die Augen und sie spielte mit seinen Haaren, während sie den Geräuschen des Flusses lauschte und ihre Wangen von der Sonne erwärmt wurden. Sie schaute zum Wasser und wünschte, er würde wollen, dass sie bliebe, oder dass er mit nach Oak Falls kommen würde. Doch obwohl ihre Freundschaft sich in so viel mehr verwandelt hatte und sie ihn aus vollem Herzen ganz und gar liebte, so wusste sie doch, dass er noch damit beschäftigt war, mit allem Schritt zu halten. Zu versuchen, seine letzten Mauern zu überwinden, und das war in Ordnung. Sie hatten jede Menge Zeit. Doch sie wollte alle kleinen Einzelheiten über ihn wissen, die sie noch nicht kannte. Dinge, an denen sie sich festhalten konnte, wenn sie getrennt voneinander waren. »Erzähl mir etwas von dir, das ich noch nicht weiß.«

Er blinzelte zu ihr auf. »Irgendwie fange ich an, diese Paar-Sachen zu mögen.«

Das fühlte sich so gut an. »Ich auch. Du wirst mir fehlen, wenn ich gehe.«

Lange schaute er sie an. »Ja, du mir auch. Du bist dran. Erzähl mir etwas, das ich nicht über dich weiß.«

Ich liebe dich, lag ihr auf der Zunge. »Ich überlege, ob ich Pugsly klauen soll.«

Er lächelte. »Das wäre eine Art, unsere Beziehung zu beenden.«

»War nur Spaß. Na ja, nicht ganz. Wenn ich Pugsly mitnähme, würdest du mich mit Sicherheit besuchen.«

»Du weißt, dass ich dich besuchen werde, Darling. Ich habe versprochen, das Wochenende nach deiner Rückkehr zu kommen und das Krankenzimmer zum Üben aufzubauen. Wir kriegen das hin.«

»Ich weiß.« Aber das hieß nicht, dass ihr die Trennung nicht schwerfallen würde.

»Denk nicht zu viel darüber nach.«

Leichter gesagt als getan. Sie überlegte, was sie sonst noch nicht von ihm wusste. »Mir fällt gerade auf, dass ich keine Ahnung habe, was dein Lieblingslied ist.«

»Ich weiß, welches deines ist.«

»Ach ja?«

Er grinste frech. »Du kennst doch das Lied ›Save a Horse, Ride a Cowboy‹? Du weißt schon … Wer braucht denn ein Pferd, wenn man einen Cowboy reiten kann?«

»Und wer gibt sich jetzt so verdammt selbstbewusst?«

»Ich halte nur Tatsachen fest.«

»In Ordnung, Cowboy, spuck's aus. Was ist dein Lieblingslied?«

»Ich habe zwei. ›Hurricane‹ von Luke Combs, weil es mich an dich erinnert …«

»Wirklich? Oder sagst du das jetzt nur so?«

»Was ist unser Code-Wort?« Gleichzeitig platzte es aus

ihnen heraus: »Regenschirm!«

»Zweifelst du etwa daran?«, wollte er wissen.

Sie fuhr mit den Fingern über seinen Kiefer und legte dann die Hand auf seine Wange. Sein Bart war rau, aber die Haut war weich und warm. »Es gefällt mir, dass du bei dem Lied an mich denkst.«

»Willst du wissen, bei welchem anderen Lieblingslied ich an dich denke?« Als sie nickte, sagte er: »›Black‹ von Dierks Bentley.«

Sie sah ihn fragend an. »Warum?«

»Es geht um einen Blowjob.«

»*OmeinGott!*« Sie lachte. »Das muss ich mir mal genauer anhören.«

»Wir hören es uns heute Abend zusammen an und dann kannst du dich inspirieren lassen.«

Sie setzte sich auf ihn und schaute ihm in sein lächelndes Gesicht. »Du bist so was von typisch Mann!«

»Da hast du verdammt recht!« Er legte die Hände fest um ihren Hintern und küsste sie. »Du bist dran. Lieblingslied?«

»Nicht, dass dir das zu Kopf steigt, aber es ist ›Sunshine and Whiskey‹, weil ich immer dachte, dass unsere Küsse so sein würden.«

Mit einem Meer von Emotionen sah er sie an. »Und? Sind sie es?«

Sie rümpfte die Nase und streckte skeptisch abwägend die Hand aus. Er gab ihr einen Klaps auf den Hintern und sie lachte: »Sie sind tausendmal besser.«

Er drehte sie beide auf die Seite, küsste sie langsam und tief und ach so köstlich! »Ich nehme es zurück. Tausend und einmal.« Sie setzte sich auf und entledigte sich ihrer Stiefel und Socken.

»Das sieht vielversprechend aus.« Er tat es ihr gleich.

Trixie rollte ihre Jeans hoch und stand auf. »Komm, Cowboy! Du brauchst eine Abkühlung.«

Sie ging zum Fluss und spritzte ihn nass. Er stand auf und sah sie warnend an. Mit dem Fuß bespritzte sie ihn noch einmal, bis er auf sie zurannte. Sie kreischte und lief durch das flache Wasser, doch er war zu schnell. Er hob sie hoch und machte auch sie dabei ganz nass, sodass sie noch mehr lachen musste. Er fing ihr Lachen mit einem Kuss ein, während sie die Arme und Beine um ihn schlang, bis sie beide wieder lachten.

»Du, Darling, bist eine Diebin!«

»Bin ich nicht!«

Er hob eine Augenbraue. »Du stiehlst nachts immer alle Decken.«

Sie grinste. »Okay, das könnte stimmen.«

»Du willst meinen Hund klauen.«

»Bekenne mich schuldig«, flüsterte sie.

»Und du hast ganz offensichtlich ein verdammt großes Stück meines Herzens gestohlen, denn ich bin so verrückt nach dir, dass ich kaum einen klaren Gedanken fassen kann.«

Sie streckte die Arme gen Himmel. »Lobet den Herren. Wunder geschehen tatsächlich!«, rief sie aus und wurde an diesem wunderschönsten Nachmittag ihres Lebens mit noch mehr köstlichen Küssen belohnt.

Sechsundzwanzig

»Habe ich dir schon gesagt, dass Jilly das Horn und die Flügel für Alfie und Annabelle mitbringt? Ich bin so gespannt darauf.« Trixie lehnte sich am späten Samstagnachmittag näher an den Badezimmerspiegel heran, als sie sich für den Grillabend schminkte. »Ich bin auch so gespannt darauf, wie Walt und Irene wohl aufeinander reagieren. Ich bin froh, dass wir ihm nicht gesagt haben, dass sie kommt …«

Nick saß auf dem Bett und hörte zu, wie sie über alles Mögliche vor sich hin plapperte, während er sich Socken und Stiefel anzog. Sie würde am nächsten Tag gegen Mittag abfahren, damit sie vor der Dunkelheit genug Zeit hätte, die Pferde auf der Ranch ihrer Eltern unterzubringen. Wo war der Monat hin? Lag ihr Picknick am Fluss wirklich schon fünf Tage zurück? Mann, er würde sie vermissen, und das hier – einfach alles. Er würde ihren femininen Duft um sich herum vermissen, ihre Stimme, ihre frechen Bemerkungen, den Anblick, wenn sie sich in ihre engen Jeans wackelte, und wie sie sich anfühlte, wenn er sie ihr wieder auszog. Er würde die Art vermissen, wie sie mit den Hunden spielte und die Pferde und Ziegen umsorgte. Er würde es sogar vermissen, mit ihr morgens die Eier einzusammeln, wenn sie im Hühnergehege herumrannte, nur um zu sehen, wie Cluck ihr hinterherlief. Sein Blick fiel auf seine T-Shirts, die sie jetzt als ihre Nachthemden beanspruchte und die in einem ordentlichen Stapel auf dem Stuhl lagen. Verdammt, er würde es sogar vermissen, dass sie ihm nachts die Decke klaute. Gestern Abend hatten sie einen Film geschaut und sie war auf dem Sofa in seinen Armen eingeschlafen. Sie waren die ganze Nacht dort geblieben und Pugsly hatte zusammengerollt bei ihren Füßen geschlafen.

Er schaute jetzt zu Pugsly, der in der Badezimmertür stand und Trixie beobachtete. Den ganzen Tag über war er ihr auf Schritt und Tritt gefolgt, als wüsste er, dass dies ihr letzter Abend war. Seit sie aufgestanden war, war sie geschäftig hin- und hergelaufen. Zuerst hatte sie die üblichen Arbeiten auf der Ranch erledigt, dann mit den Pferden gearbeitet und dann hatte sie den ganzen Nachmittag gebacken und gekocht, während er überall Lichterketten aufgehängt hatte, weil sie wollte, dass alles *festlich* aussah. Sie freute sich so darauf, allen zu danken und seine Familie und ihre Freunde willkommen zu heißen, dass sie vollkommen unter Strom stand.

Im Haus duftete es ebenso einladend wie früher im Haus seiner Eltern, als er ein Kind gewesen war. Er hatte noch Trixies Stimme im Ohr: *Ab und zu mal Freunde und Familie einzuladen, würde dein Zuhause doch heimeliger machen.* Es gelang ihr perfekt, diese gemütliche Südstaatenatmosphäre zu schaffen. Aber sie war den ganzen Tag so rastlos gewesen, dass er sich fragte, ob sie auch versuchte, nicht über die Tatsache nachzudenken, dass sie morgen abreiste. Unter der Dusche hatte er sie schließlich zum Innehalten gebracht, und fast hätte er sie gefragt, was hinter ihrer Umtriebigkeit steckte. Doch das Bedürfnis, ihr nah zu sein, war größer gewesen, als es zu erfahren. Mit ihr zu duschen und einander zu waschen, war einer seiner Lieblingsmomente des Tages geworden. Egal was sonst anstand, diese gemeinsame Zeit beruhigte ihn, und er wusste, dass es ihr genauso ging. Er spürte, wie sehr sie es genoss, wenn er sie einseifte. Er freute sich nicht darauf, in Zukunft wieder nur drei Minuten allein unter der Dusche zu stehen. Und heute Abend war er eben einfach nur egoistisch, denn er wünschte sich, er müsste sie nicht mit all den anderen teilen.

Mein Gott! Hör auf, so ein Jammerlappen zu sein!

»Hörst du mir eigentlich zu?« Die Hand in die Hüfte gestemmt, drehte sie sich zu ihm um.

»Wie? Tut mir leid, ich dachte gerade nur an Pugsly.« Er grinste. »Hab mich gefragt, ob ich ihn mir ans Handgelenk binden soll, um sicherzugehen, dass du ihn mir nicht klaust.«

»Das ist wahrscheinlich eine gute Idee«, scherzte sie und ging zu ihm.

Sie sah hinreißend aus in dem eleganten grau-weißen Tanktop mit goldenen Bordüren und dem gelben geblümten Minirock, der ihre Taille umschmeichelte und die Oberschenkel locker umspielte. Er streckte die Hand nach ihr aus und zog sie auf seinen Schoß, wobei ihre Knie um seine Taille lagen.

Sie drückte ihre Lippen auf seine und sagte dann: »Wir haben noch so viel zu tun, bevor sie alle kommen.«

»Psst, meine Schöne.« Er schob die Haare über ihre Schulter zurück und fuhr mit den Fingerrücken über ihre Wange. »Ich möchte nur einen Moment mit dir allein haben.« Er schaute ihr in die Augen, und diese vertrauten Funken sprangen zwischen ihnen hin und her, doch das Verlangen in ihrem Blick war von einer Traurigkeit überschattet, die ihn wie ein Faustschlag in den Magen traf. »Ich wollte sicher sein, dass es dir gut geht.«

»Warum sollte es nicht? Wir hatten einen tollen Monat und

wir werden uns heute Abend großartig amüsieren.«

Sie wollte aufstehen, doch er hielt sie fest. »Du versuchst also nicht, den Gedanken an deine Abreise morgen zu verdrängen?«

»Doch, natürlich versuche ich das, aber wenn ich darüber rede, weine ich. Also reden wir nicht darüber.«

Er umarmte sie. »Wir schaffen das, Darling. Das verspreche ich.«

»Ich weiß. Du wirst mir nur so sehr fehlen. Ich habe mich daran gewöhnt, deinen Dickkopf jeden Tag zu sehen. Aber wir reden *nicht* darüber. Ich habe mich gerade geschminkt und kann es mir nicht leisten, jetzt in Tränen auszubrechen. Dafür habe ich morgen auf der Fahrt zwei Stunden Zeit.«

Diese Vorstellung machte ihn vollkommen fertig.

Sie kletterte von seinem Schoß. »Komm, wir haben noch eine Menge zu tun, bevor unsere Gäste eintreffen.«

Er stand auf und umarmte sie fest. »Warte noch kurz. Ich möchte nicht, dass du morgen in Tränen ausbrichst. Ich will, dass du weißt und vollkommen davon überzeugt bist, dass wir es schaffen. Wir haben einen ganzen Monat damit verbracht, Mauern einzureißen, Eifersucht zu überwinden und einander zu verstehen.«

»Und ein Paar zu werden«, sagte sie leise.

»Genau, und du bist auf dem Wege, dir deinen Traum zu verwirklichen. Du musst dich darauf konzentrieren und auf uns vertrauen, denn es gibt nichts, was wir nicht können, Darling.«

Sie küsste ihn aufs Kinn. »Ich weiß, Cowboy.«

»Und du willst es, oder? Deine Firma in Gang bringen? Eine Fernbeziehung?«

»Ja! Mehr als alles andere.«

»Also gut, dann kein Tränenausbruch. So, und worauf

wartest du noch? Setz deinen hübschen Hintern in Bewegung, bevor ich dir dieses sexy Outfit vom Leib reiße und den Grillabend absage.«

Sie sah ihn skeptisch an. »Das würdest du nicht wagen, nach all der Arbeit, die wir schon vorgelegt haben.«

»Ach? Würde ich nicht?« Er griff nach dem Reißverschluss hinten an ihrem Rock.

Sie wand sich aus seiner Umarmung, ging rückwärts Richtung Tür und ein freches Grinsen ließ ihre Augen strahlen. »Oh nein, das wagst du nicht, Nick Braden!«

Er machte einen Schritt auf sie zu, doch kreischend drehte sie sich um, rannte aus dem Raum und nahm ein großes Stück von ihm mit.

Nick warf gerade den Grill an, als Trixie mit einem Stapel Teller und allen drei Hunden im Gefolge zur Terrassentür herauskam. Trixie hatte marineblaue Tischdecken und Kerzen gekauft, die den Tischen einen eleganten Look verliehen. Sie hatte Mengen an Wildblumen gepflückt und damit drei Vasen für die Tische draußen und eine für die Küche gefüllt. Es sah eher nach einer Feier als einem ungezwungenen gemeinsamen Grillen aus, aber sie war so glücklich, dass er gern einen Abend mit Gästen über sich ergehen ließ. Allerdings hatte er gar nicht mehr das Gefühl, etwas über sich ergehen lassen zu müssen. Durch ihre heimelige Dekoration wirkten die Terrasse und die Küche so warm und einladend, dass er an beiden Orten Zeit verbringen wollte. Aber es hatte wohl mehr mit der Frau zu tun, die in seinem Haus und auf seiner Terrasse herumwirbelte, als mit den materiellen Dingen, die sie verändert hatte.

Sie ging um die Hunde herum, um die Teller auf den Tisch zu stellen, und streichelte dann die Hunde. »Meine Entourage ist heute sehr anhänglich.« Sie lächelte Nick an. »Ich hoffe, wir haben genug Besteck.«

»Soll ich meine Mom anrufen, damit sie noch etwas mitbringt?«

Sie stellte die Hälfte der Teller auf den anderen Tisch. »Keine Ahnung. Vielleicht?«

Er nahm sein Handy aus der Tasche, und die Hunde rannten auf die Vorderseite des Hauses. »Ich dachte, wir hätten noch eine halbe Stunde, bevor sie kommen.«

»Vielleicht ist deine Familie früher dran.«

»Ich schau mal nach«, sagte er genau in dem Moment, als Beau, Charlotte, Zev und Carly ums Haus herumkamen, gefolgt von seinen Eltern, Morgyn und Graham. Abrupt blieb er stehen.

»Findet hier die Party statt?«, brüllte Zev.

»Was zum …!« Nick schüttelte den Kopf, um sicherzugehen, dass er keine Fata Morgana sah. »Was macht ihr denn alle hier?«

»Mom hat erzählt, dass bei dir ein Grillabend stattfindet. Das mussten wir uns mit eigenen Augen ansehen.« Graham umarmte ihn herzlich.

Seine Brüder hatten alle die dunklen Braden-Augen und den athletischen Körperbau, doch während Graham als Beaus jüngerer Zwillingsbruder hätte durchgehen können, waren Zevs Haare länger und immer etwas zerzaust.

»Du glaubst doch wohl nicht, dass wir dieses bedeutende Ereignis verpassen wollten, oder?« Zev umarmte ihn kumpelhaft. »Du hast mir gefehlt, Bruderherz.«

»Du mir auch«, sagte Nick, während Morgyn, Charlotte und Trixie sich in die Arme fielen und auch Carly in ihre Gruppenumarmung zogen. Morgyn und Carly bildeten mit ihren blonden Haaren einen hübschen Kontrast zu Charlottes und Trixies dunklem Haar.

»Ich freue mich so für dich!«, rief Morgyn. »Ich will alle Einzelheiten wissen, die Jilly uns noch nicht erzählt hat.«

»Ich fasse es nicht, dass ihr alle wegen ein paar dämlicher Burger gekommen seid«, meinte Nick, als Beau ihn umarmte.

»Wir sind wegen dir hier, Bruderherz, nicht wegen der Burger«, erwiderte Beau. »Du hast nicht jeden Tag eine besondere Frau in deinem Leben. Das wollten wir auf keinen Fall verpassen.«

»Ich habe mit Jax geredet, als wir das Auto abgestellt haben«, sagte Graham. »Er und Jilly sind auf dem Weg.«

»Großartig.« Nick war gerührt und versuchte, die Beherrschung wiederzuerlangen, als er Carly umarmte. »Wurde auch Zeit, dass du offiziell eine Braden wirst.«

»Soweit ich gehört habe, wurde es auch mal Zeit, dass du jemanden in dein gepanzertes Herz lässt.« Carly hatte eine gebräunte Haut und ein liebevolles Funkeln in den Augen, als Zev einen Arm um sie legte und sie auf die Wange küsste.

»Wie ich hörte, hat der Zauber des Gasthofes euch beide zusammengebracht«, sagte Charlotte, als sie Nick mit einer Umarmung begrüßte. Sie sah hübsch in ihren hellbraunen Shorts, dem kessen blauen Top und mit ihren langen dunklen Naturlocken aus, die ihr über den Rücken fielen. »Beau meinte, ihr würdet eine Fernbeziehung führen. Zu eurem Glück verblasst der Zauber des Gasthofes nie.«

»Das kann ich unterschreiben«, sagte Carly, während Trixie von der Umarmung eines Bruders in die nächste weitergereicht wurde.

»Die brauchen keinen Zauber. Bei dem Strahlen, das von ihnen ausgeht«, sagte Morgyn. »Passt auf, Leute, haltet Abstand, sonst verbrennt ihr euch.«

»Sie strahlen tatsächlich heftige Leidenschaft aus, oder?«, kommentierte Charlotte.

»Du bist also für diesen Überfall verantwortlich?«, scherzte Nick, als er seine Mutter umarmte.

Sie legte die Stirn in Falten, lächelte aber übers ganze Gesicht. »Ich fürchte ja.«

Sein Vater schlug ihm mit der flachen Hand auf den Rücken. »Junge, sie hatte noch nicht einmal das Gespräch mit dir wegen des Grillabends beendet, da glühten schon die Braden-Drähte.«

»Kann ich mir vorstellen«, sagte Nick und zog Trixie zu sich. »Danke, dass du alle angerufen hast, Mom. Das ist eine schöne Überraschung, all ihre Visagen mal auf einem Haufen zu sehen.«

»Meine Visage ist dabei die schönste«, sagte Zev. »Frag nur meine Kleine.«

»Man kann wohl behaupten, dass ihr alle gut ausseht«, sagte Charlotte. »Aber Beau hat mit Sicherheit das zusätzliche gewisse Etwas. Wobei ich natürlich überhaupt nicht voreingenommen bin.«

»Du hast eindeutig nie Zeit mit Zev verbracht«, warf Carly ein.

»Zev?« Morgyn, die in ihrem lila Batikkleid natürlich und hübsch aussah, zeigte auf Graham. »Mein Mann ist klug, sexy und talentiert, wenn ihr wisst, was ich meine.«

»Du weißt erst, was Talent heißt, wenn du mal einen Schatzsucher hattest. Der findet die besten geheimen Punkte«, sagte Carly.

»Tja, na ja, Bauunternehmern fehlt es dafür nie an Latten«, meinte Charlotte. »Möchte ich nur mal gesagt haben.«

»Entschuldigt bitte mal, aber habt ihr meinen Cowboy gesehen?«, meldete sich jetzt auch Trixie zu Wort. »Ich will ja nichts sagen, aber die Größe spielt sehr wohl eine Rolle! Seht ihn euch an. Groß, muskulös und starrköpfig, und er weiß das alles richtig einzusetzen.«

Alle lachten.

»Du meine Güte!« Auch ihre Mutter lachte. »Ihr Mädels seid schon ein witziger Haufen.«

»Hey, Nick, wie ich sehe, hast du dir eine Freundin gesucht, die gut für dein Ego ist«, scherzte Zev und schlug mit Graham ein.

Nick legte eine Hand auf seinen Gürtel. »Willst du den Beweis?«

Sein Vater warf die Hände in die Höhe. »Oh nein. Das reicht. Wir brauchen keine Beweise.«

»Sagt der Mann, der euch allen diese Eigenschaften vererbt hat«, verkündete ihre Mutter.

»Iieh, Mom! Hör auf!«, riefen alle Brüder einhellig, gefolgt von einer Reihe von Bemerkungen und Witzen, die alle zum Lachen brachten.

»Wir sind da!«, rief Jilly, als sie und Jax in den Garten kamen. Sie hielt zwei Tüten in die Höhe. »Ich habe Flügel und Hörner für die Einhörner mitgebracht!«

Trixie jubelte und rannte zu Jillian.

»Ich wusste nicht, dass wir heute Rollenspiele geplant haben!«, rief Zev. »Dann lasst uns mal mit der Party starten!«

Nick hatte es vermisst, so mit seiner Familie Zeit zu verbringen, und mit dieser frechen, sexy Frau mittendrin war es noch um ein Tausendfaches besser.

Die Musik aus der Stereoanlage drang später am Abend durch das offene Fenster hinaus auf die Terrasse, wo das Beisammensein in vollem Gang war. Walt und Irene saßen an der Feuerstelle und unterhielten sich mit Nicks Eltern, und Trixie hatte so verdammt recht gehabt. Walt wirkte glücklicher, als Nick ihn je gesehen hatte. Travis redete mit Nash und Beau auf dem Rasen, wo Flip und April mit den Hunden spielten. Graham und Morgyn schmusten am Tisch miteinander, und Zev und Carly hatten einander den ganzen Abend nicht losgelassen, während sie sich mit allen unterhielten. Es war wunderbar, alle so glücklich zu sehen. Sein Blick fand Trixie, die am Rande der Terrasse mit Jillian, Tempest und Charlotte lachte.

Trixie war die perfekte Gastgeberin. Sie schwebte von einer Gruppe zur nächsten und stellte sicher, dass alle genug zu essen und zu trinken hatten. Sie warf Nick Luftküsse zu, und natürlich musste er sich zwischen ihren Pflichten als Gastgeberin immer mal wieder einen echten Kuss abholen. Sie trat einen Schritt von ihren Freundinnen weg, deutete auf die Lichterketten, führte einen kleinen Freudentanz auf und gab ein lautloses *Danke!* von sich. Mit den Lichtern hatte sie auch recht gehabt, denn sie machten den Abend festlicher. Sie zeigte auf Walt und Irene und streckte den Daumen hoch, dann warf sie Nick eine Kusshand zu und gesellte sich dann wieder zu den anderen Damen, in deren Unterhaltung sie sich sofort einbrachte.

Jax kam mit einem frischen Bier aus dem Haus. Er war an dem Abend bisher ruhig gewesen und schien mit den Gedanken woanders zu sein. »Hey, Jax. Alles in Ordnung bei dir?«

»Ja.« Er nahm einen Schluck.

»Das ist dein drittes Bier.«

»Ich wusste nicht, dass ich einen Babysitter habe.«

»Wollte nur sichergehen, dass es dir gut geht.«

»Danke. Ich bin mit Jilly gekommen, muss also nicht nach Hause fahren.« Jax nahm noch einen Schluck und beobachtete Nick eingehend. »Du magst Trixie wirklich, oder?«

»Der Garten voller Leute ist wohl Antwort genug. Kann man mir das verdenken? Guck sie dir an. Sie fühlt sich wohl in ihrer Haut und das Glück von allen anderen liegt ihr so sehr am Herzen. Und dieses Lächeln.« Er schüttelte den Kopf. »Ich schwöre, Jax, ihr Lächeln macht mich fertig.«

»Das habe ich gesehen, als sie von den Accessoires geschwärmt hat, die Jilly für die Pferde angefertigt hat. Du hattest einen total vertrottelten Blick drauf.«

»Kann ich mir vorstellen.«

Trixie hatte alle durch das Krankenzimmer im Keller geführt und dann hinunter zum Stall, damit sie ihre Pferde kennenlernen konnten. Sie konnte ihre Freude kaum zügeln, als sie ihnen von den Visitenkarten erzählte, die Nick ihr geschenkt hatte, von ihrer Website und von all den Terminen, die sie für die nächsten Wochen schon vereinbart hatte. Als sie im Stall waren, hatte Trixie vorgeschlagen, dass alle am nächsten Tag gemeinsam einen Ausritt machten, bevor sie abfahren musste. So sehr Nick die Vorstellung gefiel, mehr Zeit mit seiner Familie zu verbringen, so hatte er doch nur noch so wenig mit Trixie übrig, dass er sie nicht teilen wollte.

»Durch sie komme ich auf seltsame Gedanken, Jax. Sie hat

vorhin mit Flip und April gespielt. Sie hat einfach einen ganz natürlichen Draht zu Kindern. Zum ersten Mal in meinem Leben dachte ich, wie großartig es sein könnte, eines Tages eine Familie zu haben. Das wollte ich noch nie.«

»Was hast du vor? Deinen Sack gegen Eierstöcke eintauschen?«

Nick sah ihn wütend an. »Was ist los mit dir? So bist du doch sonst nicht?«

»Mist. Tut mir leid, Nick. Das war ein blöder Kommentar. Ich freue mich für dich. Allerdings bin ich im Moment etwas durch den Wind.«

»Nach zweieinhalb Bieren? Sieht dir gar nicht ähnlich.«

»Nicht besoffen. Durch den Wind. Ich hab jemanden kennengelernt. Sie ist klug, interessant, und sie hat das schönste Lachen, das ich je gehört habe.«

»Das ist großartig. Wenn du noch ein Date hast und gehen musst, dann ist das für mich in Ordnung. Danke, dass du gekommen bist.«

Jax schnaubte. »Schön wär's. Sie ist nicht gerade verfügbar.«

»Sie ist nicht verheiratet, oder?«

»Noch nicht.« Jax kippte sein Bier in sich hinein.

»Ach, Mann, Jax! Im Ernst? Eine Kundin? Eine Braut? Du weißt, dass das ein No-Go ist.«

»Tja, was soll ich machen, wenn die Funken bei der falschen Person fliegen. Aber keine Sorge. Sie beauftragt mich nicht mit der Anfertigung ihres Hochzeitskleides, also werde ich sie auch gar nicht wiedersehen.« Er hielt sein Bier hoch. »Jetzt versuche ich einfach nur, sie zu vergessen.«

»Klingt nach dem perfekten Plan.«

»Nur dass er für dich und Trixie nicht so gut funktioniert hat.«

»Wir haben ein Jahrzehnt der Freundschaft hinter uns. Du hast diese Frau erst einmal gesehen, oder?«

»Stimmt.«

»Du packst das, Jax. Jetzt komm, ich hab gehört, man soll sich bei diesen Veranstaltungen unter die Leute mischen.«

»Weißt du überhaupt, was das bedeutet?«

»Ach, halt die Klappe«, murmelte Nick und Jax schmunzelte.

Sie gingen zu Beau und den anderen, und Nick versuchte, so schnell wie möglich zu seiner hinreißenden Freundin zu kommen, ohne dass es unhöflich wirkte. Im Verlauf des Abends brachen Tempest, Nash und Flip auf und auch Travis brachte April nach Hause, doch Irene blieb noch, um sich mit Walt zu unterhalten, der angeboten hatte, sie nach Hause zu fahren.

Etwas später trug Nick Geschirr in die Küche, und als er wieder herauskam, sah er Trixie im Gespräch mit Morgyn und den anderen Frauen. Ihre Blicke trafen sich und sein ganzer Körper brannte vor Sehnsucht nach ihr. Sie traf ihn auf dem Rasen und er zog sie an sich. »Amüsierst du dich?«

»Ja, du auch? Ich bin so froh, dass ich mich bei allen bedanken konnte, dass ich deine Familie sehen und Carly kennenlernen durfte. Stell dir vor, sie und Zev haben uns eingeladen, sie im Winter in Colorado zu besuchen. Carly möchte uns mit den Leuten bekannt machen, die die Redemption Ranch führen. Ich hatte keine Ahnung, dass ihre besten Freunde Pferde haben. Wusstest du das?«

»Ich habe von ihnen gehört. Zev hat uns auch eingeladen, in diesem Herbst auf sein Boot nach Silver Island zu kommen.«

»Scheint, als hätten wir ziemlich viel vor, und das Gleiche könnte man vielleicht auch von Walt sagen.« Sie deutete mit einer Kopfbewegung auf Walt und Irene, die auf sie zukamen, und flüsterte: »Die sind so süß zusammen.«

Absolut.

»Nick, Trixie«, sagte Walt, der eine Hand auf Irenes Rücken gelegt hatte. »Vielen Dank für diesen herrlichen Abend. Ich denke, wir machen uns auf den Weg.«

»Schön, dass ihr gekommen seid«, sagte Nick.

»Wir hoffen, ihr hattet eine gute Zeit«, sagte Trixie.

Wir. Verdammt, das gefiel ihm auch. Diese Paar-Sache war ziemlich cool.

»Ich hatte einen fabelhaften Abend. Vielen Dank für die Einladung.« Irene sah zu Walt und errötete leicht. »Es war wunderbar, meinen alten Freund wiederzusehen und Sie, Trixie, und den Rest deiner Familie kennenzulernen, Nick.«

»Das freut mich. Sei vorsichtig, wenn du sie nach Hause fährst, alter Mann.«

»Ich bin schon Auto gefahren, da warst du noch gar nicht geboren.« Walt sah Trixie an. »Du wirst mir fehlen, Kleine. Mach dich nicht zu rar.«

»Mach ich nicht, versprochen.« Sie umarmte ihn und auch Irene. »Vielleicht können wir uns alle sehen, wenn ich das nächste Mal hier bin.«

Walt und Irene sahen sich an und dann sagte Walt: »Das würden wir gern.«

Nachdem sie gegangen waren, meinte Trixie mit einem frechen Lächeln: »Was hab ich dir gesagt?«

Er nahm sie in den Arm und küsste sie. »Können wir jetzt bitte alle rauswerfen und den restlichen Abend zu zweit genießen?«

»Nein, du kannst niemanden rauswerfen. Deine Brüder sind extra hergeflogen, um dich zu sehen. Hol deine Gitarre und dann setzen wir uns an die Feuerstelle.«

»Okay. Was ich nicht alles für dich tue …«

»Ist nur halb so gut wie all das, was ich später für dich tun werde.«

Siebenundzwanzig

Sie saßen um das Lagerfeuer herum, erzählten sich witzige Geschichten und sangen zur Gitarrenmusik.

Nicks Eltern saßen nebeneinander und hielten sich an den Händen. Neben ihnen saß Charlotte auf Beaus Schoß. Zev lag entspannt auf einem Liegestuhl mit Carly zwischen seinen Beinen an ihn gekuschelt, und auf der anderen Seite der Feuerstelle saßen Graham und Morgyn in der gleichen Position. Jax schimpfte mit Jillian, die sich auf ihren Social-Media-Kanälen tummelte, und Trixie saß in einem Sessel neben Nick, während er Gitarre spielte. Sie hatte ihn noch nie so entspannt gesehen.

»Bei all der Aufregung habe ich vergessen, Nick und Trixie zu erzählen, dass LWW im Oktober anfängt, mein Buch in L. A. zu verfilmen. Beau und ich fliegen hin, um uns das anzusehen, und Grace und Reed werden auch dort sein«, verkündete Charlotte. Sie hatte ein Buch mit dem Titel *Alles für die Liebe* veröffentlicht, der von dem Multimedia-Unternehmen LWW Enterprises für deren Sender »Me Time« verfilmt wurde. Morgyns älteste Schwester Grace hatte das Drehbuch verfasst. Bevor sie zurück nach Oak Falls gezogen war, wo sie und ihr Ehemann Reed nun das Majestic Theater leiteten, war sie als

Produzentin an einem Off-Broadway-Theater tätig gewesen.

»Das ist fantastisch!«, sagte Trixie. »Das Letzte, was ich gehört habe, war, dass sie Duncan Raz für die männliche Hauptrolle gecastet haben. Ein toller Schauspieler, so glaubwürdig. Aber ich erinnere mich nicht, wen sie für die weibliche Hauptrolle genommen haben.«

Nick hörte kurz auf, Gitarre zu spielen. »Immer noch seltsam zu hören, wie die Leute so einen Wirbel um Duncan machen.«

»Wie meinst du das?«, wollte Trixie wissen.

»Wir sind zusammen aufgewachsen«, erklärte Beau. »Duncan ist Torys Bruder. Sein Nachname ist Raznick, aber sein Künstlername ist Duncan Raz. Er ist perfekt für die Rolle.«

»Wir haben Glück, dass er zugesagt hat, obwohl es nicht fürs Theater gemacht wird«, fügte Charlotte hinzu. »Sie haben gerade Harlow Bad für die weibliche Hauptrolle gewonnen. Ich habe das Video von den Textproben gesehen, und da war gleich zu erkennen, dass die Chemie bei den beiden auf Anhieb stimmte.« Harlow war eine Nachwuchsschauspielerin.

»Ich finde sie großartig«, begeisterte sich Trixie.

»Viel Glück, Char. Sie ist die Schwester von Johnny Bad«, sagte Jillian. Johnny Bad war ein berühmter Musiker, der den Ruf hatte, schwierig zu sein. »Ich hatte mich so gefreut, als ich den Auftrag erhalten hatte, seine Outfits für die nächste Tour zu entwerfen, doch an dem Tag, an dem ich den Vertrag unterzeichnet habe – wegen dem ich meine nächste Kollektion verschoben habe –, hat er die Tour verlegt. Ich hoffe, Harlow ist nicht so anstrengend wie er.«

»Falls sie es sein sollte, hält sie das Team von LWW sicher in Schach«, sagte Charlotte.

»Ich kann es kaum abwarten, den Film zu sehen, Char.«

Trixie tätschelte Nicks Bein. »Den müssen wir uns zusammen angucken.«

»Klar, Darling.«

»Nick Braden guckt einen Liebesfilm? Das wird gut«, scherzte Graham.

Hüstelnd versuchte Zev, seinen Kommentar – »Pantoffel…« – zu verbergen.

Nick warf ihm einen finsteren Blick zu und alle lachten.

»Bin ich die Einzige, die gerade dieses nostalgische Gefühl überkommt?« Carly sah über die Schulter zu Zev. »Das hier erinnert mich daran, wie wir in unserer Jugend in eurem Garten immer am Lagerfeuer saßen.«

Zev küsste sie. »Ja, mich auch.«

»Ihr Kinder hattet viele gute Jahre zusammen.« Ihr Vater drückte die Hand ihrer Mutter. »Und wir haben noch viele vor uns.«

»Hört, hört!« Beau hob sein Bier.

Alle stießen miteinander an, und Trixie bemerkte, dass die Gesichter der Bradens und von Carly kurz traurig wirkten. Sie fragte sich, ob sie wohl an Tory dachten. Als hätte Charlotte Trixies Gedanken gelesen, sagte sie: »Ich denke, wir sollten auf die Freundin anstoßen, die nicht dabei ist.«

»Danke, Schatz.« Beau küsste sie auf die Wange und hielt sein Bier hoch. »Auf Tory!«

Nick hörte auf zu spielen, um mit ihnen anzustoßen. »Auf Tory!«

Als er weiterspielte, sagte Trixie: »Kann mir von euch eigentlich irgendwer verraten, warum Nick nicht singen will?«

Alle sahen sich schulterzuckend an.

»Das hat er nie gemacht«, sagte seine Mutter. »Warum eigentlich nicht, Nick?«

Er lächelte nur, antwortete aber nicht.

»Männer sind so seltsam«, meinte Jillian. »Apropos Männer … Trix, was für Joggingschuhe hast du?«

Nick sah sie ausdruckslos an. »Du fängst doch wohl nicht an zu joggen, nur um Travis' Aufmerksamkeit zu erregen, oder?«

Jillian setzte sich auf. »Seine Aufmerksamkeit habe ich bereits, vielen Dank. Und nein, ich werde nicht joggen. Aber für so einen Mann könnte ich mit dem Walken anfangen.«

Alle lachten, nur Nick schüttelte den Kopf.

»Ich finde, das war der schönste Abend, den wir seit langer Zeit hatten«, sagte seine Mutter. »All unsere Kinder beisammen, vier von ihnen mit ihrem Partner und einem Happy End.« Sie legte die Hand aufs Herz. »Ich könnte nicht glücklicher sein. Es sei denn, natürlich, wenn sich eines von euch jungen Paaren entscheidet, uns Enkelkinder zu schenken.«

Gemurmelte Kommentare und verlegenes Husten waren zu hören.

»Okay, okay«, sagte seine Mutter. »Ich werde euch keinen Druck machen. Morgyn, Schatz, stellt deine Tante Roxie eigentlich noch dieses Fruchtbarkeitsduschgel her?«

Nick und seine Brüder stöhnten alle gleichzeitig auf. »Nein!« »Mom!« »Hör auf!«

Lily kicherte und die Mädels lachten alle.

»Bei wem findet morgen der Brunch statt? Moms Herd ist kaputt.« Jillian schaute in die Runde. »Beau?«

»Unser Kühlschrank ist leer«, sagte Beau.

»Unserer auch«, meinte Graham.

»Uns braucht ihr nicht zu fragen«, sagte Zev. »Wir wohnen bei Beau.«

»Kommt zu uns«, sagte Nick mit einem kurzen Blick zu Trixie.

Alle schauten sich an, als hätten sie sich verhört.

Trixies Herz machte einen Satz. »Zu uns? Du weißt, dass das bedeutet, dass alle zum Essen herkommen, oder? Ins Haus?«

»Natürlich, Darling. Ich dachte mir, dass es dir sicher gefällt, und es kommen sowieso fast alle, um auszureiten.«

»Jippieh! Wir laden zum Brunch ein!« Sie stand auf und schlang die Arme um ihn. »Wer bist du und was hast du mit meinem mürrischen Cowboy angestellt?«

Darüber mussten alle lachen.

Sie verlebten einen wunderschönen Abend mit seiner Familie. Alle halfen beim Aufräumen, und sie schmiedeten Pläne für den Ausritt um halb acht am nächsten Morgen und für den Brunch um zehn Uhr. Nachdem alle gegangen waren, kümmerten sich Trixie und Nick um die Tiere. Als er die Stalltür schloss, wartete sie am Zaun, schaute zu den Pferden auf die Weide hinaus und dachte daran, wie sehr sie es vermissen würde, dort zu sein. Und wie weit sie gekommen waren. Ihre Ankunft hier schien ein Jahr zurückzuliegen.

Sie hörte Nick näherkommen und sofort flatterten die Schmetterlinge in ihrem Bauch auf. Er drückte seinen Körper an ihren Rücken und stützte sich an beiden Seiten von ihr am Zaun ab, sodass er sie mit seiner verführerisch durchtrainierten Gestalt gefangen hielt. Sie spürte seinen warmen Atem auf der Schulter, als er seine Lippen senkte, sie dort küsste und ihr eine Gänsehaut bescherte.

»Hallo, Cowgirl! Kommst du oft hierher?«

»Eigentlich bin ich hier noch nie gekommen.«

»Du kannst so unanständig sein. Das gefällt mir.« Er küsste noch einmal ihren Hals und schob dabei ihre Haare zur Seite, damit er ihre Haut mit seinem Mund bedecken konnte. Eine Hand glitt an ihrem Bauch hinunter, während er küsste und saugte und sie auf Zehenspitzen ging. Er rieb seinen harten Schaft an ihrem Hintern und eine Hand glitt unter ihren Rock und an ihrem Oberschenkel hinauf. »Den ganzen Abend wollte ich dich schon berühren, Darling.« Er reizte sie zwischen den Beinen, über ihrem Slip, und der Kopf fiel ihr in den Nacken.

»Das wollte ich auch«, hauchte sie.

Sie streckte die Arme nach hinten aus und zog ihn fester an ihren Hintern, während er sich den Weg in ihren Slip bahnte. Seine Finger glitten über ihre heiße Mitte und er stöhnte.

»Ich liebe es, wenn du so feucht für mich wirst.«

Sie keuchte auf, als seine Finger in sie drangen. »Mein Hals, saug an meinem Hals!«

Er saugte und leckte, strich mit den Zähnen über ihre sensible Haut und trieb sie gleichzeitig mit den Fingern in den Wahnsinn und in die höchsten Höhen. Sie bewegte sich im Einklang mit ihm, strebte nach ihrer Erlösung und konnte die sinnlichen Laute, die ihr über die Lippen kamen, nicht zurückhalten.

»Genau so, Baby«, sagte er mit tiefer, heiserer Stimme. »Ich will fühlen, wie du für mich kommst.«

Er schob seine andere Hand unter ihr Top, umfasste ihre Brust und drückte den Nippel. Seine Zähne gruben sich in ihren Hals, als sein Daumen gekonnt auf ihre sensibelste Stelle traf und sie zu ihrem Höhepunkt katapultierte. Sie schrie seinen Namen, als die Lust in ihr loderte. Gerade als sie den Gipfel erreichte, drückte sein Daumen noch fester zu, kreiste und entsandte Flammen, die von ihrem Kopf bis zu ihren Zehenspitzen reichten. Sie klammerte sich an seinen Armen fest, während ihr Körper bebte, er ihre Wange und den Hals mit zärtlichen Küssen bedeckte und sie versuchte, das Atmen nicht zu vergessen.

Als er sie zu sich umdrehte, sah sie seine Augen, die vor Verlangen glühten, bevor er mit seinem Mund ihren bedeckte und sie so hart und fordernd, so köstlich küsste, dass sie fast den Verstand verlor. Sie zerrte an seinem T-Shirt, doch er nahm sie an der Hand und ging mit ihr zu einer Decke im Gras, von der sie nicht wusste, dass er sie dort ausgebreitet hatte. Er legte ihre Arme auf seine Schultern, als er sich hinunterbeugte, um ihr die Stiefel und Socken auszuziehen. Seine Hände glitten dann an ihren Beinen hinauf und er küsste sie oberhalb der Knie. Dann zog er seine eigenen Stiefel und Socken aus und stand auf, um sie lang und sinnlich zu küssen. Seine Hände glitten liebevoll an ihrem Körper hinab, über ihre Hüften und an ihrem Rücken hinauf. Er war so zärtlich, so ganz anders als der fieberhafte, drängende Mann, der sie beim ersten Mal in der Küche genommen hatte. Er küsste ihren Hals und ihre Schultern, langsam und mit Bedacht, als genieße er jede einzelne Berührung, während er ihr das Top auszog und es auf die Decke legte. Dann kam ihr BH dran und anschließend glitt sein Blick langsam über ihre Brüste.

»Du bist so schön, Trixie.«

Er hauchte einen Kuss auf ihr Herz, als er den Reißverschluss ihres Rocks öffnete, der dann auf ihre Füße fiel. Er beförderte ihren Slip nach unten und wanderte mit den Händen an ihren Beinen hinauf, die er gleichzeitig küsste. Gott, wie sie das liebte! An ihren Oberschenkeln wurde er langsamer, verharrte dort, streichelte und küsste sie, bis ihre Beine zitterten. Dann küsste er sich weiter aufwärts. Sie schloss die Augen, als er an ihrem Bauch flüsterte: »Ich liebe deinen Körper.« Er küsste ihre Rippen, während seine rauen Hände über ihren Po und den Rücken glitten. Seine Zunge spielte mit einem Nippel, dann mit dem anderen, und über beide pulsierenden Spitzen strich die laue Abendluft, die ihren ganzen Körper erschaudern ließ.

»Wunderschön«, flüsterte er und saugte einen Nippel in den Mund, streichelte den anderen, und dann glitt eine Hand wieder zwischen ihre Beine. »Ich kann nicht anders. Du fühlst dich so gut an.«

Bei den Emotionen in seiner Stimme bekam sie ganz weiche Knie und seine Berührung ließ sie erschaudern und beben. Er küsste sie grob und tief und half ihr, sich auf die Decke zu setzen. Sie sah zu, als er sich seine Kleidung auszog und seine harten Muskeln und den erregten Schaft offenbarte. Sie ging auf die Knie, die Hände legte sie um seine Länge, um dann die Spitze so zu reizen, dass es ihn in den Wahnsinn trieb. Er stöhnte, vergrub die Hände in ihren Haaren und ließ sie das Tempo bestimmen, als sie ihn in den Mund nahm. Sie liebte es, wie seine Muskeln sich vor Zurückhaltung anspannten, als sie ihn mit dem Mund verwöhnte, doch sie wollte seine Kraft spüren, sein Begehren. Sie packte seinen Hintern, zwang ihn, sich mit ihr zu bewegen, härter zu stoßen. Er zögerte nicht und gab ihr genau das, was sie wollte, als er ebenso leidenschaftlich ihren Mund eroberte wie ihren ganzen Körper. Sie harmonierten perfekt. Doch dann zog er sich zurück und sie sah verwirrt zu ihm auf.

»Ich möchte dich lieben«, sagte er drängend.

Als sie sich auf den Rücken legte und er über ihr war, drangen seine Worte wirklich zu ihr durch. Noch nie hatte er von *lieben* gesprochen, wenn er Sex meinte. War ihm überhaupt bewusst, was er da gesagt hatte?

Sie schlang die Arme um ihn, als sich ihre Münder fanden. Er küsste sie langsam und leidenschaftlich, hielt sie fest in seinen Armen, während ihre Körper sich mit dem gleichen sinnlichen

Tempo vereinten, bis sie einander so nah waren, wie es zwei Menschen nur sein konnten. Warme Luft hauchte über ihre Körper, als sie ihren Rhythmus fanden. In seinen Armen fühlte sie sich vor dem Rest der Welt beschützt. Ihre leidenschaftlichen Küsse, die Art, wie er sie hielt, als wäre sie der wertvollste Schatz der Welt, und wie er sie liebte, all das war so anders als die anderen Male, die sie zusammen gewesen waren. An allem wollte sie festhalten – von dem ersten hektischen Unsicher-was-es-ist bis zu der letzten drängenden und gierigen Vereinigung –, denn all das war Teil dessen, was sie als Paar waren. Auch wenn es sich seit dem ersten Mal immer besonders und bedeutungsvoll angefühlt hatte, so war es nun sogar noch intensiver gewesen, als hätten alle Teile ihrer selbst in einem magischen Moment zueinandergefunden. Aber sie beide – dies hier – fühlte sich sogar noch größer an, als wären sie und Nick wahrhaftig zu einem Körper, einem Geist, einer Seele verschmolzen.

Als ihre Münder mit einer Reihe von leichten Küssen voneinander abließen und er ihr in die Augen schaute, sah sie … wusste sie, dass er es auch fühlte.

»Trix …?«, flüsterte er mit heiserer Stimme.

»Ich weiß. Küss mich.«

Das tat er, fest und doch zärtlich, während er sich langsam zurückzog, über all ihre sensiblen Nervenenden strich und sich dabei tiefer in ihre Küsse verlor und sie so vollkommen liebte, dass sie mitgerissen wurde und auf einer Wolke der Lust dahinschwebte. Als sie gerade wieder zu Atem kam, stieß er wieder schneller und härter in sie und jagte sie gleich wieder Richtung Höhepunkt. Sie zitterte am ganzen Körper, jeder Zentimeter von ihr verlangte nach mehr von ihm. Doch er hielt sie dort, sehnsüchtig, begehrend, kurz vor dem Gipfel. Seine dunklen Augen versanken in ihren, leidenschaftlich und überwältigend, und er sagte kein Wort. Das brauchte er auch nicht. Sie spürte seine Liebe in jeder seiner Berührungen, in seinem Streicheln, in jedem seiner Küsse.

Mit ineinander verschlungenen Körpern rollten sie auf die Seite und tauschten leichte Küsse aus, während sie um Luft rangen. Er legte die Stirn an ihre und hielt sie ganz fest, als wollte er sie niemals gehen lassen. Als sie langsam wieder zu Atem kamen und sich ihre Körper voneinander lösten, drehte er sich auf den Rücken und hielt sie eng an sich gedrückt. Sie küsste ihn auf die Brust und legte den Kopf darauf. So lagen sie lange beieinander, sahen zum Sternenhimmel hinauf, und sie überlegte, was sie sich wünschen sollte. Ihr ging durch den Kopf, wie sehr sich ihre Hoffnungen und Träume im Laufe des letzten Monats verändert hatten. Sie war nach Maryland gekommen, weil sie versuchen wollte, ihre Gefühle für Nick loszulassen, und weil sie davon träumte, ihre eigene Firma aufzubauen. Jetzt beinhalteten all ihre Träume ihn, dies hier, sie beide.

Sie fragte sich, ob er die gleichen Hoffnungen für die Zukunft hatte wie sie. Schmetterlinge tummelten sich in ihrem Bauch, als sie all ihren Mut zusammennahm und fragte: »Woran denkst du gerade?«

»An dich, Darling. Immer an dich.«

Achtundzwanzig

Der Sonntag brachte Sonnenschein, kühleres Wetter und bittersüße Emotionen. Seit sie aufgestanden waren, hatten Trixie und Nick nicht viel gesprochen, aber die Gefühle zwischen ihnen tobten. Unter der Dusche hatte es einen Moment gegeben, in dem Trixie gedacht hatte, sie würde weinen, doch Nick hatte sie an sich gezogen, sie gehalten und sie hatte mit jedem seiner beruhigenden Worte seine Stärke in sich aufgesogen. *Wir kriegen das hin, Darling. Sei nicht traurig. Ich komme nächstes Wochenende und auch das Wochenende danach zu dir. Ich bin nur einen Anruf entfernt.*

Der Ausritt mit seiner Familie war herrlich gewesen. Sie hatte es genossen, mit allen gemeinsam die Zeit draußen zu genießen und Nick zu erleben, wie er sie zuverlässig über die Pfade führte und Interessantes über das Land und seine Ausflüge mit Walt erzählte. Die frische Luft und die Gesellschaft hatten Trixies Weinerlichkeit ausgelöscht. Sie hatte befürchtet, dass ihre Traurigkeit sie beim Brunch wieder überkommen würde, weil es schwerer war, ihre bevorstehende Abfahrt zu verdrängen, wenn sie und Nick in seinem Haus waren. Überall wurde sie an sie beide erinnert. In der Küche, wo sie zum ersten Mal zueinander gefunden hatten, auf dem Sofa, wo sie sich geliebt und in den Armen des anderen geschlafen hatten, im Schlafzimmer, wo sie ihre Beziehung vertieft hatten, im Stall, wo sie gelacht und einander verschlungen hatten, und im Garten, in dem ihre Liebe zu etwas so Schönem erblüht war, dass es einem die Tränen in die Augen trieb. Aber als sie von ihrem Ausritt zurückgekehrt waren, hatten Jax und Jillian sie mit frischen Backwaren von Emmaline's und einem großen Obstteller erwartet und damit Trixies Stimmung aufgehellt. Sie und Nick hatten Speck, Eier und Pancakes zubereitet und das Geplänkel seiner Familie hatte sie abgelenkt.

Nachdem sie alle zu viel gegessen hatten, halfen sie wie schon am Abend zuvor beim Aufräumen. Das liebte sie an seiner Familie. Sie waren immer füreinander da, und wie Nick unter Beweis gestellt hatte, sprang immer jemand ein, wenn die anderen etwas nicht schafften. Sie wusste, dass er sie vermissen würde, aber er hatte seine Familie, um die Lücke zu füllen, die sie hinterließ.

»Da du es schlicht möchtest und eure Feier im Winter am Fluss stattfindet, müssen wir bei der Länge des Kleids aufpassen, damit es nicht den Boden berührt«, sagte Jax.

Er saß am Tisch und skizzierte Carlys Hochzeitskleid, während Jillian ihm über die Schulter schaute und ihm sagte, was er alles falsch machte, und seine Mutter über der anderen Schulter hing und seinen Entwurf bewunderte. Zev saß mit Carly auf dem Schoß neben ihm, während alle anderen herumliefen.

»Komm her, Darling.« Nick lehnte sich gegen die Kücheninsel, zog Trixie an sich, sodass sie sich mit dem Rücken an ihn schmiegen konnte, und küsste sie auf die Wange. Sie legte die Hände auf seine und genoss das Gefühl, ihn zu spüren, während sie dem Lachen und dem Geplauder seiner Familie lauschte und so tat, als fühlte sich die Uhr nicht wie eine tickende Bombe an.

»Kannst du dem Kleid so einen märchenhaften Touch geben? Wie bei einer Schneeprinzessin?«, fragte Charlotte Jax.

Beau legte den Arm um sie. »Du und dein märchenhafter Zauber.« Er kuschelte sich an ihren Hals.

»Mir gefällt die Idee von einem Märchenkleid auch«, sagte Morgyn.

»Als hätte das Universum es für mich gemacht, stimmt's, Morgyn?«, scherzte Carly, denn Morgyn sah überall die Zeichen des Universums. »Und Char, du bist die Prinzessin der Familie. Ich bin eher eine Waldfee. Ich möchte nichts, das zu ausgefallen oder übertrieben wirkt.«

»Mit der Waldfee bringst du mich auf eine Idee …« Jax beugte sich über seinen Entwurf und zeichnete los.

»Die Richtung ist großartig.« Jillian zeigte auf das Kleid. »Dafür brauchst du eine Farbe.«

Jax sah sie genervt an und Jillian hob entschuldigend die Hände.

Clint stellte sich zu Nick und Trixie. »Wie geht's euch beiden?«

»Uns geht's gut, Dad.«

»Um ehrlich zu sein, mein Junge, bin ich überrascht, dass du mit all diesen Leuten in deinem Haus keine Panikattacke hast.« Clint schaute zu Trixie. »Aber du bist wahrscheinlich zu beschäftigt.«

»Wenn es nach mir ginge, hätte ich den Brunch abgesagt und alle nach dem Ausritt rausgeschmissen. Aber Trixie meinte, das wäre unhöflich.«

Clint lachte leise. »Sieh dir deine Mutter an, Nick. Die Freude über dieses Wochenende wird bei ihr noch Monate anhalten. Du hast eine gute Tat vollbracht.«

»Und das wird nicht seine letzte sein.« Trixie drehte sich in seinem Arm herum. »Stimmt's, du Partylöwe? Vielleicht können wir es wiederholen, wenn ich das nächste Mal hier bin.«

»Alles, was du willst, Darling.«

Sein Vater pfiff erstaunt. »Jetzt wird meine Freude auch noch lange anhalten. Mein Sohn hat endlich die Augen aufgemacht und seinen Deckel gefunden.«

»So in etwa.« Jax schob das Blatt zu Carly und Zev hinüber und alle waren voller Bewunderung. Dann zeichnete Jax weiter. »Ich zeige euch mal meine Ideen für einen Mantel oder Umhang, den du darüber tragen könntest.«

Trixie stellte sich vor, wie sie und Nick an Carlys und Zevs Stelle sein würden, während ihr Hochzeitskleid entworfen würde und beide Familien um sie herumstehen würden. Sie versuchte, gegen diesen Drang anzukämpfen, weil sie wusste, dass Nick zu einem so großen Schritt nicht bereit war, aber es fühlte sich so gut an, nur darüber nachzudenken, dass sie sich ein paar Minuten der Träumerei gönnte, bevor sie es beiseiteschob.

Jillian klopfte Jax auf die Schulter. »Bruderherz, das ist ein hinreißendes Meerjungfrauenkleid. Schlank geschnitten und elegant. Ich liebe diesen Herzausschnitt.«

»Carly, du hast die perfekte Figur für ein Meerjung-frauenkleid«, sagte Morgyn.

»Das hat sie.« Jax zeigte auf die Zeichnung. »Stell dir dies hier als abnehmbaren asymmetrischen Tüllrock mit einem Rosshaarsaum und einem einzigen Goldfaden um die Taille vor. In den Tüll kann ich kleine Spitzenblumen einnähen. Wenn das Wetter mitspielt, du dein Haar offen trägst und an den Seiten Schleierkraut einflichtst, dann entsteht der Eindruck von

Schnee, der an dir und dem Kleid hinabfällt.«

»Das ist schön«, schwärmte Carly. »Zev, gefällt es dir?«

»Ich liebe dich in allem.« Zev grinste frech. »Jax, denk daran, dass es am Rücken einen Reißverschluss haben muss und nicht diese winzigen Knöpfe, denn ich kann euch garantieren, dass ich das Ding notfalls in Stücke reiße, um sie da rauszubekommen.«

Alle lachten.

Trixies Telefon klingelte. Sie nahm es aus ihrer Gesäßtasche. »Das ist mein Dad. Ich bin gleich wieder da.« Sie ging zur Terrassentür hinaus, als sie das Gespräch annahm. »Hallo, Dad.«

»Hey, Kleines. Bist du schon unterwegs?«

»Nein, aber bald. Nicks Familie ist hier und ich genieße nur noch die letzten Minuten mit ihnen.«

»Grüß sie von mir. Nett von ihnen, dass sie gekommen sind, um sich von dir zu verabschieden. Ich wollte dir nur kurz berichten. Deine Mutter und ich haben heute Morgen zufällig Lyle und Millie Rucket getroffen. Millies Mutter ist gestürzt und hat sich die Hüfte gebrochen.«

»Oh nein! Hatte ihr Vater nicht gerade vor ein paar Wochen eine Lungenentzündung?«

»Genau. Sie bereiten alles vor, um ihr Grundstück zu verkaufen und nach North Carolina zu ziehen, um bei ihrer Familie zu sein. Lyle hat nur sechs Morgen Land und ein Blockhaus, in das man etwas Arbeit stecken müsste, aber der Stall ist in gutem Zustand.«

»Das lässt sich bestimmt schnell verkaufen.«

»Na ja, es würde sich heute verkaufen, wenn du mir das Okay gibst.«

Sie sah auf die Weide hinaus. »Wie meinst du das?«

»Deine Mutter und ich sind wirklich stolz auf dich, Trix. Du hast dich dein ganzes Leben lang für uns abgerackert und du hast schon deine eigene Firma auf die Beine gestellt. Wir wissen, dass du mehr als geplant für diese Minis ausgegeben hast, und deine Mutter und ich möchten eine Anzahlung auf diese kleine Ranch leisten, damit du gleich loslegen kannst. Ich habe schon mit unseren Arbeitern gesprochen, und sie übernehmen gern deine Stunden hier auf der Ranch oder zumindest so viele wie du möchtest.«

Trixie blieb fast die Sprache weg. »Dad, das müsst ihr nicht machen.«

»Wir wollen es, Kleines. Ich habe mit Beckett wegen eines Darlehens für den restlichen Betrag gesprochen, und deine Raten würden etwa eintausendfünfhundert betragen, was du eigentlich schaffen könntest.«

»Oh mein Gott, Dad! Das kann ich mir eindeutig leisten.« Sie dachte an Nick und überlegte, ob sie die Entscheidung für den Kauf eines Grundstücks aufschieben sollte, bis sie wusste, in welche Richtung ihre Beziehung sich entwickelte. Aber im nächsten Moment war ihr bewusst, dass sie sich für etwas, das Jahre dauern könnte, die Gelegenheit ihres Lebens entgehen lassen würde.

»Als ich es heute Morgen Trace und Shane gegenüber erwähnte, boten sie an, das Haus für dich instand zu setzen. Ich habe dir gesagt, dass sich hier einiges ändern wird, und das meinte ich auch so.«

Tränen stiegen ihr in die Augen. »Wirklich?«

»Ja. Aber Lyle will seinen Besitz schnell zum Verkauf anbieten, damit er nach North Carolina kann. Er hat heute Abend um sechs Uhr einen Termin mit Jacob Mason, diesem edlen Immobilienmakler aus Meadowside. Ich habe Lyle gesagt, dass wir vorbeikommen, sobald du zu Hause bist, damit du dir das Grundstück ansehen kannst. So müssten wir genügend Zeit haben, uns auf dem Gelände umzusehen und etwas auszuhandeln.«

Ein nervöses Lachen platzte aus ihr heraus. »Ich weiß gar nicht, was ich sagen soll.«

»Sag, dass du innerhalb der nächsten halben Stunde losfährst.«

»Ja, natürlich! Danke, Dad! Ich hab dich lieb!« Ihre Gedanken rasten, als sie das Handy wegsteckte und ins Haus lief. »Nick!«

Mit besorgtem Blick drehte er sich um, als sie im Wohnzimmer auf ihn zurannte, wo er sich gerade mit seinen Brüdern und seinem Vater unterhielt.

»Ein Freund meines Vaters zieht um und er hat ein Grundstück für Rising Hope! Sechs Morgen, ein Stall und ein Blockhaus. Es ist perfekt! Meine Eltern werden mir mit der Anzahlung helfen, und meine Brüder wollen mir unter die Arme greifen, um das Haus instand zu setzen.« Als sich seine Familie um sie herum versammelte, sagte sie: »Ich kann es noch gar nicht glauben.«

»Wow!«, rief Jillian.

»Das ist wunderbar«, freute sich auch Charlotte. »Beau, vielleicht kannst du es dir einrichten und bei der Renovierung mit anpacken.«

Beau und der Rest von Nicks Brüdern schauten alle zu Nick. Sein Gesichtsausdruck war ernst, doch bevor Trixie etwas sagen konnte, redeten alle anderen durcheinander.

»Das ist sehr großzügig von deinen Eltern«, sagte Morgyn.

»Herzlichen Glückwunsch, Kleines«, sagte Lily.

»Du hast hart gearbeitet und das sehen sie«, fügte Clint

hinzu.

»Ich weiß. Es ist kaum zu fassen. Meine Babys werden ihren eigenen richtigen Stall haben!« Sie bemerkte Nicks Stimmungswandel. »Ich weiß, es ist viel, und es geht so schnell. Ich stehe auch noch unter Schock.«

»Darling, bist du sicher, dass es das ist, was du willst?«, fragte Nick.

»Ein Zuhause für Rising Hope? Dein Ernst? Du hast eine Ranch. Du weißt, wie es sich anfühlt, deine Pferde in ihren eigenen Stall zu stellen, deine eigene Sattelkammer und deine eigene Weide zu haben. Natürlich will ich das. Ich würde alles dafür geben, Rising Hope in großen Buchstaben auf einem Stall zu sehen und abends mit dem Wissen zu Bett zu gehen, dass meine Pferde nicht kilometerweit weg stehen.«

»Ich dachte, es wäre in Ordnung für dich, auf dem Grundstück deiner Eltern anzufangen«, sagte Nick. »Ich meine ... Trix, übernimmst du dich vielleicht?«

Seine Worte trafen sie wie ein Schlag in die Magengrube. Sie straffte die Schultern und hob das Kinn. »Was willst du damit sagen? Glaubst du plötzlich nicht mehr, dass ich das schaffen kann?«

»Oje ...«, sagte Beau.

»Kommt, wir gehen raus«, sagte sein Vater und führte alle aus dem Raum. »Lasst sie erst mal allein.«

»Trixie ...«

»Was?«, fuhr sie ihn an, doch dann kam ihr ein hoffnungsvoller Gedanke. Vielleicht wollte er mehr als eine Fernbeziehung, wusste aber nicht, wie er ihr das sagen sollte. Sie trat näher zu ihm heran und sprach leiser weiter. »Sag mir nur, was du denkst, Nick. Gestern hast du mich gefragt, ob ich Rising Hope und eine Fernbeziehung möchte. Hast du deine

Meinung in Bezug auf uns geändert?«

»Verdammt, nein!«, antwortete er heftig.

Sie kämpfte gegen die Enttäuschung an, die sie überkam, und erinnerte sich daran, dass ihre Liebe zu ihm zwar sehr innig war, es sich aber nur so *anfühlte*, als wären sie schon seit Ewigkeiten ein Paar. Sie sollte es eigentlich wissen, dass sie sich nicht der Hoffnung hingeben durfte, er würde so schnell mehr als eine Fernbeziehung wollen.

»Es tut mir leid, Trix.« Er zog sie in seine Arme und sprach beruhigend auf sie ein. »Du hast mich damit überrascht, das ist alles. Du kennst mich doch. Ich brauche Zeit, um Dinge zu verarbeiten.«

»Das weiß ich.«

»Das ist etwas ganz anderes, als von der Ranch deiner Eltern aus anzufangen. Aber wenn es das ist, was du willst, dann stehe ich zu hundert Prozent hinter dir.«

»Bist du sicher?«

Er nahm ihr Gesicht zwischen seine Hände und seine Mimik wurde weicher. »Ja, Darling. Ich bin mir sicher und es tut mir leid.« Er drückte seine Lippen auf ihre und legte die Arme um sie. »Ich wollte nicht sagen, dass du deine Firma nicht erfolgreich führen kannst. Es gibt nichts, was du nicht kannst. Das stellst du jeden Tag unter Beweis. Ich wollte damit sagen, dass der Kauf dieses Grundstücks mit viel Arbeit verbunden ist, und ein Darlehen ist eine große Last, wenn man ein Unternehmen startet. Aber ich glaube an dich, und wenn ich erst überlegt hätte, dann hätte ich so etwas auch nicht gesagt. Ich hätte gesagt, lass es uns gemeinsam ansehen, wenn ich nächstes Wochenende da bin, und ich werde dir bei allen Renovierungsarbeiten helfen, falls du es letzten Endes kaufst.«

»Die Ruckets haben heute Abend einen Termin bei einem

Immobilienmakler, der ihr Grundstück zum Verkauf anbieten soll, also werde ich es mir mit meinem Dad ansehen, sobald ich zu Hause bin.«

»Großartig.« Nicks Kiefermuskeln zuckten, aber seine Mundwinkel gingen leicht nach oben. »Dann kannst du es mir nächstes Wochenende zeigen, und dann schmieden wir Pläne für die Renovierung.«

»In Ordnung.« Er gab ihr alles, was er konnte, und sie hatte alles, was sie wollte – Nick, die Firma und bald hätte sie sogar ihr eigenes Zuhause. Warum also breitete sich Traurigkeit in ihr aus? Sie musste hier raus, bevor sie in Tränen ausbrach, und es gab nur eine Möglichkeit, das zu schaffen. *Durch Schein zum Sein.*

Sie legte das strahlendste Lächeln auf, das sie zustande brachte. »Ich muss los. Wenn ich meine Pferde auflade, könntest du dann meine Taschen holen?«

»Klar doch, Darling.«

Sie trat einen Schritt zurück und er zog sie zurück in seine Arme, wobei sein durchdringender dunkler Blick sie gefangen hielt.

»Ich glaube an dich, Trixie, und ich will alles, was du willst.« Er drückte seine Lippen auf ihre, küsste sie fest und dann gab er ihr lächelnd einen Klaps auf den Hintern. »Und jetzt hol deine Babys. Ich kümmere mich um deine Taschen und sag meiner Familie, dass sie sich von dir verabschieden können.«

Sie setzte weiterhin ihr gespieltes Lächeln auf, während sie ihre Pferde in den Hänger verlud und sich von Nicks Tieren verabschiedete. Pugslys mürrisches Schnaufen hätte sie fast zusammenbrechen lassen, aber sie schaffte es, sich unter Kontrolle zu behalten. Doch als sie von Nicks Familie, die ihr

Glück wünschte und ihr sagte, wie sehr sie sie vermissen würde, von einer herzlichen Umarmung in die nächste gereicht wurde, kam sie wieder an ihre Grenzen. Carly und Zev erinnerten sie daran, dass sie Pläne machen wollten, um sich nach Neujahr in Colorado zu treffen, woraufhin Charlotte und Beau anboten, dass Nick und Trixie dann im Gasthof übernachten konnten. Jillian und Morgyn klinkten sich spontan ein, und bevor Trixie sich's versah, schmiedeten alle Pläne für einen Familienurlaub in Colorado.

»Du wirst mir hier fehlen«, sagte Jillian und drückte sie ganz fest.

»Nicht halb so sehr, wie es mir fehlen wird, hier zu sein.«

Clint umarmte Trixie so lang und so fest, wie ihr eigener Vater es tun würde. »Danke, dass du meinen Jungen nicht aufgegeben hast.«

»Niemals«, flüsterte sie.

»Dieses Funkeln in seinen Augen habe ich zuletzt gesehen, als er das erste Mal auf einem Pferd saß.«

Trixie lächelte. »Vergleichst du mich mit einem Pferd?«

»Ich vergleiche dich mit einer ersten Liebe.«

Oje. Die Tränen bahnten sich erneut ihren Weg. Sie umarmte Lily und flüsterte: »Pass für mich auf Nick auf, in Ordnung?«

»Du weißt, dass ich das mache, meine Kleine«, sagte Lily. »Aber die Leere, die du hinterlässt, werde ich nicht füllen können.«

Damit brachen die Tränen endgültig aus Trixie heraus. Schnell wischte sie sie fort, doch Nick bemerkte sie dennoch. Finster sah er seine Mutter an, dann zog er Trixie in seine Arme und strich ihr beruhigend über den Rücken. »Alles ist gut, Darling.«

»Mir geht's gut.« Sie drückte sich von ihm ab und schenkte ihm ein aufgesetztes Lächeln. »Aber ich muss jetzt wirklich los.«

Er drückte seine Lippen auf ihre. »Fahr vorsichtig, Darling. Ich rufe dich heute Abend an.« Noch einmal umarmte er sie, fester, dann gab er ihr einen Kuss auf den Kopf und half ihr in den Pick-up. Er küsste sie durch das offene Fenster und sah ihr so lang in die Augen, dass seine Brüder sich räusperten. Er gab ihr noch einen Kuss. »Ich werde dich vermissen.«

Ich liebe dich. »Ich dich auch.«

Er zwinkerte, trat vom Wagen zurück und stellte sich zu seiner Familie. Trixie schnallte sich an und winkte. »Tschüss! Vielen Dank noch einmal. Ich habe euch alle lieb!«

Als sie von den Ställen wegfuhr, sah sie Nick im Rückspiegel hinter ihr herschauen, bis sie auf die lange Auffahrt abbog und ihn nicht mehr sehen konnte. Die Tränen, die sie zurückgehalten hatte, brachen nun aus ihr heraus.

Nick hatte das Gefühl, als wäre sein Herz an die Stoßstange von Trixies Pick-up gebunden und würde ihm aus dem Leib gerissen, als seine Welt, sein Leben, seine *Liebe* außer Sichtweite fuhr.

»Ich fasse es nicht, dass du sie fahren lässt«, sagte Jax.

»Was soll ich denn tun? Ihr Leben ist dort, Jax. Alles, was sie will, wartet in Oak Falls auf sie.« *Außer mir.*

»Alles in Ordnung?«, fragte Beau.

»Nein, nichts ist verdammt noch mal in Ordnung.« Nick sah seine Familie an, die ihn alle mit dem gleichen Blick bedachten, mit dem er vor all den Jahren sie alle angesehen hatte, als sie die Zerstörten gewesen waren, und er fragte sich, wie er sie alle hatte retten können. Jetzt ging es ihnen gut. Sie hatten die dunkle Zeit überstanden und ihren Weg in ein glücklicheres Leben gefunden. Sie brauchten ihn nicht mehr als Aufpasser. Was zum Teufel tat er also hier, während ihm sein Herz herausgerissen und mit jeder Meile, die Trixie zurücklegte, mehr in Stücke gerissen wurde?

Sein Vater trat neben ihn. »Was können wir tun?«

»Nichts.« Nick ging zum Paddock und alle folgten.

»Was machst du jetzt?«, fragte Beau.

»Diese verdammten Mauern einreißen, die ich deiner Meinung nach habe.« Er riss das Gatter auf und schwang sich auf Romeos ungesattelten Rücken. Mit den Fersen gab er ihm das Zeichen und das Pferd stürmte durch das offene Gatter.

»Wo willst du hin?«, brüllte Beau.

»Mein Mädchen holen! *Hüa!*« Nick lehnte sich vor, während Romeo mit halsbrecherischer Geschwindigkeit über den Rasen hin zur Straße preschte.

Nick balancierte sich mit seinen Knien aus, während er mit dem Pferd verschmolz und Romeo am Rande des Grundstücks über den Zaun sprang. Sie flogen am Straßenrand entlang, und Nick hielt Ausschau nach Trixies Anhänger. Seine Brust fühlte sich so zugeschnürt an, dass es ihm schwerfiel zu atmen. Er war ein verdammter Idiot gewesen. Wie hatte er nur glauben können, er hätte Trixie gegenüber schon alle Mauern eingerissen! Seine Mauern waren dicker als die von Alcatraz.

Vor ihm entdeckte er nun den Anhänger. Er drückte Romeo die Knie noch fester in die Flanken und beugte sich vor. »*Hüa!*« Romeo tat das Unmögliche und wurde noch etwas schneller, bis sie Trixies Pick-up eingeholt hatten.

Komm schon, Darling, schau zu mir!

Sie ritten neben ihr her. Nie war Nick so dankbar für Geschwindigkeitsbegrenzungen gewesen. Schließlich schaute Trixie zur Seite, nur um dann noch einmal mit aufgerissenen Augen zu ihnen zu sehen. Sie rief etwas und schüttelte den Kopf. *Immer musst du mir widersprechen, verdammt!* Er bedeutete ihr, an den Straßenrand zu fahren. Ihr Pick-up wurde langsamer, und Nick lehnte sich zurück, um Romeo auch zu signalisieren, dass er langsamer werden sollte. Trixie und Romeo brauchten etwa gleich lange, um anzuhalten.

Nick sprang vom Pferd, als Trixie aus ihrem Pick-up stürmte. Ihre Nase war rosa, die Augen geschwollen und gerötet, und die Tränen rannen ihr über das Gesicht. »Bist du verrückt?«, brüllte sie. »Was machst –«

Er presste seinen Mund auf ihren, um sie zum Schweigen zu bringen und zu lieben. Ihre salzigen Tränen liefen zwischen ihre Lippen, doch das war ihm egal. Sie lag in seinen Armen und er würde sie nie wieder loslassen.

Als sich ihre Lippen voneinander lösten, sagte sie: »Nick, was war –«

Wieder küsste er sie. Nicht damit sie ruhig war, sondern weil er diesen Kuss mehr brauchte, als er sich erklären wollte. Er vertiefte den Kuss, bis ihre Abwehr aus ihr wich. Sie krallte sich mit beiden Händen in sein T-Shirt und ließ schließlich atemlos von ihm ab.

»Bitte, sag nichts. Lass mich reden«, sagte er. »Ich liebe dich, Trixie Jericho. Himmel, ich liebe dich so sehr, dass es wehtut, und ich bin ein Idiot, weil ich es nicht früher gesagt habe. Du möchtest in Oak Falls sein. Das verstehe ich. Gib mir ein paar Stunden, um meinen Kram zu packen, meine Pferde aufzuladen und mich um meine anderen Tiere zu kümmern, denn ich komme mit dir, Darling. Ich will jeden einzelnen Tag unseres

Lebens an deiner Seite sein. Ich renoviere dieses Haus für dich und mache dir ein Schild für den Stall. Zum Henker, ich mache, was immer du auch brauchst, gebe dir, was immer du willst, aber ich komme mit dir, Darling.«

Schluchzer brachen aus ihr heraus und sie rang nach Luft. »Aber du brauchst deinen Freiraum.«

»Nicht von dir. Ich möchte dich in meiner Nähe haben. Immer. Ich will deine Haare in meinem Abfluss, deinen süßen Duft in meinen Laken, deine frechen Widerworte in den unmöglichsten Momenten. Ich will dich, Darling, und ich hoffe, dass du mich auch willst.«

Sie lachte und weinte. »Ob ich dich will? Ich *liebe* dich von ganzem Herzen. Natürlich will ich dich. Aber du kannst nicht aus Pleasant Hill fort. Dein ganzes Leben ist hier.«

»Da irrst du dich, Darling. Ohne dich habe ich kein Leben.«

»Aber deine Familie ...«

»Braucht mich nicht so sehr wie ich dich.«

»Und was ist mit Walt? Du kannst ihn nicht allein lassen.«

»Walt wird zurechtkommen. Ich sorge dafür, dass Jax und Travis nach ihm sehen. Ich brauche dich, Trix, und dieses eine Mal in meinem Leben tue ich das, was *ich* brauche. Was *wir* brauchen.«

»Aber ich will nicht, dass du nach Oak Falls ziehst«, sagte sie unter Tränen.

Die Luft blieb ihm weg, mit einem schmerzhaften und heftigen Stich geriet seine ganze Welt aus den Fugen. Er taumelte zurück, versuchte zu verarbeiten, was sie gerade gesagt hatte. »Verdammt ...«

Sie packte ihn am T-Shirt. »Dies ist dein Zuhause, Nick, und es hat sich immer auch wie meines angefühlt. Unser Leben ist dazu bestimmt, *hier* stattzufinden, nicht in Oak Falls. Hier haben wir uns gefunden. Hier sind wir zusammengekommen und haben uns verliebt. Hier haben wir unsere Babys nach Hause gebracht und haben ihnen den Start in ein neues Leben geschenkt. Hier haben wir *uns* den Start in ein neues Leben geschenkt.«

»Aber deine Familie«, sagte er und schüttelte den Kopf.

»Treibt mich in den Wahnsinn. Ich liebe sie und ihre beschützende Art, aber wir sind nur zwei Stunden entfernt, Nick. Wir können uns so oft besuchen, wie wir wollen. Keine Frage, ich werde immer Daddys Tochter und die kleine Schwester meiner Brüder bleiben, aber ich bin kein Kind mehr.«

»Was ist mit deinen ganzen Freundinnen?«

»Die habe ich unendlich lieb, aber ich will nicht bei irgendwelchen Ladies' Nights mit Kerlen tanzen, die mir egal sind, während meine Brüder auf mich aufpassen und der einzige Mann, den ich will und der ein Auge auf mich haben soll, du bist.« Ein freches Funkeln trat in ihre Augen. »Auch wenn das manchmal etwas zu viel wird.«

Er hob eine Braue.

»Scherz«, flüsterte sie, ging auf Zehenspitzen und küsste ihn aufs Kinn.

»Himmel, ich liebe es, wenn du mich da küsst. Ich liebe *dich*, Darling, alles an dir, und ich bin mir sicher, dass ich dich schon seit Jahren liebe.«

»Das tust du«, meinte sie keck und lächelte trotz ihrer Tränen. »Kannst mich fragen, ich weiß es.«

»Du wirst mich wohl immer provozieren.«

»Ich werde dich immer lieben.«

Als er seine Lippen auf ihre senkte, drängte Romeo sein Maul zwischen sie. Beide lachten und streichelten ihn.

»Echt jetzt, Romeo, du auch? Alle wollen mein Mädchen.«

Trixie zeigte ihr umwerfendes Lächeln. »Dann ist es ja gut, dass ich nur dich will.«

Neunundzwanzig

Nick und Trixie winkten, als seine Familie später an dem Nachmittag über die Auffahrt davonfuhr. Sie waren ebenso schockiert gewesen wie sie, als sie gehört hatten, dass Nick angeboten hatte, nach Oak Falls zu ziehen. Sie hätten seine Entscheidung unterstützt, so wie ihre Eltern die Entscheidung unterstützten, nachdem sie ihnen erzählt hatte, dass sie bleiben würde, um ihr Leben und ihre Firma mit Nick in Pleasant Hill aufzubauen. Als sie ihre Babys auf dem Paddock mit Snickers spielen sah und sie Nicks starke Arme um sich spürte, wusste Trixie, dass sie die richtige Entscheidung getroffen hatte.

Mit einem gänzlich neuen offenherzigen Lächeln schaute Nick ihr in die Augen. »Ich liebe dich, Trix.«

»Ich glaube nicht, dass ich das je oft genug hören werde. Ich liebe dich auch.«

Er senkte seinen Mund auf ihren, um sie genüsslich zu küssen. Ihr Telefon klingelte, er stöhnte auf und hielt sie noch fester. Sie lächelte an seinen Lippen. »Tut mir leid.« Sie holte das Handy aus der Tasche und sah, dass Trace sie mit einem Videocall anrief.

»Nimm es ruhig an, Darling. Ich bin überrascht, dass es so lange gedauert hat, bis er sich meldet.«

Er gab ihr einen kurzen Kuss, und als sie den Anruf annahm, holte Trace auch ihre anderen Brüder in die Gruppe. »Bevor du überhaupt etwas sagst, kann ich die Inquisition für euch alle abkürzen. Ja, es stimmt, ich bleibe bei Nick in Pleasant Hill. Wir werden im Laufe des nächsten Monats immer mal wieder für ein oder zwei Tage vorbeikommen, wenn ich mich mit potenziellen Kunden treffe, und wir sind mit Sicherheit bei der nächsten Jamsession dabei.«

»Und nächstes Wochenende«, fügte Nick hinzu.

Sie sah über die Schulter zu Nick. »Ach ja?«

»Du hast versprochen, mit Amber shoppen zu gehen, Darling, und wir müssen Buttercup nach Hause holen.«

»Du meine Güte, Buttercup! Ich fühle mich total schlecht, weil ich nicht sofort an sie gedacht habe.«

»Du warst ziemlich beschäftigt.«

Shane räusperte sich, um ihre Aufmerksamkeit wieder auf den Anruf zu lenken.

»Entschuldigt«, sagte Trixie. »Bevor ich es vergesse … Wenn wir in ein paar Wochen zu der Jamsession kommen, wäre ich euch sehr dankbar, wenn ihr uns dabei helfen könntet, das Zeugs aus meiner Wohnung einzuladen, damit wir es hierherbringen können.«

»Wir halten uns den Termin frei«, sagte Jeb.

»Ja, klar«, stimmte auch Trace zu. »Trix, ich wollte euch keiner Inquisition unterziehen. Ich wollte nur sagen, es wurde auch wirklich mal Zeit, dass ihr beide herausfindet, was wir schon lange wussten.«

»Das wusstet ihr nicht«, widersprach Trixie lachend.

»Ach komm, Schwesterherz, sieh dir doch an, wie Nick die Hand auf deiner Schulter hat.« Trace deutete auf das Display. »So macht das kein Mann, der gerade erst den Schritt von *Sie ist heiß* zu *Sie gehört zu mir* getan hat.«

Nick stand hinter ihr, eine Hand um ihre Taille gelegt, was ihre Brüder nicht sehen konnten, die andere auf ihrer Schulter. Er küsste sie auf den Kopf. »So unrecht haben sie nicht.«

»Wir freuen uns alle für euch«, sagte JJ. »Aber ich hoffe, du hast Gästezimmer in deinem Haus, Braden, denn wir werden unsere Schwester nicht einfach von der Bildfläche verschwinden lassen. Wir müssen vorbeikommen und sicherstellen, dass du sie ordentlich behandelst.«

Nick winkte ab. »Ihr wisst, dass eure Schwester mir die Hölle heißmachen wird, wenn ich sie schlecht behandele.«

»Das wirst du nicht, Nick. Dafür liebst du mich zu sehr. Und du, JJ, bist ein Trottel.«

»Die Frauen behaupten etwas anderes.« JJ lächelte überheblich.

»Nur damit ich es richtig verstehe«, meldete sich Shane mit ernstem Tonfall zu Wort. »Du wirst also mit Nick in Sünde zusammenleben und erwartest von uns, dass wir das in Ordnung finden?«

»So habe ich das noch nicht gesehen. Vielleicht sollten wir da mal vorbeifahren und uns den Kerl vorknöpfen«, witzelte Trace.

»Könnt ihr versuchen, würde ich euch aber nicht raten«, warnte Nick sie.

Grinsend verkündete Trixie: »Ihr wollt das alle sicher nicht hören, aber eure Schwester sündigt gern …«

»Hör auf!« »Mensch, Trix!« »Das will ich gar nicht wissen«, riefen ihre Brüder alle durcheinander und zogen dazu angewiderte Grimassen.

»Hab euch auch alle lieb. Tschüss!« Sie beendete den Anruf und stimmte in Nicks Lachen ein. Als sie das Handy wegsteckte, sagte sie: »Also, mein großer schöner Cowboy, was machen wir jetzt?«

»Jetzt gehen wir in unser Haus und feiern … nach Cowboy-Manier.«

Als er Richtung Haus ging, sagte sie: »Nein, mein Cowboy.«

»Nein?«

»Wir gehen in unser Zuhause, nicht unser Haus, und wir feiern in Cowgirl-Manier.«

»Wirst du jemals aufhören, mir zu widersprechen?«

»Nicht in diesem Leben.«

Als er seine Lippen auf ihre senkte, sagte er: »Ich würde es auch gar nicht anders wollen.«

Dreißig

Nick drehte Trixie herum und zog sie in seine Arme, als sie auf der Jamsession in der Scheune der Jerichos zu der Musik tanzten, die von einer Handvoll Leute auf der Bühne gemacht wurde. Nahezu der ganze Ort war zu der Veranstaltung erschienen. Trixie konnte sich nicht daran erinnern, wann eine Jamsession das letzte Mal so viele Bewohner angezogen hatte, aber sie war froh, alle zu sehen. Sechs Wochen war es her, dass sie beschlossen hatte, in Maryland zu bleiben, und es war die beste Entscheidung, die sie je getroffen hatte. Ihr Unternehmen florierte, und seinem Versprechen nachkommend hatte Nick ein entzückendes RISING HOPE-Schild angefertigt, das er vorne am Stall aufgehängt hatte. Sie hatte mehrere monatliche Kunden im Umkreis von einer Stunde von Pleasant Hill gefunden und eine Handvoll in der Nähe von Oak Falls, was ihr und Nick die Möglichkeit gab, ein paar Tage jeden Monat in ihrem Heimatort verbringen zu können. Wenige Tage nachdem sie ihre Entscheidung getroffen hatte, waren ihre Brüder mit Buttercup und Trixies Sachen auf Nicks Ranch aufgetaucht und waren über Nacht geblieben. Sie waren ausgeritten, hatten gegrillt und Nick mit offenen Armen in der Familie aufgenommen. Mehr Unterstützung und Liebe hätte Trixie sich nicht erhoffen können. Eine Woche später waren ihre Eltern zu Besuch gekommen, und Trixie, ihre Mutter und Lily hatten gemeinsam ein Festmahl gekocht, zu dem sie auch Walt und Irene eingeladen hatten. Sie hatten einen wundervollen Abend miteinander verbracht, nach dem ihre Eltern in Trixies altem Zimmer übernachtet hatten, da sie jetzt in Nicks – in ihr gemeinsames – Schlafzimmer gezogen war.

Sie schaute in die hungrigen Augen ihres Cowboys hinauf, als sie tanzten, und sofort beschleunigte sich ihr Puls. Sie hatten sich an diesem Morgen geliebt, und sie wusste, dass er wieder bereit war. Wahrscheinlich würden sie nie genug voneinander bekommen können, und sie freute sich darauf, dieses verliebte Paar zu sein, das sich hinter die Scheune schlich, um sich miteinander zu vergnügen, so wie es Mr. und Mrs. Montgomery an den meisten dieser Veranstaltungen taten. Kein Wunder, dass sie sieben Kinder hatten.

Als das Lied zu Ende ging, bog Nick sie über seinen Arm nach hinten, sagte »Ich liebe dich, Darling!«, und küsste sie. Jeden Tag sagte er ihr, wie sehr er sie liebte, und jedes einzelne Mal jagte es ihr einen Schauer über den Rücken.

»Ich liebe dich auch, Cowboy.«

»Kommt schon, ihr Turteltäubchen. Ihr könnt nicht den ganzen Abend rumknutschen. Ihr müsst eure Freunde treffen.« Lindsay nahm Trixies Hand und führte sie zu einer Gruppe von Freunden und Familienmitgliedern. Trixies Mutter hatte die kleine Emma auf dem Arm und unterhielt sich mit Mrs. Montgomery. Jeb und Graham redeten mit Amber, Brindle und Morgyn. Morgyn und Graham waren in der vergangenen Woche zurückgekehrt und blieben bis zu Zevs und Carlys Hochzeit.

»Da ist ja der gute Mann«, sagte Graham und begrüßte

Nick mit einem kumpelhaften Schlag auf die Schulter.

»Der gute Mann, der mir meine beste Freundin geklaut hat«, scherzte Lindsay.

Nick legte den Arm um Trixie. »Sie ist ja jetzt hier und du darfst uns jederzeit besuchen.«

»Das ist sehr nett, aber das hilft mir bei den Ladies' Nights nicht weiter.« Lindsay sah zu Amber. »Ich arbeite daran, Amber hier öfter mal unter die Leute zu bringen. Wir haben ihre Flirt-Künste schon trainiert, aber sie meint, jede Woche wäre sie nicht dazu bereit.«

Amber verdrehte die Augen und streichelte Reno, ihren Assistenzhund. »Sie hat mich vor zwei Wochen in eine Bar geschleppt, in der ich niemanden kannte. Das war der totale Fleischmarkt und überhaupt nicht mein Ding.«

»Würdest du das Flirten lieber mit Trixies Brüdern üben?«

»Ich stünde zur Verfügung«, bot Jeb sich an.

»Siehst du, womit ich mich rumschlagen muss, Trix?«, beschwerte Lindsay sich im Scherz. »Ich muss allein auf die Ladies' Night und dann tanze ich letztendlich immer mit dem da.« Sie deutete auf Jeb.

»Ich habe nicht gehört, dass du dich am Dienstagabend beschwert hast.« Jeb hob den Schirm seiner Baseballcap an und wackelte mit den Augenbrauen.

»Läuft da etwas zwischen dir und Jeb?«, fragte Brindle. »Warum habe ich davon noch nichts gehört?«

»Weil da nichts ist!«, fauchte Lindsay.

Jeb zwinkerte Brindle zu und legte einen Arm um Lindsay. »Das muss dir doch nicht peinlich sein, Schatz. Keine kann die Finger von mir lassen.«

Trixie und Nick schmunzelten, während Lindsay sich aus Jebs Umarmung befreite.

»Das sind bei Weitem mehr Informationen, als eine Mutter über ihren Sohn hören will.« Trixies Mutter hauchte Emma einen Kuss auf die Stirn. »Obwohl ... es könnte zu mehr Enkeln für mich und Cousins oder Cousinen für diese kleine hübsche Dame führen.«

»Rechne lieber nicht damit«, sagte Lindsay.

Trixies Mutter warf Mrs. Montgomery einen seltsamen Blick zu. »Da das Duschgel bei gewissen Personen Wunder gewirkt hat, sollten wir Roxie vielleicht nach ihrem Fruchtbarkeitstrank fragen.«

»Woher weißt du von dem Duschgel?«, wollte Trixie von ihrer Mutter wissen und sah dabei Nick fragend an.

Nick zuckte mit den Schultern. »Mich brauchst du nicht so anzuschauen.«

Trixie stemmte die Hand in die Hüfte und sah ihre Mutter und Mrs. Montgomery an. »Okay, ihr beiden. Heraus mit der Sprache, was ist hier los?«

Die beiden Mütter tauschten wissende Blicke und Mrs. Montgomery sagte: »Hört ihr das auch?« Sie neigte den Kopf, als lauschte sie nach etwas. »Ich glaube, da ruft uns jemand. Komm, Nancy, wir schauen mal nach.« Und schon verschwanden die beiden in der Menge.

»Das sind richtige Kupplerinnen«, sagte Amber. »Meine Mom gibt seit Wochen die Fruchtbarkeitslotion von Tante Roxie in Graces Cremeflaschen.«

Nick küsste Trixie auf die Schläfe. »Gegen das Verkuppeln habe ich nichts, aber für Babys sind wir noch nicht bereit. Von jetzt an kommt niemand in die Nähe unserer Toilettenartikel.«

Alle mussten lachten. »Außerdem haben wir schon Babys«, erinnerte Trixie ihn. »Sie leben eben nur im Stall.«

»Scheint, als bräuchtest du Nachhilfe in Sexualkunde«,

scherzte Brindle.

»Sagt mal, Leute«, meldete sich Sable zu Wort, die mit ihrem Bruder Axsel zu ihnen kam, »wer weiß etwas über den hübschen Jungen, der da bei Sin steht?«

Alle drehten sich herum, um herauszufinden, über wen Sable sprach. Sinclair »Sin« Vernon war für das Sportprogramm an der Virginia State University zuständig gewesen, bevor er Sportlicher Leiter im No Limitz, dem Jugendzentrum von Oak Falls, geworden war. Er war ein großer, gut gebauter und gut aussehender Typ von Anfang dreißig. In dem Mann, der bei ihm stand, erkannte Trixie den zum Autor mutierten Football-Spieler, von dem ihre Freundinnen ihr erzählt hatten. Er war so groß wie Sin und sah sogar noch besser aus als auf den Fotos.

»Verdammt«, gab Brindle leise von sich. »Google ist ihm nicht gerecht geworden. Der sieht aus wie ein Filmstar.«

»Oh ja«, stimmte Amber etwas kurzatmig mit offenem Mund zu.

»Sin allerdings auch«, ergänzte Brindle. »Wie der Mann so lange single bleiben konnte, ist mir ein Rätsel.«

Vor einigen Wochen noch hätte Nick zähneknirschend den gut aussehenden Typen beäugt, nur um sicherzugehen, dass er kein Auge auf Trixie warf. Aber diese Eifersucht hatten sie hinter sich gelassen. Sie hatten Nicks Show in Roanoke problemlos überstanden. Beide hatten sich auf den Ansturm von Rodeo-Häschen vorbereitet und sich während der Veranstaltung stolz als Paar gezeigt. Nick hatte Autogramme gegeben, und Trixie hatte sich die Zeit genommen, sich mit einigen der Mädels zu unterhalten. Nachdem sie mit ihnen gesprochen hatte, war ihr bewusst geworden, dass es nur ganz normale Frauen auf der Suche nach ihrem Traummann waren. Wer konnte ihnen das übelnehmen? Solange sie die Finger von ihrem

Kerl ließen, hatten sie kein Problem miteinander.

»Das Beste an diesen Jamsessions ist es, alle heißen Ladys von Oak Falls auf einem Haufen zu sehen«, sagte Sin, als sie sich zu der Gruppe gesellten.

»Ähm …« Axsel hob eine Augenbraue.

Sin lachte. »Und die heißen Kerle – 'tschuldige, Axsel.«

»Schon gut. Mit so einem Körper sei dir immer vergeben.« Axsel musterte Dash. »Und *Hallo*, du entzückender Freund von Sin.« Axsel war der Jüngste der Montgomery-Geschwister und der Leadgitarrist der berühmt-berüchtigten Band Inferno. Er war homosexuell, sehr zum Bedauern aller Single-Frauen, denen er begegnete.

Dash lächelte und zeigte seine strahlend weißen Zähne. »Hallo, ich bin Dash. Moment, woher kenne ich dich? Warte, du bist doch dieser Rockstar, oder?«

»Sowohl im als auch außerhalb des Schlafzimmers«, sagte Axsel flirtend. »Und du hast einen tollen Namen. Dash wie *dashing*, nehme ich an? Umwerfend genug siehst du jedenfalls aus.«

Dash lachte und schüttelte den Kopf.

»Behalt die Hose an, Axsel«, sagte Sin. »Dash ist hetero, und außerdem habe ich ihn mitgebracht, damit er Amber kennenlernen kann. Dash hat ein Buch geschrieben und er veranstaltet in ein paar Wochen eine Autogrammstunde mit ihr.«

Amber starrte Dash immer noch mit großen Augen an. Noch nie hatte Trixie sie so erlebt, aber Dash schien ebenso von ihr eingenommen zu sein.

Sin deutete auf Amber. »Dash, dies ist Amber Montgomery.«

»Freut mich, dich endlich persönlich kennenzulernen,

Amber.« Dash streckte ihr die Hand entgegen. »Meine Presseagentin Shea Steele hatte nur Gutes über dich zu sagen.«

Morgyn stieß Amber mit dem Ellbogen an und riss sie aus ihrer Starre. Amber blinzelte mehrmals und gab ihm die Hand. »Hallo, freut mich.«

»Du hast also einen tollen Laden hier im Ort«, sagte Dash.

Amber schüttelte weiter seine Hand. »Ich … ja. Bücher … im Laden.«

Sable unterdrückte ein Lachen und Morgyn stupste Amber noch einmal an.

»Buchladen, tut mir leid«, sagte Amber rasch, und ihre Wangen erröteten, als sie die Hand sinken ließ. »Ich habe einen Buchladen. Aber das weißt du ja bereits. Du meine Güte … Ich sollte lieber …« Sie berührte Renos Kopf. »Freut mich. Ich muss … da was machen. Da drüben.« Sie zeigte in die Menge. »Tut mir leid. Wir sehen uns im Buchladen. Komm, Reno.«

Als Amber davoneilte, gab Lindsay flüsternd von sich: »So viel zum Thema Nachhilfe im Flirten.«

»Entschuldige meine Schwester, sie hatte einen langen Tag«, sagte Morgyn.

Dash beobachtete Amber, die sich durch die Menge drängte. »Keine Entschuldigung nötig. Sie hinterlässt einen beachtlichen ersten Eindruck.«

Während sie sich unterhielten, flüsterte Nick Trixie zu: »Ich glaube, sie hat einen so großen Eindruck auf ihn gemacht, wie ich auf dich, als wir uns das erste Mal gesehen haben.«

Trixie drehte sich in seinem Arm herum und klopfte ihm auf die Brust. »Du meinst, so einen großen Eindruck, wie *ich* auf *dich* gemacht habe.«

Nick drückte seine Lippen auf ihre, wobei er ihren Vater bemerkte, der auf sie zukam.

»Entschuldigt, dass ich unterbreche«, sagte ihr Vater.

Nick legte den Arm um Trixie. »Hallo, Waylon.«

»Nick. Es ist doch in Ordnung, wenn ich meine Tochter zu einem Tanz entführe, oder?«

»Natürlich.«

Trixie flüsterte ihm noch schnell zu: »Sieh zu, dass deine Tanzkarte nicht voll ist, bis ich wieder da bin. Bis später, Cowboy.« Sie kicherte, als er ihr diesen Blick zuwarf, der ihr sagte, was für eine Nervensäge sie war. Sie liebte diesen ebenso sehr wie all seine anderen.

Sie nahm den Arm ihres Vaters und folgte ihm auf die Tanzfläche, wo sie an Trace vorbeigingen, der sich gerade mit Beckett unterhielt. Beide schauten herüber und lächelten. Als sie anfing, mit ihrem Vater zu tanzen, bemerkte sie, dass Shane und JJ auf der Bühne Shanes Schlagzeug aufbauten und ein Haufen junger Frauen in der Nähe herumlungerte.

»Schön, dich so glücklich zu sehen, mein Schatz«, sagte ihr Vater, während sie sich langsam im Rhythmus wiegten.

»Danke, Dad.«

»Deine Brüder vermissen dich.«

»Tatsächlich, ja?« Sie wusste, dass ihr Vater sie auch vermisste. Jeden zweiten Tag rief er sie mit irgendwelchen Ausreden an, weil er angeblich dies oder jenes über einen Kunden erfahren wollte. Aber sie wusste es besser. Ihr Vater beherrschte die buchhalterischen Dinge der Ranch im Schlaf. Aber wie Nick fiel es ihm nicht leicht, über Gefühle zu reden, und sie bezweifelte, dass er ihr verraten würde, wie es in ihm selbst aussah.

Er nickte. »Deine Mutter auch.«

»Mhm, das weiß ich. Ich vermisse auch alle.«

»Du sollst wissen, dass es mir leidtut, wenn ich dir je das

Gefühl gegeben haben sollte, dass du nicht ernst genommen wirst. Du bist meine einzige Tochter, Trixie, mein kleines Mädchen, und ich nehme an, es war schwer für mich, loszulassen und zuzusehen, wie du erwachsen wirst.«

Der größer werdende Kloß im Hals machte ihr zu schaffen. »Du hast mich immer sehr unterstützt, Dad, und mich nie zurückgehalten.«

»Na ja, das ist gut zu wissen, aber du warst noch besser darin, uns allen zu zeigen, wie stark, klug und mutig du bist. Deine Mom und ich könnten nicht stolzer auf dich sein.«

»Danke, Dad«, sagte sie.

Als das Lied zu Ende ging, umarmte ihr Vater sie. »Jedes Herz hat ein Zuhause, und du weißt seit Jahren, wohin deines gehört. Du hast die richtige Entscheidung getroffen, mein Schatz, egal wie sehr ich dich vermisse.«

»Ich habe dich lieb, Dad«, sagte sie gerührt.

Die Lichter in der Scheune wurden heruntergedreht, als sie sich aus der Umarmung lösten und Trixie sich die Tränen fortwischte. Ein Scheinwerferlicht fiel auf die Bühne. Nick stand in der Mitte – atemraubend gut aussehend in seinem schwarzen Hemd, den Jeans und mit seinem Cowboyhut. Trace und JJ standen mit ihren Gitarren links von ihm. Shane saß hinter seinem Schlagzeug und Jeb am Klavier.

»Was soll das?«, flüsterte Trixie.

Ihr Vater lächelte und zuckte mit den Schultern.

Nicks Blick traf auf ihren, als er das Mikro in die Hand nahm. »Ein weiser alter Cowboy sagte einmal zu mir, dass ich erst singen sollte, wenn ich die Frau gefunden hätte, ohne die ich nicht mehr leben kann. Das hier ist für dich, Patricia Ann Jericho.« Er zwinkerte und Trixies Herz raste.

Ihre Brüder stimmten das Lied »Die a Happy Man« von

Thomas Rhett an, und Nick sang davon, dass der letzte Abend einer ihrer besten gewesen und Trixies Liebe das Einzige wäre, was er brauchte. Sie konnte es nicht fassen, dass er hier vor allen Leuten sang. Seine tiefe, raue Stimme dröhnte durch die Scheune, so verdammt sexy, dass sie wie hypnotisiert war. Als er zum Refrain kam, sang er seinen eigenen Text: »Baby, die knappen Shorts zwingen mich in die Knie, doch die Knoten im Hemd vergesse ich nie.«

Alle lachten und auch Trixie versuchte es – trotz der Tränen, die ihr über die Wangen kullerten.

Nick sang davon, wie sie um die Feuerstelle tanzten und dass er nur mit ihr zusammen zu sein brauchte, um glücklich zu sein. Er sang weiter, als er von der Bühne herunterkam, die Menge für ihn zur Seite wich und er direkt auf sie zuging. Sein Blick ließ Trixie nicht los, als er nun leiser sang, ihrem Vater das Mikrofon gab und ihre Hände ergriff. Die letzten Worte des Liedes kamen über seine Lippen, aber die Musik spielte weiter, während alle applaudierten und johlten.

»Du hast für mich gesungen«, stieß Trixie ungläubig hervor.

»Ich liebe dich, Darling.«

Er sank auf ein Knie, und Trixie stockte der Atem. Sie konnte nicht atmen, konnte kaum etwas durch ihren Tränenschleier sehen, als die Musik und die Menge verstummten und Nick einen wunderschönen roségoldenen Ring – mit einem Diamanten in Smaragdschliff in der Mitte umgeben von vielen kleineren Diamanten – in die Höhe hielt.

»Oh mein Gott«, entwich es ihr.

Er schaute ihr in die Augen. »Darling, du bist in mein Leben getreten und hast dich benommen, als wärst du schon immer an meiner Seite gewesen, hast dich in meiner Nähe, meinem persönlichen Raum breitgemacht, hast meine Sachen beschlagnahmt und mich genervt.«

Sie lachte nervös.

»Ich glaube, vielleicht war mein persönlicher Raum auch immer schon deiner, Trix. Ich brauchte nur ziemlich lange, um das zu verstehen. Ich habe keine Ahnung, was ich getan habe, um dich zu verdienen, aber was immer es auch ist, Darling, ich versuche, es weiterhin und noch viel mehr zu tun, denn ich möchte keinen einzigen Tag ohne dich an meiner Seite verbringen.«

Ein Schluchzer platzte aus ihr heraus und mit einer zittrigen Hand bedeckte sie den Mund.

»Du hast mir beigebracht, was es bedeutet, zu lieben und geliebt zu werden, und jetzt will ich mehr. Ich will jeden Morgen neben deinem schönen Gesicht aufwachen und jeden Abend mit dir in meinen Armen einschlafen. Ich will unsere vierbeinigen Babys mit dir zusammen aufziehen, Nächte unter dem Sternenhimmel mit unanständigen Dingen verbringen, und im Stall bei Champagner, während wir mit unseren Tieren reden.«

Lachen war im Raum zu hören.

»Und eines Tages haben wir hoffentlich zweibeinige Babys, denen wir beibringen, so zu lieben, wie wir es tun, zu reiten und das Leben in der Natur zu genießen. Ich will dir dabei helfen, dass all deine Träume wahr werden, Darling, und werde alles tun, damit sie es werden, denn du bist die einzige Frau, die ich je geliebt habe, und ich werde dich bis in alle Ewigkeit lieben.«

Weitere Schluchzer lösten sich.

»Trixie Jericho, willst du mich heiraten, Darling?«

Sie nickte, und als er den Ring auf ihren Finger schob und aufstand, brach das »Ja!« aus ihr heraus. Sie schlang die Arme um ihn und ihre Münder prallten aufeinander, während um sie herum Jubel ausbrach und ihre Brüder das Lied »Hurricane« von Luke Combs spielten.

»Ich liebe dich, Darling.«

»Ich liebe dich mehr, Cowboy.«

Er lachte und küsste sie noch einmal, während ihre Familie und ihre Freunde klatschten und pfiffen.

Als sich ihre Lippen voneinander lösten, gingen die Lichter an und rote und weiße Luftballons stiegen um sie herum in die Höhe, füllten die Decke und tanzten in der Luft. Weiterer Jubel brandete auf, als über der Bühne das Banner mit der Aufschrift HERZLICHEN GLÜCKWUNSCH, NICK UND TRIXIE ausgerollt wurde und Nick und alle Männer um sie herum ihre Hemden aufrissen – zum Vorschein kamen schwarze T-Shirts mit dem weißen Aufdruck #TEAMNIXIE und darunter in Rot #SIEHATJAGESAGT.

»Oh mein Gott, Nick! Du hast uns T-Shirts machen lassen!« Durch den Tränenschleier hindurch sah sie Lindsay, die grinsend hinter ihm stand, und sie wusste, dass ihre Freundin bei der Planung ihre Hand im Spiel gehabt hatte. Ein wortloses *Danke* kam ihr über die Lippen.

Trixie lachte und weinte, während sie und Nick von allen in der Scheune umarmt und beglückwünscht wurden. Graham hatte sowohl Nicks Familie als auch Walt und Irene die ganze Zeit über per Videocall an den Ereignissen teilnehmen lassen, und Morgyn hatte alles auf Video festgehalten, einschließlich Nicks Gesang. Sables Band und Axsel nahmen nun die Bühne ein, und als Trixie endlich wieder in Nicks Armen landete, war sie so glücklich, dass sie kaum ein Wort hervorbrachte. Sie ließ den Blick über all die Leute wandern, mit denen sie aufgewachsen war, über die Ballons, die T-Shirts und das Banner, und sie hatte das Gefühl, vor Glück beinahe zu bersten.

»Du legst so viel Wert auf deine Privatsphäre. Ich kann es kaum glauben, dass du all das für mich getan hast.«

»Du wolltest das Märchen, Darling, und ich habe nicht viel Ahnung von Märchen, aber eines weiß ich: Es gibt keine größere Liebe als unsere, und niemand verdient es mehr als du, dass Träume wahr werden.«

Als er die Lippen auf ihre senkte, wendete sie ein: »Du irrst dich, Cowboy.«

Er hob eine Augenbraue. »Im Ernst? Du widersprichst mir jetzt?«

»Du verdienst es auch, dass deine Träume wahr werden, und ich werde dafür sorgen, dass es so kommt.«

Er schmunzelte. »Ich träume von dem Tag, an dem ich dich küssen kann, ohne dass du mir widersprichst.«

»Nein, das tust du nicht.«

»Sei still und küss mich.«

»Mach –«

Mit dem festen Druck seiner Lippen brachte er sie zum Schweigen und besiegelte ihrer beider Schwur mit einem weiteren atemraubenden Kuss.

Lust auf mehr von den Bradens & Montgomerys?

Ich hoffe, die Geschichte von Nick und Trixie hat Ihnen gefallen. Falls Sie die anderen Bücher dieser Serie noch nicht kennen, starten Sie am besten mit *Von der Liebe umarmt*. Für eine Vorschau auf den nächsten Band mit Amber Montgomerys Geschichte lesen Sie einfach weiter, und danach finden Sie noch mehr Informationen über meine humorvollen, sexy Serien-Familien – auch zu den Bradens aus Weston, der Serie, in der Sie Nicks Onkel Hal und die Cousins, die Nick so bewundert, kennenlernen können.

Eins

Kleine Lichter funkelten an den Dachbalken der alten Scheune, von der Bühne tönte ausgelassene Countrymusik. Kinder sausten mit Händen voller erbeuteter Kekse umher, während sich Dash Pennington, der vor Kurzem seine glanzvolle Footballkarriere beendet hatte, zusammen mit seinem ehemaligen College-Teamkameraden Sinclair »Sin« Vernon durch die fröhlich feiernde Menschenschar schob. Frauen in Jeans und Cowgirl-Stiefeln warfen ihm interessierte Blicke zu. *Genießt den Anblick, Ladys, seht euch satt. Denn mehr werdet ihr nicht kriegen.*

Dash war froh über die unverhoffte Lücke in seinem Terminkalender. Einer seiner Auftritte als Motivationsredner war abgesagt worden, und er nutzte die Gelegenheit, endlich mal wieder seinen alten Freund Sin zu besuchen. Er hatte den erstmöglichen Flieger genommen und war vor gerade mal einer Stunde hier im beschaulichen kleinen Oak Falls angekommen. Genau das hatte er dringend gebraucht, eine Pause von seinem verrückten Leben, von den hautengen Kleidern und den Klauen der geldgeilen Plastikfrauen in den Kreisen, in denen er sich während der letzten zehn Jahre bewegt hatte. Er hatte geglaubt, nach seinem Rückzug aus der irren Footballwelt würde alles ein bisschen ruhiger werden. Doch er war nur von einem Medienzirkus in den nächsten geraten, hatte tausend Termine mit Sponsoren und als Motivationsredner und würde bald mit seinem Bestseller *Capturing the Fire Within – Tu, wofür du brennst* auf Tour gehen. In dem Buch zeigte er jungen Menschen Möglichkeiten auf, ihren Weg zu finden und ihre Träume zu leben. Und das ironischerweise, obwohl er selbst noch immer auf der Suche war.

»Diese Jamsession ist der absolute Hammer!«, rief er auf dem Weg an der Bühne vorbei, auf der einige junge Frauen zur Musik einer Band sangen, die fast nach einem Familientreffen aussah. Ein vielleicht zehn- oder elfjähriger Junge stand mit seiner Violine neben einem Gitarristen um die sechzig. Am Schlagzeug saß ein Higschool-Mädchen und eine Handvoll anderer Leute spielten die verschiedensten Instrumente. »Wie oft machen die das denn?«

»Alle paar Wochen.« Sin fuhr sich mit der Hand durch sein rabenschwarzes Haar. Mit seinen knapp über eins neunzig und den etwas über hundert Kilo hatte er in etwa dieselbe Statur wie Dash. »Die Jerichos laden die ganze Gegend zum Musikmachen und Tanzen in ihre Scheune ein. Viele bringen was zu essen mit und man unterhält sich mit den Nachbarn. Ziemlich locker alles und sehr cool.«

»Erinnert mich ein bisschen an zu Hause.« Dash war in der Collegestadt Port Hudson im Staat New York aufgewachsen, nicht in einer ländlichen Gegend. Aber auch dort kannte man sich und hielt zusammen. Jamsessions gab es zwar keine, dafür aber Stadtfeste und andere Events.

»Das gute alte Port Hudson.« Sin grinste. »Ich muss unbedingt mal wieder vorbeikommen und nachschauen, wie es Dawn und Andi geht. Sonst vergessen die zwei noch, wie ein richtiger Kerl aussieht.«

Dash kniff warnend die Augen zusammen. Dawn und Andi waren seine jüngeren Schwestern, doch er wusste, dass Sin ihn bloß aufzog. Darin blieben sie sich gegenseitig nichts schuldig, waren aber jederzeit bereit, einander zu vertreten, wenn ein beschützender Bruder gefragt war. »Apropos Schwestern. Hat Kiki dir erzählt, dass sie ihrem neuesten Fang endlich einen Tritt gegeben hat?«

»Ja. Letzte Woche. Dem Himmel sei Dank, dass sie auf dich hört.« Kiki war Sins jüngere Schwester. »Ich bin dir was schuldig. Komm, wir schauen mal, ob wir Amber finden.«

»Amber. Oh ja. Die einzige Frau auf dem Planeten, die null Interesse an mir zeigt.« Amber Montgomery gehörte Story Time, die Buchhandlung, in der er in ein paar Wochen mit den Signierstunden beginnen würde. Anders als alle anderen angefragten Buchmenschen war Amber nicht sofort Feuer und Flamme gewesen. Seltsam eigentlich, denn schließlich würde sein Besuch ihrem Geschäft ziemlich viel Aufmerksamkeit bescheren. Normalerweise riss man sich um ihn, doch als Amber sich endlich zu einer Zusage durchgerungen hatte, waren bereits sämtliche Termine vergeben gewesen. Ihre Zurückhaltung hatte Dash neugierig gemacht, und weil Sin hier wohnte, hatte er Ambers Buchhandlung einfach vor alle anderen ganz oben auf die Tourliste gesetzt.

Sin warf ihm ein schiefes Lächeln zu. »Sie spielt in einer anderen Liga, Mann. Aber es sieht aus, als hättest du auch so jede Menge Fans. Normalerweise wird hier in Oak Falls nicht so ungeniert gegafft.«

Dash fiel tatsächlich auf, dass nicht nur die Frauen ihn abcheckten, obwohl sie vermutlich keine Ahnung hatten, wer er war. Nein, auch viele Männer verfolgten ihn mit ihren Blicken, als würden sie ihn erkennen. Ein paar Cowboys musterten ihn ziemlich kritisch. *Keine Sorge, ich bin nicht gekommen, um euch eure Frauen auszuspannen.* Gewisse Lektionen hatte er bereits gelernt, als er noch jung und dumm gewesen war. Unverbindliche Abenteuer waren seit Ewigkeiten nicht mehr sein Ding, und wegen ein oder zwei heißen Nächten würde er sich verdammt noch mal nicht mit irgendeinem Typen anlegen.

»Im Ernst? Ich dachte, das wäre immer so, wenn du irgendwo aufkreuzt.« Das war kein Scherz. Sin war eine beeindruckende Erscheinung. Auf dem Spielfeld und anderswo. Sie hatten sich an der Virginia State University kennengelernt, wo sie beide mit einem Footballstipendium studiert hatten. Nach ihrem Abschluss hatte Dash eine steile Karriere als Profispieler hingelegt, Sin war Trainer geworden und hatte bald die Sportabteilung der Uni geleitet. Seit ein paar Jahren kümmerte er sich nun im No Limitz, dem Jugendzentrum von Oak Falls, um den Sport. Dash hatte seinen Freund immer dafür bewundert, dass er seinem Herzen gefolgt war anstatt dem Ruf des Geldes.

Sin warf ihm einen Laber-kein-Blech-Blick zu.

»Ich hätte mir einen Cowboyhut aufsetzen sollen, um weniger aufzufallen. Wie wär's, wenn wir gegenüber den Leuten hier nichts von Football sagen? Heute Abend wäre ich einfach gerne nur dein Kumpel, oder höchstens irgendein Typ, der ein Buch geschrieben hat.«

»So was habe ich mir fast gedacht. Kein Problem.«

Während Dash Sin weiter durch die Menge folgte, fiel ihm eine brünette Schönheit auf. Mit den Fingerspitzen auf dem Kopf eines Golden Retrievers, der eine Assistenzhundeweste trug, stand sie bei einer kleinen Gruppe. Einen Moment lang machte der Hund ihn neugierig, doch dann hatte er nur noch

Augen für die Frau, die gerade mit dem dunkelhaarigen Typ neben ihr sprach. Ihr Lächeln, so natürlich und bezaubernd wie ein warmer Sommerregen, verlieh ihr die Ausstrahlung eines süßen Mädchens von nebenan. Aus der Nähe bemerkte er den schimmernden Rotton in ihrem braunen Haar, das ihr ein klein wenig zerzaust in Stufen bis auf den Rücken fiel. Dieses Haar schrie geradezu danach, angefasst zu werden, und ein derart echtes, unverstelltes Lächeln hatte er lange nicht gesehen. An dem schlichten apricotfarbenen Pulli und den dunklen Skinny Jeans, die sie in sicher heiß geliebte, abgewetzte braune Cowgirlstiefel mit pinkfarbenen Verzierungen gesteckt hatte, war so gar nichts Aufreizendes. Auch deshalb zog sie ihn in ihren Bann. Er wollte wissen, wer sie war und wie ihre Stimme klang. War sie so süß, wie sie aussah? Wirklich? Dass eine Frau ihn so brennend interessiert hatte, war verdammt lange her.

Als die Schönheit den Kopf schüttelte, fiel ihr das Haar über ein Auge. Er fand das sehr verführerisch, aber leider steckte sie sich die widerspenstige Strähne gleich wieder hinters Ohr. Dabei glitt ihr Blick über die Umstehenden hinweg, traf auf seinen, und, *heilige Hölle*, die Luft zwischen ihnen knisterte vor Energie. Er konnte nicht wegschauen, wollte es auch nicht. Der Wunsch, sie kennenzulernen, wurde genauso intensiv wie das Brennen unter seiner Haut. Und Sin ging voran, direkt auf sie zu.

Bei der Gruppe angekommen sagte Sin fröhlich: »Das Beste an diesen Jamsessions ist, dass sich dabei die heißesten Ladys von Oak Falls an einem Ort versammeln.« Die Schöne mit dem rotbraunen Haar zuckte zusammen. Sie riss den Blick von Dash los und wurde tatsächlich rot.

Der Dunkelhaarige neben ihr, der ihm irgendwie bekannt vorkam, ließ die Schultern kreisen und räusperte sich.

Sin lachte. »Und die heißesten Kerle natürlich auch. Sorry, Axsel.«

»Schon gut. Einem Mann mit deinem Körper kann man kaum böse sein.« Axsel musterte Dash interessiert. »Und *Hallo*, schöner Begleiter von Sin.«

Dash streckte ihm die Hand hin. »Hi. Ich bin Dash. Woher kenne ich dich?« In der nächsten Sekunde ging ihm auf, dass Axsel Montgomery vor ihm stand, der Lead-Gitarrist der gefeierten Rockband Inferno. »Moment mal. Du bist ein Rockstar, richtig?« Langsam verbanden sich die Punkte in seinem Kopf zu einem Bild, und er fragte sich, ob Axsel womöglich mit Amber verwandt war.

»Im Bett genau wie im Leben«, flirtete Axsel und drückte dabei Dashs Hand. »Und du hast einen tollen Namen. Dash wie *dashing*, nehme ich an? Umwerfend genug siehst du jedenfalls aus.«

Dash lachte. Sein Blick fand bereits wieder zu dem der Frau mit dem rotbraunen Haar. Prompt überzog eine sanfte Röte ihren Hals und ihre Wangen. Sie war so erfrischend unschuldig und dabei sehr sexy. In seiner Welt eine seltene Kombination.

»Lass die Hose an, Axsel«, kommentierte Sin trocken. »Dash steht nicht auf Kerle. Ich habe ihn mitgebracht, um ihn Amber vorzustellen, nicht um ihn mit ihrem Bruder zu verkuppeln. Dash hat ein Buch geschrieben und kommt in ein paar Wochen zum Signieren in Ambers Geschäft.« Er deutete auf die Brünette, die Dash immer noch anschaute. »Dash, das ist Amber Montgomery. Amber, Dash Pennington.«

Heute ist mein Glückstag. »Freut mich sehr, dich persönlich kennenzulernen, Amber.« Dash streckte ihr die Hand in. »Shea hat mir viel Gutes über dich erzählt.« Shea Steele war seine PR-Managerin. Sie hatte ihm gesagt, Ambers Buchhandlung sei die beliebteste in der ganzen Gegend und Amber selbst wirklich nett – wenn auch sehr zurückhaltend und damit definitiv nicht sein Typ. Da hatte Shea sich gründlich getäuscht.

Die blonde Frau neben Amber, die etwa ein Dutzend Halsketten und eine Bluse mit weit fließenden Ärmeln trug, stieß Amber mit dem Ellbogen an und riss sie damit aus ihrer Trance. Sie blinzelte ein paar Mal, dann schüttelte sie Dash die Hand. »Hi. Schön, dich kennenzulernen.«

Ihre Hand war weich und warm, ihre Stimme wie Honig. Und der Blick ihrer bezaubernden grünbraunen Augen verlor sich genauso in seinem wie seiner sich in ihrem. »Es heißt, du hättest eine besonders schöne Buchhandlung. Ich freue mich schon auf unsere Zusammenarbeit.«

Sie schüttelte noch immer seine Hand. »Ich … ja. Wegen deiner Bücher … im Geschäft.«

Sie war absolut umwerfend.

Eine hochgewachsene Frau, deren wildes dunkles Haar unter einem Cowgirlhut hervor über ihre Schultern fiel, unterdrückte ein Lachen. Die Blonde stupste Amber erneut in die Seite.

»In meiner Buchhandlung, sorry«, sagte Amber hastig und ließ seine Hand los. Ihre Fingerspitzen landeten wieder auf dem Kopf des Retrievers. »Aber dass ich Bücher verkaufe, weißt du ja schon. Oh mein Gott. Ich …« Ihr Blick huschte umher. »War schön, dich zu treffen. Ich muss … was erledigen. Da drüben.« Sie zeigte in die Menge. »Sorry. Dann bis bald bei der Signierstunde. Komm, Reno.«

»So viel zum Thema Flirttraining«, raunte eine zierliche blonde Frau aus der Gruppe kopfschüttelnd.

Flirttraining? Das machte ihn neugierig.

»Nimm es meiner Schwester nicht übel«, sagte die Blonde

mit dem Hippieschmuck. »Sie hatte einen langen Tag.«

Dash schaute Amber hinterher. »Kein Problem. Der erste kurze Eindruck war umwerfend.« Er konnte den zweiten kaum erwarten.

Ende des Auszugs

Wenn Ihnen die Vorschau gefallen hat, können Sie *Liebe süß und sündig* direkt bei Ihrem Online-Buchhändler bestellen!

Mehr Bradens gefällig? Lernen Sie Onkel Hal und die Bradens aus Weston kennen!

Verlieben Sie sich mit Treat und Max in
Im Herzen eins – neu erzählt,
dem ersten Band der Serie *Die Bradens in Weston, Colorado*

Treat Braden ist eigentlich gar nicht auf der Suche nach Liebe, als Max Armstrong in seine Hotelanlage in Nassau spaziert, aber er erkennt hinter dem Schutzschild ihrer effizienten Fassade schnell die liebenswerte, sinnliche Frau. Ein geradezu magischer gemeinsamer Abend lässt ein enges Band zwischen ihnen entstehen, und zum ersten Mal in seinem Leben verspürt Treat den Wunsch nach viel mehr als einem kurzen Abenteuer. Doch dann macht er einen Fehler und sie zieht sich zurück. Nachdem er sich wochenlang nach der einen Frau, die er nicht haben kann, verzehrt hat, fliegt er nach Hause auf die Ranch seiner Familie, um sie endlich zu vergessen.

Eine zufällige Begegnung bringt die beiden wieder zusammen und führt zu einer Nacht voller Leidenschaft und Aufrichtigkeit. Als Max ihre schmerzhafte Vergangenheit offenbart, ist Treat bereit, alles zu geben, um ihr Herz für immer zu erobern – und ihr zu helfen, sich von ihren Dämonen zu befreien.

Bestellen Sie *Im Herzen eins – neu erzählt* bei Ihrem Online-Buchhändler.

Lernen Sie die Remingtons kennen!

Verlieben Sie sich mit Dex und Ellie in

Spiel der Herzen

Ellie Parker ist ein Profi, wenn es darum geht, Mauern um ihr Herz zu errichten. In ihrem ganzen Leben war Dex Remington der einzige Mensch, der immer an sie geglaubt hat und für sie da war. Doch vor vier Jahren suchte sie einmal Trost bei Dex, nur um dann wie eine Verbrecherin des Nachts zu verschwinden und ihn als gebrochenen Mann zurückzulassen.

Dex Remington ist einer der führenden Game-Designer in den USA. Er sieht unverschämt gut aus, ist klug und immun gegen Gefühle. So absolut immun, dass er zweifelt, ob er jemals wieder einen Grund finden wird, etwas zu fühlen.

Ein zufälliges Wiedersehen entfacht tiefe Sehnsüchte in Ellie und Dex. Sehnsüchte, die in ihr den Fluchtreflex wecken – und in ihm den Wunsch zu fühlen. Eine Mischung aus Begehren und Angst führt diese jungen Liebenden auf einen gefährlichen Weg. Können sie eingerissene Brücken erneut überqueren? Oder ist es ihr Schicksal, für immer getrennt zu sein?

Bestellen Sie *Spiel der Herzen* bei Ihrem Online-Buchhändler.

sort auf Erden ein neues Leben aufzubauen. Der Plan steht –
zumindest bis ein Streich der stets zu Scherzen aufgelegten Bella
eine böse Wendung nimmt und ein sündhaft attraktiver Police
Officer vor ihr steht.

Der alleinerziehende Vater und Polizist Caden Grant hat
Boston den Rücken gekehrt, nachdem sein Partner im Dienst
getötet wurde. In dem kleinen Ferienort Wellfleet hofft er auf
ein sichereres Leben mit seinem vierzehnjährigen Sohn Evan.
Als er während einer nächtlichen Streife Bella kennenlernt, wird
ihm bewusst, dass er plötzlich gefunden hat, was er sich nie zu
erträumen erlaubte – und von dem er nie wusste, dass es ihm
fehlt.

Nachdem er sich vierzehn Jahre lang nur auf seinen Sohn
konzentriert hat, kann Caden der starken Anziehungskraft der
schönen Bella nicht widerstehen, und Bella ist der Intensität
ihrer aufkeimenden Liebe ebenso machtlos ausgeliefert. Aber
der Neuanfang gestaltet sich schwieriger, als sie beide es sich
ausgemalt haben, und dann gerät Evan an die falschen Freunde.
Cadens Loyalität wird auf eine harte Probe gestellt. Wird er alles
aufgeben, um seinen Sohn zu beschützen – sogar Bella?

Bestellen Sie *Träume in Seaside* bei Ihrem Online-Buchhändler.

Problemen zu kämpfen hat als er selbst. Sein Leben lang hat Truman keine Hilfe gebraucht, und als die schöne Gemma Wright versucht, ihm unter die Arme zu greifen, reagiert er nicht gerade charmant. Aber Gemma hat ihre ganz eigene Art und schafft es schließlich, den Panzer um sein Herz zu durchdringen. Als Trumans dunkle Vergangenheit seine Zukunft in Gefahr bringt, steht seine Loyalität auf dem Prüfstand und er muss die schwerste aller Entscheidungen treffen.

Bestellen Sie *Tru Blue – Im Herzen stark* bei Ihrem Online-Buchhändler.

Neu bei »Love in Bloom – Herzen im Aufbruch«?

Ich hoffe, Ihnen hat es genauso viel Vergnügen bereitet, von den Bradens zu lesen, wie mir, über sie zu schreiben. Falls dieser Band Ihr erstes Buch aus der Reihe »Love in Bloom – Herzen im Aufbruch« ist, warten noch jede Menge Geschichten über unsere sexy, selbstbewussten und loyalen Heldinnen und Helden auf Sie.

Die Bradens & Montgomerys (Pleasant Hill – Oak Falls) ist nur eine der Serien aus meiner großen Sammlung von Liebesromanen mit Tiefgang, Humor und Happy-End-Garantie. In allen Büchern finden Sie eine abgeschlossene Geschichte, die auch für sich allein gelesen werden kann. Figuren aus den einzelnen Serien und Büchern der weitverzweigten »Love in Bloom – Herzen im Aufbruch«-Familien tauchen aber immer wieder auch in den anderen Bänden auf. So verpassen Sie nie eine Verlobung, eine Hochzeit oder eine Geburt. Wenn Sie mögen, lernen Sie doch auch die anderen Serien der Reihe kennen! Eine vollständige Liste aller auf Deutsch erschienenen und geplanten Bücher gibt es am Ende des Buches und unter dem folgenden Link finden Sie weitere Informationen:

www.MelissaFoster.com/Herzen-im-Aufbruch

Danksagung

Es hat mir eine riesige Freude bereitet, die Geschichte von Nick und Trixie zu schreiben, und ich bin meinem Team hinter den Kulissen, das mich beflügelt und mir gleichzeitig Halt gibt, unglaublich dankbar. Ein besonderer Dank gilt Lisa Filipe, die mich dazu gebracht hat, Nick an einer wichtigen Stelle zu zähmen, und die sich ebenso sehr in ihn und Trixie verliebt hat wie ich. Und täglich werde ich auch von meinen Fans inspiriert, von denen viele in meinem Fanclub auf Facebook sind. Wenn Sie noch nicht dabei sind, lade ich Sie herzlich dazu ein. Wir chatten dort über unsere heißen Helden und unsere frechen Heldinnen und haben eine Menge Spaß. Vielleicht inspirieren auch Sie mich einmal zu einer Geschichte oder Figur und tauchen in einem meiner Bücher auf, wie es einigen meiner Fanclub-Mitglieder schon passiert ist.
www.Facebook.com/groups/MelissaFosterFans

Bei den Recherchen zu dieser Geschichte konnte ich auf die Hilfe von vielen Freunden und Quellen zählen. Ein besonderer Dank geht an J. D. Harrison, Autorin der Reihe »Gallant Hearts«, für ihre Geduld bei meinen endlosen Fragen zu allem, was Pferde betrifft. Wenn Sie Pferde mögen, sollten Sie unbedingt ihre Romane lesen. Dankbar bin ich auch Rachel Neff, Geschäftsführerin der Promise Landing Farm, und Lisa Moad, Gründerin der Seven Oaks Farm. Ich habe mir in meiner Geschichte fiktionale Freiheiten herausgenommen und somit sind mögliche fachliche Irrtümer nicht diesen hilfsbereiten Damen zuzuschreiben.

Vergessen Sie nicht, mir auf Facebook zu folgen, um immer darüber informiert zu sein, was in der Welt unserer fiktionalen Freunde so passiert.
www.Facebook.com/MelissaFosterAuthor

Abonnieren Sie meinen Newsletter, um immer über Neuerscheinungen und besondere Angebote und Veranstaltungen auf dem Laufenden zu sein.
www.MelissaFoster.com/Newsletter

Und vergessen Sie nicht, Ihre kostenlosen Reader Goodies herunterzuladen! Auf meiner Website finden Sie Familienstammbäume, Serien-Checklisten und vieles mehr:
www.MelissaFoster.com/Reader-Goodies

Wie immer ein riesiges Dankeschön an mein wunderbares Redaktionsteam: Kristen Weber, Penina Lopez, Elaini Caruso, Juliette Hill, Marlene Engel, Lynn Mullan und Justinn Harrison, sowie an mein deutsches Team Janet König, Cathérine Fischer, Stephanie Schottenhamel und Judith Zimmer. Und natürlich bin ich meiner Familie ewig dafür dankbar, dass sie mir erlaubt, von meinen fiktionalen Welten zu erzählen, als wären sie real.

Im Zweifel Liebe
Bei Rückkehr Liebe
Trotz allem Liebe
Bei Aufprall Liebe

Die Bradens (Peaceful Harbor)

Geheilte Herzen
Voller Einsatz für die Liebe
Liebe gegen den Strom
Vereinte Herzen
Melodie der Liebe
Sieg für die Liebe
Endlich Liebe – ein Braden-Flirt

Die Remingtons

Spiel der Herzen
Im Dschungel der Liebe
Herzen in Flammen
Herzen im Schnee
Liebe zwischen den Zeilen
Von der Liebe berührt

Die Bradens & Montgomerys (Pleasant Hill – Oak Falls)

Von der Liebe umarmt
Alles für die Liebe
Pfade der Liebe
Wilde Herzen
Schenk mir dein Herz

Der Liebe auf der Spur
Verrückt nach Liebe
Liebe süß und sündig
Und dann kam die Liebe

…

Die Whiskeys: Dark Knights aus Peaceful Harbor

Tru Blue – Im Herzen stark
Truly, Madly, Whiskey – Für immer und ganz
Driving Whiskey Wild – Herz über Kopf
Wicked Whiskey Love – Ganz und gar Liebe
Mad About Moon – Verrückt nach dir
Taming My Whiskey – Im Herzen wild
The Gritty Truth – Kein Blick zurück
In For A Penny – Süßes Glück
Running on Diesel – Harte Zeiten für die Liebe

…

Seaside Summers

Träume in Seaside
Herzen in Seaside
Hoffnung in Seaside
Geheimnisse in Seaside

…

Entdecken Sie Melissa Fosters Bücher auch auf:
www.MelissaFoster.com/Herzen-im-Aufbruch